매잡이

이청준 전집 2 중단편집

매잡이

초판 1쇄 발행 2010년 7월 30일
초판 6쇄 발행 2023년 10월 25일

지은이 이청준
펴낸이 이광호
펴낸곳 ㈜**문학과지성사**
등록번호 제1993-000098호
주소 04034 서울 마포구 잔다리로7길 18(서교동 377-20)
전화 02)338-7224
팩스 02)323-4180(편집) 02)338-7221(영업)
전자우편 moonji@moonji.com
홈페이지 www.moonji.com

ⓒ 이청준, 2010. Printed in Seoul, Korea

ISBN 978-89-320-2082-2 04810
ISBN 978-89-320-2080-8 (세트)

이 책의 판권은 지은이와 ㈜**문학과지성사**에 있습니다.
양측의 서면 동의 없는 무단 전재 및 복제를 금합니다.

이청준 전집 2

매잡이

문학과지성사
2010

일러두기

1. 문학과지성사판 『이청준 전집』에는 장편소설, 중단편소설, 그리고 작가가 연재를 마쳤으나 단행본으로 발간되지 않은 작품과 미완성작 등을 모두 수록했다.
2. 전집의 권별 번호는 개별 작품이 발표된 순서를 따르되, 장편소설의 경우 연재 종료 시점을, 중단편소설의 경우 게재지에 처음 발표된 시점을 기준으로 삼았다. 단, 연재 미완결작의 경우 최초 단행본 출간 시점을 그 기준으로 삼았다. 중단편집에 묶인 작품들 역시 발표된 순서대로 수록하였으며, 각 작품 말미에 발표 연도를 밝혀놓았다.
3. 전집의 본문은 『이청준 문학전집』(열림원) 발간 이후 작가가 새롭게 교정, 보완한 내용을 충실히 반영하여 확정하였다. 특히 미발표작의 경우 작가가 남긴 관련 자료에 근거하여 수록하였음을 밝힌다.
4. 전집의 각 권에는 작품들을 수록하고 새롭게 씌어진 해설을 붙였으며 여기에 각 작품 텍스트의 변모 과정과 이청준 작품들의 상호 관계를 밝히는 글을 실었다. 이 글은 현재의 문학과지성사판 전집의 확정 텍스트에 이르기까지 주요한 특징적 변모를 잘 보여준다.
5. 이 책의 맞춤법은 국립국어연구원의 '한글 맞춤법'에 따르는 것을 원칙으로 하되, 띄어쓰기의 경우 본사의 내부 규정을 따랐다. 단, 작품의 분위기에 영향을 준다고 판단되는 방언이나 구어체 표현·의성어·의태어 등은 작가의 집필 의도를 살려 그대로 두었다(괄호 안: 현행 맞춤법 표기).
    예) ① 방언 및 의성어·의태어: 밴밴하다(반반하다) 희멀끄럼하다(희멀겋다) 달겨들다(달려들다) 드키(듯이) 뚤레뚤레(둘레둘레) 뎅강(뎅궁) 꺼장꺼장(꼬장꼬장)
    ② 작가의 고유한 표현:
    -그닥(그다지) 범상찮다(범상치 않다) 들춰업다(둘러업다)
    -입물개 개었고 아심찮게도 목짓 편뜻 사양기
    ③ 기타: 앞엣사람 옆엣녀석 먼젓사람 천릿길 뱃손님 뒷번 그리고 나서(그리고 나서) 그리고는(그리고는)
6. 이 책의 외래어 표기는 국립국어연구원의 '외래어 표기법'에 따라 바꾸었다. 단, 작품의 제목이나 중요한 어휘로 등장하는 경우에는 원본을 그대로 살렸다.
    예) ① 맘모스(매머드) 여자 대학/세느(센) 다방/뎃쌍(데생) ② 레지('종업원'으로 순화)
7. 이 책에 쓰인 문장부호의 경우 단편, 논문, 예술 작품(영화, 그림, 음악)은 「 」으로, 단행본 및 잡지, 시리즈 명 등은 『 』으로 표시하였다. 대화나 직접 인용은 큰따옴표(" ")와 줄표(―)로, 강조나 간접 인용의 경우 작은따옴표(' ')로 묶었다.

차례

마기의 죽음 7
과녁 37
더러운 강 77
나무 위에서 잠자기 101
침몰선 122
석화촌 165
매잡이 196
개백정 268
보너스 299

해설 존재값의 이야기, 이야기의 존재값/우찬제 344
자료 텍스트의 변모와 상호 관계/이윤옥 370

마기의 죽음

 이제 나의 모든 시계(視界)는 콘크리트의 지평선으로 둘러싸여 버렸다. 앞쪽도 뒤쪽도 오른쪽도 왼쪽도 나의 시계는 둥그런 콘크리트의 지평선에서 끝났다. 아니, 방향 같은 것은 애초부터 없었다. 둥그럼한 하늘이, 역시 둥그럼한 땅을 접시의 밑바닥처럼 안고 있었다. 세상은 그 하늘과 땅을 가르는 둥근 지평선 하나로 이루어져 있었다. 하늘 가운데에는 구름도 없이 벌거벗은 햇덩이가 이글거리고, 그 햇덩이의 지평선으로 둘러싸인 콘크리트 벌판의 한가운데를 잇는 축점(軸點)에 내가 서 있는 것이다. 나는 거기에 주저앉았다. 나의 가는 다리로는 더 걸을 수도 없고, 실상 이제는 더 그럴 필요도 없었다.

 나는 다시 이 끝없는 콘크리트의 벌판, 절대의 공간—우리의 에덴으로 돌아온 것이다.

 다시 돌아온 것이다. 이제 나의 생명이 이 콘크리트의 바닥에 스며버릴 때까지 나는 다시, 영원히 이곳을 빠져나갈 수 없을 것이다. 이제는 이미, 절대로 그럴 수가 없는 것이다.

검은 제복들이 첫번째로 나를 이곳에 내던지고 갔을 때, 나는 이곳을 벗어나려고, 나의 집으로 돌아가려고 한없이 벌판을 헤맸었다. 아무리 헤매도 시야에서 콘크리트의 지평선이 사라져주지를 않았다. 끝없는 하늘과 콘크리트의 벌판, 내가 그곳으로부터 탈주를 기도하면 그 커다란 원은 나를 중심으로 서서히 이동하여 하늘과 땅의 동심 축점, 그 원의 중심점에서 나를 벗어나지 못하게 했다. 이글거리는 햇덩이만이 영원처럼 답답한 침묵으로 시간을 응시하고 있었다. 나의 움직임을 따라 원이 함께 이동하고, 내가 정지하면 그 원도 정지하고…… 그리하여 거대한 치맛자락처럼 그것을 끌고 다니다 그 중심에서 내 생명은 스러지게 되어 있었다. 그러면 중심을 잃어버린 원도 사라지리라……

방향을 잡을 수가 없었다. 나는 결국 일정한 근방만을 빙빙 맴돈 셈이었다. 앞, 뒤, 왼쪽, 오른쪽이 아무 뜻도 없고 직선마저 의미를 잃어버렸다. 한 방향으로만 줄곧 가면 벌판을 벗어나리라 했으나, 그럴 수가 없었다. 유일한 방향의 지표가 되는 나의 그림자를 따라보았으나 그것도 실상 회전을 계속하여 나를 맴돌리고 있었다. 낮이 차면 태양은 그 그림자까지도 말려버렸다. 제복들은 벌판의 하늘에 구름도 만들어주지 않았다. 새라도 한번 이 벌판의 하늘을 날기 시작하면 다시는 벗어나지 못할 것이며, 이곳으로 들어선 바람은 영원히 한곳을 맴돌게 될 것이었다.

내가 끝내 지쳐 쓰러지고 나면 햇덩이는 그제서야 지평선 뒤로 천천히 가라앉고 하늘엔 비로소 별이 돋았다. 그러나 이젠 그 별을 따라갈 힘이 없었다. 다리는 너무 가늘고 몸은 무겁고, 정신까지 너무 지쳐 있었다.

다음 날 눈을 뜨면 태양은 어느새 다시 머리 위에 이글거리고 나는 또 벌판을 헤매기 시작했다.

그렇게 꼭 서른 날을 세고 나자 나를 버리고 간 검은 제복의 사람들이 나타나서 나를 집으로 데려다 주었다. 그때 나는 그들에게 이끌려 벌판을 나오면서 그것이 실상 무한정 넓지만은 않다는 것을 알았다. 그것은 한 사람의 시계에다 지평선을 만들어줄 만한 정도의 것이었다. 나는 그 안에서 방향을 잃고 일정한 원 속을 맴돈 것뿐이었다. 그러나 그것은 누구나 그럴 수밖에 없게 마련인 넓이였다.

나는 이제 그곳으로 다시 왔다. 이번에는 스스로, 이젠 그 검은 제복들이 나를 다시 데리러 오지도 않을 것이다. 모든 것이 이젠 확실해진 셈이다.

나는 여기까지 끼고 온 '책'을 베개 삼아 따뜻하게 달아오르는 콘크리트 바닥으로 몸을 길게 펴 누웠다. 서두를 것은 아무것도 없었다. 어느 때고 나의 죽음은 찾아올 것이다. 햇살이 온몸을 따갑게 찌른다. 나는 손을 이마에 얹었다. 이 편안한 자세로 기다리자. 누구보다도 빠르게 그리고 이상하게 나의 조상들에게만 찾아왔던 그 수수께끼 같은 죽음을—

나의 조상들은 이상한 병으로 일찍들 죽어갔다. 언제부터인지 모르게 머리가 조금씩 커지고 몸은 반대로 시들시들 말라가서, 나중에는 그 엄청나게 커진 머리를 지탱할 수조차 없도록 괴상한 형상들이 되어가지고는 숨을 거두어가곤 하였다. 그리고 이윽곤 나의 머리통도 그들처럼 서서히 보기 흉하게 부풀어 오르기 시작했다.

그러나 이제 나의 사랑스런 아기들은 다시 그런 일이 없을 것이다. 나는 바로 그 괴상한 병마의 마지막 환자가 될 테니까. 마침내 그것의 비밀을 알게 되었으니까. 하기는 나의 조상들도 그것은 알고 있었을 것이다. 그러나 모든 것을 다 알지는 못했다. 그것의 뿌리를 뽑지도 못했었다. 그러나 나는 그 병태(病態)에 대해서뿐 아니라, 이 콘크리트의 벌판, 검은 제복의 사람들, 그 모든 것들의 비밀을 알아버린 것이다.

피곤하다.

아내 마진의 두 다리 사이에서 쾌락을 품어내던 동작을 멈추고 나는 문득 그녀의 몸을 샅샅이 만지고 돌아갔다. 손아귀에 옴큼 들어오는 머리에서부터, 팥알 같은 돌기가 두 개 나란히 붙은 가슴팍으로, 그리고는 한 줌에 잡힐 듯한 허리에서 갑자기 엄청나게 펑퍼짐해진 쾌락의 새암 부근⋯⋯ 그 아래로는 몸뚱이를 전혀 지탱해낼 수 없는 가는 다리⋯⋯ 나는 손을 멈추고 머리를 저었다. 어딘가 잘못되어 있는 것 같았다. 언제나 그렇게 보아왔고 또 당연하게 여겨졌던 마진의 모습, 그리고 어머니와 내 아기들, 아니 모든 사람의 모습이 갑자기 이상스러워졌다. 마진은 멋도 모르고 쾌락을 솟구쳐 올리던 자세대로 나를 기다리고 있었다. 그녀의 하복부 근방이 엄청난 체적(體積)으로 나를 압도해왔다. 마치 그녀는 몸 전체가 그 쾌락의 새암 하나로 이루어져 있는 것 같았다. 상관없는 일이다. 우리는 그 작은 머리로도 이미 생각할 것이 없고, 그 좁은 창자로도 한두 알의 정제(錠劑) 영양물은 흡수할 수 있으며, 가는 다리는 도대체 몸을 운반할 일조차 없지만 오직 그 쾌락을 품어내는 새암만은 늘 튼튼하고 깊어야 하니까. 그러나……

"마진."

나는 아내와의 동작을 거부한 채 완강한 목소리로 그녀를 불렀다. 아내는 엄청나게 부풀어 오른 나의 머리통이 새삼 이상스러운 듯 작은 눈을 반짝이며 나를 올려다보았다. '말'이라는 것을 이제 이 여자는 알아듣기 시작한 것이다. 나의 말에 귀를 기울이게 되도록까지 이 여자는 무척도 나에게 애를 먹였다. 당연한 일이었다. 원래가 말이라는 것은—우리들에게 있어서는 자기 혼자만의 노래였으니까.

"사랑해!"

나는 그녀의 조그맣게 반짝거리는 눈을 들여다보며 말했다. 나는 아무 가락도 없고, 쾌감도 없는 순전히 의사를 전하기 위한 말을 쓰고 있었다. 그녀는 여전히 눈만 깜박이고 있었다. 여자는 아직도 내가 말한 것을 제대로 해득하지 못한 때문이었다.

"마진, 너를 사랑해."

……우리가 환락을 자아내고 있을 때 너는 나에게 무엇인지 주고 싶은 것이 있을 것이다. 또 나에게서 가져가고 싶은 것이 있을 것이다. 나도 너에 대해선 마찬가지가 된다. 그리하여 둘 사이에 흐르는 것이 있게 된다. 그것이 우리의 사랑이라는 것이다……

이런 설명을 듣고 그녀는 처음 두 사람 사이의 정액(精液)의 흐름을 생각했었다. 그러나 그녀가 이제 그것을 알아내려고 애를 쓰는 것은 기특한 일이었다. 아마 나의 설득을 한번도 당해보지 않은 사람이라면 그 눈에 보이지 않은 사랑이라는 것을 애초 생각해 보려 하지도 않았을 것이다.

"마진, 행복하다고 말해."

나는 다시 동작을 시작하면서 그녀에게 말했다.

"행복해요."

마진은 내가 시키는 대로 말했다.

이제 나의 말이 겨우 그 본래의 질서를 되찾기 시작하고 있었다. 뜻을 전하려 하고, 명령하고, 그리하여 마진을 지배하기 시작한 것이다. 그러나 그녀는 아직 행복하지 않았다. 아니, 그것을 아직 알지 못했다. 나는 그녀에게 행복이란 우리가 쾌락의 작업을 끝내고 잠이 들기 전에 그 나른하고 포만한 심신 그것이라고 되풀이 설명해주었다. 그녀는 조금씩 나의 말을 좇을 줄 알기 시작했다. 그러나 그 속뜻은 알지 못했다. 모든 문제는 나에게 있을 뿐 그녀는 아무것도 모르고 있었다. 정말 아직 아무것도……

끈적끈적한 열기가 아래로부터 차차 가슴으로 밀려 올라왔다. 아내에게는 아직 그것만이 이해할 수 있는 것의 전부였다. 퍼내도 퍼내도 끝남이 없는 쾌락. 어느 때 누가 인간을 그렇게 변모시켰던가……

어루만지는 듯한 냉기에 나는 눈을 떴다. 햇덩이가 지평선 너머로 가라앉아버리고 없었다. 거뭇한 하늘 한쪽에 별이 몇 개 돋아 있었다. 별이 돋기 시작한 곳이 동편이리라. 그렇다면 나는 그쪽으로 방향을 잡고 걸을 수 있을 것이다. 만약 전번에 내가 이번처럼 피로하지 않게 낮잠을 잤었다면 나는 밤에 별을 따라 이곳을 벗어날 수 있었을 것이다. 그때는 언제나 지쳐 넘어져서 별이 보이는 시간을 지나쳤다.

하지만 이젠 그게 무슨 소용인가. 나는 다시 돌아가지 않는다. 영원히 다시 돌아가지 않는다. 별들이 하나 둘씩 친구들을 불러내어 이윽고 촘촘히 떼를 짓기 시작했다. 나를 손짓하고, 내게 노래를 합창해오는 것 같다. 하지만 나는 돌아가지 않는다.

나는 저만치에 굴러 있는 '책'을 끌어왔다. 나는 이미 하나의 무덤, 그리고 그 '책'이 비석처럼 나를 지키고 있었다. 그러나 나는 나의 비석을 세우지 않을 것이다. 조상들처럼 나의 아기들에게 이 병을 다시 물려주지 않을 것이다.

나는 '책' 위에 나의 답답하게 큰 머리를 얹고 별을 쳐다보았다.

그러자 문득 가슴에서 그리움 같은 것이 복받쳐 올라왔다. 나의 어머니, 마지막까지 나와 쾌락을 함께 품던 아내 마진, 그리고 귀여운 아기들……

그들은 아무것도 모른 채 나를 떠나보냈었지.

"마기 여위었구나, 마기."

언제나 혼잣말로, 자기의 말만 즐기고 있는 것 같지 않게 구슬픈 목소리로 같은 말을 외고 다니던 어머니는, 또다시 마기 여위었구나를 되풀이하며 무심히 내게서 돌아서고 말았다. 마진, 그

너는 무슨 눈치를 챘던 것일까. 그녀는 작은 눈을 가엾게 깜박거리며 무엇인가 '설명'을 기다리고 있었다. 그러나 나는 그들에게 어떻게 이야기해줄 수 있었을 것인가. 나의 머리가 부풀어 오르고 내가 여위는 것을 설명해줌으로써 이미 그들에게 같은 병을 앓게 하는 것을. 내가 이 콘크리트 벌판으로 가는 것은 사랑하는 그 사람들을 위해서인 것을.

  나는 아무 설명도 이별의 말도 못하고 집을 나섰다. 아직 말을 즐길 줄 모르는 아기들은 병아리들처럼 무심히 빽빽거리고만 있었다. 혹시 그들은 나만의 습관인 아침 산보 길을 오후로 하는 것으로 여기고 있었는지도 모른다. 어쨌든 나는 다시 이곳을 찾기까지 몇 날 몇 밤을 숲 이슬에 젖어 새웠던가. 그리고 오늘 아침 갑자기 눈앞에 이 무서운 벌판이 나타났을 때 나는 두려움과 기쁨으로 얼마나 작은 가슴을 두근거렸던가. 나의 등 뒤로 사라져가는 벌판이 점점 지평선을 이루기 시작할 때 나는 얼마나 새삼스런 망설임에 빠져들고 있었던가.

  그러나 이제는 기쁘지 않다. 두렵지 않다. 망설이지도 않는다. 내가 가져온 양식, 작은 정제들은 벌판으로 들어설 때 모두 새들을 향해 던져주고 말았지만, 그것을 새삼 후회하지도 않는다.

  그러나 나는 이제 사랑할 수가 있다. 모든 것이 숫자로만 표시되고, 정원과 건물과 대문과 모든 것이 일정한 집들, 생각할 일이 없어서 한없이 작아진 머리와 퇴화해버린 배와 가늘어진 다리와 그런 것과는 반대로 쾌락의 샘 부근만 엄청나게 불어난 그 흉한 인간들을. ……사랑할 수 있는 것이다.

그러므로 나는 이 모든 일의 단초가 되었던 그 '책'도 또한 원망하지 않는다. 그 '책'은 차라리 나의 운명이었다. 그리고 나와 함께 그 운명을 끝내야 하였다.

한 권의 '책'과 내가 만났던 것은 우연이었다. 최초엔 나와, 나의 선조들의 죽음과, 그리고 그것의 주변에서 일어나고 또 일어날 일에 대해서 나는 아무것도 짐작할 수 없었으므로 그것은 전혀 우연으로 보일 수밖에 없었다. 그것은 나의 아버지가 그 이름 모를 병마에 시달리면서부터 그 검은 제복의 사람들에게 이끌려 이 콘크리트의 벌판을 몇 차례나 다녀오고 나서, 드디어는 아주 숨을 거두고 난 뒤 그의 주검과 함께 땅속으로 묻힐 뻔하다가 용케 그 품속에서 내게 발견된 것이었다. 물론 나는 처음 그것이 무엇인 줄을 몰랐다. 글자가 그렇게 한꺼번에 많이 씌어 있는 것을 나는 전혀 본 일이 없었다. '책'이라는 이름도 나중에 그것 스스로의 속에 씌어 있는 것을 내가 찾아낸 것이었다. 그러니까 그것은 내게 처음 발견이 되고 나서도 한동안은 그저 아버지의 희한한 유물로 간직되고 있었을 뿐 그다지 나의 관심을 끌지는 못했었다.

그런데 어느 날, 나는 갑자기 아버지가 생전에 그것을 한번도 내게 보여준 일이 없었던 것을 생각하고 호기심 반 의문 반으로 그 뚜껑을 펼쳐보았다. 도대체 글자라는 부호가 그렇게 대량으로 사용될 필요가 없는 우리들에게는 그런 호기심이 일 만도 했다. 그러나 그것은 우리 조상들이 대대로 이름 모를 병에 시달리다 간 비밀의 유산이었으며, 그것을 펼치도록 만든 호기심과 의문으로 나는 벌써 그 유산을 물려받고 만 셈이었다. 한번 그 유산의 집 속으로 발을 들여놓은 나는 귀신에 홀린 것처럼 점점 더 알 수 없는 곳으로 빨려 들어가기 시작했다. 더구나 처음에는 아무것도 몰랐고, 내가 뭔가 나에게서 일어나고 있는 일을 알아차렸을 때는 나의 몸의 어디엔가 이미 그 병증이 깊숙이 숨어 들어와, 몸을 말리고 머리를 부풀어 올리기 시작한 뒤였다.

그 '책'은 어떤 시대의 사람들과 그들의 생활에 관한 모든 것을 설명하고 있었다. 어떤 시대란 마치 그 원년(元年)에 세상이 생겨난 듯이 셈해오고 있는 천구백육십몇 년이라고 하는 어떤 때였다. 그것이 나의 호기심을 강하게 자극한 것은 그러나 나는 그 인간들의 모든 것에 대해 너무도 많은 것을 알 수 없었기 때문이었다. 물론 그 사람들도 한 사람의 여자와 한 사람의 남자가 부부가 된다든지, 집에서 살고 가정이 있으며, 밤에는 잠을 잔다는 것 따위 우리들과 같거나 비슷한 점이 많기는 했다. 하지만 자세히 보면, 아니 자세히 볼 것도 없이, 모든 것이 너무나 달랐다. 우선 그들의 생김새만 해도 그랬다. 곳곳에 사진과 그림으로 끼어 있는 그 사람들의 형상을 보면 지금의 우리와는 곳곳이 다른 모습이었다. 머리는 적어도 신장의 10분의 1 정도의 크기였고 배는 훨씬 큰 대신, 우리에게 있어서 신체의 대부분을 이루고 있는 엉덩이, 그 쾌락의 새암 부분은 형편없이 빈약했다. 그리고 다리 또한 상상도 못할 만큼 길고 튼튼해서 우리의 그것보다 세 배는 넉넉히 더해 보였다. 나는 미처 그것이 우리의 모습과 비교하여 무엇을 설명해주고 있는지를 생각해볼 수도 없었다. 책 전체에는 그보다도 내가 이해하기 어려운 것들이 너무나 많았다. 그들의 생활 방법은 거의 한 가지도 이해할 수가 없었다. '말'에 대한 것만도 수수께끼투성이였다.
 무엇보다도 말은 우리들에게서와 같이 자기 혼자서 즐기는 것이 아니라, 언제나 그것을 곁에서 들어주어야 하는 상대가 필요했다. 그때는 말이 한 사람의 생각을 다른 사람에게 전하는 수단으로만 쓰이고 있었다. 따라서 우리들에게서처럼 곡조도 없고 감미로움도 없었다. 그들의 '노래'라는 것은 우리의 말과 가장 유사한 것이였지만, 그것도 언제나 각개의 고유한 의미를 지속적으로 지니고 있는 점이 우리와는 완전히 일치할 수가 없었다. 사람들은 그 말에 의해서 자기가 직접 경험하지 않은 많은 것을 전달받고 그것을 쉽사리 믿어버렸다. 말은 사람들이 가지는 새로운 경험을 동경했다. 하여 말은 그것을 원하는 사람에게 모종의 힘을 지니게 되고 나중에는 그 사람들에게 복종을 요구했다. 하나의 개념은 사실과 떠나서 말의 내용 속에 독자적으로 확정지어지고 그것을 믿는 사람들에게 그 말은 때로 무조건 신앙되었다. 나중에는 사실에서 결별을 성취한 말들이 그것을 신앙하는 사람들을 지배했다. 그리고 많은 영특한 사람들이 그 말의 권위를 빌려 사람들을 지배했다. 그것은 참으로 엄청나게 많은 사람을 한꺼번에 지배해나가는 길이었다. 최초의 한 사람은 소수의 몇 사람을 지배하고 그 사람들은 다시 다른 몇 사람을 지배했다. 그렇게 하여 최고의 지배자는 바로 자기 아래 단계의 열 사람부터 열두 사람 정도를 지배함으로써 모든 인간들을 동시에 지배했다. 권위를 지니고 신앙되는 말들은 그처럼 효과적인 인간 지배의 수단으로 봉사되고 있었다.
 그러나 그러한 풍습상의 차이보다 더욱 이해가 곤란한 것은 그

말 가운데의 절반 이상이 그 뜻부터 알 수 없는 것이었다. 그러한 말들에 대한 나의 노력은 아내 마진이 나에게서 그 말들에 대한 이해를 구하는 것보다 훨씬 더 오래고 지난한 것이었다. 그것들을 이해하기 시작한 최초의 문은, 그것들이 우리의 눈에 보이는 물건의 이름이나 동작 혹은 감각의 상태를 이름이 아니라, 보이지 않는 것들에 대한 관념상의 정의라는 것을 터득하게 된 데서부터 열리기 시작했다. 추상어—그들은 많은 추상어를 사용하고 있었다. 그것은 그들이 직접 경험하지 않은 지식을 요구하고 있었다는 증거였다. 나는 이 최초의 문을 열고 나서부터 추상어의 비밀을 하나씩 벗겨가기 시작했다. '행복'이라고 '사랑'이라고 하는 것들이 그 대표적인 것이었다. 그런데 나에게 혼란을 가져온 것은 그 말들이 일정하게 쓰이지 않고 사람에 따라 그 쓰이는 형편이 각기 다른 점이었다. 심한 것은 눈에 보이는 현실과 눈에 보이지 않는 추상 개념을 중복해서 갖는 경우도 있었다. 가령 '윤택'이라는 말은 나뭇잎의 안쪽이나 마룻장이 반들반들 빛나는 것을 말하는 동시에, 또한 그들의 가진 재산의 어떤 정도 이상을 나타내는 말이기도 했다. '가난'이라는 말은 그것과 반대되는 상태를 가리켜 쓰이는 말인데, 그것 또한 일정한 쓰임의 기준이 없어서 가난하다고 하는 사람은 가지가지였다. 다만 바지에 뚫린 구멍 때문에 가난하다고 생각하는 사람이 있는가 하면, 때로는 지배 계층의 상층부에서 한 단계 떨어지는 것으로써 자기는 가난하다고 생각하는 수도 있었다. 어떤 여자는 색깔이 고운 옷을 살 수 없어서 가난하고 또 다른 사람은 여자들의 사랑을 받지 못하므로 가난하다고 생각했다. 가난하다는 말을 쓸 수 있는 일정한 기준을 잡기가 곤란했다. 한 가지 공통된 것이 있다면 대개 가난하다고 생각하는 사람들은 그 몸이 수척한 편이었다. 그래서 나는 가난이란 어떤 사람의 몸에 붙은 살집의 양을 판가름하여 이르는 말로 정리해보았다. 그러나 그러한 나의 정의를 난처하게 만든 것은 엄청난 몸집을 가지고 있는 사람들 또한 가난하다는 것을 알게 된 것이었다. 그들은 마음이 가난하다는 것인데, 다만 이 경우는 스스로 가난하다고 말하지 않는 것이 다를 뿐이었다. 스스로 가난하다고 생각한 사람들이 그들을 그렇다고 했다. 그러니까 가난한 줄을 스스로 안다는 것은 그것이 곧 가난이고, 그것은 절대로 살이 찔 수 없으며, 그런 생각이 없는 것은 윤택한 것이고, 따라서 그의 살집 또한 윤택해지는 것이다…… 나의 추리는 대강 그런 식이었다. '죄'라는 것도 가령 어떤 경우는 여자와 쾌락을 함께 자아내는 것을 말할 때도 있었고 (그 무슨!) 또 어떤 때는 그 쾌락으로부터 도망가는 것을 이를 때도 있었다. 나뭇잎이나 반들반들한 마룻장의 윤택에서부터 그 죄의 의미를 추리하려는 최초의 노력이 시작되었다면 나의 그런 이해 과정에는 얼마나 많은 혼란이 있었겠는가. 하지만 나는 이런저런 노력 끝에 마침내 다음과 같은 이야기까지도 상당한 정도까지 해독해내기에 이르렀다.

"사실 개념 규정으로서의 언어(말), 그것은 너무나 멀리까지 그 개념만을 쫓아간 나머지 이제는 그것이 출발했던 사실로 다시 돌아올 길을 잃어버림으로써 점차 우리로부터 불신을 당하기 시작하고 있다. 한 경험적 사실을 전달해야 할 의사소통의 수단으로서의 언어가 그 사실 경험으로부터 떠나서 맹목적으로 신앙되고, 그리하여 마침내는 인간을 지배하고 명령을 하기에까지 이르고 말았다. 이렇게만 되어간다면 우리는 어느 때고 그 언어의 사실성의 결여, 그 언어의 허위성을 깨닫게 될 것이고, 우리는 그 맹목의 신앙으로부터 빠져나와 그것을 버리게 될 것이다. 그렇다면 그때 언어는 사람들 사이를 연결하는 정보의 기능을 잃어버리고 각 인간 개인의 내면으로 숨어 들어가 그것의 다른 한 기능, 즉 그들 스스로의 내면 표백, 노래와 같은 역할밖에는 하지 못하게 될 것이다.

아아 그들은 다만 노래를 할 뿐인 것이다.

한편 우리가 슬프게 생각한 것은 그러한 언어의 퇴화는 필경 우리의 정신적, 문화적 유산까지도 소멸시키고 말리라는 것이다. 분노한 민중이 모든 비경험적 사실을 배척하고 나선다면, 우리의 형이상학적 언어 또한 같은 운명을 짊어져야 할 것이기 때문이다. 내용을 잃어버린 언어들은 한동안 우리들의 입에 노래처럼 남아 있을 수는 있겠지만 그런 것은 어느 때고 스스로 사라지게 마련일 것이고, 그렇다면 우리는 모든 형이상학적 사고나 가치의 축적이 불가능하게 될 것이 자명한 것이다. 그런 세계가 누천 년, 누만 년이 지난 뒤의 끔찍한 상태를 한번 상상해보라. 이미 사고가 마비되어버리고 아무것도 생각할 줄 모르는 인간의 머리는 한없이 퇴화하여 작아질 것이고, 대신 가장 감각적인 향락만이 극대화되면서 인간의 섹스 기능은 무한대로 발달을 계속할 것인즉, 머리가 형편없이 작아지고 쾌락의 새암 그 부근만 엄청나게 큰 인간의 형상을 상상해보라. 그것은 오늘날 거대한 엉덩이와 왜소한 발 때문에 걸음걸이를 비틀거리는 중국인 여자들의 그 우스꽝스런 모습을 그려보는 것만으로도 족할 것이다. 끔찍한 일이다. 그러나 그러한 비극은 오늘날과 같이 비사실적 언어들을 교묘히 연결함으로써 제3의 이미지, 마술적 환각을 조립해내고, 그것을 지배수단에 봉사시키고 있는 일부 인간들의 양심이 인간의 편에 서려는 결단을 내려주지 않는다면 피할 수 없는 운명일 것이다―"

 하여 비로소 나는 이 '책'이 가진 비밀의 일부를 들여다볼 수가 있었다. 그러나 그 말을 나대로 이해하기까지의 과정에서 나는 이미 그러한 말들이 내게 끼쳐올 위험스런 해독에 대해서도 어느 만큼은 미리 경계를 하고 있어야 했었다……

 피곤한 푼수로는 좀처럼 잠이 오지 않는다.

 다음 날 아침 눈이 뜨인 것은 햇덩이가 이미 콘크리트의 벌판을 가마솥처럼 뜨겁게 데워놓은 뒤였다. 나는 극도로 피곤했다. 내 몸뚱이 전체가 그냥 하나의 피곤덩이리 같았다. 잠결에선 몹시 몸부림을 친 모양이었다. '책'이 나로부터 꽤 멀리 떨어져 뒹굴고 있었다. 하마터면―내가 만약 다시 눈을 뜨지 못하고 말았다면 그 '책'은 나의 비석으로 남아 있다 또 다른 누구에게로 가서 그의 병이 되어줄 뻔한 것이다. 나는 거의 구르다시피 하여 그 '책'으로 접근해 갔다. 그리고 간신히 그것을 붙잡고 한동안 숨을 몰아쉬었다. 이제 나의 호흡은 내 가슴과 배의 운동에 따라 되는 것이 아니라, 그것 스스로 생명을 지니고 육신을 드나들고 있었다. 나는 자신의 호흡을 지배할 기력도 없었다.

정말 이젠 나의 차례가 가까워진 것 같았다.

나는 다시 '책'을 부여안았다. 그러나 거기에는 아직도 해명할 수 없는 비밀이 있었다. 그것은 바로 나의 병증에 관한 것이었다. 병의 이름은 알았으되, 어째서 그것이 병이 되며, 어떻게 그것이 나를 이토록 야위게 하는가는 아무래도 알아낼 수가 없었다.

자유—

이것이 그 병원(病原)의 이름이었다. 검은 제복들이 나에게 나타나고 나의 머리가 커지고 내가 마르기 시작한 것은 생각해보면 모두 그 말과 상관이 되고 있었다.

처음에 내가 그 말에 대해 아무것도 알 수가 없었던 것은 다른 모든 추상어에 대해서와 마찬가지였다. 그리고 그 점을 이해하려고 노력한 것도 같은 식이었다. 그런데 이 말은 그러한 노력만으로도 벌써 나에게 독소를 감염시켜오고 있었다. 그것은 어떤 금기의 말이었다. 나의 노력은 그 금기의 침범이었다. 나는 아직 그 말의 뜻이나 현상에 올바로 접해본 일이 없었다. 다만 그 말을 나의 생각 속에 담아본 것만으로 이미 해독을 입고 있었다. 하지만 나는 그 저주스런 병마의 비밀의 윤곽조차 제대로 잡지 못하고 있는 것이다. 그것은 내 추리의 뿌리부터 자꾸 혼란시켰다.

—콩밭에 고삐가 풀린 소.

—선택. 책임.

—타인과 자신을 해롭게 하지 않는 한 모든 일을 제 마음대로 할 수 있음.

—피. 생명과 함께 주어진 것.

―전쟁의 가장 중요한 무기. 그의 이름으로 죽어간 생명의 수없음.

―일종의 구속.

―가장 가난한 자들의 소유.

―가장 윤택한 자들의 소유.

―인간이 인간이게 하는 이유, 그의 우주 형성력 또는 그 질서.

이것들은 모두가 그 자유라는 말을 설명하거나 그것에 상관되고 있는 말들이었다. 도대체 여기에서 나는 어떤 공통의 뜻과 질서를 찾아낼 수 있을 것인가. 그러면서도 그것이 금기시되기 이전, 자유는 많은 사람들의 삶에 깊이 관계 지어져 있었던 것 같았다. 누구나 그것을 주장하고 찬양하고 그것을 위해 목숨을 걸어 맹세했다. 그래서 그것은 나를 더 답답하게 했고, 불안스럽게 긴장시켰고, 그리고 드디어는 까닭 모를 복수를 시작했다. 그 자유의 알 수 없는 독소가 배어들어, 머리가 천천히 부풀어 오르고, 소화 상태도 지극히 나빠져서, 몸이 야위고 그 쾌락의 근육질마저 날로 쇠퇴해가기 시작한 것이다.

"마기, 마기……"

어머니는 걱정스런 눈빛을 하며 구슬픈 소리만 냈다. 어머니는 이미 가족 중 누구에게 그런 증세가 나타나면 반드시 그 검은 제복들이 찾아오는 것을 알고 있었던 것이다.

그리고 그러자 정말로 그 검은 제복들이 나타나서 나를 콘크리트의 벌판으로 데려갔다.

에덴.

무슨 뜻을 지닌 말인지, 그 콘크리트의 벌판은 그런 이름이었다. 누구로부턴지 그곳에선 사람의 모든 일이 '온전히 이루어진다'고 알려져왔을 뿐이었다. 무서운 병도 그곳에선 고쳐진다 했다. 그러나 누가 스스로 그곳으로 가거나 일부러 보내진 사람은 적었다. 그 적은 사람들 중의 하나가 나의 아버지였다. 내가 아는 사람 중에 그곳엘 갔던 사람은 나의 할아버지와 아버지뿐이었다.

그러나 할아버지도 아버지도 끝내는 그 병에서 벗어나지 못한 것을 어머니는 기억하고 있었다.

나는 물론 왜 나에게 그런 변고가 생기는지 또는 그것이 거기에서 어떻게 고쳐질 수 있는지를 알지 못했다. 그러나 나는 그곳에서 구름 없는 서른 날을 헤아리고 있는 동안 깨닫기 시작했다. 둥그럼한 지평선 하나로 하늘과 땅이 이루어지고, 언제나 머리 위에 이글거리며 시간을 지키는 햇덩이, 그것은 나에게 무척 고통스러웠다. 태양열이 뇌수를 씻어내는 듯한 아픔, 그리고 그늘마저 증발해버린 하늘과 벌판이 온통 나의 머릿속으로 가득 밀려 들어와 있는 듯한 답답함, 그리하여 나의 모든 내부가 깡그리 어디론가 빠져 달아나버리고 텅 빈 껍데기만 남은 듯한 허망감…… 그 모든 것이 내내 나를 못 견디게 했다. 나는 그곳에서 아무것도 이루어질 것 같지가 않았다. 어째서 그것들이 나를 그토록 고통스럽게 하는지도 알 수 없었다. 그것을 생각해볼 틈도 없었다. 나는 다만 그곳을 빠져나갈 궁리에만 몰두하고 지냈다. 그곳을 빠져나가기 위해 별별 생각을 다 짰다. 그러나 그 모든 기도는 도로로 끝나고 말았다.

나는 그때 알았다. 에덴은 '모든 일이 온전히 이루어지는 곳'이 아니었다. 낙원이 아니었다. 나를 괴롭히고, 아픔을 줄 뿐이었다.

그러나 나는 아직도 많은 것을 알 수 없었다. 왜 그들이 나를 그곳으로 데려왔는가. 아픔은 어디서부터 오는 것인가.

그러자 희한한 일이 일어났다. 그렇게 쓰리고 답답한 진통의 몇 날이 지나가자 나는 마치 폭풍이 잠든 뒤처럼 평온해지기 시작했다. 아픔이 차차 가시고 지평선이 나로부터 멀찌감치 물러섰다.

콘크리트의 벌판은 나를 고요한 평온 속에 무심히 잠재웠다. 그로부터 나는 그곳을 빠져나오려는 기도를 단념하고 그 아늑하기조차 한 에덴에 나를 내맡겨버렸다. 그러자 더욱 놀라운 일이 일어났다. 나의 머리가 어느새 조그맣던 원래의 크기로 줄어들기 시작했고 섹스 부위도 차츰 다시 부풀어 올랐다. 나의 병이 낫고 있었다.

그러나 에덴은 나를 완전히 고쳐놓지는 못했다. 내가 거기서 나왔을 때 집에는 '책'이 나를 기다리고 있었고, '책'을 보자 나의 잠들었던 고통이 다시 깨어나기 시작했다. 나는 거기서 비로소 그 에덴의 모든 비밀을 깨닫게 되었다. 그것은 바로 감격을 가지고 '감옥'이라는 말을 발견해낸 덕분이었다.

콘크리트의 벌판은 하나의 감옥이었다.

감옥은 인간들을 억압해 길들였다. 억압과 길들임의 장소였다. 억압이라는 말을 이해하기는 어렵지 않았다. 감옥에서는 인간들의 발목에 쇠고랑을 채워서 걸음걸이를 힘들게 하고 팔을 묶어서 움직이지 못하게 했다. 그리고 사람이 지내야 하는 조그만 방에다 쇠창살을 달아 그 이상의 공간을 활동으로 소유할 수 없게 했다.

어째서 그 콘크리트의 벌판을 나는 억압과 길들임의 장소, 감옥이라고 말하는가. 그것은 내가 거기서 받은 지독한 고통이 바로 그 억압으로부터 온 것이었음을 알았기 때문이다. 거기서는 팔을 묶지도 않았고, 발에 쇠고랑을 채우지도 않았다. 쇠창살 대신 무한한 공간을 주었다. 그러나 그것은 인간을 좀더 효과적인 방법으로 억압했다. 모든 사고의 질료를 차단해버리고 무의미한 공간만을 제공함으로써 사고를 불가능하게 했고 정신을 마비시켰다.

그것은 그렇게 나를 길들여 고쳐놓았다. 그러나 나의 고통이 사라진 것은 나의 사고 기능이 완전히 마비된 탓이었다. 생각의 질료를 찾아내지 못하고도, 생각하지 않고도, 그러기 때문에 비로소 나는 편안해질 수 있었던 것이다. 나의 아픔은 그 사고의 질료를 찾아 헤매는 나의 정신, 그것을 찾아내지 못하여 안타깝게 사고하고자 하는 나의 정신의 갈망이었다. 그러한 나의 갈망이 뜨거운 햇볕에 증발해버리고 그림자조차도 없는 빈 공간으로 채워지자 나는 마침내 편해지게 된 것이다. 그 억압과 규제의 그릇에 나의 심신이 편안히 길들여진 때문이었다.

그러나 그 '책'이라는 것이 나에게 남아 있는 한 나는 영원히 편해질 수 없었다. 나의 조상들이 언제나 그랬던 것도 바로 그 때문이었다. 나의 머리는 다시 부풀어 오르기 시작했다.

억압하는 방법은 서로 정반대였다. 한쪽은 모든 육신을 포박한 대신, 다른 한쪽은 육신에 무한한 공간을 주면서 정신을 마비시켰다. 육신을 포박당한 쪽은 끊임없이 생각을 계속하였고 편지나 면회(그 시대의 한 제도였다), 독서 따위로 그들의 최소한의 생각의 질료를 공급받고 있었다. 그러나 한쪽은 모든 것이 무한 공간, 절대 공간으로 차단되어버렸다.

어째서 그럴 필요가 있었을까. 억압의 방법이 어째서 그 반대의 것으로 바뀌었을까.

그것을 깨달은 것은 내가 그곳에서 나와 한동안 생각을 계속하고 난 다음이었다. 그러나 보다 더 중요한 것은 나는 비로소 그 억압으로부터 자유를 유추해낼 수 있었다는 것이다.

사실 그 감옥이라는 곳의 사람들은, 가장 많이 자유라는 말을 쓰고 있었다. 억압은 자유의 박탈이랬다. 자유는 억압의 반대 뜻이었다. 그리하여 뜻밖에도 나는 얼마간 자유의 참뜻을 해득하게 되었다. 그러나 아직도 정확하지는 않았다. 왜냐하면 그 '책'이 설명한 바와 같은 선택이라든지 피의 요구, 그런 것들이 어떻게 그것과 연관이 되고 있는지는 아직도 분명치가 않았기 때문이다. 확실한 것은 다만 나는 그로부터 더욱 급작스럽게 여위기 시작했고, 그 에덴에서의 나의 치료도 그것으로 다시 허사가 되어가고 있다는 사실이었다.

왜 그들은 발과 팔을 포박하고 쇠창살로 억압하는 대신 우리를 콘크리트의 벌판으로 보내는가.

그러던 어느 날 나는 마침내 그 '책'의 가장 중요하고도 기이한 부분을 찾아내기에 이르렀다. 다행이든 불행이든 그것은 나의 생각을 끝맺게 해준 지극히 중요한 사건이었다.

"하나의 가상세계를 생각해본다. 그 세계는 최초에 무서운 혁명으로부터 형성되기 시작한다. 그야 반드시 혁명이 아니래도 좋다.

매우 미시적인 방법, 그러나 인간 내부의 근원부터 파괴하는 조직적인 방법으로 훨씬 치밀하게 그것을 진행해갈 수도 있으니까. 사실 우리는 지금도 그러한 가상세계로 가는 내부 조직의 파괴 방법이라고 할 수 있는 여러 가지 징후를 가지고 있지 않은가. 하지만 이야기를 쉽게 하기 위해 역시 혁명 쪽으로 해두는 게 좋겠다.

 혁명군은 가장 강력한 세력으로 지상의 모든 권력을 통합하고 무시무시한 포고를 발한다. 일체 시민은 그 생활을 혁명군의 명령에 따르고 의지해야 한다. 아침 기상은 몇 시에, 보행은 어떻게, 식사는 어떤 종류로, 대화는 어떤 성질의 것만을…… 그리고 당국은 모든 명령을 일사불란하게 이행시켜나갈 강력한 통제와 조직력을 행사한다. 그런 상황은 상상이 그리 어렵지 않을 것이다. 정치란 시민 생활의 일부에 불과하지만 혁명주의자에겐 생활의 전부가 되어버리는 것이니까. 더욱이 지배자는 언제나 독재의 욕망이 있는 것이고, 그의 독재는 자신의 한정된 취미를 대중의 법률로 삼고 싶어 하는 경향이 많으니까.

 그리하여 당국은 모든 시민의 사고를 억압한다. 아니 사고를 완전히 추방하지 않는다 해도 무방하다. 생각하는 방법을 일정하게 한정하면 그 효과는 마찬가질 테니까. 무엇을 어떻게 느끼고 생각할 것인가를 한정당한 인간의 사고는 방향키를 고정해버린 배의 항해와 같은 것이 될 수밖에 없을 것이다.

 한편 혁명군은 그 모든 규제가 완전해질 때에는 시민들이 먹고 자고 입는 일에 대한 모든 걱정을 해소시켜줄 것이라고 굳게 약속한다. 생활을 규율하는 것은 시민들의 불필요한 걱정을 덜어주기 위한 것이며, 시민들은 규율을 준수하고 복종해나감으로써만 안일과 번영을 누리게 될 것이라 설득을 계속한다.

시민들은 항거할 것이다. 자유를, 양심을, 개인의 생각을 말살하지 말라! 우리는 피를 흘리겠다. 그러나 그러한 항거는 혁명군에 의하여 무참히 짓뭉개지고 만다.

시민들은 차츰 피를 흘리는 일이 언제나 불필요한 희생을 가져온다는 것을 알게 된다. 그리고 한 사람 한 사람 체념을 하게 되고, 그 규제 속에 자신의 삶을 맡겨 거기서 조용한 안식을 찾으려 노력한다. 그 노력 끝에 나름대로의 안일과 평화를 발견한다. 그런 상태가 한 1만 년 아니 1억 년쯤(또는 그보다도 훨씬 짧은 기간에도 가능할 현상일지 모른다) 계속되어 인간의 자유 의지가 마침내 완전한 퇴화와 소멸 상태에 이른다. 인간의 심성이 마치 액체처럼 녹어져서 어떤 모양의 억압과 규제의 그릇에도 매우 알맞게 담길 수 있게 된다. 여기에서, 자유를 사랑한다는 것은 자기를 묶고 있는 사슬을 사랑하게 되는 것이라는 우리의 말이 전혀 비유를 거부해버린 직설적 의미를 만나게 되는 것이다.

그때 어느 짓궂은 혁명 사령관이 있어 그 일체의 억압과 규제를 잠시 철회해본다. 그것은 단지 어떤 혁명 사령관의 유희로 일어날 일만은 아니다. 왜냐하면 지배자는 언제나 효과적인 억압과 규제의 방법을 생각해야 하고, 또 그들은 일반 시민과는 점점 동떨어져가는 생활로 인하여 애초에는 전혀 예상치도 않았던 소외의 세월을 보내게 될 테니까. 인간의 비인간화의 두꺼운 굴레는 최후엔 언제나 스스로가 뒤집어쓸 운명인 것— 그리하여 어느 혁명군 사령관이 그 굴레를 벗으려 하는 경우나 그 결과는 어차피 우리의 가정(假定)과 합치하는 것이다. 어쨌든 그렇게 잠시 억압과 규제는 풀리게 된다. 그리고 이미 자유 의지를 잃어버린 인간들은 마치 방향 감각을 잃은 곤충 같은 처지가 되고 만다. ─억압을 풀지 말라! 그들은 이제 아마 사령부로 몰려와 외쳐댈 것이다.

─규제가 아니면 죽음을 달라!

(그 인간들의 형체는 우리가 이 '책'의 다른 부분에서 상상해본 바와 같다.)

그것이 혁명군 사령관의 유희였다면 그는 아마 만족하여 황소처럼 웃을 것이다. 그리고 가정의 후자 쪽이라면 그 벗어날 수 없는 운명의 굴레에 절망하고 후회할 것이다.

그러나 어쨌든 억압과 규제는 다시 베풀어진다.

그런데 그때 누군가 아직 자유에 대한 기록 같은 것을 찾아내고 잃어버린 인간, 인간의 자유에 대해 주장을 내세우고 나선다면 어떻게 될 것인가. 나아가 그 세력이 조금씩 다시 번성해간다면 어떻게 될까. 그걸 생각하기는 그리 어려운 일이 아닐 것이다. 분노한 군중은 필경 그들을 공격하고, 모든 불온서적을 불태우게 될 것이다. 그리고 일부 진보주의자들은 이렇게 주장할 것이다.

─자유란, 일부 미개한 인간들, 더욱이 근래엔 지극히 고루하고 퇴폐적인 인간들에게 맹목적으로 신봉된 미신일 뿐이다.

무서운 일이다. 혁명은 차라리 눈에 보이는 길이다. 보다 끔찍스런 일은 그런 세계로 가는 길이 앞에서 말했듯 눈에도 보이지 않는 쉬운 방법이 있다는 사실이다. 거기에선 아마도 피를 흘리는 일조차 없을 것이다…… 그런 방법에서는 시민이 애초부터 그들에 속아 피 흘림을 스스로 비웃을 것이기 때문이다……"

 최초로 내게 생각이 난 것은 나를 데리러 왔던 그 제복의 사람들이었다. 내겐 그 사람들이 바로 혁명군이었다. 책에서 우려한 모든 일들이 우리에게 그대로 이루어지고 있었다. 오히려 그 '책'이 상상할 수 있었던 것보다 더 많은 것이 이루어져 있었다. 그 제복의 사람들만 보아도 예언은 너무 정확해 보였다. 그들은 한결같이 치렁치렁한 망토로 몸의 형체를 감추고 있었고, 얼굴엔 커다란 색안경들을 쓰고 있었지만, 그러나 그것은 우리의 생김새와는 완연히 달랐다. 엄청나게 큰 머리며 알맞게 균형을 이룬 가슴과 배, 그리고 적당히 솟아오른 아랫배의 쾌락 기구와 건강한 다리들. 거기다 그들은 가락도 감미로움도 없는 큰 목소리로 말을 했다. 왜 그때 바로 생각나지 않았을까. 왜 그게 이상하지 않았을까. 나는, 나의 생각은 그들이 이상한 모양을, 나와 다른 모양을 한 것을 의심해볼 수조차 없었던 것일까. 그들이 아버지의 책에 끼어든 사람의 모습 바로 그대로였던 것을 말이다.

 혁명군은 결국 모든 인간을 지배할 억압과 규제의 방법을 끊임없이 생각해내야 했을 것이다. 그들은 아무것도 변하지 않고 있었다. 규제의 방법이 육신에서 머릿속의 것, 생각 쪽으로 옮겨진 것은 지극히 당연했다.

 그들은 결국 우리의 육신과 정신을 다 함께 묶고 싶어 해온 것이었다. 그런데 처음엔 육신을 묶음으로써 정신까지 함께 묶을 수 있다고 생각했을 것이다. 사실 그들이 육신을 묶어놓은 인간에게 부단히 가한 불안과 공포는 간혹 그 사람의 정신을 그들이 바라는 대로 바꿔놓을 수가 있었다. 그러나 그들은 아직 현명치 못한 데가 있었다. 더욱더 무결한 방법을 모르고 있었다. 그런데 그들의 후손이 그것을 훌륭하게 완성해내고 있었다. 콘크리트의 벌판은 우리의 사고를 정지시킬 뿐 아니라 우리의 신체적인 노력까지도 무의미하게 만드는 것이었다.

그렇게 혁명군은 살아남아 있었다. 그리고 그들은 그들의 방법을 좀더 완벽하게 보충해갈 것이다.

에덴의 비밀은 이렇게 나에게 문을 열었다. 나는 아내 마진을 붙들고 얼마나 기뻐했던가. 그리고 얼마나 두려워했던가. 아내는 물론 아무것도 몰랐다.

그때부터 나는 나의 내부 어디엔가 숨어 있을 나의 의지의 흔적, 이상한 병원, 나의 자유 의지를 찾아보려고 애쓰기 시작했다. 그것이 어딘가 내 속에 남아 있으리라는 신념은, 그 어느 때 씌어진 이 '책'을 내가 조금은 이해할 수 있다는 데에서부터 비롯된 것이었다. 나는 우선 나에게 가해지는 그 제복들의 규제를 거부했다. 규제와 억압은 자유를 핍박하고 추방하는 것임을 나는 거기서 알아낸 때문이었다. 그러나 끝내 그것은 찾아지지 않았다. 나의 머리는 끝없이 부풀어 오르고 육신은 무섭게 야위어 들었다. 찾아지지 않은 그 자유 의지의 흔적이 어째서 나를 그토록 마르게 하는지는 물론 아직도 알 수 없었다. 어머니와 마진은 슬픈 가락의 목소리로 언제나 나를 걱정했다. 그리고 나는 그것조차 나의 육신에 대한 저주인 것처럼 날이 갈수록 야위어갔다.

다시 밤이 되었다. 조그맣게 벌어진 나의 눈꺼풀 사이로 별빛이 비집고 들어왔다. 이제 끝이 나가는구나. 내일 아침도 나는 다시 눈을 뜨게 될 수 있을까. 오늘 밤으로 나는 별을 마지막 보게 되는지도 모른다.

햇볕에 타고 바람에 씻기고 밤이슬에 젖으며 하얗게 바랜 나의 해골이 눈에 보인다. 그러나 그 해골의 내력을 아무도 알아내지는 못할 것이다. 아무도 그것을 알아내지 못하고 해골 또한 스스로 말하지 못한다…… 그렇게 세월이 흐르다 보면 영원히 잠에 취한 벌판에서 해골도 끝내는 흔적 없이 사라진다.

그러면 이제 영원하고 완전한 세계가 온다. 후회하지 않는다. 그 모든 것이 애초부터 나의 운명이었다. 나는 너무나 엄청난 비밀을 보아버린 것이다. 그것은 내가 이미 어떻게도 할 수 없을 만큼 엄청난 것이었다. 비밀을 보아버린 나는 다만 그것을 보게 된 과보로 영원히 그 비밀의 문을 다시 빠져나올 수 없게 된 것이다. 나의 조상들도 모두가 그랬다. 나를 마지막으로 이제 다시는 그런 비극이 없을 것이다. 비밀의 문을 영원히 닫아버려야 했다. 그래서 나는 이곳으로 온 것이다. 이번에는 물론 나 스스로.

'책'에서 행해진 그 예언은 나에게서 더욱 얼마나 무섭게 이루어지려고 하고 있었던가.

'책'이 남아 있었다. 나에게. 그리고 나는 그것을 이해하기 시작하고 있었다. 나는 성난 군중들로부터 죽임을 당해야 할 처지였다. 뿐만 아니라, 우리에게 자유는 악덕이었다. '책'을 만나기까지 나의 생활은 얼마나 평온했던가. 나는 끝없이 쾌락만을 품어 올리며 지냈었다. 나의 감미로운 말을 즐기며 탈 없이 살았다. 그리고 그 '책'에 의하면 사람들은 더 이상 자유를 원하지 않는다고 했다. 자유를 고발할 것이라고 했다. 모든 사람이 원하지 않는 것은, 나를 마르게 한 것은, 그 자유는 악덕이었다. 무서운 질병이었다.

나는 영원히 그 비밀의 문을 닫기로 작정했다. 그리고 내가 짊어진 운명에 따라 나는 다시 이 벌판, 에덴으로 오기로 결심한 것이다. 나의 한 가지 기쁨은 그 슬프고 어려운 결정을 스스로 내릴 수 있었다는 것이다.

나의 비석을 깨뜨리자, 영원히 비밀의 문을 닫아버리자, 마지막 힘이 남아 있을 때.

가는 바람이 이따금 벌판을 아무렇게나 뒹굴고 지나갔다. 나는 간신히 팔을 뻗어 나의 '책,' 나에게 스스로 죽음까지 결정하게 한 나의 '책'을 집어 펼쳤다. 거기에 잠시 얼굴을 묻었다. 그리고는 맨 첫 장을 찢어내 지나가는 바람에 얹어 날렸다. 그것은 한동안 바람결에 이리저리 벌판을 뒹굴며 돌아다녔다. 그것이 어느덧 잿빛 어둠 속으로 자취를 감추자 나는 다시 한 장을 뜯어내 다음 바람에 얹어 보냈다.

마찬가지로 그것도 벌판을 뒹굴었다.

세번째, 네번째……

비밀의 문이 조금씩 닫히고 있었다.

이윽고 마지막 한 장에서 나는 다시 한동안 망설이고 있었다. 마지막 한 장이 나의 마지막을 생각하게 하였다.

―그렇지만.

나는 아직도 그 자유의 모든 것을 모른다. 그것이 나를 마르게 하는 이유를 모른다. 우리가 그것을 망각해버리기까지 얼마나 긴 세월이 흘렀는지 모른다. 그것을 위해서 피를 흘린 이유를 모른다.

번호 붙고 줄지은 집. 그 무위의 평화. 쾌락.

아, 아직도 별이 빛나고 있다. 그러나 빛이 흐리다. 별들이 춤을 춘다. 그 밖엔 아무것도 일어날 일이 없다.

영원한 비밀의 문이 닫히면 이 벌판을 아름답고 안락한 땅 에덴으로 믿지 않을 사람은 아무도 없게 된다. 이 세계는 하나의 커다란 에덴이 된다. 영원하고 무결한. 시간마저도 의미를 잃어버린 영원의.

그러나 나는 그 마지막 한 장에서 여전히 망설이고 있었다. 마지막 한 구절이 아직 나의 생각을 붙잡고 있었다.

"그리하여……"

그리하여?

바람이 재촉하듯 그 한 장에 매달려 펄럭이다 지나갔다.

나는 간신히 손가락에 힘을 뻗어 그것을 찢어냈다. 그러자 나의 팔이 힘을 잃고 늘어졌다. 바람이 손에서 그것을 빼앗아갔다.

모든 별빛이 사라져가고 있다. 바람이 점점 더 거세어져간다. 벌판이 바다처럼 커다랗게 일렁이기 시작한다. 나의 하늘, 나의 벌판, 나의 지평선, 나의 원, 나의 우주가 바야흐로 어느 한구석에서부터 서서히 찢어지기 시작한다. 나의 그 우주의 상처로부터 우르릉우르릉 우레 소리가 굴러오다 하늘이 갈라지는 듯한 따가운 소리로 변한다. 그리고는 이내 비가 흩뿌리기 시작한다. 나는 이미 생명을 포기해버린 내 육신의 한구석에 숨어 조용히 그것을 듣고 있었다.

예언은 모두 다 이루어지는 것인가.

마침내 그 마지막 구절까지도.

―그리하여 인간이 인간이려고 하는 노력은 끊어지고 우주는 파멸할 것이니, 미련하게도 자유와 인간의 안일을 함께 말하지 말라. 자유는 우주의 평화와 인간의 행복의 이유가 아니라 그 생성 원력(生成原力)인 것이다.

(『현대문학』 1967년 9월호)

과녁

초여름의 새벽안개가 읍 공원을 덮고 있다. 안개는 서서히 위로 움직이면서 여자가 흰 치맛자락을 걷어 올리듯 공원을 벗겨 올라가고 있다. 나무가 없는 공원 풀언덕이 아랫도리부터 드러났다. 비는 오지 않았지만 밤이슬에 젖은 풀빛이 생생하다.

시가는 아직 곤한 새벽잠에 잠겨 있다. 자동차도 달구지도 바쁘지 않고, 부근엔 기찻길이 지나지 않아서 먼 기적 소리 같은 것도 없다. 이 나른한 새벽잠은 아직 한참 더 계속될 것이다.

그러나 누가 벌써 이 조용한 잠에서 깨어나 있는 것일까.

소리가 전혀 없는 게 아니었다.

딱!

……

딱!

……

어디선가 꼭 그 한 가지 소리가 새벽 시간을 점찍어 헤아리듯 거의 일정하게 울려나고 있었다. 작은 구멍을 새어나온 물이 한참 만에 방울이 되어 떨어지는 소리 같았다. 어떻게 들으면 밤을 쫓기 위해 망치를 두드리는 신령이, 정적 속에서 졸음을 견디려고 애쓰고 있는 것 같기도 했다. 그것은 대개 규칙적이었으나 혹 어떤 때는 듣는 사람이 잊어버리기를 기다리듯 시간이 떴고, 아주 드물게는 훨씬 짧아지기도 했다.

딱!

……

딱!

……

주의를 기울이지 않으면 의식되지도 않았지만, 설령 의식이 된다 해도 어디서 오는 소린지를 분간할 수는 없었다. 잠에 빠진 시가지의 어느 먼 집에서 오는 소린가 하면 바로 공원을 덮은 안개 속 어디에서 울려 나오는 것 같기도 했다.

안개가 조금 더 공원을 걸어올라갔다. 그러자 그 중턱쯤에서 한 채의 정자(亭子)가 희미하게 드러난다.

좀더 가까이 가서 보면 그 정자의 북향 정면에 걸려 있는 현판에서 북호정(北虎亭)이란 정자의 이름을 읽을 수 있다. 그러나 바로 그 위쪽은 아직 안개에 싸여 아무것도 볼 수 없다.

우선 말할 수 있는 것은 그 정자의 뜰에 북향하여 서 있는 두 사람에 대해서이다. 머리가 반백이 된 한 사람의 노인과, 이상하게 가꾼 머리 모양 때문에 얼핏 나이를 짐작할 수 없는 젊은 여인. 두 사람 다 의복이 단정하다. 한 감으로 지은 듯한 모시 베옷들인데, 허리에는 각기 색 띠를 두르고 있다. 여인은 옥색 띠로 허리를 매었고 노인의 그것은 주홍색이다. 주홍 쪽은 색이 바래서 곱지는 않았으나 역시 깨끗이 빨고 잘 손질되어 있다. 그 색띠의 뒤쪽에는 길쭉한 주머니가 달려 있는데, 거기에는 다 같이 노랑색 실로 '北虎亭'이라고 수놓여 있다.

 두 사람은 물론 거기 그냥 서 있는 것이 아니다. 각각 활을 들고서, 북호정과 조그만 골짜기를 하나 낀 맞은편 언덕, 아직 안개가 걷히지 않은 곳을 향해 교대로 화살을 보내고 있다. 노인이 화살 하나를 쏘고 나면 한참 있다가 여자가 쏘고, 그리고는 한참 후에 다시 노인이 쏘고…… 그 시간은 일정했다. 여자는 활을 쳐들어 공중에서부터 화살을 재어내려 겨냥해 쏘았고, 노인은 힘 좋게 가슴께에서 정면으로 겨냥해 쏘았다. 그때마다 맞은편 언덕 안개 속에서 딱, 딱 화살 맞는 소리가 울려 나왔다.

 소리는 바로 그것이었다. 아니, 그때마다 소리가 울려 나오는 것은 아니었다. 소리는 대개 노인이 쏘았을 때뿐이었다. 여자가 쏘았을 때는 잘 나지 않았다. 어쩌다 한 번씩뿐이었다. 그러나 그들은 소리에 마음을 쓰고 있지는 않은 눈치다. 말 한마디 주고받지 않으며 다만 일정한 간격으로 교대교대 화살을 보낼 뿐이다.

 이윽고 안개가 좀더 위쪽까지 걷혀 올라가고 맞은편 언덕 안개 속에서 흰 나무판에 검정 원을 둘러 그린 과녁판이 풀잔디 위에 모습을 드러낸다. 그러자 노인이 활을 내려뜨리고 정자를 돌아보며 호령하듯 소리쳤다.

"건아!"

북호정 한쪽 방문이 열리고 열두서너 살쯤 나 보이는 사내아이가 흰 손부채를 들고 댓돌을 내려선다. 노인은 여전히 활을 내려뜨린 채 더 말이 없이 건너편 언덕만 바라보고 있다. 건이라고 불린 그 사내아이가 부채를 들고 건너편 언덕으로 달려가 이쪽을 바라보며 과녁판 곁에 섰다. 노인이 화살을 재어 겨냥했다. 아까처럼 가슴께에서 정면으로 겨눴다. 겨냥하는 시간은 오래지 않았다. 화살이 곧 시위를 떠났다.

딱!

화살이 과녁에 꽂히는 소리와 함께 소년이 두 손으로 부채를 쳐들었다. 그리고는 제법 교묘한 솜씨로 뱅그르르 부채를 돌려댄다. 꼭 하늘을 향해 핀 하얀 꽃이 바람에 흔들리고 있는 것 같다. 소년은 부채를 내리고 또 다음 화살을 기다린다. 노인은 아무 일도 없었던 것처럼 조용히 가라앉은 시가지로 눈길을 보낸다.

조금 있다가 여자가 활을 위에서부터 겨눠 내렸다. 화살이 과녁을 향해 서자 여인은 한동안 더 그 자세를 유지한다. 여인의 왼팔 소매가 둥그렇게 흘러내려 있다. 그 시간이 노인에 비해 훨씬 긴 것 같다. 그러나 그것도 실상은 순간이었다. 화살은 이내 시위를 떠나 딱 소리와 함께 과녁을 맞혔다. 소년의 부채가 또 한 번 하늘을 향해 흔들리는 흰 꽃을 그린다. 여인이 노인을 보았다.

"이시(二矢)!"

노인은 여전히 시가지 쪽에 눈을 준 채 말했다. 여인이 화살을 재고 또 과녁에서 딱 소리를 냈다. 부채가 다시 올라갔다.

"삼시(三矢)!"

그러나 이번에는 소년이 부채를 올리지 않는다. 그는 허리 아래께에서 오른쪽으로 원을 그려 부채 끝을 흘렸다. 그리고 그 부채의 이동에 끌리듯이 몸을 오른쪽으로 꼬면서 왼손을 배에 붙였다. 머리도 오른쪽으로 고정되었다. 그러고서 소년은 잠시 기다린다. 그 모든 동작이 거의 한순간에 이루어졌다. 화살은 과녁을 맞히지 못했고, 그러니까 소년의 동작은 화살이 시위를 떠나면서 동시에 이루어진 것이다. 아니, 너무나 정연한 그 동작은 마치 여인이 활을 겨누는 모습에서 벌써 준비되어 있었던 것 같기도 했다. 소년이 천천히 몸을 일으킨다.

"사시(四矢)!"

여인이 말없이 화살을 쟀다.

……딱!

소년의 부채가 허공을 향해 뱅그르르 흰 꽃을 피운다.

"오시(五矢)!"

노인은 여전히 눈을 시가지에 둔 채다. 시가지가 조금씩 꼼지락거리기 시작한 것 같다. 딱 무슨 소리라고 꼬집어 말할 수 없는 소리들이 간간이 올라오기 시작한다. 그 소리들은 저희들끼리 서로 부딪고 깨지면서 새로운 소음의 덩어리 속으로 섞여 들어가고 있었다.

노인의 얼굴에 초조한 빛이 서리기 시작한다. 여인도 조금 서두르는 눈치다. 그러나 동작이 흐트러지는 일은 없었다. 시위가 화살을 밀어내면서 대기를 가르는 날카로운 소리와 함께 소년이 몸을 뒤로 젖히며 부채를 번쩍 들었다. 부채의 끝이 뒤로 흐르고 있었다.

"오늘은 네가 졌다. 석 점뿐이다."

비로소 노인은 눈을 돌려 여인을 향해 말했다.

"제가 졌습니다."

대답하는 여인의 손엔 아직도 화살이 하나 남아 있다. 노인을 향해 다문 입에도 아직 무슨 뒷말이 물려 있는 듯싶다. 그러나 노인은 그것을 못 본 체해버리고 눈으로 시가지를 가리킨다. 그 눈에는 어떤 경계가 담겨 있다.

"잠들이 깼다. 들어가자."

그러자 여인은 활을 부려 들고 노인을 따라 아까 소년이 나온 방으로 들어가버린다. 건너편 소년은 그것을 보고 나서야 화살들을 주워 들고 계곡을 건너왔다. 그리고는 그 역시 방 안으로 사라져버린다.

북호정은 잠시 아무 일도 없었던 듯 피어오르는 아침 속에 무연히 서 있다. 그러나 아까 그 문이 다시 열리고 여인이 옷을 갈아입고 나와서는 마치 이제 막 잠이 깨어 나온 사람모양 뜰을 한번 둘러보고 나서, 동편 벽 아래 붙여 세운 부엌으로 들어간다. 노인과 소년도 방을 나온다. 노인은 뜰 한쪽에 세운 우리에서 염소 몇 마리를 끌어내고 소년은 꼴망태기를 메고 노인을 따라 정자를 나선다.

만약 누군가 지금 막 북호정에 이르러 이 광경을 본 사람이 있다면 그는 북호정 사람들의 아침 기동을 샅샅이 다 안 것으로 믿게 될 것이고, 자기의 한 발 앞선 기침(起寢)에 만족하여 미소 지으리라.

그러나 그렇지 않다. 그렇게 생각지 않을 사람이 있는 것이다. 왜냐하면 그 사람은 훨씬 전부터 이 북호정의 일을 하나하나 주의 깊게 바라보고 있었기 때문이다.

이젠 안개가 걷힌 북호정의 훨씬 위쪽에 딱 한 그루 늙은 상수리나무가 서 있고, 그 밑둥에는 언제부터인지 한 사내가 앉아 있었다. 물론 그곳의 안개가 걷힐 때까지는 그가 북호정의 새벽일을 샅샅이 살필 수는 없었을 것이다. 그러나 어느 때부터 그 광경과 만나게 되었든 그가 상당히 충격적인 감명을 받았던 것만은 짐작할 수 있다. 그는 이 시골 읍에서는 구경하기 힘든 복서종 개 한 마리를 곁에 앉히고 있었는데, 도대체 그 개에는 마음이 없는 얼굴이었고, 북호정 사람들의 이상한 경기(競技)가 끝나고 난 다음도 그는 자리를 일어서려고 하지 않고 있는 것이다. 서른이 될까 말까 한 젊은 얼굴이었다. 아까 활쏘기가 계속되던 동안이나 그것이 끝나버린 지금까지 그는 어떤 상념에 잡혀 있는 듯 머리를 깊이 끄덕이기도 하고, 어떤 때는 알 수 없다는 듯 눈을 꾹 감고 생각에 잠기기도 했다.

석주호— 나이 스물아홉. 한 달쯤 전에 이곳 검찰지청으로 부임해온 젊은 검사였다. 부임 후 업무 인수와 읍 기관장들과의 인사, 그리고 거처를 정리하는 일 등등으로 분망한 한 달이 지나고 이제 제법 자리가 잡혀 좀 차분한 시간을 얻게 되자, 그는 맨 처음 그동안 중단했던 아침 산보를 시작하기로 작정했고, 그 산책 코스에 고을에 하나뿐인 이 읍 공원이 포함된 것은 당연한 일이었다. 한데 그 첫날 아침에 그는 이 북호정의 활터를 찾아내었고, 거기서 뜻밖에 신비스런 정경과 마주치게 된 것이다.

"어제 서장님과 내기는 어땠습니까?"
출근하자마자 권 서기가 인사 끝에 빙글빙글 웃으며 묻는다.
"내기라니?"
"어제 서장님과 바둑 두러 가시지 않았습니까?"
이 친구는 어제 일까지 끌어다가 아침 기분을 망가뜨리려고 하는 군— 서장이란 이 고을에선 경찰서장밖에 없다. 세무서도 영림서도 여기에는 없으니까.

인화(人和)가 제일이다. 인화— 보는 사람마다 한결같은 영감 소리도 좀 징그러운 게 아니지만, 지나치게 인화를 표방한 나머지 아침부터 너무 조심성이 없는 부하 직원도 썩 거북했다.

석주호 검사는 못 들은 척했다. 그야 물으나 마나 진 거지— 바둑은 생각만 해도 불쾌했다. 하는 짓들이 너무 좀스러웠다. 뭐 내기가 아니라도 진 기분은 마찬가지겠지만 한사코 내기로만 두자고 하는 게 여간 괘씸하지 않았다. 그리고는 열이면 열 번 번번이 주머니를 털어 갔다. 그러나 말릴 수도 없는 처지. 바둑은 애초에 그가 먼저 두자고 시작한 것이었고, 상대가 모두 경찰서장, 농협 지소장, 읍장, 심지어는 겨우 자동차 석 대로 사장 행세를 하는 친구까지(시골 읍이라서 고작 그런 정도였으나 그래도) 이 고을의 장

(長) 자 유지들이니 그들에게 허점을 보이는 것은 우선 자기 수모에 속하는 일로 여겨지는 터였다. 문제는 진작 바둑을 좀 배워두지 못한 게 불찰이었다. 하지만 이젠 어쩔 수 없이 시작에 서서 견디는 수밖에 없는 일. 한데 권 서기 녀석은 왜 하필 그런 걸 들추어내려 드는가.

하지만 권 서기에게 싫은 얼굴을 했다간 일이 더 우습게 된다. 인화, 아량. 어느 경우든지 그것은 처신의 가장 좋은 무기이니까—

그러나 권 서기는 벌써 무엇을 눈치챈 모양이다. 그는 갑자기 조용해져버렸다.

관리 녀석들— 남의 눈치 보는 재주들만 늘어서. 타기할 일이다—

석 검사는 행여 자기 몸의 어느 구석엔가 그런 습성이 묻어 들어갈까 두려워진 듯 몸을 도사리며 시선을 피했다.

녀석에게 뭐든지 한마디 시원스런 말을 건네줘야 할 텐데. 석주호 검사는 마침 좋은 생각이 떠올랐다.

"어, 권 선생. 저기 공원에 활터 가본 일 있소?"

권 서기, 권 주임…… 당분간은 역시 권 선생이 좋다—

"네, 활터가 공원에 있지요."

권 서기는 약간 당황한 목소리로, 그러나 조금 안심이 된 듯 힘있게 대답했다.

"글쎄, 거기 가본 일이 있는가, 활 쏘는 걸 보았느냔 말이오."

"아, 활터 말이죠? 공원에. 거 아마 활을 쏘지는 않을걸요."

맹추구나. 글쎄 이 골 토박이로 몇 년을 살았다고 활 쏘는 줄조차 모르다니. 하긴 관심이 없는 사람들에겐.

"그럼 이 고을에 활을 쏘는 사람이 없는가요?"

"글쎄요, 옛날에는 많이들 쏘았다고 합니다. 요즘은 거기 영감과 딸이라는 여자가 새벽에 활을 쏜다고 들었지만 저는 본 일이 없구요. 가끔 낮에 그 영감과 공원 밑에 사는 노인 한 사람이 같이 활을 쏘았는데 그 노인까지 황천객이 된 뒤로는 그것도 잘 볼 수 없는 모양입니다."

"그럼 그 노인네는 뭘 해먹고 살지요?"

"글쎄 전에는 활을 배우는 사람도 더러 있고 해서 그걸로 그럭저럭 살아왔는데, 요즘은 그런 거 배우려는 사람이 없으니까 염소도 치고 나무도 해 팔고 해서 산다던가요."

석 검사는 차츰 마음이 풀려 유쾌해지기 시작했다. 이 친구, 처음엔 어리숙하니 모른 체하더니 주위들은 게 제법 많구먼.

아침만 해도 그는 너무 귀중한 것을 찾아놓고 어찌할 줄을 몰라 한 격이었는데, 이제 그는 조금씩 그 아름다움을 자기의 것으로 나눠 가질 가능성을 보게 된 것이다.

"배우겠다고 하는 사람만 있으면 가르쳐주긴 하겠군요."

"그럴 겁니다. 그게 노인의 본업일 테니까요."

"한데 요즘은 왜들 활을 쏘려고 하지 않는 거요?"

"활을 배우는 사람들은 대개 군수나 서장 영감 같은 분들이었는데, 어째 요즘 오신 분들은 그런 데 취미가 없는 듯하더군요."

"활을 준비해야겠지요?"

"거기서 빌려줄 겁니다. 영감은 활을 만들기도 한다니까요. 재료를 남양에서까지 구입해 온다는군요. 비싼 건 요즘 시가로 2만여 원까지 한다니까 살 수는 없지요. 전에 가끔 활을 쏘던 분들이 이곳을 떠나면서 기념으로 자기가 쏘던 활을 사가지고 갔다는데 요즈음은 그런 일이 아예 없을 테니까 아마 잔뜩 먼지를 뒤집어쓰고 있을 겁니다."

석주호 검사는 기분이 한층 더 좋아졌다.

"권 선생, 모르는 체하더니 그 정도면 아주 자세히 알고 있소."

"뭐 그냥 주워들은 건데, 늘 생각하고 있는 건 아니니까요."

"참, 아까 딸이라고 했던가, 그 여자는 뭐요? 딸로 보기에는 좀 이상하던데……"

석주호 검사는 드디어 마지막 것까지 털어놓고 물었다.

"그러고 보니 벌써 그곳을 가보셨군요?"

"오늘 아침이었지요."

"거지 남매가 찾아든 것을 붙잡아 기른 거랍니다. 영감이 자식을 보지 못하고 여자를 잃어서 제사라도 맡길까 해서겠지요. 그 보셨는지 모르지만 꼬마 놈이 하나 있었겠지요. 말도 잘 듣고 곧잘 아버지라고 부르기는 한다지만 누이가 이제 다 성숙했고 거기다 시집도 보내지 않고 있으니 알 수 없죠."

"시집은 보내지 않은 겁니까?"

"모르죠. 듣기로는 보내려고 하지 않는다는 소문이기도 하고, 보내려고는 하는데 처녀가 싫다고도 하고 알쏭달쏭한 모양입니다."

권 서기는 이상한 웃음을 지었다. 뭔가 검사의 속을 저 혼자 상상해본 모양이었다. 그것을 석주호가 눈치채지 못할 리 없었다.

이런 친구는 되받아쳐줘야.

"그 처녀, 은근히 권 선생 속을 태워줬는지도 모르겠군요."

"싫습니다. 덤벼든대도. 활을 쏘는 여자라니 상서롭지가 못해서."

"하여튼……"

석 검사는 이제 됐다 싶어 말을 바꾸었다.

"권 선생이 언제 좀 알아봐주겠소? 오늘이라도 당장. 내가 활을 좀 배우겠노라고 말이오."

"언제 한번 알아보지요."

대답이 시원치가 않았다. 아차. 석주호 검사는 금방 후회했다. 그런 일을 부탁하는 게 아니었다. 이런 친구들은 검사의 말을 단순한 부탁으로 받아들일 줄을 모른다. 검사의 말은 언제나 명령. 저 친구에게 자기의 생각에 교정의 필요를 느끼게 해줄 수는 없을까.

"아니, 내가 직접 가죠. 그건 내 일이니까."

그는 결연한 어조로 부탁을 취소했다.

"그러시는 게 나을 겁니다."

권 서기는 이내 허리를 펴며 대답했다.

오후. 청을 나온 석주호는 집에서 복서종 개 폴을 데리고 북호정으로 나섰다. 활을 쏘는 노인이라면 어딘지 범접지 못할 데가 있으리라, 그렇게 생각되었다. 아침에 멀리서 본 노인의 인상도 그런 것이었다.

노인을 노인답게 공경하는 것은 이편의 품위를 돋보이게 하는 일이다. 그것은 실상 석주호 자신의 즐거운 의무로 여겨지기도 하였다. 아무튼 그는 무척 기분이 좋았다. 활터는 그를 찾아준 큰 행운이었다. 그 행운을 놓치지 않고 제때에 자기의 것으로 만들 수 있게 한 자기 안식에 그는 스스로 감사했다.

"석주호 나, 이십구 세. 현재 상태 이상 없이······"

그는 어린애처럼 중얼거리면서 자신에게 지극히 만족한 미소를 보냈다. 그러다가는 누가 혼잣말을 엿들었을까 싶어진 듯 쑥스러운 얼굴로 주변을 둘러보았다. 정말 모든 게 이상이 없었다. 앞으로도 모든 일이 잘 되어갈 것 같았다.

대법관을 역임한 아버지의 명석한 두뇌와 유복한 환경을 그는 다 물려받고 있었다. 그는 중·고등학교를 서울에서도 소위 명문으로 손꼽히는 데만 골라 나오면서 세상 어려운 일은 만나본 적이 없었다. 남들처럼 지망학과 선택에 망설일 번거로움도 없이 대학은 아버지의 권유에 따라 무심코 법과를 지원했고, 4학년 때 첫 번 치른 고시에 합격의 방을 받았다. 그러나 그 대학 시절만큼은 그에게도 결코 아늑한 것이 아니었다. 그는 자신의 두뇌가 너무나 명석하다는 것을 알고 있었다. 그리고 그에게는 너무나 유복한 환경이 있다는 것도 알고 있었다. 물론 그것 자체는 약점일 수 없었다. 그러나 그는 바로 그런 것 때문에 자기에게 약점을 심게 될 위험을 느꼈다. 누구에게든 경멸을 당할 수는 없었다. 극복하리라 했다. 그는 그것을 인간 악의 연원쯤으로 생각해버리려고 했다. 자신의 승리를 확신하는 자는 바로 자기에게 굴복한 패자가 다른 모든 사람에게는 넘볼 수 없는 승자가 되기를 바라는 심리가 그에게는 있었다. 대학 생활의 초반은 말하자면 그런 그의 약점의 가능성을 억누르고 오히려 그것을 이롭게 받아들이려는 노력이 계속되었다. 문약에는 몇 가지 운동 경기로(특히 권법은 오래 자랑스러운 것이었다), 인간 이해의 방법은 신중한 독서로. 뿐만 아니라 조금이라도 필요하다고 생각되는 것이면, 술, 춤, 등산, 당구에서까지도 자기 경험을 만들어냈다. 말하자면 그는 자기의 성장에 약점과 장점을 다 같이 동원하였다.

친구들은 그를 '멋쟁이'라고 불렀는데 어떤 때 그는 그 별명이야말로 자신에게 썩 적합한 것이라고 생각한 일이 있었다. 그러나 그는 자만에 대해서도 경계를 게을리하지 않았다. 겸손을 조심스럽게 몸에 익혔다.

그 겸손은 자만에 대한 경계 이상의 뜻을 가지고 있었는데, 가령 그는 지금도 그가 늘 데리고 다니는 애견 폴을 어디에다 잡아매거나 학대하는 일이 절대로 없었다. 그것은 폴에 국한해서 생각한 일이 아니었다. 언제나 사람을 잡아 묶을 일을 캐내야 하는 직업의 약점을 보충해야 했던 것이다. 그는 무릇 생명 있는 것 앞에 겸허해지고 경건하게 그것을 바라보려고 노력해온 것이다.

고시 합격을 하고, 대학을 졸업하고 군 법무관과 시보 과정도 물 흐르듯 시원스러웠다. 다만 하나 변화가 있었다면 정년퇴직 후 죽 집에만 묻혀 지내시던 아버지가 갑자기 야당 정객 생활을 시작한 것이었지만, 그것도 그는 자기 일이 아닌 것으로 쉽게 치부해 버리고 있었다.

주호의 그와 같이 물 흐르듯 한 전진에 최초로 뜻하지 않은 일이 생겼다. 그의 임지가 이 시골 소읍으로 전임 발령된 것이었다. 그는 처음 실망했다. 그러나 그런 실망 속에서 빠져나갈 힘과 방법을 주호는 바로 자신 속에 간직하고 있었다. 그 작은 읍에서의 생활 몇 년이 절대로 실의 속에 무의미하게 흘러가지 않도록 하리라 마음먹었다. 그곳에서의 생활을 도시에서의 그것보다 오히려 다행스러운 경험과 보람으로 만들리라 다짐했다. 그것이 어떤 식으로 이루어질 것인지를 미리 결정할 수는 없었지만, 주호는 그렇게 할 자신이 있었다. 자신이 서자 그는 오히려 부임 날을 앞당겨 임지로 떠나왔다. 와서 보니 예상했던 대로 곤란한 일이 한두 가지가 아니었다. 우선 좁은 고을이라 청 안에서 보는 사람이나 밖에서 만나는 사람이나 그게 그 사람이어서 그의 귀에서는 언제나 '영감' 소리가 떠나지를 않았다. 하다못해 술자리에서까지도 그는 '영감'으로만 행세되었다. 특히 나이가 많은 경찰서장과 읍장이 더했다. 마치 맹렬한 공세라도 벌이고 있는 양으로 그들은 주호를 영감, 영감 하고 불러댔다. 하기는 경찰서장도 '영감'이고 가끔 자리를 같이하는 군수나 판사도 '영감'이었다. 그 '영감' 호칭을 즐겨 쓰는 사람들은 대개가 바로 그 '영감' 자신들뿐이었는데, 주호는 그 외의 사람은 아직 몇 명도 알지 못하고 있는 것이다. 석주호는 마음을 도사렸다. 자기 이해와 완전성을 은근히 자인하는 처지, 그것쯤 의연히 참아넘기지 못하랴 했다. 그보다도 그는 이곳에서의 재임 기간을 도회에 남은 동료들이나 또는 그 자신이 도회에 남았을 경우에 비해 훨씬 값진 것으로 만들 일에 궁리를 거듭했다. 그의 앞에 궁술을 익힐 기회가 온 것은 정말 그러한 그의 노력에 대한 보답이었다.

뜻밖이다. 주의가 깊은 사람에게는 무위한 시간이란 있을 수 없다. 실의가 가장 무서운 적—

 길을 오르면서 석주호는 불운을 행운으로 바꿔버린 자신의 현명함에 슬그머니 감탄이 흘러나왔다. 그리고 한편으로는 겸손하려고 애를 썼다.

 그러나 북호정이 가까워올수록 그는 그 북호정의 뜰에 활을 겨누고 설 자신의 기품 있는 모습을 머릿속에서 쉽사리 지워버리지 못했다.

 바둑집에서 그 친구들을 끌어내야지. 그리고 거기서 당한 것을 여기서 갚아준다.

 바둑은 친구들이 너무 좀스럽고 게다가 수까지 월등 높았다. 나이대접도 대접이려니와 바둑이란 원래 인품 수련의 도(道)거니 여기고 점잖게 감수함으로써 오히려 저쪽을 제압하고, 거기서 오는 수련과 만족감을 자기 것으로 삼으려 했던 것인데, 활쏘기라면 그런 점에서만이 아니라 승패에 있어서도 훨씬 유리했다. 그리고 자신도 있었다. 그는 권법으로 팔을 단련시켜둔 일을 상기했다. 그리고는 슬그머니 자신의 팔을 곁눈질해 보았다.

 "생각이 그러시다면 해보지요."

 노인은 주호의 말을 대강 듣고 나서 예상과는 달리 선선히, 그래서 오히려 관심이 덜한 듯해 보이는 태도로 활을 들고 나왔다. 허리에는 '北虎亭'—노랑 글자가 수놓인 주머니와 주홍 띠가 매여 있었다. 주호는 붙잡고 있던 폴의 끈을 놓아주고 노인 곁으로 다가셨다.

"전에 활터 구경을 하신 일이 있소?"

노인은 그렇게 물었으나 그 눈길은 골짜기에서 풀을 베고 있는 소년에게 머물러 있었다. 별로 주호를 안중에 두지 않은 눈치였다. 주호는 자신의 신분을 밝히지 않기를 잘했다고 생각했다— 노인을 될수록 자유롭게 해야 한다.

"멀리서는 구경을 한 적이 있지만 가까이는 오늘이 처음입니다."

"그럼 오늘은 구경이나 좀 하고 돌아가셨다가 생각 내키거든 다시 오시오."

사뭇 명령이었다.

"네."

주호는 고분고분하려고 노력했다.

"건아!"

풀을 베던 소년이 노인의 소리에 화닥닥 베어놓은 풀더미를 안고 사정(射亭)으로 뛰어올라왔다. 그런데 사정으로 올라온 소년이 풀을 염소 우리에 쏟아넣다 말고 학 소리를 지르며 질겁을 하고 달아났다. 영문을 몰라 주호는 노인의 얼굴을 쳐다보았다.

"저놈은 개를 워낙 무서워합니다. 전에 한번 어떤 분의 고약한 개에게 물린 일이 있어놔서."

아닌 게 아니라 폴이 우리 곁에서 달아나는 소년을 멍하니 바라보고 서 있었다. 놈이 슬그머니 다가가서 소년의 종아리라도 냄새 맡은 모양이었다. 좀처럼 행패를 부리지는 않는 놈인데. 몹시 꺼려지는 것이 있었으나 주호는 자기 쪽에서 양보를 하는 수밖에 없었다. 그는 폴의 끈을 끌어다 사정 기둥에다 매어버렸다. 소년은 다른 말이 없었는데도 잘 훈련된 사냥개모양 어느새 부채를 꺼내 들고 과녁판을 향해 골짜기를 건너가고 있었다. 주호를 내버려둔 채 과녁을 건너다보며 활을 메우던 노인이 이윽고 소년이 그곳에 이르자 천천히 활을 겨눴다. 노인의 귓부리께에 가는 힘줄이 솟는가 싶자 화살이 이내 시위를 떠나갔다.

딱!

거의 일직선으로 날아간 화살이 과녁에 명중했다. 소년의 흰 부채가 쳐들어지고 아침과 꼭같이 하늘을 향해 흔들리는 꽃을 그렸다. 다음번 화살은 높이 포물선을 그렸다가 떨어지면서 과녁을 맞혔다. 노인은 말없이 그런 변화를 주면서 다섯 개의 화살을 쉬엄쉬엄, 그러나 일정하고 정확하게 과녁에다 명중시켰다. 그런데 어찌된 일일까. 여섯번째의 화살은 엉뚱하게도 소년의 머리를 훨씬 넘어가 소년이 허리를 뒤로 크게 꺾으며 머리 위에서 부채를 뒤로 흘렸다.

"화살의 길을 눈여겨보았소? 다른 것처럼 살대가 곧게 뚫어 나가지 못하고 머리의 촉이 좀 들려서 배로 날았지요?"

노인이 다음 화살을 먹이며 주호를 돌아다보았다. 주호는 약간 당황했다. 실상 그는 화살을 똑똑히 보지 못했던 것이다.

"그런 것 같았습니다만."

어물어물하고 나서 다음 화살에 시선을 꼭 비끄러매었다. 하지만 자세히 보려고 하니 더 어려웠다. 바로 눈앞에서부터 화살을 놓치고 어물어물하다 보니 소년이 벌써 고꾸라지듯 부채를 앞으로 내뻗고 있었다. 그리고는 한참 만에 조용히 일어섰다. 주호가 노인을 쳐다보았으나 이번에는 노인이 그를 보지 않았다.

다음번도 마찬가지였다. 다음 두 개의 화살은 과녁판의 오른쪽과 왼쪽으로 각각 흘렀다. 그때마다 소년의 판정 동작은 화살을 앞지르고 있는 듯했다. 꼭 열번째 화살로 노인은 다시 과녁을 때렸다. 그리고는 활을 부려 들었다.

"이렇게 잔풍한 날은 바람을 잡지 않으니까 한결 쉽습니다."

노인은 무슨 변명처럼 말하고 나서 할 일을 다한 듯 돌아서려고 했다.

"제가 한번 쏘아볼까요?"

주호는 약간 긴장하며 물었다. 노인이 걱정스러운 듯 그를 쳐다보았다.

"너무 쉽게 활을 잡는 게 아닙니다."

못마땅한 어조였다. 그러나 내친김이다.

"잘 쏠 수 있을 것 같습니다. 권법을 좀 익혀서 팔 힘이 괜찮은 편이니까요."

주호는 한 번 더 청해보았다. 그리고는 자신도 모르게 팔을 쓰다듬었다. 노인이 그것을 흘끗 스쳐보았다.

"권법이 뭔지 잘 모르지만 장작 빠개는 힘으로 활을 쏘는 건 아니라오."

퉁명스러운 목소리였다. 그러나 노인은 주호에게 활을 건네주었다.

"시위에 귀를 맞지 않도록 조심하시오."

노인은 주홍 띠까지 풀어 주호의 허리에다 둘러매어 주었다. 그러는 법도거니 여긴 주호는 댓바람에 활을 꺾어 쏘아 보이리라 생각했다. 그러나 그것은 오산이었다. 활은 꺾이자마자 획 되뻗어버리려고 했다.

"가슴에다 힘을 주시오. 팔 힘만으로는 안 되오."

그제야 겨우 화살을 제대로 먹였다. 그러나 순간을 지탱할 수 없었다. 팔이 요동쳤다. 주호는 과녁을 향해 화살을 평행으로 놓았다 싶은 순간 힘껏 줄을 퉁겼다. 그리고는 미처 화살을 따를 생각도 없이 맞은편 언덕의 과녁을 건너다보았다. 노인이 활을 쏘기 시작했을 때부터 아직 한 발자국도 움직이지 않고 한자리에 뿌리박고 서 있던 소년이 공중에서 화살을 찾는가 했더니 별안간 허둥대며 자리를 피했다. 소년은 피해 선 자리에서 왼쪽으로 부채를 흘렸다. 노인은 뭔가 생각을 담아두려는 듯 고개를 두어 번 끄덕였다. 그러나 주호로서는 노인의 속을 헤아릴 수가 없었다.

"제가 활을 준비해야 합니까?"

그는 북호정을 내려오기 전에 그것을 묻지 않을 수 없었다. 노인의 반신반의하는 표정에 그가 활을 쏘리라는 것을 확실히 해둘 필요도 있었다. 그러나 노인의 대꾸는 여전히 시들했다.

"알아서 하시구료. 여기 활이 있으니 빌려 쓰시든지. 어디 다른 데서 구할 수 있으면 그도 무방하고. 하지만 활을 쏘는 동안은 자기 물건이 정해져야 합니다."

권 서기의 말이 맞구나.

"그럼 가지고 계신 걸 지금 좀 보여주시겠습니까?"

"내 몇 골라두지요."

거절이었다. 두고 보라는 투였다. 주호는 할 수 없이 산을 내려갔다.

그가 산을 내려가버리자 노인은 불현 어떤 생각이 떠오른 듯 사정 대청마루로 뛰어 올라갔다. 그리고는 이윽히 천장을 쳐다보고 섰다가 나중에는 스르르 눈을 감고 가는 한숨을 내쉬었다. 천장에는 줄줄이 활집들이 매달려 있었다. 손때가 묻어 반질반질 윤이 나는 것, 만들어만 놓은 채 아직 주인을 만나보지 못한 것, 그리고 또 어떤 것은 아직 채 만들어지기도 덜한 것...... 노인은 눈을 감고도 활집 속을 하나하나 보고 있었다. 그리고 그 활들이 또 자기를 내려다보고 있음을 느꼈다. 그 활들과 노인이 나누었던 소리 없는 대화는 얼마나 많았던가. 그리고 그 이야기에서 노인은 얼마나 많은 위로를 받으며 조용히 늙어갈 수 있었던가. 노인은 문득 눈을 뜨고 활집을 하나 내려 들었다.

장 노인. 저세상 사람이 되기 며칠 전까지도 이 북호정을 찾아준 지기지우(知己之友). 어린애처럼 장난을 좋아하면서도 북호정을 자기 집처럼 아끼고 궁도에 대한 훼손에는 크게 혀를 차며 잘 노하던 노인. 그의 얼굴이 지나갔다.

뿐이랴. 전근으로 이 고을을 떠난 뒤로도 이따금 북호정 소식을 물어주던, 그러다가 해방으로 아주 소식이 끊어져버린 일본인 군수. 세상을 떠난 지 벌써 스무 해가 가까운 곱사등이 한의원. 꼽추라도 그 영감의 활 솜씨는 단(段)을 넘었었다. 그리고 누구보다도 북호정의 옛 주인, 그 백발 수염의 위풍당당하고도 인자스럽던 백부의 얼굴……, ─너밖에 이 북호정을 지킬 사람이 없다─ 굵은 목소리가 아직도 귀에 쟁쟁했다.

노인은 차례로 활을 내려 들고 조심조심 들여다보곤 하다가 다시 눈을 감아버렸다. 생각이 또 꼬리를 문다.

"아버지, 저녁 식어요."

소년의 소리에 노인은 겨우 눈을 뜨고 대청을 물러나와 방으로 들어갔다. 호롱 아래 저녁상이 희미했다. 이내 부엌으로 통한 문에서 여인이 들어왔다. 소년도 들어왔다. 세 사람이 상 앞에 둘러앉았다. 소년은 노인과 마주 앉고 여인의 밥그릇은 상 밑이다.

"건이 너 아까 혼났겠구나?"

숟가락질을 하다 말고 노인은 생각난 듯 소년을 바라보며 멋쩍게 웃었다. 노인에게서는 보기 힘든 웃음이었다. 소년은 벌써 무슨 말인지 알아들은 듯했다. 그 역시 조금 웃어 노인에게 답했다.

"내 불찰이었지. 몸이 잡히지 않은 사람에게 살을 주다니."

노인은 혼잣말처럼 중얼거렸다. 그는 알고 있었다. 과녁 곁에서 고전동(告傳童) 노릇을 하기란 애초 쉬운 일이 아니었다. 끝이 무디기는 하지만 과녁판에 턱턱 들어박히는 쇠촉이니, 상서롭지 못한 생각이지만 맞으면 온전하지 못할 것은 뻔한 일이다. 그런 화살이 날아오는 앞에 서 있는 것이니 생각하면 불안하기 비길 데 없는 일이다. 그러나 그것도 하다 보면 저쪽에서 몸 가누는 모양이나 동작을 보아서, 또 화살이 오는 길을 보아서 살이 떨어질 곳을 예견할 수 있기 때문에 그 불안은 감소된다. 익숙해지면 저쪽의 동작이나 화살의 길로 미리 판정을 내려도 열이면 열 거의 실수가 없었다. 한데 가끔은 전혀 종잡을 수 없는 경우가 생겼다. 궁수가 생퉁인 데다 거기다 힘까지 좋아놓으면 영락없이 그런 것이었지만, 썩 익은 궁수도 때로는 동작을 속이거나 급작스런 바람을 잡지 못하고 난처한 것을 보내오는 수가 있었다. 노인은 경험으로 그 모든 것을 알고 있었다. 사정에서는 상상할 수도 없는 비정(非情)이 거기 있었다. 고목은 썩어야 볼품이 생긴다던가. 사람들은 그걸 보기 좋다고들 하는 모양이었다. 화살주이 노릇을 하는 동안 그는 왜 하필 화살 앞에 서는 그런 일에 들어섰는가 싶기도 했으나, 지체 없고 지닌 게 없는 몸 사는 길이 그보다 크게 나을 데가 있으랴 싶어 견디어낸 것이 나중에는 이 북호정의 주인 노릇까지 하게 된 경위였다. 노인은 고개를 끄덕였다. 나는 기왕 활이나 매면서 늙어버렸지만. 노인은 생각했다. 저것만은 어서 화살 우리에서 제 길을 찾아가게 해줘야 하련만. 그야 길을 찾아주어야 할 것이 녀석뿐이랴. 제 누이년의 일은 더 바쁜 것이다.

금방 상을 물러난 노인은 탐스럽게 숟가락질을 계속하고 있는 남매를 벽에 기대앉아서 이윽히 바라보았다. 비록 밥은 얻으러 왔을망정 계집애가 한눈에 양순해 보였었다. 후사가 없는 노인은 의복을 가꾸어 입혀서 남매를 집에 잡아두었다. 혈육이 통통 둘뿐이라는 점이 안심되기도 했지만, 하필 이 외딴 북호정까지 언덕길로 밥을 얻으러 온 것도 인연이라 싶었다. 그때 계집아이의 나이는 열여섯이라 했다. 두 살짜리 사내아이는 제 누이의 등에 업혀 왔었는데 이젠 그때의 누이 나이가 되었다. 그러니까 햇수로 벌써

12년이다. 계집아이는 노인을 쉬 아버지라 불렀고 사내아이 또한 여느 아이들과 마찬가지로 '아버지'로부터 말을 배우기 시작했다. 그 딸아이는 밥도 짓고 궁대(弓帶)도 수놓고 하면서 안살림을 꾸려나갔다. 소년도 탈 없이 자랐다. 그런데 딸아이가 소년을 너무 알뜰히 보살피는 게 노인은 혹시 자기가 아이들에게 무슨 표를 냈는가 싶기도 했지만, 그렇게 아끼는 소년이 조금만 말썽을 부려도 눈물바람을 자주 하던 딸아이가 어느 때 사실은 소년이 자기 혈육이 아니라 새벽길에 버려진 아이를 앞뒤 생각 없이 업고 나섰던 거라고 털어놓았을 때 노인은 딸아이를 더 곱게 생각했고, 자기의 눈이 썩 사람을 잘 보는 편이라고 흡족해했던 것이다. 그러니까 소년은 아직 아무 내력을 모르고 있는 것이다. 누이의 애정은 틈이 없었고 소년은 오히려 그 서슬에 기가 좀 죽어 지낸 듯했지만, 뭘 이상해하는 눈치는 없었다. 노인이 어미 얘기를 꾸며댔고 또 아낌이 지극했기 때문이었다. 노인을 닮아 그런지 소년도 말수가 적었지만 그는 아버지의 그런 성미 가운데 조용히 넘치고 있는 애정을 알고 있었던 것이다.

하여튼 그것은 이제 부질없는 생각이다. 근심거리는 놈에게 제 길을 찾아주는 것이다. 내가 활장이 노릇을 하고 있는 동안은 그래도 그럭저럭 여기 붙어 지낸다고 하자. 그다음에는 어떻게 될 것인가—노인은 소년이 활장이나 이 북호정의 주인이 되어 늙으리라는 생각은 해본 일이 없었다. 어느 때든 제 누이년도 이 북호정을 떠나가게 될 것이고, 그렇게 되면 또다시 모두들 제 갈 길을 가야 하는 것이다. 노인은 그것을 알고 있었다.

허나 어쨌든 일이 급하기는 딸년 쪽이 더했다. 짐승처럼 먹고 자고 일만 하는 게 대수냐고 활을 가르친 게 잘못이었는지 모른다. 가진 것으로 견준다면야 더 못한 집 또래의 여식 아이들도 벌써 애들을 몇 씩 낳았는데 딸년은 좀처럼 혼인발이 서지 않았다. 개무당 보듯 사람들은 딸년의 혼인을 어림없어했다. 활장이 딸이라고? 년까지 활을 쏘는 허물로?

노인이 딸과는 새벽으로만 활을 쏘는 것도 그런 생각이 든 뒤부터였다.

그게 아니라면 또 무슨 연유가 있을 것인가. 노인은 답답했다. 그러나 딸년은 노인의 속을 아는 듯 모르는 듯, 그리고 자신은 한 번도 그런 생각으로 속을 썩이지 않았던 것처럼 무심스런 태도였다. 그녀의 얼굴에 가끔 어떤 고통스런 빛이 지나가고 있었는진 모른다. 그러나 노인은 그것을 알아본 일이 없었다.

노인은 다시 깊은 한숨을 내쉬었다. 여인이 조용히 상을 들고 일어서서 부엌으로 나갔다.

다음 날 오후도 석주호 검사는 청을 나오자마자 폴을 끌고 북호정으로 올라갔다. 한데 노인은 아직 활을 골라놓지 않고 있었다. 주호가 다시 찾아온 것을 오히려 의아스러워하는 눈치였다

"해보겠소? 그럼 있는 활이니 지금이라도 골라보지요."

그제야 대청마루로 올라가서 활을 몇 채 골라 내왔다. 전부 새로 만든 것뿐이었다. 주호는 어느 것이 나을지 정할 수가 없었다.

"전에 쓰던 것은 없습니까?"

"있지요. 하지만 활은 자기가 길을 들여야 하는데 쏘던 것은 다 길이 들어 있어서."

"내력이 있는 것으로 하나 봅시다. 제 힘에 맞을 만한 것으로."

새것은 너무 생퉁스러웠다. 그리고 이런 물건일수록 골동품 가치가 문제 되기 쉬울 듯했다. 명사수가 못 된 터에는 물건이라도 그럴듯한 것을 지니고 있는 게 나을 법했다. 그런 것을 차지해두자. 바둑집 영감님들에 앞서서. 한 발 앞선다는 게 그렇게 중요한 것이다—

"이게 재료도 좋은 것을 썼고, 얼마 전까지 꼭 한 사람이 쏘던 것이오만."

노인이 활을 더 가지고 나와 그중의 하나를 지목했다. 활고자가 유독 반들거렸다.

"여기선 승단(昇段)이 되고 있지 않지만 제값으로 치자면 이 활을 쏘던 노인은 2단 활을 쏘았을 게요."

어느 만한 실력인지 주호는 짐작할 수 없었지만 바둑 생각을 하면 썩 명수에 들리라 여겨졌다.

"제 힘에 맞을까요?"

"힘은 활을 다루기 나름이오."

그러나 주호는 눈으로 다른 것을 찾고 있었다.

"내력 좋달 게 쏘는 사람에 달렸는데, 잘 쏘는 분들은 대개 자기 궁이 있고, 빌려 쓰다 가더라도 그런 이들은 대개 사가지고 가니까 남은 게 없소. 이것은 노인이 바로 이 땅에서 숨을 거뒀으니까 남았지만."

그것으로 정했다. 노인은 색 띠도 하나 내주었다.

"이건 뭡니까?"

"궁대라고 하지요. 활을 질 때 매는 띠인데 활을 멘 일은 없지만 그래도 활을 쏠 때는 매고 쏘아야 합니다. 법도도 법도지만 마음이 다르오."

그날부터 석주호 검사는 활쏘기를 시작했다. 노인은 먼저 십시(十矢)를 시범했고 석주호에게는 이십시를 쏘게 했다. 한데 노인은 이후로 소년을 절대 과녁판 곁에 세워주지 않았다. 모든 것을 노인의 처분에 따르리라고 작정한 주호는 노인이 그걸 잊어버리고 있나 여기기도 했고, 소년이 다른 일로 바쁘리라 생각하기도 했다. 그러나 노인은 소년이 북호정 부근에서 빈둥거리고 있어도 내내 과녁으로 보내지를 않았다. 기어코 주호는 노인에게 그것을 말했다. 소년의 아름다운 모습을 보고 싶어서라기보다 도대체 화살이 어디로 떨어지고 있는지 알아내기가 여간 힘들지 않았기 때문이다. 노인의 시범은 딱딱 과녁 맞히는 소리가 났지만, 그게 어림없는 주호는 겨냥을 수정할 수가 없었다. 그러나 노인은 한마디로 거절했다.

"조금 더 그냥 쏘시오."

"하지만 겨냥을 잡을 수가 없는데요."

"지금은 댁의 몸이 잡히질 않아서 실상 겨냥하는 것까지 헛된 일이지요. 활 쏘는 자세는 이 육신의 뜻, 말하자면 의지라고 할 수 있는데, 그 의지 없이 쏜 화살이 설사 과녁을 맞혔다 해도 그것은 우연이지 맞힌 게 아닙니다. 이쪽에 자세가 있고 의지가 있어 살

보낼 줄을 알고 있을 때 맞히려는 일에 뜻이 있지, 그것도 없이 겨냥부터 하면 무슨 뜻이 있겠소?"

자세가 육신의 뜻. 의지— 그러리라 싶었다. 묵묵히 따르리라 다시 마음먹었다.

"원래 궁술은 12급부터 시작하는데 그 12급이라는 것이 제일 아래 급이니까 활을 잡아보지 않은 사람까지 궁술 12급이라고 하면 말이 되겠소? 화살 보내는 몸을 갖는 것 그게 12급이 되는 것이오."

주호는 신중히 신중히 화살을 보내기만 했다. 노인은 일주일이 넘어도 소년을 과녁판으로 내보내지 않았다. 몇 걸음 앞선 다음 바둑집 영감님들을 끌어올리려고 생각했던 주호는 그 몇 걸음이 좀처럼 인정될 것 같지가 않았다. 그가 활터를 다닌다는 소문은 이미 아래까지 번져 있는 터였다. 정 그렇다면 그들을 우선 북호정으로 끌어내기부터 하리라. 어떻든 그쪽에서 몇 걸음을 인정하게만 하면 그만 아니냐. 마음을 작정한 석주호는 노인에게 이것저것 묻기 시작했다.

"서울서 활터를 보면 과녁판 곁에 선 아이가 깃대로 판정을 하는데 여기선 부채를 쓰더군요. 어느 것이 원칙입니까?"

노인은 네놈이 또 딴생각이로구나, 꾸짖듯 주호를 돌아보며 퉁명스럽게 대답했다.

"그야 부채지요."

그리고 나서 노인은 자기 말투가 너무 무디어서 안됐다 싶었던지 한마디 더 일러주었다.

"옛날엔 삼각선(三角扇)이라던가 하는 색부채로 멋들을 낸 모양입디다만."

"아이는 뭐라고 부릅니까?"

"고전동."

"사정부터 과녁까지의 거리는 얼마나 됩니까?"

"요즘 거리로 백오십. 하지만 눈이 제일 정직한 거리가 되오."

"그건 어디나 일정하겠지요?"

그 밖에도 주호는 노인에게서 여러 가지를 알아냈다. 활을 만드는 재료에는 소의 힘줄까지 쓰인다는 것, 화살 뒤에 붙은 깃이 길을 잡는 데 어떻게 중요하다는 것, 우리나라 사람으로는 지금 5단 정도가 최고단자라는 것 등등. 그런데 무심히 대답을 해주던 노인이 갑자기 주호를 쳐다보며 따지고 들듯 물었다.

"댁은 몸으로 익히려 하지 않고 활을 말로 배우려는 생각인가 보구료."

주호는 그가 생각하고 있는 것을 너무나 정통으로 때리는 소리에 깜짝 놀라 황망히 변명을 늘어놓았다.

"사실은 내일부터나 제 친구들 몇 사람을 데려올까 해서입니다. 바둑이나 두고 있는 친구들인데 이리로 끌어낼까 해서 이따가 말씀을 드리려고 했습니다만. 바둑 수들이 높으니까 잘 쏠 것입니다. 그 친구들을 끌어내자면 이야길 좀 해줘야겠기에……"

그러나 노인은 별로 달가워하는 빛이 없었다.

"그렇더라도 그렇지요."

목에서 힘을 빼지 않은 소리였다.

"바둑 수들이 높으니까 활을 잘 쏠 거라고 하시는데 바둑과 활은 다른 것이오. 바둑은 머리를 짜서 수를 만들지만 활은 몸으로 익히고 정신으로 나아가는 것이오. 머리는 크게 소용되지 않소. 더욱이 말은 소용없소. 오히려 경계해야 할 것이오. 그래 '궁'의 '도,' '궁도' 아니겠소."

그래서 주호는 북호정을 내려올 때 다시 노인에게 물을 수밖에 없었다.

"불편하지 않으시다면 내일부턴 제 친구들과 함께 지도해주시면 합니다마는?"

"내가 뭐라고 하겠소?"

여전히 반신반의, 달가워하는 빛이 아니었다.

그러나 석주호 검사는 다음 날 우선 네 사람을 동행하여 북호정으로 올라갔다. 차 조수로부터 운전사를 거쳐 자수성가한 자동차 회사 사장은 '점잔'을 배우는 일에는 마구잡이로 덤벼드는 극성이 있어 쉽게 따라나섰고, 그와 비슷한 내력으로 요즘 갑자기 시세가 좋아진 양조장 영감이 바둑집에 들렀다가 '자동차'의 권유로 일행이 되었다. 그리고 이 고을 국회의원 아우가 되는 파나마모자, 석 검사의 강권에 억지로 따라나선 권 서기, 거기에 주호가 몸뚱이의 한 부분으로 여기는 폴이 따랐다. 언제나 자리를 피하는 고참 검사에게는 주호 쪽에서 내색을 않았지만, 바둑 수가 높은 서장과 나이가 그 중 많은 읍장은 바둑 집에서 나오려고 하질 않았다. 어떻든 주호는 만족했다. 우선 다섯이서 하기로 했다.

노인은 이들이 이 고을의 유지들이라는 것과, 또 처음의 젊은 친구를 그들이 깍듯이 예우하는 데에 잠깐 놀라는 듯했지만, 그렇다고 그 모든 사람에 대한 태도가 달라지지는 않았다. 권 서기는 며칠 그러고 따라와서 활을 잡아보지도 않고 마루 끝에 앉아 있기만 하더니 결국 단념해버리고 네 사람만 남았다. 폴은 언제나 북호정에 오자마자 소년을 위해서 사정 기둥에 매어졌다. 날마다 노인은 십시의 시범을 보일 뿐 이번에는 주호가 노인을 도와서 세 사람에게 자기가 해온 순서를 따르게 했다. 여전히 소년을 내보내지 않은 판국이니 순서래야 주호나 신참들이나 다를 바가 없는 것이지만, 그러나 주호가 그 순서의 맨 앞을 가고 있는 것은 사실이었다. 사정에 오르면 주호는 노인을 닮아버린 듯 말수마저 줄었다. 중요한 요령과 경험을 간단히 이르고는 묵묵히 자기 화살만 보냈다. 확실히 신참들은 주호의 여유 있어 보이는 듯한 동작과 태도에 감탄하는 눈치였다.

"눈이 보배지. 참, 어느새."

그러나 석주호는 그것을 모른 체했다.

그러던 어느 날, 마침내 한 가지 일이 일어났다. 그것은 우연한 말로 시작된 일이었지만, 그러나 갑자기 사람들을 긴장시키기에 충분한 사단이었다.

"노인은 딸 머리도 얹지 않고 처녀 과부로 늙힐 작정이오?"

그날 저녁(그들이 북호정으로 오는 시간은 언제나 저녁 무렵이었지만) 각자 이십시씩의 화살을 다 쏘고 나서 담배를 피우며 잠시 한담을 나누고 앉아 있던 참에 양조장 영감이 문득 그렇게 물은 것이다. 물론 그 말이 별다른 뜻을 담고 있어 보이지는 않았다. 과년한 처녀를 본 사람이면 으레 할 수 있는 말이었다. 그런데 그 말에 거기 있던 사람들은 무엇에 놀란 듯 막 부엌문을 나오는 예의 여인을 일제히 쳐다보았다. 그리고는 다시 노인을 보았다. 확실하지는 않았지만 그들은 한결같이 '양조장'의 말이 어떤 금기(禁忌)를 범하고 있다는 느낌을 받았다. 그들이 느낀 것은 막연했고, 또 사람에 따라 달랐다. 그들의 그러한 기분은 그 딸과 노인을 이상한 방법으로 관련지어 상상함으로써 그 말로 인한 노인의 처참한 분노를 예감하기도 했고, 또는 이렇다 할 근거도 없이 그 말이 노인을 어떤 수모와 증오로 떨게 하여 드디어는 지독한 좌절 속으로 떨어뜨리고 말 것 같기도 했다. 그런 느낌은 '양조장'까지도 말을 끝마친 순간엔 마찬가지였을 것이다. 그러나 그 어느 것도 확실치는 않았다. 그들은 아무도 확실히 느끼지 못했으며 왜 그런 느낌이 드는지를 생각해볼 틈도 없이 노인의 얼굴로 시선을 돌리고들 있었다. 그러나 그들의 그런 느낌과는 상관없이 노인은 전혀 대범한 얼굴이었다. 그리고 지나가는 말처럼 이렇게 대답했다.

"딸아일 처녀로 늙히고 싶은 아비도 있소?"

"그럼 당사자가 시집가길 싫어한단 말이오?"

노인의 말에 문득 부질없는 긴장에 빠져 있었던 것을 깨달은 석주호가 이번에는 노인의 말을 받았다. 그러나 그것이 실수라는 것을 주호는 금방 깨달았다. 노인이 주호의 그런 생각을 확신시켜주듯 말했다.

"싫어할 리가 있소. 말이야 않지만 사람의 깊은 원정(願情)을 모르오?"

"그렇다면 저토록 나이가 들게 두었소?"

권 서기의 말을 생각하면서 주호는 한마디 더 했다.

"그건 생각이 모자라는 말이오. 지금들 그렇게 물으시는 까닭을 생각해보시오. 활장이는 딸을 시집보내기 싫어하거나 활장이 딸은 시집갈 생각이 없는 것처럼 생각하는 건 당신네들이지요. 어째서 그러는지는 모르지만 먼저 그렇게들 생각한 거란 말이외다."

노인은 갑자기 화가 난 듯 석주호를 힐책했다. 그 힐책은 석주호만을 지목하고 있지는 않았다. 그러나 노인은 입이 쓴 듯 얼굴을 찡그리며 금방 입을 다물어버렸다. 하지만 아주 입을 다물지는 못했다. 늙고 뻣뻣한 육신 속에 깊이 타오르고 있는 것을 참아내지 못한 듯 노인은 뭔가 고통스러운 목소리로 다시 말하기 시작했다.

"활장이나 활장이 딸이라고 사람이 다르오? 활을 쏘면서 산다는 것뿐, 그래 그 활을 쏘니까 생각과 만족하는 정도가 다를지는 모르지만, 사람으로 밥 먹고 짝 찾아 살고 싶고 하는 것은 다른 누구와도 마찬가지란 말이오. 허물이 있다면 그런 것까지 다르게 생각하려 드는 쪽일 게요."

이 노인의 성미는 정말 대쪽이구나. 노인에 대한 애초의 우려에서 벗어난 주호는 그렇게 생각했다. 오히려 그 편이 만족스러웠다. 그는 하숙집 주인이 된 서울 근교의 '스님'들을 생각했다. 그리고 관광 안내원이 된 심산 명찰의 법복을 생각했다. 노인은 너무 웃음이 없었고 말이 거칠었고 붙일 맛이 없었다. 그가 읽은 명인 소설의 어떤 주인공을 만난 듯한 생각이 들 정도였다. 그래서 더욱 만족스러웠다. 노인은 골동품이었다.

 그런데 거기 앉아 있던 사람들이 모두 주호와 같이 생각해준 것은 아니었다. 만약 그랬더라면 아마 그 사건도 없었을 것이다. 아니, 아직도 그것을 사건이라고 할 수 있을지는 의문이다.

 노인의 아무렇지 않은, 나중에는 당당해지기까지 한 태도에 그들은 오히려 몹시 낭패를 당한 기분이 되었다. 그리고 노인의 힐책은 특히 '파나마모'를 화나게 했다.

 "노인넨 활을 쏘고 또 활을 만들어서 그걸로 밥 먹고 사는 게 여느 사람과는 다르죠. 더군다나 딸아이까지 활을 쏜다던데."

 해괴한 일이라는 투였다. 한번 말길이 그쪽으로 터지고 여인의 활 이야기가 나오자 모두들 이제는 그 딸아이의 활 솜씨를 한번 보자고 덤벼들었다. 노인은 첫마디에 볼만한 게 못 된다고 점잖게 거절했다. 그러나 그렇게 점잖게 말하는 노인의 속눈썹이 가늘게 떨고 있는 것은 아무도 보지 못했다. 그들은 물러서지 않고 굳이 시범을 강청했다. 노인은 마침내 화가 나서 거절이 결연했다. 그러나 그들은 이제 활터의 질서 속에 있지 않았다. 물러설 생각을 하지 않았다. '양조장' 영감이 가장 심했다.

 여인의 시범에 관해서는 시종 입을 다물고만 있던 석주호는 그때 그들의 요구 속에서 묘한 희롱기를 느끼고 있었다. 이 늙은 사내들 앞에 딸이 활을 쏘게 하는 것이 마치 무슨 큰 모욕이라도 당하는 일인 양 한사코 거절하는 노인의 태도가 더욱 그런 생각을 들게 했다. 그러나 주호 역시 하루 아침 딱 한 번밖에 구경하지 못한 여인의 활 솜씨, 그 유려한 모습을 한 번 더 보고 싶은 욕망을 누를 수가 없었다. 그는 자신이 북호정을 다니기 시작한 뒤로는 그 사람들의 새벽 활쏘기에 자리를 피해줘야 하리라는 생각 때문에 다시는 그것을 구경한 일이 없었던 것이다.

아름다운 것은 충분히 자랑되어야 한다. 그리고 칭찬받고 사랑받아야 한다. 저 늙은 사내들이 어떤 동기로 그것을 요구하든 적어도 궁도에 바른 이해를 가지고자 하는 이 석주호는 그럴 권리가 있다—

주호가 노인을 권했다. 그러자 노인은 아주 난감한 얼굴이 되어, 그럼 다음 날 새벽으로 때를 잡자고 했다. 낮에는 생각도 할 수 없는 일이라는 태도였다. 그러나 주호는 아무것도 부끄러울 것은 없다, 그리고 아름다운 것은 떳떳이 자랑되고 칭찬받아야 한다고 강조했다. 그 목소리는 노인보다 더 엄숙하고 법정에서처럼 고압적이었다.

노인은 갑자기 힘이 빠진 얼굴이 되어 딸과 소년을 불렀다. 소년이 과녁판으로 골짜기를 건너갔고, 여인은 모시옷에 옥색 궁대를 띠고 나와 활을 쏘았다.

사건이란 그것뿐이었다.

그것을 사건이라 할 수 있을지 모르겠다는 것은 그 때문이다. 석주호까지도 여인이 석양을 비끼고 서서 화살을 건네 보내는 모습과 맞은편 언덕 부채를 든 소년의 판정 동작을 번갈아보면서 "아, 아름답습니다. 정말 아름답습니다" 하고 취한 듯 감탄하다 북호정을 내려갔으니 말이다. 그들은 애초의 동기야 어쨌든 다 같이 만족했다. 다들 만족해서 북호정을 내려갔다. 아무도 자기의 만족감을 의심하여 그것을 훼손할 이유는 없었으니까.

그러나 그것은 이 북호정 사람들에겐 분명 하나의 사건임에 틀림없는 듯했다. 노인은 이날 밤 통 저녁을 들지 않았으며 여인은 또 상을 들여놓고 방으로 들어오지도 않고 어두운 부엌에 쭈그려 앉은 채 말이 없었다. 다만 소년만이 여느 때처럼 열심히 숟갈질을 하고 있었다. 노인은 이따금 딸아이를 불러들이려는 듯 한두 번 마른기침을 했으나 이내 눈을 감고 깊이 상처 받은 짐승처럼 낮은 신음 소리를 냈다. 하기는 그것이 그들에게 깊은 상처를 주는 어떤 사건이었다고 해도 아무도 그 깊은 곳을 알 수는 없었다. 그러고 보면 그것은 어차피 사건이라고 할 수는 없을 것 같다. 그리고 실상 그런 식의 사건은 이 세상 어디에나 미만해 있는 것인지도 모른다.

사실 북호정 사람들도 종당엔 그렇게 생각하고 넘겨버린 듯했다. 그들은 다음 날 새벽에도 여전히 활을 쏘았고, 석주호 일행에 대해서도 노인은 같은 정도의 관심으로 활쏘기를 살펴주었다. 일행에 대한 노인의 일관된 태도를 보자 주호는 이상하게도 전날 얼핏 지나쳐버린 노인의 태도가 다시 생각났다. 그때 노인은 뭔가 몹시 흥분을 하고 있었다. 드물게 긴 말을 하고 얼굴이 긴장하고 그리고 나중에는 맥이 풀려 딸을 불러냈었다. 주호는 그들에게 무슨 욕이라도 보인 것 같은 생각이 들었다. 한데 노인은 다시 의연했다. 그때의 굳은 얼굴과 고통스러운 듯하던 목소리를 다시는 내보이지 않을 것 같았다. 주호는 어딘지 서운한 느낌이었다. 그러나 그 편이 더 좋았다. 두려운 마음으로 노인과 활에 순종하려고 했다.

그런데 며칠이 더 지나가도 노인은 여전히 소년을 과녁판으로 내보내지 않았다. 이젠 신참들에 대한 그의 도움까지 필요 없어지고 있었다. 활을 쏘는 정도도 노인은 비슷하게 보는 눈치였다. 그러나 주호는 과녁에 소년을 보내주는 일이 그래도 자신에게는 며칠쯤 빠르리라 생각했다. 그리고 기다렸다. 그러나 여전히 달라진 것이 없었다. 고전동이 없는 과녁판, 노인의 활을 쏘는 태도나 그 의연한 얼굴, 어느 것도 달라지지 않았다.

그러던 어느 날 석주호는 마침내 한 가지 조그만 반역을 음모하기 시작했다. 너무 쉽사리 흥분하여 결국은 딸아이에게 활을 쏘게 해버린 전날의 일에 화를 내면서도 바로 그런 불실 때문에 또 다른 실수를 저지르지 않으려 회오리쳐 오르는 수모감을 꾹꾹 삼키고 있는 노인을 주호는 전혀 몰랐던 것이다. 노인은 거인이었다. 그 거인에 대해서 주호는 안심을 해버린 것인지 모른다. 하긴 그 음모는 처음부터 주호에게 확실히 의식된 것은 아니었고 또 노인과도 별로 상관이 없는 듯한 일에서 시작된 일이었다. 그동안 주호는 폴을 하루도 빠짐없이 북호정으로 데리고 왔는데, 뭐 그것은 그가 오랜 습관으로 그러는 것이었고, 그 개를 서울에서 이곳까지 줄곧 데리고 다닌 열성을 생각하면 아무것도 이상할 것이 없었다. 폴은 차라리 주호의 어느 한 부분과도 같았으니까. 그리고 북호정에 오면 폴이 소년을 위하여 언제나 사정 기둥에 매어진다는 것도 이미 아는 일이다. 폴은 기둥에 매어지면 한참씩 기둥을 좌우로 돌며 낑낑거리다가 드디어는 두 발을 주둥이 밑에 깔고 누워버리곤 했었다. 한데 그날 주호는 우연히 폴이 너무 기가 죽어 있었으므로 가까이 가서 녀석의 눈을 들여다보게 되었다. 폴은 험상궂은 얼굴 속에서도 가득 애원 같은 것을 담은 눈으로 주호를 쳐다보았다. 그것을 한참 들여다보고 있던 주호는 그때 문득 노인에 대해 이상한 분노를 느꼈다. 폴을 슬프게 한 것은 노인의 횡포라는 생각이 들었다. 주호 자신은 그 횡포를 지나치게 옳은 것으로만 받아들이고 있었다는 생각도 들었다. 전에는 그가 그런 식으로 폴을 학대한 일이 없었기 때문이었다.

 노인에 대한 이해가 지나쳐 폴을 그렇게 만들고 만 것이었다. 노인은 그러나 추호의 양보도 않고 있는 것이다. 주호는 노인의 이해를 위한 자신의 모든 논리에도 불구하고 폴의 슬픈 눈을 보자 우선 화가 났다. 그는 곧 폴을 풀어주었다. 그것은 노인의 고집과는 상관없이 자신의 정당성을 주장한 것뿐이라고 생각했다. 폴은 줄이 풀리자 발작이 난 듯 그 몸뚱이를 날려 사정 뜰을 두어 바퀴 돌고 나서는 다시 주호의 곁으로 돌아왔다. 폴이 사정 뜰을 뛰어 도는 바람에 마침 염소를 끌고 들어서던 소년이 질겁을 하며 달아났다. 그러나 주호는 그것을 못 본 체했다.

 그 뒤부터 주호는 폴을 북호정 기둥에 매지 않았다. 폴은 사정을 온통 휩쓸고 돌아다녔다. 그러는 동안 소년은 사정 부근에는 얼씬 하지 못했다. 일찌감치 염소를 끌고 나가버리거나 어떻게 틈을 보아 꼴 망태기를 꺼내들고 사정에서 도망쳐버렸다. 정 할 일이 없을 때는 사정 뒤 언덕 위에 쪼그리고 앉아 이쪽을 내려다보고 있었다. 주호는 그 모든 것을 알고 있었다. 그러나 모르는 체했다. 자기가 폴에 대해서 한 일, 그리고 그것이 하등 거리낄 게 아니라는 점만을 생각했다. 부득부득 노인에 대해 어떤 반역을 저지르고 있는 듯한 느낌이 들기는 했지만, 노인만 생각지 않는다면, 아니 애초에 그럴 필요도 없는 것이지만 노인을 생각한다 해도, 그는 전혀 옳은 것이라고 생각되었다. 노인도 그 일을 그리 괘념치는 않은 것 같았다. 그러나 노인이 가끔 언덕 위에 앉아 있는 소년을 쳐다보는 얼굴에는 해득하기 어려운 표정이 지나가곤 했다. 그리고 이상하게 초초해하고 자주 불안에 싸여버리는 노인의 얼굴을 주호는 미처 주의하지 못했다.

그런 며칠이 더 지나가고 난 다음이었다.

"녀석, 개는 몹시 무서워하는군. 건너가서 화살이나 주우면 좋지 않아."

그날 주호는 화살을 받아 쥐고 서 있다가 언덕 위의 소년에게 농담처럼 말하고 노인을 흘끗 훔쳐보았다. 그리고는 여기서 이야기할 마지막 일이 일어났다. 노인이 갑자기 표정을 무섭게 일그러뜨리더니 언덕 위의 소년을 향해 소리쳤다.

"건너가!"

그러나 주호는 가늘게 웃었다. 그리고 그때 그는 어렴풋이나마 자기 안에서 조그만 음모가 이루어지고 있었음을 분명히 의식했다. 그 음모는 이미 성공을 거두고 있었다.

소년이 슬금슬금 언덕을 내려와 방으로 들어가서 부채를 꺼내들고는 쏜살같이 골짜기를 건너갔다. 소리를 질러놓고 잠시 시가지를 내려다보는 듯하던 노인이 무엇에 깜짝 놀란 듯 얼굴을 돌려 눈을 빛냈을 때는 소년이 이미 과녁판 곁에 반듯이 서서 화살을 기다리고 있었다. 노인의 표정이 몇 번 뒤바뀌었다. 그러다 나중에는 차츰 어떤 불가항력의 힘 앞에 제풀에 질린 듯한 절망적인 얼굴이 되어갔다……

그리고 드디어 신음을 토하듯 석주호에게 허락이 내려졌다. 주호는 재빨리 그리고 신중하게 제일시를 보냈다. 그러나 그는 너무 긴장한 탓인지 미처 소년의 판정 동작을 눈여겨보지 못했다. 이미 동작이 끝난 소년의 판정 자세로 화살이 뒤로 흐른 것을 알았다. 그는 제이시를 먹였다. 이번에는 너무 높이 띄우지 않으리라, 길을 꺾지 말고 정통으로.

주호는 시위를 매섭게 퉁겼다. 그러나 그 화살은 과녁을 맞히지 못했다. 아니, 그 화살은 어김없이 과녁을 맞혔다. 또 하나의 과녁이 거기 있었다. 주호는 그 과녁이 지금껏 어디에 숨어 있다가 갑자기 나타나서 자기의 화살을 받은 것 같았다. 그 순간 소년이 쓰러졌다. 그리고 그 쓰러지는 모습은 묘하게 아름답고 그래서 더욱 처참한 느낌이 들게 했는데, 그것은 그가 쓰러질 때 먼저 두 다리를 꺾어 잠시 꿇어앉아 있는 듯하다가 이내 앞으로 폭 고꾸라진 동작의 순서 때문이었을 것이다. 혹 기억력이 좋은 사람은 그때, 어느 영화에선가 사냥꾼의 총에 번쩍 피를 뻗치며 무릎을 꿇는 듯 넘어진 새끼 노루를 생각해냈을지도 모른다.

(『창작과비평』 1967년 가을호)

더러운 강

1

―넘치는 정력, 활기찬 '스테미너,' ○○템포 ―'템포' 주사로 당신의 젊음을 되찾으십시오―

모래에 파묻혀 반쯤 내린 신문지의 광고문이 가을비에 젖고 있었다. 그 찢어진 광고문 옆에는

―오오, 생교지상주의자(生交之上主義者)들의 축제, 이 엄청난 '섹스'의 파도―

파란 '펜'글씨의 '잉크'가 길게 번져 나오고 있었다.

녀석의 필체가 분명했다.

나는 모래를 걸어차서 그 신문지 조각을 엎어버리고 강가로 걸어갔다. 잠들은 파도가 잔잔히 가라앉아 있어서 빗방울들이 수많은 동그라미 무늬를 그리고 있었다. 그것은 마치 강 전체가 선뜩

선뜩 차가운 가을비에 떨고 있는 것 같았다.

안개가 일고 있는 것일까. 강 상류 쪽은 제법 물보라까지 이루며 비가 내리고 있는 것 같다. 강줄기가 뻗어 올라가다 쓸어버린 숲이 아득히 멀다.

―녀석이 오늘은 나타나줄까?

머리를 적신 빗물이 서물서물 목으로 흘러내리고 있는 것을 느끼며 나는 다시 녀석을 생각했다. 녀석은 전에도 가끔 배를 저어 이 '우리들의 집'을 슬그머니 떠나간 일이 있었다. 그러나 그때마다 며칠이 지나면 녀석은 아무 일도 없었던 듯 다시 배를 저어 돌아오곤 했었다. 비가 오는 날 떠나가면 비를 맞으며 돌아왔고, 안개 속으로 떠나가면 안개를 헤치며 돌아오는 것이 녀석의 취미처럼 되어 있었다. 한데 이번에 녀석이 떠나간 날 밤은 오늘처럼 비가 내리고 있었던 것이다.

그 화려한 계절, 여름이 뚝섬 일대를 휩쓸고 지나간 다음 며칠 사이로 강변은 갑자기 쓸쓸해져버렸다. 가을이 왔던 것이다.

그러자 녀석은 그 쓸쓸한 강변 모래밭에서 낙엽을 줍듯 온종일 휴지들을 주워 읽으며 날을 보냈다. 그리고 밤이면 어두운 강물에 손님도 없는 배를 띄워 혼자 강을 오르내리다 드디어는 아주 떠나가버렸던 것이다.

혼자 배에만 오르던 그는 언제나 짖어대듯 한 목소리로 즐겨 푸른 하늘 은하수 노래를 불렀는데 그즈음 나는 밤마다 강물의 위쪽에서, 아래쪽에서 또는 건너편 강둑에서 들려오는 녀석의 노랫소리를 들을 수 있었다.

그날 밤도 나는 발 안에 누워 워워 짖어대고 있는 녀석의 노래를 빗소리 속에서 멀리 듣고 있었다. 그러다가 어느 순간 나는 문득 녀석이 또 떠나가고 있구나 하는 생각이 들었던 것이다.

노랫소리가 강 상류 쪽으로 한없이 멀어져가고 있었다. 녀석은 정말 그날 밤 돌아오지 않고 말았다. 그리고 오늘이 닷새째─다시 비가 온 것이다.

전 같으면 녀석이 비를 헤치며 틀림없이 돌아와야 하는 것이다. 그러나 이번에는 녀석이 아주 돌아오지 않을 것만 같다. 왜 그런 예감이 드는지는 알 수 없다. 녀석은 집을 떠나갈 때 한번도 나에게 무슨 말을 일러준 적이 없었다. 돌아와서도 물론 별 말이 없었다. 이번에도 사정은 다르지 않았다. 그러니까 그가 아주 돌아오지 않으리라는 생각을 증거할 방법은 없다.

확신을 가지고 있는 것도 아니다. 다만 막연히 그런 생각이 들 뿐이다. 온 모래펄을 헤매고 다니며 낙엽을 줍듯 휴지의 낙서들을 주워 읽던 것이나, 손님도 없는 배를 저어 강을 오르내리던 것이 가을로 접어들면서 시작된 녀석의 새로운 습관이긴 했다. 그리고 그것은 녀석이 어떤 여자와 상관된 사건에서 좀 심한 봉변을 당한 다음부터 시작된 것이기는 했다. 그러나 그 사전에 대해서도 나는 조금밖에 모른다.

그러고 보니 녀석과 같이 지낸 지난 몇 달 동안 나는 녀석에 대해서 너무 아무것도 모르고 지내왔다는 생각이 들기도 한다.

2

지난 늦은 봄이었다. 졸업 후 두 번의 시험에 실패한 나는 여전히 학교 부근에다 방을 얻어놓고 식당에 나와 밥을 사 먹고 있었다. 하루는 그 식당에 앉아 있는 나의 식탁 맞은편 학생 하나가 밥을 다 먹고 나서도 자리를 뜨지 않고 있었다.

그 식당은 거의 학생 전용으로 되어 있었다. 거기 온 학생들은 때로 식탁에 앉아서 책을 펼쳐 들기도 했고 다방에 나와 앉은 듯 멍하니 생각에 잠기는 수도 있어서 나는 별로 신경을 쓰지 않고 있었다. 한데 내가 식당을 나오자 녀석은 기다렸다는 듯이 나를 따라 나오는 것이었다.

그리고는 옆으로 다가서 걸으며 이렇게 물어왔다.

"가정교사 같은 거 구하지 않나?"

너무나 정확한 서울토박이 '악센트'여서 오히려 기분이 나빠지는 그런 말씨였다. 나는 어이가 없어 걸음을 멈추고 녀석을 멍하니 쳐다보고만 있었다. 교정 같은 데서 한두 번 낯을 익혔을 뿐 수인사조차 없는 터에 말투나 그 말의 내용이 도를 넘고 있었다. 그러나 녀석은 나의 그런 표정을 어떻게 알았는지,

"그럼 좋다. 좋은 돈벌이가 있는데 밸 꼴리는 가정교사 같은 건 개들이나 하라구 내버려두고 나하고 가자. 지금 당장 가는 게 좋다"하면서 성큼 앞장을 서는 것이었다.

아닌 게 아니라 나는 무슨 일거리를 구하고 싶기도 했던 참이었

다. 졸업을 하고까지 집에다 손을 벌릴 수는 없었고 그렇다고 아무 데나 어물어물 쑤시고 들어가서 자리를 잡아버리기는 싫었다. 무어 꼭 녀석에게 기대를 가진 것은 아니었지만 결국 나는 그때 녀석을 따라나섰던 것이다.

그때 찾아온 곳이 이 뚝섬, 모래펄을 따라 멀리 올라온 강가였다. 좋은 돈벌이란 바로 이 강물이라는 것이었다. 녀석은 강둑에서 조금 떨어진 이 지대가 높은 곳에 흙벽들로 움막집을 지어놓고 손수 밥을 지어먹고 있었다. 그러면서 강을 지키고 있었노라고 했다.

그날 밤 굳이 나를 거기서 같이 자게 한 녀석은 다음 날 자기는 배를 한 척 구해 올 터이니 날짜가 좀 오래 걸리더라도 움막에 남아 강을 지키고 있으라면서 어디론가 슬그머니 사라져버리는 것이었다.

그가 가버린 다음 나는 비로소 방 안을 샅샅이 살펴보았다. 잡동사니 책들이 여기저기 널려 있고 쌀도 한 가마쯤 되었다. 나는 어차피 셋방 신세를 지고 있던 터였으므로 조용하고 등치까지 좋은 이 강가의 움막집에서 녀석이 돌아올 때까지 그냥 며칠을 지내기로 했다. 학교 부근에는 책을 내오면서 방을 며칠 비우겠다고 일러두었다.

그런데 내가 어렴풋이 예상한 그 며칠이 지나도 녀석은 돌아오질 않았다.

깜깜무소식이었다. 물론 학교 부근에도 녀석의 얼굴은 보이지 않았다. 녀석이 강을 지키고 있으라고 한 것은 그 움막집을 지키고 있으라는 것으로 새겨들었지만 배를 구해 온다고 한 말이 아무래도 수상해지기 시작했다.

실상 나는 그에 관해서 학과도 본적도 심지어는 그의 이름조차도 알고 있지 못했으므로 더욱 도깨비에 홀린 것 같은 생각이 들었다. 녀석의 책을 몇 권 들춰봤으나 다른 종류의 것이었고 또 서명이 달라서 어느 것이 진짜 녀석의 이름인지를 알 수가 없었다.

한 달쯤 뒤에 나는 그 움막집의 문을 채우고 학교 부근의 셋방으로 돌아와버렸다. 그러고도 마음이 개운치 않아 며칠 뒤에 다시 움막집을 찾아가 보았으나 문고리의 쇠통은 손을 댄 흔적이 없었다.

그리고 또 한 주일쯤이 더 지난 어느 날 점심을 먹으려고 식당으로 갔더니 뜻밖에 녀석이 나를 기다리고 있었다.

3

"생각보다 뱃길이 험했어. 죽을 고생을 했어. 하지만 이제 준비가 다 된 셈이지."

녀석은 내가 강을 지키지 않고 도망쳐 나와버린 줄도 모르는 듯 검게 탄 얼굴에 가득 웃음을 담았다. 그리고는 점심이 끝나자 그 돈벌이의 도구를 어서 구경하자고 나를 재촉했다. 나는 그의 강요 반, 호기심 반으로 다시 그를 따라나섰다.

강가에는 정말 배가 한 척 매여 있었다. 그것은 남해 근방에서 김을 뜨러 나갈 때 타는 조그마한 범선이었다. 녀석은 고향이라는 남해 바다까지 내려가서 그 배를 타고 서해를 돌아 한강을 거슬러 올라왔다는 것이었다. 나는 점점 더 어이가 없어졌다.

"어때? 이제 곧 여름이 시작될 거다. 여름만 되면 돈이 노다지다."

신이 나서 지껄이다가 녀석은 대꾸를 못하고 멍해 있는 나를 조금 걱정스러운 듯 들여다보았다. 그러나 그는 알겠다는 듯이 빙긋 웃으며 은근히 말하는 것이었다.

"공부할 시간이 없을까 봐 걱정이지? 안심해. 넌 여기서 집이나 지키면서 책이나 읽어. 뱃사공 노릇은 내가 할 테니까 말야. 대신 학교는 열심히 나가지 않아도 되겠지."

"네 공부는 어떡할 테냐 뱃사공?"

역시 나는 공부가 마음에 걸렸다는 듯 말했다.

"공부? 네가 대신 해주면 되지 않아? 하하하……"

녀석은 턱없이 크게 웃었다. 어딘지 공허한 구석이 느껴지는 그런 웃음이었다. 내가 이미 졸업을 한 터라는 것을 말해주자 녀석은 웃음을 멈칫하더니 이번에는 더 세차게 웃어대는 것이었다. 그러다가 그는 갑자기 엄숙한 얼굴이 되어, 그러나 금년 가을에는 꼭 좋은 자리에 시험을 쳐서 합격을 해야 할 것이라며 그에 대비해서 열심히 책을 읽으라고 충고를 하는 것이었다. 그게 자기의 희망이라고도 했다.

다음 날부터 녀석은 배에 매달려 부지런히 깎고 붙이고 하며 단장을 하기 시작했다.

그날 나는 시내로 나와 짐을 옮겨 왔으나 아닌 게 아니라 책을 읽는 것밖에 다른 할 일은 없었다. 녀석은 일을 하다 말고 끼니 시중까지도 들어주는 것이었다. 면구스러워하는 나에게 녀석은

"좀더 있어봐. 너도 충분히 네 몫을 한다고 생각하게 될 테니. 때가 되면 난 배를 끌고 나가버리고 집을 비우게 되지 않아?"

그러나 녀석에게 내가 필요한 것은 그래서만이 아닌 것 같았다. 그것을 알 수는 없다. 그러나 내게 너무도 할 일이 없다는 것은 더욱 그런 생각이 들게 했다. 아무려나 그냥 지날 수밖에 없었다. 한데 녀석은 배를 다 손질해놓고 나서 학교 쪽으로 두어 번 나들이를 했을 뿐 통 책을 보려고 하지 않는 것 같았다. 그리고 정작 시험 때가 되면서부터는 진짜 그의 뱃사공 일이 시작되었다.

"어쩔 테냐, 학교 시험은?"

"시험? 그래서 처음에 내가 부탁해뒀지 않아? 널더러 대신 좀 공부를 해달라고, 하하하하……"

그는 또 전에 내가 그를 걱정해주었을 때처럼 웃었다.

"난 벌써 네가 짐작하고 있었는 줄 알았지, 하 하……"

그는 또 웃었다. 지나치게 큰 그 웃음소리 속에 도사린 공허한 구석을 보았을 때 나는 비로소 그의 어떤 비밀을 직감했다. 녀석은 가짜 학생일 것이다―그리고 녀석은 금방 그것을 시인했다. 결국 묻는 내가 바보였다.

그리고 보니 녀석과 깊은 이야기를 피해온 것은 오히려 내 쪽이었던 것 같은 생각이 들었다. 그리고 그것은 내가 녀석에게 이미 그런 기색을 어슴푸레 느끼고 있었기 때문이었던 것 같기도 했다.

4

오후가 되자 하늘이 말끔히 개버렸다. 비에 젖었던 모래펄의 휴지들이 투명한 가을볕 아래서 빨래처럼 바래지고 있었다. 뽀얗던 상류 쪽 강이 푸르게 굽이치고 있었다.

이제 녀석이 나타날 것 같지는 않았다. 모든 것이 너무나 선명했다. 녀석은 그렇게 밝은 햇빛 아래로 당당하게 돌아온 일이 없었다. 이상한 일이다.

이 몇 달 동안의 녀석에 대해서 내가 설명할 수 있는 것은 그것뿐인 것이다. 이름마저도 그의 책들에 씌어 있는 것들 중의 하나를, 그것도 이것저것 바꾸어가며 불러왔던 것이다.

어려서 외갓집을 가서도 밤잠을 자지 못해 애를 먹을 만큼 낯선 사람은 천성으로 싫어하던 내가 어떻게 된 셈인지 녀석에 대해서만은 별반 스스러움 없이 그 기묘한 몇 달을 함께 지냈던 것이다.

나는 방으로 들어와 트랜지스터 라디오를 배에 얹고 누워 눈을 감았다.

여름이 시작되면서부터 녀석은 진짜 뱃사공 노릇을 시작했다. 낮에는 양쪽 강변을 왕래하는 나룻배를 내었고 석양부터는 유람선 선장 노릇을 하였다. 그러나 그의 일은 그렇게 구분이 확실하지는 않았다.

낮에도 맘 맞는 손님이 있으면 배를 내어 상류 쪽으로 저어 올라갔다가 해가 질 무렵에야 내려오는 수도 있었고 그 손님을 그냥 밤까지 태우는 수도 있다고 했다. 물론 그 손님들은 종일 배만 타고 있는 게 아니라는 것이었다. 숲이 좋은 강변에다 손님을 내려주고 녀석은 배에서 잠을 자거나 어떤 때는 그 놀이패에 자신이 끼어드는 수도 있다고 했다.

집으로 돌아온 때 그는 대개 기분 좋게 취해 있었으나 손에는 아직도 술병이 하나 더 들려 있기가 예사였다. 그리고 그 술을 혼자 꼬작꼬작 따라 마시며 녀석은 무슨 상상을 하는지 멍하니 천장을 쳐다보며 킥킥거리는 것이었다. 나에게는 책을 읽으라고만 할 뿐 술을 권해보지도 않았다. 술이 끝나면 녀석은 주머니에서 그날 거둬온 돈을 꺼내어 추리기 시작한다.

나는 녀석이 그런 일들을 다 끝낼 때까지 대개는 아무 말도 하지 않았다. 녀석은 그렇게 책만 들여다보고 있는 나를 이윽히 들여다보곤 했지만 역시 내버려두어주었다. 혼자 술을 마시고 돈을 추리고 때론 나를 들여다보듯 하는 그의 눈초리는 미상불 기분이 좋은 것은 아니었지만 그러나 녀석은 그 이상 나의 신경을 괴롭히지는 않았다. 나는 그 정도로 견뎌나갈 수 있었다.

경위를 따지고 의문을 밝혀나가야 한다면 그보다 더 먼저 알아야 할 일들이 얼마든지 있었다. 어느 땐가는 이야기될 때가 있으리라고 막연히 생각할 뿐이었다. 어쨌든 녀석의 일은 점점 잘되어가는 것 같았다. 나룻배에서 유람선 전용으로 일이 바뀐 것은 그 좋은 증거였다. 그는 배를 더욱 애지중지하며 조그만 돛대도 하나 만들어 세우고 선복에는 희고 푸른 페인트를 시원하게 칠했다. 그에 따라 녀석이 밤에 돌아와 혼자 킥킥거리는 버릇은 날이 갈수록

심해졌다.

그러던 어느 날 녀석은 그 웃음의 내력에 대해서 더 이상 참지 못하겠다는듯 이렇게 말하는 것이었다.

"강물이 흐르고 있다는 것은 참으로 다행이야."

그리고 그는 동의를 구하듯 나를 쳐다보는 것이었다. 나는 갑작스러운 녀석의 그 말을 알아듣지 못해 어리둥절해 있었다.

녀석이 가짜 학생이라는 것은 별로 중요한 사실이 아니었다. 멋을 부려 곧잘 비약을 하는 그의 화술이나 경우에 따라 내보이는 정연한 논리는 그의 독서량을 증명해주는 것이었다. 다만 녀석은 그가 가지고 있는 책만큼이나 많은 것을 알아 익히고 있음에도 불구하고 가끔씩 생각이 엉뚱한 방향으로 비약을 하거나 뜻밖의 치기 같은 것을 내보여 단절감을 느끼게 하는 흠이 있기는 했다.

5

"밤마다 강들은 충분히 더럽혀지지만 다행히도 그 물은 밤새 다 흘러가버리고 다음 날 아침에는 다른 물이 흐르고 있거든."

그래도 나는 아직 알 수가 없었다. 그가 무엇을 말하고 있는가는 짐작이 갔지만 왜 갑자기 그런 말을 하는지가 알 수 없는 것이었다.

녀석은 상관없다는 듯 나를 내버려두고 돈을 추리기 시작했다.

그리고 나서 며칠 뒤 정오가 훨씬 지나고였다.

아침에 배로 내려간 녀석이 헐레벌떡 움막으로 올라왔다. 나더러 빨리 배로 내려가자는 것이었다.
 그 하루 동안 녀석은 나를 자기의 뱃손님으로 모시겠다는 것이었다.
 얼떨결에 녀석과 배까지 내려간 나는 거기서 또 한 번 어리둥절해졌다. 배에는 여자대학 '배지'를 단 아가씨 두 사람이 우리를 기다리고 있었던 것이다. 얼핏 보니 한 아가씨는 눈썹이 몹시 짙었고 그보다 키가 조금 더 커 보이는 다른 아가씨는 그에 비해 가냘픈 눈썹을 가지고 있었다.
 한데 녀석과 그 아가씨들 사이에는 미리 무슨 이야기가 되어 있었던 듯 수인사가 끝나자 곧 배를 저어 올라가기 시작했다.
 녀석이 배를 젓는 동안 그녀들은 가끔 킥킥거리며 장난스러운 눈길을 주고받고 있었다. 그리고 짙은 눈썹 쪽이 뭔가 가는 눈썹 쪽을 놀려대고 있는 듯했다. 놀림을 받는 쪽은 산그늘이 지기 시작한 강변으로 자주 시선을 보냈는데 그것은 일부러 나를 외면하려는 것처럼 느껴졌다.
 "모처럼 귀한 분들을 모시고 노를 저으니 팔 힘이 넘치는 것 같습니다."
 녀석은 얄밉도록 예절 바른 말씨로 여자들을 응대하고 있었다. 그 귀한 분들 속에는 나까지 포함되어 있는 줄 알았냐는 듯 녀석은 그 말을 하면서 나를 건너다보았다. 나는 아직도 어리둥절해 있었다. 그러나 녀석은
 "학기말 시험은 벌써들 끝나셨겠지요."

느닷없이 시험 얘기를 꺼냈다. 그것을 말꼬리로 하여 녀석은 한동안 나에 관해서 까닭 모를 칭찬을 늘어놓는 것이었다.

"왜 자꾸 위로만 가세요? 위쪽엔 사람이 없지 않아요?"

녀석의 이야기에는 별로 관심이 없는 듯 강변의 산들만 건너다보고 있던 눈썹 가는 아가씨가 힐끗 돌아보며 녀석의 말을 중단시켰다.

"사람이 없으니까 위쪽으로 가는 겁니다. 이 근처는 강물이 너무 더러워요. 모처럼 귀한 손님을 모셨는데 깨끗한 물로 모셔야지요."

필요하다면 얼마든지 더 납득이 갈 만한 이유를 늘어놓을 듯한 얼굴이었다. 녀석은 일단 말을 끊고 그녀를 쳐다보았다.

그 기세에 눌려 아가씨는 입을 다물어버렸다. 두 사람의 눈치를 살피고 있던 짙은 눈썹 쪽이 여전히 킥킥거렸다.

"강물이 어떻게 더럽혀져요?"

"물을 자세히 들여다봐둬요. 조금 있다가 상류 쪽과 어떻게 다른가 비교해보면 알게 됩니다."

장난 같은 말을 별로 장난 같지 않게 대답하면서 녀석은 부지런히 노질을 계속했다. 뚝섬 놀이터가 까마득한 곳에 이르자 녀석은 바람이 맞는다면서 돛을 올려놓고는 훌훌 옷을 벗어던지고 강물로 풍덩 뛰어들어버렸다.

그는 속에다 수영 팬츠를 입고 있었다. 그러자 지금까지 킥킥거리고만 있던 쪽 아가씨가 눈을 찡긋해 보이고는 역시 옷을 벗어버리는 것이었다. 그녀도 속에다 수영복을 입고 있었다.

"얘, 빨리 들어와."

물로 뛰어든 그녀는 배 위의 친구를 재촉했다. 친구는 조금 망설였다. 그러나 그녀도 드디어는 겉옷을 벗어내리기 시작했다. 그녀의 희고 맑은 살결이 드러나자 나는 눈이 시려오는 것 같아 강물로 시선을 떨어뜨렸다.

6

거기 잔물결에 여인의 나상이 흔들리고 있었다.
이윽고 여자는 그 자기 그림자를 깨며 풍덩 물로 뛰어들었다.
"들어오시지 않아요."
그녀는 몸을 바로잡으며 처음으로 나를 바로 쳐다보았다. 나는 도리질을 했다.
"잠수함인가보군요."
그녀는 몸을 돌려 강가로 헤엄쳐 나가기 시작했다. 녀석은 벌써 까만 점이 되어 거의 물을 벗어나고 있었다. 그 뒤를 일정한 간격으로 두 여자가 따라갔다.
아직 사람들이 틈틈이 눈에 뜨이긴 했으나 강변은 이제 숲이 깊어서 한결 조용했다. 강변이 이른 세 사람은 둑을 따라 상류 쪽으로 걸어가고 있었다. 이윽고 그들은 한곳에 머물러 서서 나를 손짓해 불렀다. 배를 대라는 것이었다. 버드나무 숲이 끝나고 갈대가 무성한 곳이었다.
"공부를 좋아하는 녀석이라 배를 부리는 머리도 잘 돌아가는군."

강가 언덕에 배를 대자 녀석은 나를 추어올리는 소리를 하며 이불 밑에서 보퉁이 하나를 꺼내어 호기롭게 풀어헤치는 것이었다.
 어느 틈에 마련했는지 보퉁이에서는 갖가지 음식들과 고급술이 한 병 나왔다. 그래서 녀석의 말대로 '잔치'가 시작되었다.
 세 사람은 여전히 수영복 차림새였다. 몇 번 사양하던 아가씨들은 술도 한두 잔씩 받아 마셨다. 그리고는 스스럼 없이 노래들을 불렀다.
 자리가 과일 껍질, 포장들로 지저분해질 무렵, 세 사람은 다시 물로 나갔다. 정말로 헤엄을 치려는 것인지 나더러는 옷을 벗고 함께 헤엄을 치든지 배에 가서 기다리든지 하라는 것이었다.
 나는 수풀을 깔고 누워 술기가 걷히기를 기다렸다가 해가 설핏해서야 배로 내려갔다. 뜻밖에도 배에는 그 가는 눈썹 아가씨가 옷을 챙겨 입고 혼자 앉아 있었다.
 "두 사람은 어디 있습니까?"
 나는 강을 두리번거리며 두 사람을 찾는 시늉을 했다.
 "상류 쪽으로 올라갔어요. 아마 강가 숲길로 걸어 내려올 거예요."
 여자는 돌아보지도 않고 대답했다. 그러나 숲길에도 두 사람은 보이지 않았다.
 여자가 여전히 등을 돌리고 있었으므로 나는 그만 입을 다물었다. 자리를 깔고 뱃바닥에 누웠다. 여자의 하얀 블라우스가 저녁 강바람에 보기 좋게 나부끼고 있었다.
 "저에 관해서 전에 이야길 들으셨습니까."

무료감에 못 이긴 듯 나는 다시 입을 열었다.

"아니요."

그녀는 간단히 부정했다.

"제 친구와는 벌써부터 아는 사이?"

"오늘이 첨이에요. 둘이는 그렇지 않은가 봐요."

그 둘이라는 말에 나는 이상한 공감을 느끼면서 목소리를 한층 낮췄다.

"한 분은 친구 되십니까?"

"그런 것은 묻지 않기로 계약이 되었지 않아요?"

나는 여자의 말에 섬뜩한 것을 느꼈다. 이 여자는 무슨 말을 하고 있는가. 그러나 다시 물을 수는 없었다.

나는 입을 다물어버렸다.

둘은 강물에 어슬어슬 어둠이 깔리기 시작할 때까지도 나타나지 않았다. 여자는 까딱도 않고 뱃전에 앉아 눈을 가늘게 하여 숲길을 지키고 있었다. 하늘에는 한두 개 별이 돋아났다. 그제야 녀석이 그 서투른 노랫소리가 멀리 들려왔다.

이윽고 녀석이 마치 개척민 부부처럼 여자와 손을 잡고 "해는 져서 어두운데⋯⋯"를 외치면서 숲길에 나타났다.

7

그녀들을 보내고 집으로 돌아오는 길에 녀석은 나에게 배에서 어떻게 지냈느냐고 물었다. 그리고 나의 대답을 녀석은 통 믿으려 하질 않았다. 끝내 내가 그녀와 별 이야기조차 없이 녀석을 기다리고만 있었던 줄 알게 되자 그는 무엇인가 무척 낭패한 얼굴이 되어 화를 내는 것이었다. 그리고 녀석은 좀처럼 그 화를 풀지 않으려는 것 같았다. 그 뒤로도 녀석은 그날처럼 돈을 받지 않은 손님을 태우고 강물이 더럽지 않다는 상류 쪽으로 자주 배를 숨겼는데 다시는 나를 그 배에다 태워주지 않았던 것이다.

그리고 그는 배를 더 보기 좋게 단장했으나 밤늦게 돌아와 돈을 추리는 일은 점점 드물어졌다. 돈을 추리는 대신 녀석은 이런 소리를 자주 지껄이는 것이었다.

"무엇보다 이 육체의 윤리에 충실할 필요가 있어. 그런 게 아니라구 날 타이르구 싶겠지? 하지만 인생을 다 살아본 늙은이들이 그런 생각을 얼마나 후회하고 늦은 정념에 미쳐나는가를 나는 이 눈으로 날마다 보고 있는걸. 어차피 정신과 육신은 한집에 딴살림을 벌이고 있는 턴데 정신이라는 놈이 자꾸 제 고집만 내세워 자기 질서로 육신까지 지배하려고 하거든. 천만에, 육신은 육신의 윤리와 질서가 따로 있지. 그게 분명해."

그래서 강변의 숲 속에, 모래펄에 젊은 육신의 윤리를 구가하는 축제를 벌이고 돌아오는 참이라는 것이었다. 그리고 끝에 가서는

"하지만 역시 넌 책이나 읽고 있는 편이 좋을 거야."

반드시 한마디 덧붙이는 것을 잊지 않았다. 나는 녀석의 그 육신의 윤리라는 것을 언제나 다 알아듣지 못한다. 그러나 녀석의 말이 꽤 나를 괴롭히는 것은 사실이었다. 이를테면 녀석의 이야기

를 듣고 나면 나는 나의 육신에서도 그 비슷한 육신대로의 질서가 움직이고 있는 것 같았고 거기다 나는 녀석의 이야기에서 언제나 그날 배에 남았던 그 흰 블라우스 아가씨의 냄새를 맡곤 했기 때문이었다. 언젠가 한 번 더 모시는 게 어떠냐고 농담처럼 슬쩍 말을 꺼내 보인 뒤로 나는 더욱 어떤 초조감 같은 것에 빠져들 때가 많았다. 그러나 그때도 녀석은

"넌 역시 책을 부지런히 읽어야지"
했던 것이다. 그리고 그 이야기는 다시 꺼내지도 않았다.

한데 어느 날 갑자기 녀석은 정말로 나를 배로 끌어냈다. 그 아가씨와 나를 다시 함께 태우게 되었노라고 했다. 배에는 정말로 나를 위해선 듯 아가씨가 한 사람뿐이었다.

줄곧 킥킥거리기만 하던 아가씨는 와 있지 않았다. 그러나 녀석과 아가씨는 그사이 퍽 친숙한 사이가 된 듯 허물없이 굴었기 때문에 나는 오히려 그 두 사람의 손님이 되어 있었다. 그리고 그날도 두 사람만 헤엄을 쳤고, 강변 수풀에서는 수영복 차림의 두 사람 사이에서 나는 겨우 윗도리만을 벗고 점심을 먹었다.

다만 두 사람은 거기서 따로 헤엄을 치러 함께 상류로 올라가지는 않았다. 녀석만 혼자 배 근처에서 헤엄을 치는 동안 우리는 그 전날처럼 숲에서 배로 내려가 그를 기다리고 있었다.

"두 분 가까운 사인가요?"

이번에는 먼저 여자 쪽에서 그것도 전날 그 자신이 대답을 거절했던 것과 똑같은 질문을 내게 던졌다. 그녀는 산을 건너다보는 대신 나를 응시하고 있었다.

"한집에 같이 사니까요."
"하지만 뭔가 서로 숨기고 있는 것 같아요."
여자는 헤엄을 치고 있는 녀석을 힐뜻 한번 돌아보았다.

8

"서로 알려고 하는 게 없으니까 숨기는 게 아닐 겝니다."
나는 별로 신경을 쓰지 않고 대답했다.
"그렇다면 저분은 괴상한 취미를 가졌군요?"
"취미라니요?"
"오늘도 계약이에요. 저는 그 계약의 정체를 확실히 모를 뿐 아니라 그걸 잘 이행해야 할 이유도 없는 듯해서 말입니다만 오늘 저는 저분의 애인 노릇을 하기로 돼 있거든요."
"모를 말입니다."
나는 여전히 아무렇지 않은 듯 말했다. 그러나 나는 그때 빙그레 웃고 있었다. 녀석이 나에게 주고 있는 것에 대해서 이상한 방법이지만 나는 벌써 충분한 보답을 해오고 있었다는 생각이 들던 것이다. 그러나 여자는 그런 나의 생각을 금방 깨부숴버렸다. 그녀는 느닷없이 덤벼들어 두 팔을 나의 목에다 걸었다.
"계약을—댁과도 계약을 맺어야겠어요. 참아주세요."
정신을 차리지 못하고 있는 나의 입술을 살짝 스치면서 그녀는 옆얼굴을 포개왔다.

"하하하하……"

어느 틈에 다가왔는지 그때 녀석의 휑한 웃음소리가 뱃전을 울렸다.

"놀랄 거 없어. 책이나 읽으면 돼. 나와의 계약을 충실히 이행하지 않겠다는 의사표시를 하는 데 네가 필요했던 것뿐일 테니까."

집으로 돌아오면서 그는 서슴지 않고 단정했다. 거기다 아직도 얼떨떨해 있는 나를 위로하고 싶어 하는 말투였다.

그런 일이 있은 다음부터 녀석은 왜 그런지 배를 잘 타려 하지 않았다. 방 안에 드러누워 트랜지스터를 들으며 무슨 생각에 잠기거나 모래펄로 나가 사람들 사이에 섞이기를 잘했다. 그러나 한나절도 까맣게 마음을 놓고 놀아버리는 일은 없었다. 자주 집을 들락거렸다. 라디오를 듣는 것도 마찬가지였다.

"빌어먹을 놈의 약광고, 남의 약 험담질이나 하구……"
하면서 라디오를 팽개쳤다가도 금방 다시 집어 들곤 했다. 뭔가 늘 초조해하는 게 분명했다.

해가 떨어지고 나서도 그는 배를 띄울 생각을 않고 혼자 모래펄을 거닐며 뒹구는 휴지 같은 걸 주워 읽거나 혹 배를 낼 때도 손님은 태우지도 않고 "해는 져서……"를 소리 지르며 혼자 강물을 휘젓고 돌아다녔다. 녀석이 아주 건너편 숲속으로 들어가 그 소리만 들려오는 때도 있었다.

그러던 어느 날 뜻밖의 사건이 일어났다. 그날 모처럼 수영을 나갔다가 나는 사람들이 들끓는 모래펄 한가운데서 녀석을 만났다. 아니 만난 게 아니었다. 사람들에게 빙 둘러싸여 그중 한 여자로부터 호되게 욕설을 당하고 있는 녀석을 발견했던 것이다. 욕을 퍼붓고 있는 것은 전날 눈썹이 짙은 바로 그 아가씨였다.

"병신새끼, 내가 바본 줄 알아? 네가 가짜 인간이란 걸 모르고 속아준 줄 아냔 말야. 왜 곱게 물러나지 못하는 거야."

여자는 독이 올라 있었다. 둘러선 사람들 사이에는 그 흰 '블라우스'의 아가씨가 질린 얼굴을 하고 끼어 서 있었다. 녀석은 그답지 않게 기가 죽어서 자리를 빠져나갈 궁리만 하고 있는 듯 사람들의 발치께를 흘끔흘끔 살피고 있었다. 그러나 어느 순간 그 시선이 나에게 닿았다.

그러자 녀석의 눈에는 무슨 까닭인지 갑자기 무서운 증오의 불길이 이글이글 타오르기 시작했다. 나는 부르르 몸을 떨었다. 그리고 뱀의 눈을 본 개구리처럼 옴짝달싹을 못하고 그 자리에 꽉 뿌리박히고 말았다.

9

오후 늦게부터 다시 비가 내리기 시작했다. 이번에는 처음부터 여름 소나기 같은 비였다. 나는 방문을 활짝 열어놓고 빗발을 내다보며 녀석을 생각하고 있었다. 돌아오지 않으리라는 예감이 더욱 녀석의 생각에서 나를 떠나지 못하게 했다.

그날 밤, 녀석은 별로 기분이 달라지지도 않은 목소리로 강물이 퍽 더러워진 것 같다고 혼자 중얼거리고 있더니 슬그머니 배를 저어 어디론가 사라져버렸던 것이다.

그리고는 사흘 뒤 어스름을 타고 다시 돌아왔다.

돌아와서도 그는 별로 입을 열지 않았다. 그리고 며칠 동안 녀석은 밤으로만 배를 띄워 상류로 저어 올라가서 그 짖어대는 소리를 하다가는 또 어디론가 가버리곤 했다.

그러니 어느 날 밤(그날 밤은 비가 조금씩 내리고 있었는데) 배를 저어 '우리들의 집'을 아주 떠나가고 있다는 생각이 들었을 때도 그것은 그렇게 느껴졌을 뿐 별다른 기미를 눈치채고 있었던 것은 아니었다.

생각에 잠겨 있던 나는 빗속에 뽀얗게 흐린 상류 쪽 숲 뒤에서 배가 한 척 내려오고 있는 것을 보지 못한 모양이었다.

그리고 그 배가 강변에 닿고 사내 하나가 비를 맞으며 둑을 걸어 올라오는 것도 알지 못하고 있었던 것이다. 내가 사내를 의식했을 때는 그가 이미 나의 거동을 기다리고 있을 때였다. 그는 비를 피하려고도 하지 않고 멀찌감치서 빗속으로 나를 우두커니 뚫어보고 있었다.

내가 그를 알아보고 일어나 앉으니까 그제야 사내는 천천히 나에게로 걸어왔다. 그리고는 대뜸 젖은 품속에서 꼭꼭 접은 종이쪽지를 꺼내 밀었다.

"당신이 이 사람 친구요?"

—이 사람에게 품삯을 치러주고 배를 인수해라.

돈은 나의 자리 밑 구들장을 들어내면 상자가 있다. 언제 돌아갈지 모르니 필요한 데 써라.

가을에 시험은 잘 봐야 할 거다—

서명도 없었다. 그러나 나는 종이를 보자마자, 아니 그 사내를 보았을 때부터 이미 녀석의 기미를 알아챘던 것이다. 나는 사내에게 좀더 녀석에 관한 것을 물을까 하다가 그만두고 녀석이 말한 구들장을 들어냈다. 어느새 마련해뒀는지 녀석의 말대로 나무상자가 나왔고 그 안에는 백 원짜리 지폐가 수북이 쌓여 있었다. 나는 거기서 사내에게 2천 원을 세어 주었다.

"배 인수증을 받아 오라고 합디다."

녀석이 사내에게 자기의 이야기를 하지 말라고 일렀던 것일까. 사내는 내가 녀석에 관해서 아무것도 묻지 않는 게 조금도 이상하지 않는 듯, 오히려 다행스러워하는 눈치였다. 마치 일정한 크기로 쇠를 잘라 내놓는 기계처럼 그는 정확했다.

"써드려도 상관없지만 갖다 줄 사람이 기다린답디까?"

사내는 고개를 끄덕여 대답했다.

"아마 그는 벌써 그곳을 떠나가버렸을 것이오."

그 말에 사내는 잠시 생각해보는 듯하더니 그냥 돌아서버렸다. 사내의 등 뒤로 빗줄기가 더욱 세차게 쏟아졌다. 강가에 매어진 빈 배가 또 누군가를 실어내고 싶은 듯 혼자 출렁거리고 있는 것이 보였다.

—예감이 맞았구나.

나는 막연히 그런 생각을 하고 있었다. 시원하지도 섭섭하지도 않았다.

질서 있는 생각을 할 수가 없었다. 도대체 녀석은 무엇이었던가,

그리고 누구였던가, 그것을 나는 끝내 이야기 듣지 못한 채였다. 확실한 것은 아무것도 없었다. 다만 확실한 것은 내가 그에 관해서 아무것도 알지 못하고 있다는 것, 그것뿐이었다. 우선 그를 말해야 할 지난 몇 달 동안 그와 함께 지낸 스스로에 대해서 나는 더욱 설명할 수가 없기 때문이다.

빗줄기가 아주 폭우로 변했다. 물이 엄청나게 더러워져 있었다. 그 강물은 비에 씻기면서 사나운 기세로 흘러내리고 있었다.

(대한일보, 1967년 9월)

나무 위에서 잠자기

아내가 누운 쇠상자의 밑바닥은 검고 둥근 하늘처럼 아래로 처져 내려와 내 시야의 상단부를 덮고 있다. 아내가 몸을 뒤척일 때마다 그 하늘은 더욱 아래로 내려와 내 십자가까지 덮쳐누르려고 한다. 나의 십자가는 그 아내의 침대 아래로 저지대 시가지를 내려다볼 수 있는 창문에서 위험 신호를 보내듯 쉴 새 없이 깜박이고 있었다. 그러니까 나는 방바닥에 누워서도 몸만 조금 비틀면 언제나 십자가를 볼 수 있는 것이다.

내 잠자리에서 그 십자가를 볼 수 있다는 것은 얼마나 다행스런 일인지 모른다. 십자가는 수시로 변신(變身)을 했다. 십자가에는 유리창처럼 만든 네 팔에 각각 형광등이 하나씩 설치되어 있었다. 한데 어느 때부턴가 그 형광등들이 차례로 고장을 일으켰다. 그러자 십자가가 검은 하늘에서 문자 놀이를 시작했다. 네 팔이 하나 또는 둘씩 교대로 고장을 일으켜가면서 갖가지 문자를 만들어내었다. 말하자면 상단부 형광이 꺼지면 ㅜ 자를, 좌측 팔이 떨어져 나가면 ㅏ 자를 쓰는 식이었다. 네 개의 팔이 쓸 수 있는 문자의 수는 열 가지가 넘었다. 본래의 십자가 제 모습을 찾는 때란 매우 드물었다.

어쨌든 그 밤하늘의 문자 놀이는 나의 잠자리를 제법 심심치 않게 해주었다. 하룻밤에 내가 잠이 들 때까지 몇 가지 문자가 나타나는가, 또 내가 좋아하는 문자는 몇 번이나 나타나는가, 그런 것들로 나는 재수를 점치기도 했고 즐거운 꿈을 빌기도 했다. 특히 내가 늘 점을 치게 되는 글자(그것은 어쩌다 한번씩이지만)는 고장이 하나도 없이 '十' 자가 나타났을 때와 종광(縱光)이 다 사라지고 횡광(橫光)만 남는 '一' 자일 때였다. 이 두 글자는 아내와 나의 세(勢)를 각각 나타내는 것이었다. 十가 아내이고 一는 나였다. 처음 나는 十 쪽을 내 것으로 정하려 했으나, 뭔가 자꾸 아내에게 미안하고 주제넘은 것 같은 느낌이 들어서 결국은 一 쪽을 차지하게 되었다. 어쨌든 두 문자가 나타나는 빈도는 퍽 드문 대로 엇비슷했고, 그 빈도나 시간은 하루의 운수가 누구 쪽에 세를 더 하는가를 보여주는 것이었다. 물론 침대 위에서만 자는 아내는 십자가를 볼 수도 없고 나의 그런 점괘를 짐작조차 하지 못하는 터이지만.

그런데 며칠 전부터는 영 그런 점을 칠 수가 없게 되어버렸다. 어느 한쪽이 전처럼 점잖게 고장이 나주는 것이 아니라, 이번에는 종광 두 개가 반 고장이 나서 계속 깜박거리고 있었기 때문이다. 그 모양은 어떤 일정한 문자형이 아니라, 어린애가 발을 쫑쫑 내

뻗으며 울어대고 있는 것처럼 신경질이 나는 것이었다. 거기다 검은 하늘은 잊을 만하면 아래로 처져 내려오고, 그러면 아이는 정말 하늘로 깔려 들어가기라도 하듯 더욱 바락바락 울어대곤 하였다.

하지만 나로 말하면 오늘 밤만은 그 검은 하늘의 무게를 얼마간 무시해도 좋은 처지다.

아내의 침대의 무게는 곧 아내에 대한 내 오랜 부채의 무게였다. 나의 과거에 대한 아내의 의구심, 아니 나를 과거 같은 것이 없는 이상한 사내로 치부해버린 듯한 아내의 의심을 풀어주고, 또 나로서도 오랜만에 내 사라진 옛날과 대면할 만반의 준비를 끝내놓은 때문이다.

— ○씨 및 이삿짐을 찾습니다.

…… 본인은 195×년 서울 마포구 도화동 ×번지에서 ×도에서 상경한 ×씨와 합숙 중 불시 군에 입대한 사람임…… 후일 동숙인 ×씨에게 본인의 이삿짐 행방을 문의하였던 바 ×씨는 이웃 ○씨에게 짐을 맡기고 역시 하향했다고 함…… 이후 현재까지 ○씨의 행방을 찾고 있으나 종무소식…… 본인의 신상에 지대한 안위가 걸린 사항이니 ○씨 및 본인의 이삿짐 소재나 행방을 아시는 분은 하기 주소로 연락해주시면 후사하겠음. 특히 ○씨는 현재 이삿짐 보관 여부에 불구하고 일차 본인과의 면담을 요망. 짐의 행방 탐색에 도움이 크겠음……

주소 아무 데 아무 데…… 운운.

오늘 낮 나는 대략 이런 내용의 광고를, 집에서 구독하고 있는 일간지에 지급으로 신청해놓은 터였다.

생각이 잘 나진 않지만, 사실 이보다는 훨씬 요령 있는 글이었을 것이다. 아내가 알면 나를 더 우습게 여기겠지만 아내는 신문 광고는커녕 기사도 잘 읽지 않는 성미니까 그 점은 안심이다. 광고는 내일 아침에 실려 나올 것이다. 그러면 금방 나는 과거사가 증명되고 아내의 무고한 의심과 경멸로부터 벗어날 수 있게 될 것이다. 내일이다, 내일! 나는 내일 금방 나의 짐을 찾게 되기라도 할 것처럼 마음이 들떴다. 어찌 아내의 침대 무게에 압도만 당하고 있을 것인가.

아내가 그런 나의 속을 꾸짖는 듯 또 한번 몸을 뒤척여 검은 하늘을 내려보냈다. 하지만 나는 여유 있게 웃었다. 십자가가 또 우는 어린애 형국으로 깜박거리는 게 신경질이 났지만, 적어도 그것을 견딜 수 있을 만큼은 여유가 있었다.

대강 눈치를 챘겠지만 아내는 침대에서 자고 나는 방바닥에서만 잔다. 침대가 좁아서 그런 것은 아니다. 삐걱거리는 철제이긴 하지만 침대는 원래 2인용이었다. 우리가 잠자리를 따로 하게 되는 것은 내가 절대로 침대 잠을 잘 수 없고, 아내 역시 절대 바닥 잠을 잘 수가 없기 때문이다. 아내는 바닥에서 잘 수 없는 이유를 마치 '내팽개쳐진' 것 같기 때문이랬다. 그녀의 습관이 원래 그렇게 되어 있다며 은근히 자신의 옛날 생활 배경을 시위했다. 그러니까 아내는 방바닥에서만 자는 나를 '내팽개쳐진' 것으로 생각하는 것임에 틀림없으리라. 일주일에 한두 번 아내의 침대로 올라갔다 내려올 땐 아닌 게 아니라 자신도 그 '팽개쳐지는' 듯한 느낌이 실감되곤 했으니까. 그때의 굴욕감이란 이루 형언할 수가 없었다. 그런 날이면 나는 방바닥에 '내팽개쳐져서' 하늘의 문자 놀이에 한참씩 정신을 쏟고 나서야 겨우 잠이 들 수 있게 되곤 했다.

하더라도 나는 침대보다는 그 굴욕감을 견디는 편이 낫다. 도대체 침대에서는 잠을 이룰 수가 없는 것이다. 내가 특히 굴욕감이라고 말한 것은 그러는 나를 아내가 숫제 상놈 치부를 하고 들기 때문이다. 처음엔 아내도 나를 달래어 안심을 시키려고 노력했다.

"이상하네요, 당신은— 설마 침대에서 떨어져 죽을 일이야 있을라구요."

내가 침대에서 잘 수 없음을 그런 위험 때문으로 아는 것 같았다.

"연습하면 돼요, 연습하면. 그게 무슨 꼴이에요?"

이런저런 설득으로 나를 간신히 침대로 끌어올려 눕히곤 했다. 그러나 나는 한참도 못 가서 다시 침대에서 내려와버리곤 했다.

"당신, 할 수 없는 사람이군요."

드디어 아내는 그렇게 선언했다.

그리고는 내가 그 말을 알아듣지 못할까 염려스러운 듯 찬찬히 나를 들여다보았다.

뼈가 굳은 상것이라고 말하고 싶은 거지—

나는 아내의 눈에서 그것을 읽을 수 있었다.

초등학교도 다니기 전, 어렸을 적의 일이었다.

나의 고향 마을에는 다른 마을이나 마찬가지로 커다란 팽나무가 한 그루 서 있었다. 여름이 되면 사람들은 점심을 먹고 오후 일을 나가기 전 대개 그 팽나무 그늘로 찾아와 낮잠을 즐기거나 잡담들을 했다. 나는 더욱이 집이 가까웠으므로 언제나 그 팽나무 근처에서 거의 하루 해를 보내곤 했다. 점심때 사람들이 그늘로 모여들면 나도 늘상 거기 끼어 앉아 있었다. 한데 그때 늘 나는 한 가지 마음속에 몹시 궁금한 일이 있었다. 팽나무는 한 5미터 높이에서 가지들이 수평으로 갈라져 나갔는데, 그 가지 하나가 유난히 넓게 벌어져 사람 하나가 몸을 눕힐 만한 자리가 되었다. 그래 그곳에는 항상 누군가가 편하게 올라 누워 잠을 자고 있었다. 궁금한 일이란 바로 그것이었다. 어떻게 거기서 떨어지지 않고 잠을 잘 수 있을까. 쳐다보는 쪽이 오히려 조마조마한데, 그 사람은 어떻게 그리 태평스럽게 잠이 들 수 있을까. 잠꼬대를 하거나 잠이 깰 때 몸을 조금만 잘못 움직였다가는 영락없이 아래로 굴러떨어질 판이었다. 쳐다보기만 해도 오금이 저려왔다. 그러나 그것은 아무 부질없는 걱정이었다. 거기서 잠을 자다 굴러떨어진 사람은 아무도 없었다. 그리고 언제나 점심때만 되면 거기서 누군가가 변함없이 편하게 잠을 자고 있었다.

  내가 좀더 자랐을 때, 어느 날 사람들이 모두—그 가지 위에서 잠을 자고 있던 사람까지—일터로 나가버린 다음 나는 끝내 호기심에 못 이겨 혼자 그 팽나무로 기어 올라갔다. 나는 조심조심 그 넓은 가지의 잠자리로 다가갔다. 그곳은 정말 꼭 한 사람의 몸을 눕힐 만한 장소였다. 나는 거기다 슬그머니 내 몸을 뉘어보았다. 그리고는 기다렸다. 그러나 어림없는 일이었다. 조마조마하고 불안해서 그대론 여간해서 잠이 올 것 같지 않았다. 정신만 더 말짱해왔다. 오히려 잠이 들어버릴까 봐 겁만 났다. 잠이 들고 나면 영락없이 거기서 굴러떨어지고 말 것만 같았다. 나는 할 수 없이 몸을 일으켜 다시 나무를 내려오고 말았다. 땅에 내려서서야 나는 후 한숨을 내쉬었다. 그러나 나는 그 뒤로도 사람들이 일터로 나간 다음 몇 번이나 다시 그 나무로 기어 올라갔다. 그러곤 한참씩 조마조마한 시간을 견디다 다시 나무를 내려오곤 하였다. 절대로 잠이 들 수는 없었다. 다만 나는 거기서 될수록 더 오랜 시간을 견뎌보려고 했다. 거기서 가장 오래 견딘 기록은 아마 두 시간도 넘었으리라. 하지만 그뿐이었다. 그래도 끝내 잠을 자보진 못한 채 대처 중학생이 되어 마을을 떠나게 되었다.

한데 도회로 온 그 첫날 밤 나는 외사촌 형과 나란히 한침대에서 자면서 그 팽나무에서 떨어지는 꿈을 꾸었다. 그것은 그저 꿈만이 아니었다. 나는 실제로 외종형의 침대에서 방바닥으로 굴러떨어진 것이었다.

—촌놈은 할 수 없구나!

외종형은 그러면서 내게 다음부턴 아예 방바닥에서 자라고 말했다.

당신, 할 수 없는 사람이군요—

그 외종형 비슷한 말을 한 일이 있은 후로 아내는 잠시 내가 그녀에게 소용될 때를 제외하고는 다시 나를 침대로 끌어올리려고 하지 않았다. 그런 말을 절대 입 밖에도 내지 않는 것이 이젠 나를 아주 상놈으로 치부해버린 눈치였다.

그러나 나는 할 수 없었다. 실상 그 외종형의 내게 대한 선언은 아내의 표정에서 처음 생각난 것은 아니었다. 외종형의 말을 듣고

서부터 나는 도대체 침대라는 것이 싫었다. 침대가 아니라도 높은 데서는 어디서도 잠을 잘 수가 없게 되어버렸다. 그런 덴 그저 눕기만 하면 좀이 쑤시고 눈알이 더 말똥말똥해졌다. 그게 어떤 땐 창피하기도 하고 병신스런 생각이 들 때도 있었다. 하지만 이상하게도 나는 그 마을의 팽나무 위에서 잠을 잘 수 없는 한 침대에서도 그럴 수가 없을 것 같았다. 그래 언젠가 다시 그 고향 마을을 찾아가게 되었을 때 나는 슬그머니 또 나무로 기어 올라간 일이 있었다. 그리고 거기 몸을 뉜 채 가만히 눈을 감고 기다려보았다. 그러나 나는 아직 사정이 조금도 달라지지 않고 있음을 깨달아야 했다. 나는 그만 풀이 죽어서 다시 나무를 내려오지 않을 수 없었다.

 그리고 나선 그 일을 영영 포기하고 말았다. 따라서 나는 평생 동안 침대에서 잠을 자는 것도 포기해야 했다.

 하지만 나의 그런 이야기를 아내는 곧이듣지 않았다. 곧이들을 턱이 없었다.

 여전히 그 외사촌 형처럼 상놈이라고 말하고 싶은 눈으로 곧잘 나를 바라보곤 하였다. 나는 물론 그런 아내에겐 반대다. 아내가 나를 침대에서 자지 못한다고 상놈이라 하고 싶어 한다면, 나는 침대에서 잠을 잘 자는 아내를 상것이라고 생각해야 한다. 그 편이 상것 쪽에 더 가까운 것이다. 아내가 상것이라고 하는 것은 결국 그 투박한 농촌 일꾼 같은 사람들을 뜻할 것이고, 높은 데서 잠을 자기로 한다면 아내는 그 사람들을 당할 재간이 없을 것이기 때문이다. 아내의 생각대로라면 그 사람들은 아내보다 몇 곱절이나 더 양반이어야 하는 것이다.

그러나 나는 그렇게 마음 비좁게만 생각하고 싶지는 않았다. 사실 그런 건 아무 상관도 없는 일이기 때문이었다. 뒷날 생각이 난 일이지만, 내가 거기서 잠을 잘 수 없게 된 것은 먼저 남이 자는 것을 보고 요모조모로 쓸데없는 생각들을 앞세웠기 때문이었다. 무턱대고 나무를 기어 올라가 그늘 좋고 시원하고 조용한 것이(조금 조심스럽긴 하겠지만) 낮잠엔 썩 제격이라 여기고 몸을 뉘었더라면 나도 거기서 잠을 잘 수 있었을 것 같았다. 그랬더라면 물론 침대에서도 잠을 잘 수가 있었을 것이다.

그런 우연한 일로 양반과 상놈이 나뉜다면 상놈 쪽은 너무 억울할 것이 아닌가.

하긴 내게는 작은 일에도 매사를 유별스레 초조해하고 조마조마해하기를 잘하는 소심증 증세가 있는지도 모른다. 회사에서 조그만 일을 미뤄놓고도 마음이 편하지 못해 안절부절못하는 것 따위는 아마 그런 증거일 것이다. 회사에선 바로 그런 소심증 때문에 일을 늘 터무니없이 빨리 처리하여 오히려 모범 사원 표창까지 받은 처지니까.

하지만 문제는 아내가 그런 나를 영 신용하지 않으려 하는 점이었다.

아내는 그런 나를 차츰 무서워하기 시작했던 것이다. 아니, 그보다 먼저 아내는 그녀를 만나기 이전의 나에 대해 이상한 두려움을 갖기 시작했다. 그래서 내겐 차라리 너절한 과거 같은 건 없는 것으로 치부해버리려 애를 썼다. 그리고 그러다 나중엔 더욱 어이없는 망상을 지녀버리게 되었다.

아내는 때로 내가 세상에 태어난 것이 그녀와 내가 만난 바로 그 때처럼 생각된다고 했다. 그리고 그때 이미 나는 당연히 지금과 같은 장성한 사람이었다. 하다 보니 아내는 그런 내가 더러 아랫 몸뚱이가 없는 유령처럼 보여서 음산한 생각이 들곤 한다는 거였다. 나는 물론 그러는 아내를 성의껏 안심시키고 위로해주었다. 그것은 아내가 내 지난날을 우리 잠자리 침대 때문에 지나치게 남루한 것으로 상상하고, 차라리 그것을 외면하려 들기 때문에 그러는 것이라고 나의 팽나무 시절 이야기를 이해시키려고 애썼다. 그러나 아내는 곧이듣지 않았다. 나는 아무래도 아내에겐 유령일 수밖에 없었다.

그래저래 나는 그녀와 만나기 전의 나와 내 과거사를 증명하지 않으면 안 되었다. 그러나 그 방법이 막연했다. 너무나 당연한 이야기지만, 나에게도 그 과거라는 것이 있었다. 그런데도 나는 그것을 아내에게 보여줄 도리가 없었다. 나의 과거는 내 머릿속에밖에 지니고 있지 못했기 때문이다.

나는 아내 앞에 기가 죽어 지낼 수밖에 없었다. 그것을 증명하지 못하는 한 나는 아내에게 하나의 망령이었다. 그러나 오늘만은 사정이 달랐다……

아내가 또 몸을 뒤척였다. 둥글고 검은 하늘이 시야로 깊게 늘어져 내려온다. 아내도 아직 잠이 들 수가 없는 모양이다. 허공의 문자 놀이에 빠져 언제나 아내보다 늦게 눈을 감는 나는 아내가 잠이 드는 때를 알고 있다. 이렇게 늦게까지 침대를 삐걱거리고 있는 것은 아내의 다른 말이었다.

나는 그 아내의 하늘에 짓눌린 십자가를 보았다. 그것은 여전히 신경질적으로 종광을 깜박여댄다. '＋'도 '－'도 어느 편이라고도 할 수 없었다. ＋는 아내의 세(勢), －는 나의 세. ＋가 이길 때 나는 무슨 일이 있어도 아내의 신호에 응해가지 않는다. 아내의 신호를 못 알아들은 체해버린다. 내가 침대로 올라가는 것은 －일 때뿐이다. 그것도 저쪽에서 신호를 보내올 때만. 내 쪽에서 먼저는 쑥스러워서 또 안 된다. 그런데 오늘 밤은 ＋도 －도 아니다. 사정은 괜찮은데 세가 완전한 내 편이 아니다. 어린애가 발을 차며 울어대는 꼴이라니…… ＋, －, ＋, －……

나는 모른 체하고 숨소리를 고르게 내뿜기 시작한다. 오랜만에 좀더 유쾌한 상상을 즐기기로 작정했다.

그것은 즉 며칠 안에, 이르면 내일이라도 아내를 점잖게 굴복시키는 일이었다. ……아내는 이제 내 지난날을 자신의 눈으로 직접 보게 될 것이다. 그때 난 아무 다른 말도 필요가 없으리라. 그러고도 당당히 내 과거를 증명한다. 내가 그저 황당한 유령이 아니라는 것을, 그리고 내 과거사가 얼마나 떳떳하고 값진 것이었나를. 나의 설명 따윈 한마디가 없어도 아내는 직접 보고 알 것이다.

무엇보다도 그런 증명 방법이 생각나준 것이 얼마나 다행스럽고 고마운 일인지 모른다. 그걸 생각해낸 것은 이미 오래전의 일이었다. 그것도 지금처럼 침대 아래 누워 문자 놀이를 즐기다가서였다. 그때는 십자가의 형광이 아무렇게나 고장이 난 꼴이어서 순식간에 여러 가지 문자를 써내고 있었다. 그것을 따라 읽고 있던 나는 어느 순간 번쩍 정신이 들었다. ㅣ자와 ㅜ자와 다시 ㅣ자, ㄴ자로 계속되어나가는 문자를 '이우인' 하고 발음하던 나는 마치 그 십자가의 요술 문자들로부터 무슨 계시라도 받은 듯 깜짝 놀랐다. 그것은 전혀 우연이었을지도 모른다. 그러나 거기에는 내가 그렇게도 오래 찾아 헤매던 내 지난날에 대한 희망의 이름이 씌어 있었다. 그 과거를 소유하고 있을 사람의 이름이 이우인이었다. 왜 그것을 여태 생각해내지 못했을까.

그러니까 1960년 1월이었다. 나는 그때 마포 도화동 선로길 아래서 겨울을 견디고 있었다. 그때 나의 방에는 고향 근처에서 온 친구 하나가 같이 지내고 있었다. 그러다 어느 날 나는 역시 같은 서울에서 겨울을 견뎌보겠다고 버티던 또 다른 고향 친구 하나가 드디어 손을 들고 하향길에 오르는 것을 역으로 바래다주게 되었다. 뭐 바래다주고 바램을 받고 할 주제들은 못 되었지만, 그 친구가 빨래 뭉치며 빈 김치 항아리 따위를 힘에 겨워했기 때문에 그것을 역까지나 좀 들어다 주려던 것이었다. 한데 막상 서울역엘 들어서고 보니 나는 금세 생각이 달라졌다. 역이라는 곳이 원래 그런 곳이었다. 더욱이 나는 고등학교 때부터 전국 유람 여행을 돌았을 정도니까 역이라는 곳만 가면 늘 마음이 싱숭댔다.

한데다 녀석까지 나를 짓궂게 충동질했다.

"네간 놈이 버티면 며칠이나 더 버틸 테냐. 후회하지 말고 일찌감치 함께 가자."

그래서 나는 주머니를 털었다. 녀석의 주머니까지 몽땅 털어내니 겨우 차비가 마련되었다.

그렇게 하여 갑자기 하향 기차를 타버린 뒤로 나는 친구들에 묻어 그길로 입대를 하고 말았었다. 별로 조급하게 서두를 이유도 없으면서 그렇게 군복을 입어버린 것은 그것이 어차피 치러내야 할 부채쯤으로 생각되었기 때문이었다. 친구들과 함께 어울린 탓도 있었지만 보다 더 결정적인 이유는 아마 여기서도 나의 그 소심증이 발동을 한 때문이었다.

입대를 하고 나서 초반기의 고된 훈련이 끝나자 나는 겨우 서울 일들이 생각났다. 동숙해오던 친구 일도 걱정이었고 나의 짐도 염려스러웠다.

엽서를 써 보냈더니 그것이 한참 만에 반송이 되어왔다. '수취인 불명'이었다. 할 수 없이 제대까지 참고 기다렸다 수소문해 찾아가보니 그는 고향 쪽 읍내 거리에서 구멍가게를 내고 앉아 있었다. 그 역시 내가 소식이 없게 되자 며칠 뒤에 곧 하향길 기차를 타버리고 말았노라고.

그때 내 짐들을 대강대강 꾸려다 근처의 아는 사람 집에 맡겨두었다고 했는데, 그 사람의 이름이 '이우인'이라고 했다. 그러나 그땐 이미 그 이우인이란 사람도 행방이 묘연했다.

결국 나는 그 짐들을 포기하는 수밖에 없었다. 그리고는 그럭저럭 잊어버렸다. 그것을 다시 찾아볼 생각은커녕 그런 일이 있었다는 사실조차 망각해버리고 지냈다. 아직 누구에겐가 내 지난날의 흔적이 남아 있으리라곤 그간 꿈조차 꾸어보지 못한 것이다. 아내에게 그렇듯 늘 추궁을 당하는 처지에 있으면서도 그래 나는 내 지난날이 영영 눈으로는 증명될 수가 없는 것으로 여겨온 것이었다. 그런데 그게 뜻밖에 그 십자가의 요술 문자로 생각이 떠오른 것이다.

 그러나 그것으로 문제가 해결된 것은 물론 아니었다. 애초에도 그것은 그 이우인이라는 인물의 행방이 묘연해서 포기된 일이었다. 다만 희망은 나에게도 어쩌면 눈앞에 증명할 수 있는 분명한 흔적이 어디엔가 남아 있을지 모른다는 것뿐.

 나는 그것을 찾기 위해서 이 몇 달 동안 백방으로 노력을 기울였다. 이우인의 소재를 찾기 위해 그 동숙 동료들에게, 또 그가 기억하고 있는 이우인의 고향이나 그저 그가 있음 직한 모든 곳에 편지를 냈다. 그가 살았다는 마포의 옛날 집을 찾아가 알아보기도 했다. 그러나 모두가 허사였다. 이우인은 종내 소식을 알아낼 수가 없었다. 그러나 그럴수록 잃어버린 나의 짐에 대한 열망은 컸다. 그것만 찾아내면—, 나의 모든 것이 해명된다. 혹은 어쩌면 침대 위에서의 조바심도 쉽게 풀리게 되는지 모른다. 그런 터무니없는 기대까지 은근히 부풀어 올랐다.

 물론 나의 옛날 짐은 내 열망에 비례해 갈수록 귀중한 것으로 변해갔다. 그것은 정말 얼마나 떳떳하고 진지했던 나의 대학 서울 시절을, 그리고 이전의 모든 세월을 증명해줄 것인가.

 그러나 그것을 찾을 방법은 깜깜했다. 더욱이 나를 두려워하는 아내의 증세는 점점 더 심해갔다. 그리고 그에 쫓기듯 나는 드디어 그 신문 광고로 이우인을 기어코 찾아내기로 결심하기에 이르렀다. 하고 보니 그건 얼마나 간단하고 현명한 착상이었는가. 왜 여태 그것을 생각해내지 못했는지 모른다. 하기야 진리란 언제나 가까운 데 있는 것이라고 걸핏하면 나를 꾸짖어대는 아내의 말이 이런 경우는 옳은 듯했다.

잠이 좀처럼 오지 않는다. 마치 초등학교 때 운동회나 소풍 전날 밤잠을 못 자 하던 때 같았다.

나는 다시 몸을 비틀어 창밖을 내다보았다. 십자가는 여전히 종광을 깜박이고 있다. 횡광은 의젓하다. 횡광—, 횡광—, 나, 횡광…… 아내는 겨우 잠이 들고 만 모양이다. 침대의 밑바닥 하늘이 잠잠하다.

나는 가만히 자리에서 일어났다. 그리고 몸을 굽혀 아내의 얼굴을 들여다보았다. 그러다가 슬그머니 아내의 턱과 목 사이로 손을 비벼 넣었다. 그래도 아내는 모르고 자고만 있다.

손끝이 따스하다. 나는 잠시 그 아내의 체온을 손끝에 즐기다가 침대로 올라갔다.

"으으응?"

아내는 잠결에 귀찮은 소리를 한번 하고 나서는 겨우 눈을 떴다. 그리고는 깜짝 놀라는 듯했다. 하긴 놀라운 일일 것이다. 아내의 부름 없이 내가 침대로 올라간 일은 없었으니까.

"당신 웬일이에요?"

"……"

나는 아내의 말을 묵살했다. 말뿐만 아니라 아내의 표정, 아내의 의구심, 모든 것을 묵살했다.

다음 날 새벽 나는 또 방바닥에서 눈을 떴다. 이상한 일이었다. 언제 바닥으로 내려왔는지 생각이 떠오르지 않았다.

어젯밤 나는 분명 침대에서 잠이 들고 있었다. 으레 또 내가 방바닥으로 '내팽개쳐'지리라고 생각했던 아내는 내가 침대에서 내려가지 않을 기미를 보이자 이렇게 물었었다.

"당신, 떨어지지 않을 자신 있수?"

나는 그때 나의 광고를 생각했다. 무엇 때문에 내가 또 그 고향 마을의 팽나무를 생각할 필요가 있었을 것인가.

어쨌든 나는 어젯밤 침대에서 잠이 들었다. 그런데 어떻게 다시 방바닥으로 내려와버린 것일까. 혹시 몸을 꼬고 비틀고 하는 바람에 아내가 끌어내려준 것은 아닐까. 그렇지도 않다면 분명 나는 침대에서 다시 굴러떨어진 것일 게다. 알아볼 길이 없다. 아내는 아직 단잠에 떨어져 있다.

나의 아침은 제일 먼저 아내의 침대 밑 그 둥그럼한 하늘로부터 찾아왔다. 그 하늘이 제일 먼저 나의 시선에 닿고 또 그곳부터 아침이 밝았다. 아직은 그 하늘이 깜깜하다.

어떻게 내려온 것일까.

어쨌든 나는 기가 죽을 수밖에 없었다. 기분까지 미적지근했다. 그래 한동안 나의 광고에 대해서까지도 생각이 미치지 못하고 있었다.

나는 아침에 일어나는 길로 아래층으로 내려가 신문을 가져다 읽는 것이 맨 첫 번의 일과였다. 그리고 아내는 그때까지 아직 자고 있는 게 보통이었고, 그래서 신문은 언제나 내가 가져와야 했다. 오늘도 나는 그 신문 생각을 하고 나서 아래층으로 내려가다가 비로소 그 광고를 생각해냈다.

방으로 돌아온 나는 불을 켜고 신문을 조사하기 시작했다.

광고는 게재되어 있었다. 그것은, 장롱에 넣어둔 돈 2만 원에다 트랜지스터라디오를 훔쳐 도망친 아들과, 6·25 때 월남하다 영등포 근처에서 불의에 헤어지고 만 누이동생을 찾는 두 심인 광고 사이에 실려 있었다.

그런데 나는 광고를 보자 까닭 없이 가슴이 철렁 내려앉았다. 무슨 까닭인가. 어젯밤 그렇게 나를 의기양양하게 했던 그 광고가 막상 신문에 실려 있는 것이 어째서 나를 두렵게 하는 것일까. 그러나 나는 그렇듯 제물에 짚이는 데를 꾹 누르고 광고를 읽어 내려갔다.

그러다 나는 내가 그 광고를 두려워하고 있는 이유를 어슴푸레 깨닫기 시작했다.

간밤의 꿈이 생각났다.

나는 내 짐을 찾아낸 거라고 했다. 이우인이란 사내가 트렁크를 가지고 나를 찾아왔다. 나는 내 짐짝이라는 그 트렁크를 열자 깜짝 놀랐다. 트렁크 안에는 아무것도 들어 있는 것이 없었다. 어떻게 된 거냐고 물으니까 사내가 딱한 얼굴로 말했다.

"당신은 무얼 찾고 있었던 거요. 이걸 찾아서 무얼 하겠다는 거요?"

"이건 그저 빈 트렁크가 아니오?"

"그렇소. 트렁크는 애초부터 비어 있었으니까요. 책 몇 권, 대학 노트, 일기장 몇 권 그리고 사진 몇 장이 들어 있을 뿐이었습니다. 하지만 그걸 내가 뭐 하러 10년 가까이나 간수하고 있었겠소?"

사나이는 힐책하듯 나를 바라보았다.

"아직 남은 것이라곤 낡았지만 이 트렁크 하나요. 이거라도 전해주는 걸 고맙게 아시오. 당신의 글이 하두 간곡해서요."

그러나 나는 머리를 저었다. 그것뿐이라고? 아니지. 또 뭔가 다른 것이 있었을 게다. 분명 그것뿐만은 아니었어. 내가 이토록 찾고 있는 것만 보아도 거기에 얼마나 귀중한 것이 간수되고 있었을지 알 만하지 않은가.

"믿지 않는 얼굴이군요. 참 하두 오래되어 잊구 있었습니다만, 당신의 빨지 않은 와이셔츠 두 벌과 작업복 하의가 하나 들어 있긴 했습니다. 하지만 그게 아직 간수되고 있으리라곤 생각지 않으시겠지요?"

와이셔츠 두 벌하고 작업복 바지? 나는 여전히 머리를 저었다. 거짓말이다. 또 있을 거다. 한데도 나는 그게 영 생각나지를 않았다. 안타까워 사내만 자꾸 쳐다보았다. 그러자 사내는 정말 화가 나서 뭐라고 욕을 퍼붓고 싶은 얼굴이더니 그래 봐야 별수가 없다고 생각했는지 딱한 표정으로 이렇게 말했다.

"도대체 거기다 뭘 넣어두었단 말이오? 혹시 당신과 함께 있던 사람이 꺼내간 건 아니오? 내가 전해 받을 땐 분명 그것뿐이었단 말요. 아 참, 이제 또 생각이 나는데, 얇고 더러운 이불 조각이 하나 있었지요. 아마 그건 아직도 우리 집 광 어디에 처박혀 있을 거요. 전해드릴까요? 하지만 찾아가더라도 이젠 다시 덮지는 못할 겁니다. 더럽고 떨어진 데다가 곰팡이까지 앉았을 테니……"

나는 또 고개를 저었다. 이불은 물론 찾고 싶지 않았다. 하지만 내가 고개를 저은 것은 아직 더 생각을 해보자는 뜻이었다. 정말 그 친구가 뭘 빼냈는지도 모른다— 그러나 나는 그것을 생각해낼 수가 없었기 때문에 무턱대고 사내만 다그쳐대고 있었다.

사내가 어떻게 돌아갔는지는 기억나지 않는다. 거기까지 꿈을 꾸다가 잠을 깼는지, 또는 사내가 돌아가고 나서 꿈을 좀더 계속하면서 잠을 잤는지도 모르겠다. 어쨌든 잠을 깼을 때는 내가 방바닥으로 내려와 있었고, 그 사실 때문에 나는 미처 꿈 생각을 하지 못했던 것이다.

한데 광고를 보자 그 꿈이 생각났고, 바로 그것이 곧 내가 광고를 두려워하고 있는 이유였다.

나는 신문을 던져버리고 다시 불을 껐다. 방 안은 아직도 한창 어둡다.

일단 짚이는 데를 알고 나자 나는 그것을 짚어내지 않고는 배겨낼 수가 없어진다.

무엇이 또 있었더라? 몇 권의 책과 몇 권의 일기장과 그리고 몇 장의 사진…… 그리고 참 두 벌의 와이셔츠와 작업복 바지 한 벌…… 그것뿐이었던가. 정말 그것뿐이었던가. 그것이 그렇게 소중하게 여겨졌던가? 그것들이 내 지난날을 아내에게 증명해주고, 그래서 어쩌면 아내와 함께 침대에서 떳떳하게 잘 수 있도록 해주리라 믿었던 것인가. 하긴 한 가지가 더 있다고는 했다. 해지고 더럽혀지고 곰팡이가 난 이불 조각. 하나 그것이라면 오히려 나를 더 난처하게 할 뿐일 것이다. 그것들은 이미 없어졌거나 있으나 마나 하거나 또는 아예 없는 것보다 더 못한 것들이다. 나는 꿈속에서 사내에게 했던 것처럼 고개를 젓고 있었다.

그럼 그 사내가 그중 가장 귀중하게 여겨져 전해주러 왔다던 그 트렁크는 어떤가—

나는 또 혼자서 머리를 가로저었다. 그러나 다른 것이 아무것도 생각나지 않는 것은 꿈속에서와 사정이 똑같았다.

그렇다면 이삿짐은 정말로 그뿐이었던가. 이상한 일이다. 하지만 생각이 나지 않는 이상 달리 또 어쩔 수도 없었다.

나는 아까보다 더 기가 죽었다. 아내가 잠이 깨는지 끙 소리를 하며 몸을 한번 뒤쳤다. 나는 절망적으로 아내의 침대 밑바닥을 쳐다보았다. 검고 둥그런 하늘이 깊게 드리워 있다. 그 하늘 밑에 십자가가 위태롭게 짓눌려 있다. 허옇게 바래오는 진짜 하늘에다 십자가는 아직도 ＋, ―를 발버둥 치듯 쉴 새 없이 그려대고 있었다.

아내의 몸짓은 그 한번뿐으로 아직 잠이 모자란 듯 잠잠해져버린다. 나는 까닭 없이 심사가 조마조마했다. 아내가 다시 조용해진 것은 무엇보다 다행이지만, 시간이 흐를수록 나의 불안감은 더욱 초조하게 짙어져갔다. 나는 애원하듯 다시 십자가를 건너다보았다. 그러나 오늘 아침따라 그 십자가는 그저 의미가 없어 보인다. 나를 놀려대기나 하듯 십자가는 그저 아무렇게나 ＋와 ―를 번갈아 그려대고 있을 뿐이었다.

그러나 나는 무척도 오랫동안 그 십자가의 효험을 신봉해온 사람처럼 그것을 경건한 눈길로 바라보고 있었다. 그러다간 문득 혼잣소리로 중얼거리고 있었다.

―아내여, 부디 잠을 깨지 마시라. 하루 종일, 아니, 될 수 있으면 영원히 잠을 깨지 마시라. 그래서 다시는 영영 침대에서 내

려오는 일이 없도록 하시라.

(『주간한국』 1968년 1월호)

침몰선

어느 가을날 오후, 진 소년은 처음으로 마을 앞바다의 침몰선 (沈沒船)을 보았다. 아니 침몰선은 훨씬 이전부터 거기 있었을 것이다. 그러나 소년은 그것을 마음에 두어본 일이 없었다. 소년은 그가 태어난 일을 전혀 기억할 수 없듯이 그 침몰선이 언제부터 거기 있었는지를 기억해낼 수 없었다. 그것은 그냥 바다의 한 부분으로 거기 있었다. 그러니까 그 침몰선에 대한 소년의 가장 오랜 기억은 그 가을날 오후의 일이었다. 뜰 앞 감나무 가지에 올라앉아 막 단풍이 들기 시작한 잎새들 사이로 한나절 바다를 내다보던 소년의 사념 속으로 문득 그 침몰선의 모습이 들어왔던 것이다.

그때 침몰선은 차오르는 밀물을 타고 금방이라도 닻을 올리고 떠나갈 듯이 출렁거리며 떠오르고 있는 것처럼 보였다. 그날부터 진 소년에게 침몰선은 바다의 한 부분이 아니었다. 이제 소년은 그 배에 관한 나이 먹은 마을 사람이나 아이들의 이야기에 귀를 기울이기 시작했다. 실상 그때까지도 소년은 그 배가 영영 다시 바다로 나가지 못하게 된 침몰선이라는 것을 모르고 있었다. 마을 가운데의 우물처럼 또는 동구 밖의 정자나무처럼 그 배는 으레 거기 있는 것이려니 여긴 진 소년이 배가 거기에 언제나 머물러 있는 것을 이상히 여길 까닭은 없었다. 언제고 배는 바다로 나가야 한다는 것을 알게 된 것은 소년이 마을 사람들로부터 훨씬 더 많은 이야기를 들은 다음이었다. 이 남쪽 바닷가까지 난리를 밀고 온 못된 사람들이 흐지부지 자취를 감추어갈 무렵의 어느 날 밤, 바다를 뒤흔드는 요란한 진동 소리가 들리더니 아침에 일어나 보니 앞바다 멀찌감치에 집더미 같은 배가 한 척 버티고 있더라 하였다. 그 배는 곧 다시 쿵쿵거리며 넓은 바다로 떠나갈 것처럼 머리 쪽을 반쯤 밖으로 돌리고 있었는데, 웬일인지 그날 해가 저물어도 떠나갈 기척이 없더라는 것이었다. 다음 날도 그다음 날도 배는 여전히 떠나가지를 않았다. 드디어 사리가 되어 썰물이 멀리까지 나간 다음에야 마을에서는 그 배가 개펄에 얹혀버린 것을 알게 되었다고 했다. 배에는 사람이 있는 것도 같고 없는 것도 같았지만, 사람들은 두려워서 그 침몰선 부근엔 아무도 가보려고 하질 않았는데, 이제는 국군이 다시 돌아왔어도 마을에서들은 역시 그 배의 근처는 지나가는 것조차도 싫어하고 있었다. 그러면서도 사람들은 배에 관해서 이러쿵저러쿵 제각기 알은체들을 했다. 그리고 언젠가는 그 침몰선이 물을 타고 바다로 나가게 될 거라고들 하였다. 그 배에 관한 말들은 하도 가지가지여서 진 소년은 어느 것이 진짜고 가짜인지를 알 수가 없었지만, 그중에서 한 가지 배가 언제고 다시 떠나가리라는 것만은 아마 정말일 거라고 생각했다. 침몰선이 완전히 뻘등 위로 거엽게 모습을 드러내 보일 때는 그렇지도 않았지만, 저녁노을에 붉게 물들거나 햇빛을 받고 은빛으로 선체를 빛내며 밀물에 잠겨들 때에는, 그날 처음 감나무 잎새 사이로 배를 보았을 때처럼 선체가 금방 고동을 울리며 뱃길을 떠나가려고 하는 것 같았다. 마을 앞 포구로 이어진 허연 물줄기의 띠를 타고 올라오려는 것 같기도 하고 또는 지금 막 망망대해로 나가려는 것처럼 보이기도 하는 그 반쯤 돌린 뱃머리가 더욱 그런 느낌을 갖게 했다.

겨울이 되었다. 푸르게 빛나던 바다는 강철처럼 검고 차갑게 변했다. 침몰선이 아직도 그 강철처럼 검고 차가운 바닷물에 잠겨 있었다. 햇빛이 좋은 날은 그 선체가 검은 바닷물 위에서 더욱 눈부셨다. 그러나 진 소년은 이제 마을 사람들이 그 배에 관해서 이야기하는 것을 별로 들을 수가 없었다. 사람들은 이제 그 배가 다시는 뱃길을 떠날 수 없을 거라고 생각해버리게 된 것 같았다. 소년은 안타까웠다.

"저 배는 언제 떠나갈까요?"

소년이 안타까워 물으면 사람들은 으레,

"흥, 배? 쯧쯧. 아직 배를 생각하고 있구나, 넌."

터무니없이 그를 딱해하거나,

"내버려둬. 갈 테면 가겠지."

관심도 없이 화가 난 사람처럼 아무렇게나 내뱉곤 하였다. 그러나 소년은 그 배에서 생각을 돌릴 수가 없었다. 실끈에 발목을 묶인 작은 새처럼 안타까워지기도 했고, 어떤 때는 막상 배가 떠나버린 뒤의 휑한 바다를 생각하며 은근히 맘속이 허전해지기도 했다. 그런 때 소년은 으레 까마득한 상상의 날개를 타고 혼자 그 바다를 건너가곤 했다.

그렇게 소년은 하루도 배를 생각지 않은 날이 없었다. 하루도 그 배를 바라보며 그 이상한 슬픔 같은 것을 맛보지 않은 날이 없었다.

한데 그해 땡겨울이 되자 마을에는 이상한 일이 일어나고 있었다. 지금까진 그래도 배에 대해 조금씩 얘기를 해오던 나이 먹은 청년들이 한 사람 한 사람씩 마을을 떠나갔고, 대신 소년이 상상할 수도 없는 먼 곳으로부터 낯선 사람들이 새로 마을로 들어왔다. 그것은 진짜 전쟁이 시작되었기 때문이라 하였다. 새로 마을로 온 사람들은 여자도 있었고 남자도 있었다. 늙은 노인네나 귀여운 계집아이도 있었다. 그들은 모두 조그만 보퉁이 하나씩을 메고 마을로 들어왔으며, 말소리가 이상했다. 어디서 왔느냐고 물으면 이들은 한결같이 그 이상한 말소리로 "옹진!"이라고만 말하고 성난 사람처럼 입을 다물어버렸는데, 진 소년은 그 이상한 말소리로 보아 옹진이 무척은 먼 곳일 거라고 생각되곤 했다. 진 소년은 처음 그 낯설고 공연히 성이 나 있는 것 같은 사람들이 까닭 없이 두려웠다.

그러나 그는 오래잖아 금방 그 사람들을 좋아하게 되고 말았다. 이제 마을에는 앞바다의 배에 대해 말하려는 사람이 하나도 없어졌는데, 뜻밖에도 그 새로 온 사람들이 소년에게 그 배 이야기를 시작했기 때문이다.

그들은 배에 관해 모든 것을 귀신처럼 샅샅이 알고 있었다. 소년이 묻는 것이면 무엇이든지 서슴없이 설명을 해주었다. 게다가 무서운 전쟁 이야기며 배가 고파 죽은 사람들과 눈보라를 뚫고 달리는 기차 등등 소년이 생각할 수도 없는 많은 이야기를 들려주었다. 그러나 무엇보다 소년이 재미있어 한 것은 배의 이야기였다. 그 배는 5백 명의 사람을 한꺼번에 실을 수 있으며, 날아가는 비행기도 떨어뜨릴 만큼 굉장한 대포를 가지고 있을 거라고 했다. 그리고 만약 그 배가 마을 앞바다로 왔을 때 아직도 그 나쁜 군대가 도망치지 않고 있었더라면, 이 마을은 필시 불바다가 되었을 것이라고 짐짓 치를 떠는 시늉까지 해 보였다. 진 소년은 그 이야기를 들으려고 언제나 그들이 잘 모여 앉아 있는 집 뒤의 정자나무 아래 양지바른 곳으로 갔다. 그곳에서는 바다가 잘 내려다보였고, 새로 온 사람들은 늘 거기에 모여 앉아 침몰선에 관한 이야기를 하였다. 그리고 소년이 알 수 없는 멀고 먼 그들의 고향 옹진에 대해서 이야기했다. 그러나 그들이 거기 모여 있다고 언제나 이야기를 하고 있는 것은 아니었다. 그들은 오히려 성난 사람처럼 뚱하니 바다만 내려다보고 있을 때가 더 많았다. 그러나 소년은 이제 그러는 그들을 두려워하지 않았다.

"우리 마을 앞에도 저렇게 바다가 있었지."

가끔 혼잣말처럼 그 사람들은 누구나 그런 말을 했고, 그럴 때 그들은 가만히 혼자 한숨을 내쉬곤 했다. 뭔가 무척도 슬픈 일을 생각하고 있는 것처럼.

봄이 되었다.

아직도 침몰선은 떠나가지 않았지만 마을에는 다시 아무도 그 배에 대해 이야기를 하는 사람이 없었다. 처음부터 그 배에 대해 알은체를 하던 사람들은 마을을 떠나가버렸거나 싫증이 난 듯했고, 새로 온 사람들도 겨울 동안 이야기를 다 해버린 탓인지 이젠 더 이상 그 배 이야기를 하려지 않았다. 그러나 진 소년은 아직도 그 배를 잊지 않고 있었다. 배가 영영 거기 가라앉아 삭아 없어지리라고는 생각도 할 수 없었다. 언제고 배는 떠나가고 말 것이다. 아직도 밀물에 잠겨드는 배를 보면 방금 닻을 걷어 올리며 출렁거리고 있는 것처럼 보였다. 그런 소년의 생각을 아무도 믿어주지 않고 배 같은 건 아무래도 좋다고 여기는 듯한 사람들이 원망스러울 뿐이었다. 그래서 조금씩 얼굴이 부석부석 부어오르기 시작한 그 옹진 사람들을 보고도 진 소년은 그들이 이젠 그 배 이야기를 잊어버린 탓에 그러는 것이려니 생각했다. 원망기 어린 소년의 허물에는 그 사람들도 정말 그렇기나 하듯이 누렇게 뜬 얼굴에 힘없는 웃음을 띠며 머리들을 끄덕였다. 그러나 끝내 배의 이야기를 다시 하려고 하지는 않았다. 이제는 그 정자나무 아래 함께 모여 앉아 지내는 일도 없었다. 나무 막대기 끝에다 쇠못을 송곳처럼 뾰족하게 깎아 박아가지곤 들논이나 개울가 같은 곳으로 개구리를 잡으러 다녔다. 그리고 그렇게 잡아 온 개구리를 진이네가 바다에서 잡아 온 전어 따위를 그렇게 하듯이 구워 먹거나 솥에 끓여 먹었다. 개구리를 잡아다 구워 먹는 것은 전에도 마을에서 가끔 있어온 일이었다. 아이들이 개구리를 잡아다 창자를 꺼내버리고 껍질도 벗기고 해서 불에 구워 먹었다. 그 익은 고기가 닭고기처럼 하얗고 깨끗했다. 그것을 진이더러 먹어보라고 내미는 아이도 있었다. 그러나 진 소년은 그걸 먹지 않았었다. 언젠가 형 준이가 그것을 조금 먹어보고 자랑을 했다가 아버지에게 된통 야단을 맞은 일이 있었다. 아버지는 그것을 닭들에게 잡아다 주는 것도 못하게 했다. 개구리를 먹는 놈은 사람이나 닭이나 죽어서 뱀이 된다는 거였다.

그런데 그 옹진 사람들은 그것을 예사로, 더욱이 국을 끓이듯이 솥에다 넣어 끓여 먹었다. 개구리를 잡는 것도 그냥 마구잡이로 덮치는 게 아니라 그 쇠꼬챙이로 등을 콕콕 찍어 잡았다. 그 짓을 아주 선수처럼 잘했다. 때론 그 꼬챙이질로 뱀까지 찍어 올렸다. 보지는 못했지만, 그 사람들은 뱀도 잡히는 대로 먹어치운다 하였다. 진 소년은 치를 떨었다. 다시는 그 사람들에게 배의 이야기를 조르지 않았다. 그가 정자나무 아래로 가서 배를 내려다볼 때 소년은 오히려 그 사람들이 그곳으로 올까 봐 두려워지기까지 하였다.

그러자 마을에는 또 한 가지 새로운 일이 생겼다. 어느 날 마을에는 먼저 왔던 사람들과 비슷한 사람들이 또 한꺼번에 떼 지어 밀려 들어왔는데, 이번에 온 사람들은 모두가 남자들이었고, 그것도 나이를 꽤 먹은 사람들뿐이었다. 옹진에서 온 사람은 많지가 않았고, 그보다 더 멀리 알 수 없는 곳에서 온 사람들이었다.

그 사람들은 그 배를 보고도 별로 신기해할 줄을 몰랐다. 그렇다고 성난 것 같은 얼굴을 하지도 않았다. 우락부락 술을 먹고 첫날부터 마을 골목들을 개처럼 마구 짖고 돌아다녔다. 그러다 며칠이 되지 않아 작자들은 모두 바닷가로 내려가 투덕투덕 움막 같은 집을 짓기 시작했다. 그 사람들은 그 바닷가에서 새로 일을 시작하러 온 것이라고 했다. 마을 앞바다에는 일본 사람들이 쌓다 말고 쫓겨 갔다는 긴 제방이 뻗어 있었다. 그것은, 마을 양쪽으로 바다를 껴안듯 뻗어 내린 묏부리에서 서로 바다 가운데를 향해 마주 보고 쌓아가다가, 물길이 제일 먼저 드나드는 깊은 포구 근방에서 멈춰지고 말았는데, 태풍이 불 때마다 성난 파도가 밀려들어 허술한 곳을 군데군데 끊어놓고 있었다. 돈 많은 근처 사람이 그 바다를 막는 일을 끝내서 넓은 논을 한꺼번에 만들고 싶어 했지만, 그때마다 바다가 화를 내어 가만히 내버려두지를 않았다고 했다. 그래 그 둑이 끊어진 곳에는 그때마다 새로 커다란 웅덩이가 생겨 동네 아이들의 낚시터가 되어주곤 하였다.

진 소년은 물론 일본 사람을 본 일이 없었다. 그래서 그에게는 제방 또한 처음부터 그렇게 되어 있는 바다의 한 부분이었다. 그런데 이번에 새로 마을로 들어온 사람들이 그 제방을 잇는 일을 한다는 것이었다. 바닷물이 다시 안으로 들어오지 못하게 하고, 둑이 다시 끊어지지 않게 높고 튼튼하게 쌓는다는 것이었다.

마을에서는 아무도 그 일을 옳다고 하지 않았다. 아무리 해도 그 둑은 다시 끊어지게 마련이며 그 사람들도 나중에는 지쳐 떨어져 이곳을 떠나게 되고 말 것이라고 했다. 나이 먹은 어른들이 더 그랬다.

그러나 며칠이 더 지나자 정말 흙차가 짜이고 도깨비처럼 음침한 판잣집 속에 녹슬어 있던 선로들이 조금씩 그 둑으로 깔려 나갔다. 그리곤 드디어 흙을 파내고 흙차들이 구르릉구르릉 소리를 내며 흙을 실어 날라다 부었다. 돌산을 화약으로 깎아내어 실어내기도 했다. 개구리를 잡으러 다니던 옹진 사람들도 그 일터로 가서 흙차를 밀고 흙과 돌을 파내는 일을 했다. 마을 사람들마저 한 사람씩 그 공사판으로 내려가서 일을 해주고 밀가루를 얻어 왔다.

일판은 마을에서 조금 더 내려간 바닷가였지만, 그 일이 시작된 뒤로 마을은 굉장히 어수선해진 것 같았다.

침몰선은 여전히 물속으로 잠겼다 솟았다 하고 있었다. 그리고 그 배는 아직도 진 소년에게 마을의 어떤 일보다도, 온통 마을을 어수선하게 한 그 공사판의 일보다도 더 중요한 것으로 남아 있었다. 어느 땐가는 그 배가 다시 기운을 차려 그곳을 떠나가리라고 믿고 있었다.

진달래가 붉은빛을 바래기 시작할 무렵 마을에는 또 한 가지 소동이 일어났다. 제일 먼저 마을을 떠나갔던 청년이 씩씩한 옷차림으로 총을 메고 마을로 돌아온 것이다. 그는 그림에서 본 국군이 되어 왔는데, 철모를 쓴 모습이 사람까지 아주 달라진 것같이 보였다. 마을 사람들은 누구든지 그를 붙들고 반겼다. 청년의 어깨를 흔들며 우는 여자도 있었다. 진 소년은 그가 맨 처음 마을로 들어올 때부터 그의 뒤를 따라다니며 그가 집 식구들과 반갑게 만나는 것까지 모두 보았는데, 그때 그 집 식구들은 신발도 신지 못한 채 마당으로 뛰어나와선 넋이 빠진 듯 말도 못하고 있었다.

그런데 청년은 그렇게 당당한 모습과는 반대로 누구에게나 상냥하고 친절하고 자상했다. 고생이 얼마나 많았느냐는 노인네들의 위로 말에도 그는 뭘요, 저야 어떻습니까? 고향에 계신 분들이 외려 지내기가 어려우셨겠지요, 하며 웃었고, 가끔 생각난 듯이 진이 같은 또래의 아이들에게는 캐러멜과 퍼석퍼석한 밀가루 과자를 봉지에서 꺼내 나눠주기도 했다. 그야 말은 하지 않고 있었지만, 청년이 돌아온 것을 반가워한 것은 물론 진 소년도 마찬가지였다. 무엇보다 그에겐 다시 배를 이야기할 사람이 돌아온 것이었다.

 그는 배를 싫어하기 전에 마을을 떠나갔으니까 필시 그 배 이야기를 다시 시작할 것이라고 믿었다. 그러나 한편으론 불안하기도 했다. 배 같은 것은 벌써 잊어버렸는지도 모르기 때문이었다. 진은 가슴을 조이며 청년의 거동을 하나하나 살펴보았다. 잊어버리고 있는 것 같기도 했고, 배 이야기는 나중에 둘이서만 하자고 더러 눈짓을 해주는 것 같기도 했다.

 다음 날에야 진 소년은 비로소 청년의 마음속을 알아냈다. 그러나 그것은 소년을 절반쯤 실망시키는 것이었다. 아침 일찍 옷을 바꿔 입고 정자나무 아래로 나온 청년을 아이들이 둘러싸고 앉아 이야기를 들었다. 어른들 앞에서는 뭘요, 뭘요, 하면서 괜히 부끄러워하고 겸손해하기만 하던 청년이 아이들에게 둘러싸여서는 사람이 달라진 듯 의기양양 이야기에 신이 났다. 그토록 자랑스런 청년의 이야기는 다름 아닌 바로 그 자신이 싸움터에서 직접 겪고 온 전쟁 이야기였다. 캄캄한 밤중에 맞붙어 싸움을 할 때는 먼저 머리를 만져보고 민둥머리는 모조리 칼로 찔러 죽였다는 이야기며, 어떤 날 밤에는 '우리 편' 서른 명이 싸움을 시작했다가 청년과 다른 한 사람 단둘이만 살아남았다는 이야기 등등, 청년의 자량은 끝이 없었다. 그러나 청년이 가장 신이 난 것은 그가 적의 탱크로 다가가서 슬쩍 차 위로 뛰어올라가 그 탱크의 뚜껑 안으로 수류탄을 집어넣어주었다는 이야기를 할 때였다. 대개 진이보다 조금씩 더 나이를 먹은 아이들은 숨을 죽이며 청년의 이야기를 듣고 있었다. 그러나 아직도 진 소년은 뭔가를 초조하게 기다리고 있었다. 청년의 이야기가 너무 끔찍스러워 그런 이야기는 이제 그만 끝을 내주었으면 싶었다. 그러나 청년은 아직도 이야기가 끝이 없는 것 같았다.

"늬들이."

그러면서 청년은 가끔씩 아이들을 휘둘러보고는 또 다른 이야기를 시작하곤 하였다. 나중에는 비행기며 커다란 군함에 관한 이야기까지 하였다. 그는 전쟁에 대해서는 모르는 것이 없었다. 비행기도 타보고 배도 타본 사람처럼 전쟁 이야기는 무엇이나 막히는 것이 없었다. 특히 배에서 대포를 쏘아대는 이야기는 아이들을 온통 흥분으로 얼굴이 벌겋게 만들었다.

"하지만 저 배도 이 마을을 불바다로 만들 수 있었대요. 한꺼번에 5백 명이나 되는 많은 사람을 태울 수 있으니까요."

한쪽에서 조마조마 듣고만 있던 진 소년이 드디어 앞바다에 우두커니 머물러 있는 침몰선을 가리키며 한마디 말참견을 하고 나섰다. 소년의 말은 조금 엉뚱했지만 모처럼 결심을 하고 내놓은 소리였다. 청년이 조금 비위가 상한 듯 소년을 흘끗 돌아다보았다. 소년은 그 눈길에 큰 잘못을 저지른 것처럼 목을 움츠렸다. 그러나 다행히도 청년은 그다지 기분이 나빠진 것 같지는 않았다.

"음, 참 저 배가 아직도 저기 있었군. 그런데 누가 그런 바보 같은 소릴 해. 저건 그냥 수송선이야. 대포 같은 건 없어. 게다가 사람도 많이 실을 수 없는 조무래기 배지."

그는 진에게 그 배를 잘못 말해준 사람을 비웃으면서 자신 있게 말했다. 진은 청년이 그리고 나서 금세 그 배를 무시해버린 채 또 다른 전쟁터의 이야기를 시작하자 슬그머니 일어서서 집으로 돌아오고 말았다.

그의 얼굴은 수심에 싸여 있었다. 청년도 방금 그의 말투로 봐서 지금까지 배를 잊어버리고 있었음이 분명했다. 아니, 그보다도 그 배는 정말로 대포도 없고 사람도 조금밖에 실을 수 없는 새끼 배일까.

소년은 집으로 오자마자 아직 앙상하게 가지만 하늘로 쳐들고 있는 감나무로 올라가 바다를 내려다보았다. 그러자 소년은 이번에야말로 정말로 실망을 하고 말았다. 지금까지 그렇게 크고 당당하던 배의 모습이 어느새 조그맣게 변해 있었다. 배는 물속에서 겨우 머리만 내놓은 작은 나무토막처럼 보잘것이 없었다. 대포도 없고 사람도 많이 태울 수가 없다던 청년의 말이 맞을 것만 같았다. 그런 소년의 깊은 절망을 위로해준 것은 다행히도 아직 그 배가 언제나처럼 금방 다시 떠나갈 듯이 바닷물에 천천히 출렁이고 있는 모습이었다.

며칠 뒤에 청년은 그가 마을로 돌아올 때와 같은 푸른 제복을 입고 다시 마을을 떠나갔다. 마을 사람들이 동구 앞까지 따라나가 그가 떠나가는 것을 바래다주었고, 그중 몇 사람은 버스가 닿는 장거리까지 따라갔다 왔다. 그러자 며칠이 지나 또 마을을 떠나갔던 청년 하나가 먼젓번 청년과 똑같은 옷차림을 하고 마을로 돌아왔다. 마을 사람들은 이번에도 먼젓번처럼 청년을 반겨 맞아주었고, 청년은 또 먼젓번 청년이 어떻게 했는지를 알고나 있듯이 그가 했던 대로 뭘요, 뭘요, 고향에 남아 있는 사람들이 더 고생이지요, 하며 부끄러운 듯이 말했고, 아이들에게는 캐러멜과 밀가루 과자를 나누어주었다. 다른 것은 다만 그보다 먼저 누가 마을을 다녀갔다는 말을 듣고는 "자식이!" 하면서 한번 씩 웃어 보이는 것으로 그가 제일 먼저 마을로 돌아온 사람이 되지 못한 것을 잠시 섭섭해한 것뿐이었다.

그는 다음 날 옷을 갈아입고 아침 일찍 정자나무 아래로 나와 먼젓번 청년처럼 전쟁 이야기를 신나게 했으며, 그 이야기도 또한 먼젓번 청년과 비슷한 것들이었다. 아이들은 물론 그것을 열심히 다시 들었다. 그러나 진이는 모든 것이 너무 똑같다고 생각했다. 처음 번도 그랬지만 이번에는 그런 이야기들이 더욱 마음에 들지 않았다. 그러나 그 배에 대해선 그도 다시 말하지 않을 수 없었다.

"하지만 저렇게 작은 새끼 배에는 대포도 없고 사람도 많이 실을 수 없지요?"

그러자 청년은 또 먼젓번 청년처럼 조금 속이 상한 듯 진 소년을 쳐다보았고, 그러나 역시 기분이 나쁘지는 않은 듯,

"음, 참 저 배가 아직도 저기 있었군."

약속이나 한 듯 같은 말을 하더니, 뒤이어 모처럼 먼젓번과 아주 다른 말을 했다.

"하지만 저 배에도 아마 비행기가 내릴 수 있을걸. 여기선 저렇게 조그맣게 보여도 실제론 굉장히 큰 배거든. 물론 대포도 있을 수 있구. 그 대포는 비행기도 파리처럼 떨어뜨릴 수 있는 거지."

며칠이 지나자 그 청년도 다시 마을을 떠나갔다. 물론 먼젓번 청년과 똑같이 온 마을 사람들의 배웅을 받으면서.

두번째 청년이 다녀간 뒤로 배는 다시 옛날의 그 당당하고 거대한 모습으로 변해 있었다. 정말 5백 명의 사람이라도 한꺼번에 실을 수 있을 것처럼 배는 물 위로 우뚝 솟아올라 있었으며, 삐죽삐죽 수많은 대포들이 걸려 있는 것 같았다.

소년은 이제 다시 날마다 그 감나무 가지에 올라앉아 바다를 내려다보며 깊은 생각에 잠겨드는 일이 많았다.

누구도 그 배가 다시 떠나갈 것이라고는 말하지 않았다. 이젠 그 배를 상당히 가까이까지 가서 보고 온 마을 사람들이 있었지만, 그 사람들도 배가 다시 떠날 것이라고는 말하지 않았다. 배에 관해서 자신 있게 단언하고 간 그 두 청년도 그것은 마찬가지였다. 하지만 진 소년 스스로는 그렇게 생각하지 않고 있는 자신을 이상하게 생각한 일이 없었다. 그의 생각대로 그 배가 아직도 떠나가지 않고 있는 것이 소년은 오히려 이상스러웠다. 그리고 그를 가끔 깊은 생각에 빠지게 한 것은 그 배에 관해서 확실하게 알고 있는 사람이 아무도 없을지 모른다는 것과, 또 그 모습이 늘 달라지고 있다는 것이었다.

그러는 사이에 세번째 청년이 마을로 돌아왔다. 그 역시 전쟁 이야기를 신나게 했고, 마지막으로는 배에 관해서도 이야기를 했다. 그런데 이번에는 청년이 다시 그 배가 형편없이 작은 것이라고 말했으며, 거기 따라 정말로 그의 말처럼 배가 또 형편없이 작아져버리고 있었다.

소년은 이제 정말로 정신을 차릴 수가 없게 되어버렸다. 날마다 감나무 가지 위로 올라가 생각에 잠겼지만 시원한 해답이 떠오르질 않았다.

청년들은 계속해서 마을로 돌아왔다가 며칠이 지나면 또 마을을 떠나가곤 했다. 소년은 새로운 사람이 올 때마다 정자나무 아래로 가서 그 사람의 배에 관한 설명을 들었다. 그들은 모두 자신 있게 말했다. 그러나 누구도 배에 관해서 확실한 것을 알고 있는 사람은 없는 것 같았다. 수송함이다, 전함이다, 아니 잠수함이 개펄에 얹힌 거다, 구축함의 한 종류다, 천만에 저건 경비정이다, 조그만 상륙용 주정일 뿐이다…… 그사이에 소년이 알 수도 없는 이름들이 수없이 나왔다. 그러나 그 이름들은 다음 사람이 오면 또 다른 것으로 바뀌게 마련이었다. 아니 어떤 때는 두 사람이 한꺼번에 맞부닥쳐 와서는 서로 자기 생각을 우겨대는 때도 있었다.

싸움은 끝이 없을 것 같았다. 그러는 중에도 마을에서는 한 사람 한 사람씩 새로 마을을 떠나갔고, 새로 마을을 떠나간 사람들 중에는 전에 갔던 사람들보다 훨씬 나이를 더 먹었거나 덜 먹은 사람까지도 끼기 시작했다.

그런데 그 무렵 마을에는 지금까지의 어느 때보다도 사람들을 놀라게 한 소식이 한 가지 전해져 왔다. 두번째로 마을을 다녀간 청년이 영영 다시 돌아올 수 없게 된 일이었다.

마을에는 큰 소동이 벌어졌다. 청년의 집은 소식이 전해지자 순식간에 사람들로 꽉 들어찼고, 한쪽부터 울음바다가 되기 시작했다. 청년이 다시 돌아오지 못하게 되었다는 것은 조그만 상자를 흰 베로 목에다 걸어 안고 온 군인과 그를 따라온 총 멘 다른 군인 한 사람이 전한 소식이었다.

마을 사람들은 그 흰 상자로 청년의 조그만 무덤을 만들었다.

슬픈 소식은 그러나 그 한 번만으로 끝나지 않았다. 첫번 일이 있은 얼마 뒤 똑같은 소식이 두번째로 전해졌다. 이번에는 맨 첫번째로 마을을 다녀간 청년이 돌아오지 못하게 된 것이다. 그리고 역시 조그만 상자를 흰 베끈으로 걸고 온 군인과 총 멘 군인이 상자와 함께 청년의 소식을 전하고 갔다.

그러고부터는 그런 소식이 꼬리를 물고 마을로 들어왔다. 나중엔 마을을 한번 다녀간 사람만 그렇게 되는 것도 아니었다. 마을을 떠난 뒤 몇 달도 못 가서 그런 소식이 전해오는 수도 있었다. 또 어떤 때는 그런 소식 대신 다리나 팔이 하나 없어진 모습으로 마을로 돌아오는 사람도 있었다. 그런 사람은 나무발을 짚거나 검은 안경을 쓰고는 마을을 다시 떠나지 않은 채 그 목발로 피난민들과 쓸데없는 싸움질이나 일삼고 다녔다. 그만큼 성미가 사납고 신경질적이었다.

그 무렵부터 마을로 돌아온 사람들 중에는 전쟁이고 배고 도대체 아무것도 말을 하고 싶어 하지 않는 사람들이 있었다. 그런 사람들은 대개 정자나무 밑으로 나와 앉아서도 혼자서 깊은 생각에 잠기거나 멍하니 마을 앞바다를 내려다보며 자신의 턱만 쓸고 앉앉다가 슬그머니 다시 마을을 떠나가버리곤 하였다. 그리고 그렇게 묵묵히 마을을 떠나간 사람들 중에서도 얼마 뒤엔 그 먼젓번 사람들처럼 슬픈 소식을 전해오는 수는 많았다. 그러나 대개 전쟁 이야기를 신나게 지껄이고 돌아간 사람일수록 슬픈 소식은 빠른 것 같았다. 이제 그 슬픈 소식은 흰 상자를 목에 건 군인들이 마을까지 가져오는 일이 없었다. 하지만 그걸 누가 가져오는지, 어떻게 해선지도 모르게 슬픈 소식은 며칠이 멀다 하고 마을로 들어왔다. 어떤 때는 그것을 우체부가 봉투 속에 가져오기도 했다. 한번 마을로 돌아와서는 다시 싸움터로 돌아갈 생각을 않고 내처 그냥 눌러 지내는 사람도 있었는데, 이제 그 군인들이 마을을 찾는 것은 그 사람을 데리러 올 때뿐이었다.

소년은 자꾸 더 깊은 생각 속으로 잠겨들어갔다. 그러나 그는 아직도 믿고 있었다. 그리고 참을성 있게 기다리고 있었다. 누군가 그 배에 관해 모든 것을 확실하게 알고 있는 사람이 나타나야 하였다.

그리고 오래지 않아 이번에는 정말로 그런 사람이 마을로 돌아왔다. 왜냐하면 그는 그 배에 관해 지금까지의 누구보다 훨씬 많은 것을 알고 있었으며, 게다가 그런 그의 설명을 믿을 수밖에 없는 것은 그가 바로 배를 타고 싸우다 돌아온 사람이기 때문이었다.

그는 마을로 들어올 때 다른 사람들처럼 풀색 옷을 입고 온 것이 아니었다. 그는 반쯤 까 뒤집은 이상한 모양의 흰 모자에 옷은 또 가끔 소학교에 다니는 마을 계집애들이 입는 것과 같은, 등받이가 있고 팔목이 좁은 까만 저고리를 입고 있었다. 그것은 바로 바다에서 배를 타고 싸우는 사람들이 입는 옷이라 했는데, 영락없이 그 계집아이들의 옷을 흉내낸 것이었다. 그는 실상 전쟁이 시작되어 처음 청년들이 돌아왔을 때까지도 아직 마을에 있었고, 그 사람들의 이야기를 진 소년과 같이 정자나무 아래서 들은 일도 있었다. 그러다간 자기 어머니가 말리는 것도 뿌리치고 기어이 고집대로 마을을 떠나갔던 '바람 든 망나니'였다. 그런데 그가 어느 누구보다 보기 좋은 모습으로, 그리고 바다에서 멋지게 싸우다 돌아온 것이었다.

뿐더러 그는 이제 다른 사람들은 차츰 시들해져가고 있는 전쟁 이야기를 다시 신나게 시작했고, 배에 관해서도 누구보다 자신 있게 말해주었다.

"그치들 땅굴 속에서 하늘만 쳐다보고 총이나 쏘다 와선······ 비행긴 뭐 하늘에 날아간 거나 구경했겠지. 주제에 웬 바다 구경까지? 괜히 알은체들을 한단 말야!"

그는 어느새 말씨까지 달라져서 먼젓번 사람들을 우습게 멸시했다. 그러곤 뽐을 내며 자신이 탔던 배에 대한 이야기를 시작했다. ······그 배에는 정말로 비행기가 몇 대라도 운동장처럼 마음 놓고 앉을 수 있다고 했다. 대포는 물론 수없이 많으며, 사람을 한꺼번에 천 명을 싣는 것도 문제가 없다고 했다. 옛날 일본 사람들과 싸움을 했을 때에는 일본 비행기들이 그 배의 굴뚝 속으로 날아 들어와 배를 쾅 불태우려고 했지만 그래도 끄떡이 없었을 정도였다고. 파리 새끼처럼 자꾸 굴뚝으로 날아드는 비행기들 때문에 배는 그것을 녹여 삼키느라 기침 소리 같은 걸 토하는 게 귀찮았을 뿐이었다고.

그런저런 자랑 끝에 청년은 마침내 앞바다의 침몰선으로 이야기를 옮겨갔다. 청년도 물론 배 이야기를 할 때 "음 저 배가 아직 있었군" 하고 다른 청년들처럼 잠깐 놀라 보였지만, 그러나 그는 금방 다시 명랑해져서, 외려 자랑스럽게 설명을 시작했다. 그리고 그 이야기는 지금까지의 어느 것보다 가장 정확하고 공평한 듯했다. 침몰선은 한마디로 청년이 타고 싸운 배에 비해서는 형편없이 보잘것없는 애기 배에 불과하지만, 그러나 결코 먼젓사람들의 말처럼 그렇게 작은 배는 아니라고 단언했다.

그 배는 보통 바다를 지키는 일을 하기 때문에 비행기가 앉거나 사람을 엄청나게 많이 실을 수는 없겠지만, 그러나 대포나 총은 얼마든지 많을 것이며 어쩌면 갑판 한쪽에는 조그만 운동장까지 있을지 모른다고 했다. 그 운동장이란 말은 하여튼지 거기에 있던 아이들을 모두 놀라게 했다. 그리고 마지막으로 청년은 그 배가 저 혼자는 다시 바다로 나갈 수 없으며, 아마 언젠가는 다른 큰 배가 와서 넓은 바다로 끌고 나갈 것이지만, 지금은 모든 배들이 한창 전쟁에 바쁘기 때문에 한동안은 그럴 수가 없을 것이라고 했다.

그 청년도 며칠 뒤엔 다시 마을을 떠나갔다. 그리고 그 후로 청년은 다시 돌아오지 않았다. 그는 다른 사람처럼 나쁜 소식이 전해온 것도 아닌데, 소식이고 사람이고 그에 대한 것은 아무것도 영영 마을로 돌아오는 것이 없었다.

하지만 그 청년의 이야기를 듣고 나서 진 소년은 한동안 다시 마음이 가라앉았다. 그리고 침몰선도 지금까지 어느 때보다 조용하고 선명한 모습으로 물에 잠겨 있었다.

그러나 소년은 금방 다시 마음이 초조해지기 시작했다. 그것은 이제 배가 요술을 부리는 일 때문이 아니라, 어느 때고 그 배가 다른 배에게 끌려 마을 앞에서 갑자기 사라져버릴지도 모르기 때문이었다. 그는 무엇보다 배가 떠나가는 것을 보지 않으면 안 되었다. 그가 여태까지 기다려온 것도 그것이 떠나가는 것을 보기 위해서였다. 그런데 그 배는 그가 잠이 들고 있는 사이에, 또는 마음을 조금이라도 딴 곳에 뺏기고 있는 사이에 갑자기 사라져버릴 수 있었다. 그는 자주, 전보다 더 자주 감나무 가지로 올라가 배를 지켰다. 어떤 땐 거의 하루 종일을 감나무 위에서 지내는 날도 있었다.

그해 여름 진 소년은, 2년씩이나 늦은 나이로 재 너머에 있는 초등학교에 입학을 했다.

그사이에도 그 마을 앞 둑 일은 쉬임 없이 날마다 계속되고 있었다. 낯선 사람들은 가끔 마을까지 올라와서 개처럼 골목을 쏘다니다 내려갔고, 어떤 때는 아예 밤을 새워가면서 무서운 싸움판을 벌이기도 했다. 물론 그 사람들은 대개 자기들끼리 싸웠지만, 가끔은 싸움의 상대가 마을 사람이 되는 때도 있었다. 싸움을 할 때의 그 사람들은 정말 무시무시했다. 돌멩이로 머리를 까부수거나 곡괭이 자루로 갈빗대를 부러뜨리거나 해놓고서야 그 싸움판은 겨우 끝이 났고, 한쪽이 항복을 하지 않으면 싸움은 무한정 언제까지 계속됐다. 품삯을 받는 날 밤엔 투전판이 벌어지는 게 보통이었고, 그 투전판에서 시작한 싸움은 가장 무시무시했다. 마을 사람들은 될수록 그 싸움판에 끼어들지 않으려고 했지만, 그게 언제나 마음대로 될 수 있는 일이 아니었다. 마을 사람 중에서도 거기서 함께 일을 하는 사람이 있었고, 가끔은 그 투전판에도 끼어들기 때문이었다. 그래서 그 사람들은 뼈가 부러지게 일을 하고도 돈을 조금도 모으지 못한다고 마을에서 욕을 먹었다.

그러는 사이에도 늦봄이 되었을 때에는 양쪽에서 뻗어오던 둑이 바다 가운데에서 만나게 되었다. 물길을 아주 끊어버리는 데에는 거기서도 아직 많은 날이 걸렸지만, 그러나 결국 그 일도 끝이 났다. 바닷물부터 우선 막아놓고 때가 늦기 전에 심을 수 있는 곳엔 모를 심어야 했다. 그래 사람들은 바닷물을 막자마자 물이 짜지 않은 곳, 가장 마을에서 가깝고 지금까지 갈대가 우거져 있던 곳을 파엎고 모를 심었다. 그런데 이상하게도 그 모를 심은 사람들은 모두가 지금까지 둑 일을 핀잔만 하던 마을 사람들이었다. 낯선 사람들은 계속해서 둑 일만 했다. 둑이 더 튼튼하게 흙을 실어다 붓고 떼를 입혔다. 둑 안쪽으로는 물이 잘 빠지고, 수문을 통해서 들어온 바닷물이 잘 드나들 수 있도록 깊은 골을 팠다. 옹진 사람들도 이젠 모두 둑 일을 하고 있었기 때문에 아직까지 개구리를 잡으러 다니는 사람은 없었다.

제방 일은 그럭저럭 잘 되어간 셈이었다. 그러나 그것은 그 바닷벌을 논 모양으로 만들어 모를 심을 수 있게 되었다는 뜻이고, 사실은 한번 사고가 있었다. 그 사고 때문에 일판 사람이 둘이나 목숨을 잃었는데, 한 사람은 나중에 온 외지 사람이었고 다른 한 사람은 마을 사람이었다. 두 사람이 한 조로 궤도차를 밀다가, 비탈길을 맹렬하게 달려 내려가는 그 흙차로 타올랐다가 일이 잘못되어 두 사람이 차와 함께 둑길 아래로 내동댕이쳐진 때문이었다. 마을 사람은 그 자리에서 머리가 깨져 죽고, 외지 사람은 옆구리로 피를 많이 흘리고 보름쯤 뒤에 역시 숨을 거둬간 것이었다. 마을에서들은 군인 나간 사람들이 돌아오지 못하게 되었다는 잦은 소식과 함께 더욱 흉흉한 기분이 되었다. 그러나 그렇게 막아놓은 둑 안에서 농사가 잘 지어질 수만 있었다면 사람들은 그 사고에 대해 더는 생각지 않았을지도 모른다. 처음엔 사람들도 그 정도의 사고쯤 일본 사람들이 둑 일을 시작했을 때에 비하면 아무것도 아니라고 말했으니까.

그런데 사리가 가까워오는 어느 날 밤 둑은 기어이 더 큰 변이 나고 말았다. 모든 바닷물이 하나의 파도가 되어 산기슭을 때리는 듯한 무서운 소리가 있은 다음 날 아침, 방둑은 크게 두 동강이가 나 있었고, 지금까지는 그 둑 너머에서 엉큼스럽게 때를 엿보며 넘실거리던 바닷물이 둑 안을 가득 채우고 있었다. 절강터를 따라 길게 누운 흰 물줄기가 갈라진 둑을 지나 훨씬 안으로까지 뻗어 있었다. 물줄기 아래쪽에서는 침몰선이 여전히 그 물살을 가르고 있었다. 그 침몰선의 모습이 너무 전과 다름없었기 때문에 오히려 전날 밤의 사고가 그 물 띠를 가르고 서 있는 침몰선의 장난이었던 것처럼 보였다.

어쨌든 그런 사건이 있고부터 마을은 갑자기 액운이 끼어드는 것 같았다. 마을 사람들은 졸지에 많은 논을 한꺼번에 잃어버린 것처럼 생각했고, 그 둑 때문에 생겼던 전날의 사고를 다시 상기하게 되었다. 바닷물에 잠겼던 모들이 햇볕에 갈색으로 말라 타 마을 앞에 펼쳐진 모습은 더욱 황폐한 느낌이 들게 했다.

한데도 사람들은 다시 둑 일을 시작했다. 그러나 그 갈라진 둑을 이어놓자마자 바닷물은 다시 다른 곳을 갈라놓았다. 이번에는 한참 동안 둑 일이 중지되었다. 그러나 가을 무렵 그 일은 다시 시작되었다. 부질없는 일이라는 핀잔들이 마을에 돌았다. 그 무렵도 마을에는 돌아오지 못하게 된 청년들의 소식이 잇따라 전해 오고 있었기 때문에 사람들은 필시 마을에 액운이 씐 거라고 했다. 그럴 때는 무엇을 해도 되는 일이 없고 횡액만 는다는 것이었다. 그것이 사실 옳은 말이었는지도 모른다. 왜냐하면 그 둑 일을 다시 시작한 얼마 뒤에 일판에서 또 한 번, 이번에는 정말 어마어마한 사건이 일어났으니 말이다.

산비탈을 헐어 흙을 실어낸 곳에선 어느새 커다란 흙 언덕이 생겨나고 있었는데, 어느 날 갑자기 휘익 소리를 내며 그 흙 언덕이 크게 무너져내렸다. 그리고 궤도차들을 줄줄이 세워놓은 언덕 아래서 삽질을 하고 있던 사람들이 그 궤도차들 때문에 미처 몸을 피할 새도 없이 흙더미 속으로 파묻히고 만 것이었다. 처음에는 그 흙더미에 파묻힌 사람 수가 얼마나 되는지도 알질 못했다. 진 소년이 그곳으로 달려갔을 때는 네 사람을 흙 속에서 끌어 내놓고 있었는데, 그 사람들은 벌써 다 숨이 끊어져 있었고, 어떤 사람은 코와 입에서 검붉은 핏물까지 흘러나와 있었다. 그 흙 속에서 사람들은 다시 네 사람의 몸뚱이를 더 찾아냈다. 그 사람들도 모두 이미 숨이 끊어진 채였는데, 그중엔 그 옹진서 온 개구리잡이 선수도 한 사람 끼어 있었다. 그러나 무엇보다 마을 사람들을 슬프게 한 것은 군대도 가지 않은, 마을의 나이 많은 오랜 친구를 다시 세 사람씩이나 못 보게 돼버린 일이었다. 그러자 그로부터 마을 사람들은 생각하기 시작했다. 마을엔 아무래도 어떤 액운이 끼어들고 있는 것 같다고. 그리고 그 불행한 일들을 몰고 온 액운의 정체가 무엇인지를 곰곰 생각하기 시작했다.

한편 진 소년은 그동안도 배를 생각하지 않은 날이 하루도 없었다. 아침이면 재 너머로 학교를 가야 했기 때문에 이제 그가 배를 바라보는 시간은 전보다는 적어졌다. 아침에 잿길을 넘어가면서 마지막으로 배를 한번 내려다보고, 그리고 학교가 파해 돌아올 때 그 고갯길을 올라오면서 다시 배를 보게 될 때까지, 진 소년은 어쩔 수 없이 그 학교 아이들과, 아무리 싹싹해도 자신은 좀처럼 친해질 수 없는 여선생과 함께 묻혀 지내야 했다.

한나절 내내 배를 보지 못한 채 공부도 배우고 놀기도 해야 했다. 그러나 그랬기 때문에 학교에선 배에 관한 생각이 더욱더 많았다. 공부를 하거나 놀이를 할 때나 머릿속엔 늘 커다란 배가 와서 그 배를 훌쩍 끌고 가는 생각뿐이었다. 그래 학교가 끝나고 돌아올 때는 마을 뒤 잿길 꼭대기까지가 늘 한달음 길이었다. 고개까지 한달음에 달려 올라와서는 제일 먼저 배를 살피곤 하였다. 그리고 거기 별다른 변통이 없는 것을 알고 나서야 잠시 다리를 쉬고 앉아 바다를 더 내려다보거나, 팔을 펴고 누워서 하늘의 구름을 세거나 하였다.

그러던 어느 날이었다. 진 소년은 그 정자나무 아래 모인 마을 사람들로부터 뜻밖에 한 가지 심상찮은 소리를 들었다. 사람들은 처음 둑을 내려다보며 그 여덟 사람이 죽은 사고에 관한 이야기를 하고 있었다. 그리고는 그 둑이 갈라져 한꺼번에 가을 추수의 꿈이 깨진 이야기며, 끝없이 계속되어오는 마을 청년들의 슬픈 소식에 관한 이야기도 하였다. 그러다 마침내는 그즈음 마을 사람들이 모이면 언제나 그랬듯이 이날도 마을에 찾아든 그 몹쓸 액운에 대한 이야기가 시작됐다. 그 액운의 이야기 중에 한 사람이 갑자기 이렇게 말했다.

"아마 이 마을에 액살이 뻗치기 시작한 것은 저 배가 저기 가라앉고부터지."

그는 주위를 한번 휘둘러보고 나서 더욱 자신 있게 단정하고 들었다.

"보라구. 물길을 딱 끊고 있지 않아. 순조롭게 드나드는 물길을 끊어놓으니 그 물 끝에 앉은 마을이 무사할 것 같아? 액운을 몰고 온 것은 저 검은 괴물이야."

그 소리에 사람들은 머리를 끄덕이면서 새삼스럽게 바다를 내려다보았다. 하얗게 띠를 그리며 뻗어 내려가던 물길이 정말로 침몰선에 막히고 있는 것 같았다.

하지만 침몰선이 물 띠를 정말로 끊고 있는 것은 아니었다. 멀리서 그렇게 보일 뿐이었다. 진 소년은 숨을 죽인 채 사람들의 표정을 살피고 있었다.

"아닌 게 아니라 배가 저기에 가라앉은 다음부터 모든 일이 일어났지. 아이들이 쌈터로 나가기 시작했고, 그 아이들이 다시 돌아오지 못하게 되고, 혹 돌아온다 해도 병신이 되어서야 오고……"

바다를 내려다보고 있던 다른 어른이 말했다. 그러자 첫 번 어른이 더욱 기운을 내어 큰 소리로 말했다.

"그뿐인가. 저 배가 저러고부터 피난민이 몰려들고, 되지도 않는 일을 시작해서 심심하면 사람이나 죽어나고, 게다가 둑은 모를 심어 놓자마자 갈라지지…… 그런 일들이 다 저 괴물이 저기 버티고 있으면서부터였거든……"

진 소년은 정말 기가 죽어서 한쪽에 숨어 있었다. 그는 사람들의 말이 바로 자기를 두고 하는 편잔만 같았다. 거기다 어른들의 말은 소년의 생각에도 거의 틀림이 없는 것 같았다. 그보다도 소년은 그 배와 싸움에 관해서 신이 나서 이야기했던 사람들일수록 더 빨리 그리고 더 많이 마을로 돌아오지 못하게 되었던 사실까지 알고 있었다. 그러나 그는 꼭 입을 다물고 있었다. 만약 그런 말을 했다간 어른들이 더 자신만만해져 배를 계속 탓할 게 뻔했기 때문이었다.

그러나 어째서 그 배는 하필 액운을 싣고 왔을까. 그리고 배가 거기 있다고 어째서 마을 사람들이 자꾸 죽어가야 하는가……

집으로 돌아와 감나무 가지로 올라가 바다를 내려다보면서 소년은 왠지 자꾸 눈물이 나올 것만 같았다.

때는 어느새 감들이 익고 있는 한가을녘이었다.

그로부터 다시 2년이 지나갔다. 남자들은 아직도 어른처럼 머리를 기르기 시작하자마자 마을을 떠나 군대로 갔지만, 이번에는 거꾸로 마을을 떠나갔던 사람들이 다시 마을로 돌아오기 시작했다. 그 사람들은 이제 아주 군인 옷을 벗어버리고 돌아왔다. 나무발을 짚지도 않고 검은색 안경을 쓰지도 않고 그 사람들은 이제 군인 노릇을 끝내고 마을로 아주 돌아온 것이라고 했다.

침몰선은 아직도 옛날 모습대로 그 자리에 있었고, 둑은 그사이에 세 번씩이나 무너졌지만 이번에는 처음부터 다시 한껏 단단하게 일을 시작하고 있었다. 사람들이 한번 마을로 돌아오기 시작하자 다음부터는 거의 같은 일들이 꼬리를 이었다. 그리고 그때부터는 슬픈 소식이나 팔이 떨어져 나간 사람이 돌아오는 일도 없었다. 어떤 사람은 아직도 다시 마을을 떠나가기도 했지만, 그런 사람은 이제 매우 드물었다.

그런데 놀라운 것은 어느 날 마을로 돌아온 사람 가운데에 뜻밖에도 전에 흰 상자와 슬픈 소식을 전해왔던 사람이 낀 일이었다. 그는 그 흰 상자를 파묻어놓은 자기 무덤을 보고도 화를 내기는커녕 누구보다 그것을 재미있어하면서 큰 소리로 한바탕 껄껄 웃어대고 말더라는 거였다.

어쨌든 이제 마을에는 그렇게 한 사람씩 청년들이 다시 돌아오고 있었다. 슬픈 소식은 더 이상 들어오지 않았다. 그런데 그 나중번 마을을 떠나간 사람들이 다시 마을을 다니러 올 무렵쯤 해서는 지금까지완 전혀 다른 일이 생기기 시작했다. 이제 새로 돌아온 사람들은 전쟁 이야기를 하나도 하지 않았다. 작자들은 그저 히득히득 웃으며 기분 나쁜 이야기들만 들려주며 혼자서 괜히들 좋아했다. 언제나 거친 욕설을 섞어가며 작자들이 하는 이야기란 다른 사람을 몹시 때려주거나 골려준 이야기 아니면, 자기들이 거꾸로 그렇게 당하는 이야기들이었다. 그런 이야기를 하다 말고 그 사람들은 한참씩 히득히득 웃거나 하품을 하거나 했다. 그런 일도 전엣사람들은 절대로 없던 일이었다. 진 소년은 그 모든 것이 마치 오랫동안 고여 있기만 한 웅덩이의 물처럼 따분하고 지겹게 느껴졌다. 하긴 그 사람들도 배에 관해 조금씩 이야기를 할 때가 있기는 하였다. 그러나 그들은 아직도 거기에 배가 있다는 게 오히려 신경질이 난다는 투였다.

이제 마을 사람들이 그 배를 편잔하는 일은 적어졌지만 그것은 그만큼 배를 잊어버려간다는 이야기도 되었다. 마을에선 이제 거의 아무 일도 일어나지 않았다. 배도 여전히 떠나갈 기미가 없었다.

아니 아무 일도 일어나지 않은 것은 아니었다. 그 멀고 먼 북쪽 땅에서 전쟁이 시작되던 해 겨울에 마을로 들어왔던 사람들이 이제는 하나 둘씩 다시 마을을 떠나가기 시작했다. 개구리를 찍고 다니던 사람들이 먼저 마을을 떠나갔고, 한참 뒤엔 방둑 일이 끝나자 이번에는 그 사람들이 마을로 올라와 서성서성 떠나갈 준비들을 시작했다.

"쯧쯧, 돈이 다 떨어져야 떠나갈 거다, 저 작자들은—"

떠난다 떠난다 하면서도 낮부터 술을 마시고 동네를 온통 어지럽히고 다니는 꼴을 보고 마을 사람들은 뒤에서 혀를 차며 나무랐다. 하더니 작자들은 정말로 모두 돈들이 떨어져서 외상 밥까지 며칠씩 사 먹고 나서야 마을을 떠나갔다.

그리고 몇 년 동안 마을엔 아무 일도 일어나지 않았다. 휴가를 얻어온 청년들은 언제나 히득히득 그 기분 나쁜 이야기들만 하였고, 둑이 튼튼해진 마을 앞 농장에서는 해마다 가을이면 벼가 누렇게 익었다. 이젠 침몰선 때문에 마을에 횡액이 들었다고 화를 내는 사람도 없었다. 배는 아직도 그곳에 있었지만, 이번에는 마을 사람들이 그 침몰선을 바다의 한 부분쯤으로 여기게 되어버린 것이었다. 그 배는 오직 한 사람 진 소년의 마음속에서만 아직도 늘 떠나갈 준비를 하고 있었다.

하지만 그 진 소년은 초등학교 6학년을 졸업하던 어느 봄날 자신이 먼저 마을을 떠나게 되었다. K시로 가서 중학교를 다녀야 했기 때문이었다. 그는 마을을 떠나면서 고개 위에서 마지막으로 배를 바라다보았다. 그리고 혼자 속으로 말했다. 어쩌면 내가 돌아오기 전에 배가 떠나가버릴지도 모르지—

그때부터 진 소년은 그의 이름을 '진'이라고 불러주는 사람을 갖지 못하게 되었다. 그의 이름 '진' 위에 '수' 자를 붙여 '수진'으로 불린 것은 소년이 초등학교엘 들어가서부터였다. 거기다 선생님이나 학교 아이들은 정성스럽게 '이' 자 성까지 올려붙여 '이수진, 이수진'으로 그를 불러댔다. 하지만 그 학교만 벗어져 나오면, 집에서는 아직도 그는 진이 쪽이었다. 그런데 이제는 그를 그렇게 부를 사람이 아무도 없었다. 꼭 성까지 붙이는 일은 드물었지만, 이젠 모두가 '수진'이뿐이었다. 그런 식으로 모든 것이 달라진 속에서 그래도 진 소년은 잘 참았다. 모든 것을 그저 3년만 견디면 되는 것이라 생각했다. 거기다 1년에 두 번씩 방학이 되어 차를 타고 시골 마을로 가는 것이 그를 훨씬 더 잘 견디게 해주었다. 그때마다 배가 아직 그를 기다려주고 있었기 때문이다. 머나먼 저곳 스와니 강물 그리워라, 하는 가사의 노래며, 시시때때로 올라가던 그리운 뒷동산아, 하는 등의 노래를 열심히 부르며 그는 그 3년을 참아냈다. 그리고 그때까지 그는 언제나 다시 집으로 돌아갈 것을 생각하며 지냈다.

그러나 그 3년이 끝나자 그는 비로소 마을로는 영영 다시 돌아갈 수가 없게 된 자신을 깨달았다. 누가 그렇게 시킨 것은 아니었으나, 수진은 그 무렵 어느 날 문득 제풀에 그것이 깨달아진 것이었다.

그는 다시 고등학교를 가야 했다.

고등학교 진학을 하고부터는 1년에 두 번씩 찾아오는 방학 때가 되어도 그는 집에도 잘 가지 않고 열심히 공부를 했다.

그리고 그 무렵부터 어떤 소녀를 사귀기 시작했다. 그 소녀 아이는 키가 조금 작았지만, 항상 무엇에 놀란 사람처럼 크고 맑은 눈을 가지고 있었다. 수진은 공부에 지치면 소녀를 만났다. 그리고 소녀는 맑은 웃음으로 수진의 더운 머리를 식혀주었다.

소녀는 수진에게 많은 얘기를 했다. 이야기는 대부분 수진에게 전혀 익숙지 못하거나 구경도 해보지 못한 일들이었지만, 그러나 그는 그녀가 그런 이야기를 할 때의 맑은 미소를 함부로 방해하고 나설 수가 없었다.

어떤 때는 그 화사한 미소에 엉뚱스런 절망감마저 느껴질 지경이었다.

 차례가 바뀌어 수진이 이야기를 시작할 때의 그녀의 표정은 더한층 맑고 신비로웠다. 수진은 그러니까 그녀의 이야기가 아니라 그의 이야기를 들을 때의 그녀의 눈 때문에 소녀를 만나고 있었는지도 모른다. 수진이 하는 이야기는 늘 한 가지뿐이었다. 그것은 바다의 이야기였다. 이상하게도 소녀는 아직 바다를 구경한 일이 없었다. 하긴 수진도 K시로 와서야 세상에는 바다가 없는 곳이 있을 수 있다는 것을 처음 알았듯이, 애초부터 바다를 모르는 소녀가 그 바다를 가보지 못한 것은 조금도 이상해할 일이 아닐 수도 있었다. 하지만 어쨌거나 소녀는 수진의 바다 이야기를 무척이나 좋아했다. 그녀는 결코 수진의 바다 이야기에 싫증을 내는 일이 없었다. 그리고 수진 또한 소녀가 갖지 못한 것, 알지 못한 것, 이야기할 수 없는 것은 바다뿐이라는 것을 알고 있었기 때문에 언제나 그 바다의 이야기만 하였다.

 바다의 이야기는 수진으로서도 결코 지치는 일이 없었다. 그가 바다 이야기를 시작하면, 소녀도 그 커다랗고 맑은 눈동자 속에 바다를 그리기 시작했다. 먼 꿈에라도 젖어 들어가듯 눈빛이 달콤하고 신비스럽게 변해갔다. 그러는 그녀에게 수진은 바다의 모든 것을 빠짐없이 그리고 열심히 설명했다. 햇볕 따가운 날의 돛단배와 태풍에 미친 파도의 이야기를, 마을 앞바다의 물 때와 침몰선과 그 바다를 내려다보는 마을의 정자나무, 그 정자나무 아래 모인 마을 사람들의 이야기를, 전쟁과 둑 일과 피난민들의 이야기를, 투전판과 개구리잡이와 싸움질에 관해서까지도. 그리고 그런 모든 일들이 일어나는 마을에서 바다를 내려다보던 시절의 자신의 이야기를, 그 바다가 얼마나 아름다운 것인가를. 더욱이 그 침몰선이 금방이라도 다시 먼 바다로 떠나갈 듯이 물결에 천천히 흔들리고 있는 모습들을 빠짐없이 모두 이야기해주었다.

　소녀의 눈은 그럴수록 더욱 안타깝고 신비로운 빛을 띠어갔다. 그리고 수진은 거기서 거꾸로 그의 바다를 보게 되곤 했다.

　바다— 수진은 그 소녀의 눈에서 자신의 바다를 볼 수 있었다. 아니 그 눈 속의 바다는 실제보다도 더 아름답고 신비스러워 보였다. 소년은 그 소녀의 눈 속에 더욱 아름답고 분명한 바다를 심어주기 위해 계속 더 열심히 그 바다 이야기를 했다. 그러면서 그녀의 눈 속에서 하루도 빠짐없이 그의 바다를 보았다. 수평선에 얹힌 듯, 그래서 바다로 나가려는 것인지 마을 쪽으로 포구를 타고 올라오려는 것인지 분간하기 어려운 그 침몰선이 그의 머릿속에서 지워지는 날이 없었다. 그 침몰선이 하루에 두 번씩 드나드는 조수(소녀는 그것을 특히 신기해했다)에 더욱 자태를 선명하게 드러내기도 했고, 어떤 땐 따갑고 맑은 햇볕 속에 눈이 부시도록 하얗게 빛나고 있기도 했다.

　그런데 이윽고 이상한 일이 일어났다. 소녀의 눈에서 언제부턴지 갑자기 그 바다의 그림자가 사라져가기 시작했다. 그것은 수진이 소녀에게 그 진짜 바다를 구경시켜주고 난 뒤부터였다. 그것도 언제나 그가 자랑해오던 그 고향의 마을 앞바다를.

　소녀는 가끔 진짜 바다를 한번 보고 싶다고 했다. 수진에게 그 바다를 직접 자신의 눈으로 보게 해달라고 조바심을 치며 졸라댔다. 수진도 의당 소녀에게 언젠가는 그걸 보여줘야 하리라 생각하고 있었다. 그녀 앞에 자랑스레 바다를 설명해주는 자신의 모습을 그려본 일이 한두 번이 아니었다. 하여 어느 해, 그러니까 그가 고등학교 3학년이 되던 해의 여름방학이 되자, 수진은 마침내 그 즐겁고 오랜 꿈을 실현할 결심을 했다. 그리고 그 소녀를 데리고 왕자처럼 당당하게 마을로 돌아왔다.

그러나 참으로 이상한 일이었다. 마을로 돌아온 바로 그 순간부터 수진은 뭔가 이상한 느낌이 들기 시작했다. 침몰선은 물론 아직 떠나가지 않고 있었다. 마을의 정자나무도 무성하게 여름을 받아주고 있었다. 휴가병 하나가 아직도 그 정자나무 아래서 아이들을 상대로 농지거리를 하고 있었다. 수진은 그러나 뭔가 자꾸만 이상한 느낌이 드는 것을 어쩔 수가 없었다. 바닷물은 그의 이야기로 소녀의 머릿속에 심어주었던 것처럼 푸르지 못했고, 침몰선은 그렇게 먼 수평선 위의 꿈같은 모습이 아니었다. 정자나무 아래 모인 사람들도 그리 정다워 보이지 않았으며, 한낮의 골목길은 그늘도 없이 조용하기만 했다.

이상한 느낌은 그뿐만이 아니었다. 소녀에게 그는 무슨 큰 빚이라도 진 것처럼 이것저것 열심히 이야기를 했지만, 자신은 그럴수록 싱겁기만 할 뿐, 신비롭거나 아름다운 것이 아무것도 없었다. 소녀가 수진의 말에 동의를 해주어도, 그는 그녀가 마지못해 치렛말 대답을 하고 있는 것뿐이리라 지레 혼자서 미안해지곤 하였다. 아닌 게 아니라 소녀의 표정이 K시에서 그 수진의 이야기를 듣고 있을 때보다 왠지 더 냉랭해 보인 것도 사실이었다. 수평선을 바라보는 눈이 그때처럼 안타까운, 아득한 꿈같은 것을 담지도 않았고, 밀물과 썰물을 보고도 별로 신기해하지 않았으며, 정자나무 아래 사람들의 이야기에 호기심을 갖지도 않았다. 그러곤 마치 못 올 데를 온 사람처럼 골목길도 잘 나가려지 않은 채 그의 누이와 하룻밤을 지내고 나서는 날이 밝자마자 도망치듯 K시로 다시 떠나가고 말았다.

소녀를 떠나보내고 나서 수진은 속으로 안절부절이었다.

그리고 비로소 그녀에게 수없이 많은 거짓말을 하고 있었던 자신을 깨달았다. 뿐만이 아니었다. 그는 자신에게까지도 그 거짓말을 수없이 되풀이하고 있었던 것 같았다. 전쟁에 관해서, 바다에 관해서 그리고 그 침몰선에 관해서. 그는 이미 옛날에 모든 진상을 깨닫고 있었음이 분명했다. 그는 어렸을 때의 그 불가사의한 일들의 비밀의 해답을 알아낸 지가 오래였다. 바다는 그렇게 푸르거나 맑지가 않으며 침몰선은 영원히 떠나지 못하고 그 자리에 삭아 없어지거나 가라앉고 말리라는 것을, 그리고 그 배가 물길을 막고 있기 때문에 마을에 횡액이 많다는 것도 모두 거짓말이라는 것을. 한데도 그는 그것을 감추고 소녀에게 거짓 꿈같은 이야기들만 해온 것이었다. 그는 아무래도 견딜 수가 없었다.

방학을 절반도 지내지 못하고 수진은 다시 K시로 갔다.

수진을 본 소녀는 전처럼 여전히 상냥하게 미소를 지어 보였지만, 역시 기다리던 바다의 이야기는 꺼내지 않았다. 수진은 더욱 풀이 죽을 수밖에 없었다. 몇 번을 망설인 끝에 간신히 용기를 내어 소녀에게 지난번 그녀의 여행과 바다에 대해서 물었다. 어떤 대답을 듣게 되더라도 묻지 않을 수가 없었기 때문이다. 그런데 그에 대한 그녀의 대답은 예상보다도 더욱 무참스런 것이었다.

"수진은 바다 이야기밖에 할 줄 모르나 봐."

소녀는 그를 들여다보며 걱정스러운 듯이 말했다.

수진은 그만 까무러칠 듯 깜깜한 절망감을 느꼈다. 그는 거의 마음을 가눌 수가 없었다. 그래 오히려 바다의 이야기를 그녀 앞에 횡설수설 더 길게 늘어놓고 말았다. 그리고는 겨우 정신이 들었을 때 조심조심 다시 소녀를 바라보았다. 소녀는 부드럽게 웃고 있었다. 그러나 그 눈에는 이제 바다의 그림자가 드리워 있지 않았다. 바다가 없는 소녀의 눈은 웃음기도 오히려 잔인스럽게만 느껴졌다. 소녀의 미소는 수진을 즐겁게 하지 못했다. 그것은 오히려 수진을 더욱 심한 낭패감으로 몰아넣을 뿐이었다.

—수진은 바다 이야기밖에 할 줄 모르나 봐.

그 웃음 속에 숨겨진 핀잔기가 그토록 아프고 무참할 수가 없었다.

그녀의 눈엔 정말 바다가 없었다. 바다가 없는 그녀의 눈에서 수진이 찾아낼 수 있는 것은 아무것도 없었다.

그해 가을 수진은 결국 마을로 돌아오고 말았다. 대학은 내게 맞지 않는다— 이번에는 자신과 마을 사람들에 대해 그런 변명을 앞세우고서였다.

그는 마을로 돌아온 뒤로는 사람들 앞에 모습을 드러낸 일이 드물었다. 그는 대개 방 안에 들어박히거나, 근처 숲 속으로 들어가

지내는 때가 많았다. 어쩌다 그 정자나무 아래로 모습을 나타낼 때도 있었지만, 이젠 옛날처럼 그곳 사람들의 이야기에 귀를 기울이려 하지 않았다.

그는 맘속으로 소녀를 미워했다. 그리고 그 바다를 원망했다. 그러나 그는 미워하고 원망하는 마음으로 지내기가 더 견디기 어렵다는 것을 알았다. 그는 소녀를 미워하지 않게 되기 위하여, 바다를 원망하지 않게 되기 위하여 방에서는 책을 읽고 숲 속에 앉아서는 바다를 생각했다. 바다뿐만이 아니라, 침몰선과 전쟁과 그 길고 긴 마을 청년들의 정자나무 아래의 이야기들에 관해서 생각했다. 그러면서 어렸을 적 자신을 되돌아보았다.

그러나 소녀를 용서할 수는 없었다. 그는 자신이 바다에 대해서, 그 바다의 침몰선에 대해서 자신과 소녀에게 거짓말을 해온 이유를 이제 어슴푸레 느끼고 있었다. 그것은 그 정자나무 아래의 마을 청년들이 아이들 앞에 수없이 많은 거짓말을 해가며 어른이 되어가는 것과도 비슷한 일이었다. 수진이 바다를 너무 아름답게 생각하려는 허물은 소녀가 이 세상 어디에 엄청나게 경이로운 세계가 있으리라 상상하고 그것을 바라는 것과 비슷한 것이었다. 그 꿈이 사실이 아닌 것은 누구의 허물이 될 수도 없었다. 그 꿈을 깨는 것 역시 누구의 허물이 될 수 없었다. 굳이 허물을 따져야 한다면 그건 양쪽에 똑같이 책임이 있었다. 누구도 허물로 생각지 않아온 것을 소녀가 용서하지 못한 것뿐이었다. 소녀에 대한 미움과 원망이 결코 사라질 것 같지 않았다. 그는 마치 대단치도 못한 가문의 내력을 잔뜩 과장해 자랑하다가 뒤늦게 무안을 당하고 만 사람의 기분이었다. 그리고 그럴수록 거꾸로 바다를 다시 변명하고 싶은 마음이 되살아났다.

 그는 소녀를 원망하고 미워하는 만큼, 침몰선의 먼 항해를 다시 꿈꾸려고 애썼다.

 그는 다시 정자나무께로 나와 앉아 바다를 자주 내려다보았다. 혼자 그렇게 앉아 있을 때도 있었고, 휴가 중의 청년을 둘러싸고 앉은 아이들 속에 함께 섞여들 때도 있었다. 하지만 그는 이제 전쟁에 관해선 꽤 많은 사실들을 알고 있었으므로 청년들의 이야기(이제 그것은 전쟁 이야기가 아니지만)엔 별로 귀를 기울이는 일이 없었다. 그는 그저 그러고 앉아서 이제는 자신이 알고 있는 선종(船種)들을 상기하면서 혼자서 곰곰 침몰선의 정체를 생각했다.

 그러는 동안 그는 이제 학교를 다시 가지 않게 되었으므로 더벅머리를 기르기 시작했다. 더벅머리가 이마와 귀를 덮어 내려왔을 때 그는 그 머리를 뒤로 빗어 넘겼다. 그러자 마을 사람들은 이제까지의 '수진' 대신 '자네'라든가 '총각' 따위로 그를 다시 고쳐 부르기 시작했다. 그것은 이를테면 이제까지의 '수진'보다 지칭력이 훨씬 약했고, 그만큼 그는 보통 명사 무리 속으로 정연하게 섞여들어가고 있는 느낌이었다. 그는 그것이 적잖이 서글펐다. 그렇다고 이제 와서 머리를 다시 깎을 수는 없었다. 수진은 이제 그런 자신을 잘 알고 있었다. 그런 생각들 속에 바다도 전처럼 좋아할 수가 없었다. 그 침몰선을 조금씩 알게 되면 알게 될수록 바다는 더욱더 좋아질 수가 없었다.

 그런데 그 무렵 어느 날, 바람이 몹시 불고 파도가 세차게 일고 있던 그날 밤 새벽녘, 그 바람과 파도들의 소동 때문에 잠을 이루지 못하고 있던 마을 사람들은 오랫동안 잊어버리고 있던 어떤 무서운 소리를 다시 듣게 되었다. 그 소리는 물론 아직 호롱불을 지키고 앉아 있던 수진도 들었다.

다음 날 아침 수진은 또 마을 앞 간척장의 둑이 갈라진 것을 보았다. 몇 년 동안 바닷물을 잘 지켜주던 튼튼한 둑이 어느 때보다 더 크게 갈라져 있었다. 침몰선이 가로막고 앉아 있던 포구의 흰 물 띠가 제방 안까지 뻗어 올라와 있었다. 지금 막 이삭을 내밀던 벼들이 바닷물에 흠뻑 잠겨 있었다. 사람들은 오히려 아무 말도 하지 않았다. 무슨 생각에선지 고개를 끄덕이는 사람까지 있었다. 이젠 그 침몰선에 대해서조차 말을 하지 않았다.

며칠이 지나자 간척지의 벼 포기들이 바닷물을 먹고 꺼멓게 타기 시작했다. 바닷물이 썰물 져 밀려 나가면 넓은 개펄이 갑자기 가을을 맞은 듯 흑갈색을 드러냈다. 그것은 물론 가을녘 들판처럼 고운 색깔이 아니었다. 지저분하고 더러웠다. 그곳으로 잠겨드는 그 바닷물도 지저분했다. 그걸 씻어 내려간 앞바다까지 온통 다 더러워진 느낌이었다.

바다는 정말 언제부턴지 점점 지저분하고 더러운 모습으로 바뀌어가고 있었다. 마을 사람들은 다시 둑 일을 시작하려고 하지 않았다. 더러운 바닷물은 언제까지나 그 더러운 방둑 안을 제멋대로 드나들도록 버려두어지고 있었다.

그러나 마을의 정자나무 아래에는 아직도 늘 휴가병 청년들이 조무래기 아이들에게 둘러싸여 앉아 있었고, 그들은 또 그 아이들에게 옛날과 다름없이 이야기를 들려주곤 하였다. 하지만 이제 그들의 이야기는 자신들도 어렸을 때 그곳에서 몇 번씩이나 들었을 법한 것이었다. 그것은 마치 고인 늪의 물처럼 언제나 지루하고 불결스럽기까지 하였다. 그래서 그 지루하고 불결스런 나태감을 벗어나려는 듯 청년들은 가끔 히득히득 기분 나쁜 웃음까지 웃어대어 자신들의 이야기를 그 지저분하기만한 마을 앞바다보다도 더 퀴퀴하고 불결스런 것으로 만들었다.

"빌어먹을! 전쟁이라도 났으면!"

그들은 가끔 씨부려대었다.

그리고 옛날에 싸움터에까지 갔다가 마을로 돌아와, 이제는 여러 아이들의 아버지가 된 사람이라도 그 자리에 끼게 되면 그들은 다시 이렇게 투덜댔다.

"그때는 오히려 좋았겠어요! 이건 뭡니까."

하긴 그럴 수밖에 없는 노릇이기도 하였다. 그들은 진짜 싸움 이야기는 알지를 못했고, 게다가 그 우스개 군대 놀이의 이야기들에는 자신들도 입이 닳아 맥이 빠졌기 때문이었다. 자신들에겐 정말로 신나는 이야기가 없었기 때문이었다.

그러자 언제부턴지 그 정자나무 아래 모인 사람들의 이야기에 배의 이야기가 다시 끼어들고 있었다. 이번에는 마을로 돌아온 휴가병들이 아니라, 아이들과 몇몇 어른들이 조금씩 그 이야기를 시작했다. 그것은 물론 그 침몰선의 정체를 설명하려는 것이었는데, 그 이야기는 지금까지 수없이 되풀이된 상상 속의 배, 수평선에 얹힌 그 환상적 추리들보다 훨씬 사실적이고 믿을 만한 것이었다.

침몰선은 말하자면 마을 사람들이 지금까지 숨어 머물러 있게 해놓은 자신의 환상으로부터 모처럼의 탈출을 감행하고 나선 격이었다. 또는 그 배가 멀고 먼 수평선으로부터 눈에 띄기 쉽게 훨씬 가까운 곳으로 다가서 왔다고 할 수도 있었다. 이제 사람들은 그 배의 크기와 용도에 대해서는 별로 이야기하지 않았다. 그것은 벌써 문제가 되지 않은 옛날얘기로 되어 있었다.

 사람들은 그 배의 조타실과 침실, 그리고 심지어는 부엌의 구조와 화장실 같은 것에 대해서까지 제법 구체적으로 이야기를 했다. 어떤 사람은 그 배의 옛 주인들이 버리고 간 비품들의 종목(갑판에 아직 뒹굴고 있는 로프며 녹슨 칼자루, 또는 임자를 알 수 없는 군모 등등……)에 각별한 관심을 기울이기도 했다.

 또 어떤 사람은 그 배가 침몰하지 않을 수 없었던 이유에 관련해서 배의 밑바닥 균열을 내세워 열심히 설명했다. 그러면서 이제는 배 안에 물이 고여 그 밑바닥의 균열을 찾아낼 수 없게 된 것이 아쉬울 뿐이랬다. 그러자 또 다른 사람은 그 배는 애초에 침몰한 것이 아니며, 단지 수심을 잘못 측정하여 실수로 뻘판에 좌초됐던 것이라고 새로운 사실을 주장하고 나섰다. 그러나 그 배는 그동안 너무 긴 세월이 흘러 이제는 밑바닥이 모두 삭아 달아나고, 남아 있는 벽에도 뻘물이 타고 올라와 조개들이 붙어 사는 지경이라는 거였다.

 그러나 그 어느 이야기도 출처가 분명한 건 하나도 없었다. 몰라서 출처를 대지 못하는 사람도 있었고, 어떤 사람은 부러 이야기를 피했다.

그러나 배는 이제 그런 식으로 조금씩 비밀을 하나하나 벗어갔다.
 거기다 또 어느 날은 갑자기, 마을을 아주 떠나갔던 사람 하나 가 다시 동네를 찾아 들어온 일이 있었다. 그 사람은 옛날 개구리 를 잡다 말고 공사판 일을 시작했던 옹진 사람이었다. 그리고 거 기서도 오래지 않아 제일 먼저 마을을 떠나갔던 사람이었다. 옹진 에서 왔든 다른 어디서 왔든, 피난민들은 한번 마을을 떠나가면 절대로 다시 돌아오는 법이 없었다. 한데 유독 그 사람만이 혼자 서 마을로 다시 돌아온 것이었다. 더욱이 그는 이 마을의 누구보 다 좋은 옷을 입고 좋은 살결을 하고 있었다. 돈도 마구 헤프게 써 댔다. 그러면서도 그는 마을 사람들의 물음에는 그저 대개 '그럭저 럭'이라고만 말하거나, '볼일이 조금 있어서 근처까지 왔다 가……' 식으로 애매하게 대답을 흘려 넘길 뿐이었다.
 그러나 며칠 뒤에 수진은 그 사내가 마을을 찾아온 이유를 알았 다. 그리고 그것은 수진이 지금까지 배에 관해서 듣고 생각하고 알아차리게 된 마지막의 일이 되었다. 왜냐하면 바로 그 며칠 뒤 에, 수진은 지금까지 마을의 아이들이 모두 그랬듯이 이번에는 그 자신이 스무 살이 되어서 마을을 떠나야 할 차례였기 때문이다.
 "하하, 잘못 왔지, 내가."
 하루아침은 사내가 일찌감치 정자나무께로 나와 앉아 이젠 아무 것도 감출 것이 없다는 듯 커다란 목소리로 지껄여대고 있었다. 알고 보니, 그는 다름 아닌 고철 장수였다. 그것도 그저 쇠붙이가 붙어 있는 공짜 폐품이나 버려진 고철들을 맨손으로 주워 모아다 한꺼번에 팔아넘기는 공짜 장사꾼이었다. 그는 그런 쇠붙이를 찾아 전국 곳곳을 누비고 다니는 중이었다. 이번에 그가 마을을 찾아온 것도 바로 그런 쇠붙이를 위해서였다. 물론 그 앞바다에 버려진 침몰선을 생각하고서였다.

하지만 그는 일찍부터 그 일에 눈을 뜬 바람에 이제는 제법 한밑천을 끌어 모은 여유만만한 고철꾼이었다. 침몰선 수색에 허탕을 치고도 그는 그만큼 대범스럽고 여유가 있었다.

"그것 참, 쇠붙이라곤 단 한 조각도 남아 있질 않았어요. 게다가 지독한 것은 쓸 만한 나뭇조각까지도 깡그리 모두 떼어가버렸더구먼. 왼통 10년 묵은 도깨비집 광이야. 내가 잘못 알고 왔어. 이 마을을 말야요."

자신의 심중을 모두 털어놓고 나서 사내가 짐짓 애석하다는 듯, 그러나 한편으론 통쾌하다는 듯 지껄여댄 소리였다. 그는 그리고 나서 그날로 미련 없이 마을을 떠나갔다.

그리고 그 며칠 후엔 수진도 마침내 마을을 떠나갔다.

1년쯤 지나서 수진은 다른 사람들처럼 군인 제복을 입고 마을로 돌아왔다. 그러나 그의 옷차림은 어딘지 허술하고 시원치가 못했다. 그는 마치 긴 여행을 하고 돌아온 사람처럼 피곤해 보였다. 정자나무 아래서 아이들은 언제나처럼 그를 둘러쌌는데, 그는 거기 그렇게 아이들에 싸여 앉아서도 무엇인지 몹시 피곤하고 난감스러운 듯 맥 빠진 얼굴만 하고 있었다.

바다와 침몰선이 거기 아직도 그를 기다리고 있었지만, 그 바다와 침몰선에 대해서도 그는 아무런 말이 없었다. 아니 그는 그것들이 아직 거기에 있는 것조차 알아보지 못한 듯 이제 조금씩 돋아오기 시작한 턱수염만 무심스레 만지작거리고 있었다.

그러다 그는 끝내 아무 말이 없이 흐느적흐느적 혼자 집으로 내려가고 말았다.

그리고 수진은 마을을 다시 떠나간 날까지 정자나무께엔 한번도 모습을 나타내지 않았다.

(『세대』 1968년 1월호)

석화촌

1

"별녜—?"

거무는 대꾸를 얻지 못한 일정한 시간을 기다린 다음 거의 규칙적으로 별녜를 부르고 있었다. 듣기에 따라서 거무는 이미 별녜의 대꾸를 단념해버린 것 같았다. 그러나 언제까지나 그렇게 되풀이되고 있는 그 무관심한 듯한 부름이 별녜를 더욱 답답하고 견딜 수 없게 했다.

"……"

별녜는 여전히 장화를 벌컥거리며 돌을 심는 데만 정신을 모으려고 했다. 거무의 속을 알고도 남았다.

"별녜?"

"……"

숨이 칵 막혔다.

그녀는 밀려드는 장벽 같은 것을 완강히 되밀쳐내듯 주위에다 계속 상념의 성을 쌓아갔다.

—거무는 돌을 잘도 심는구나. 솜씨가 날래고, 심어놓은 돌이 오뚝오뚝 가지런하고…… 한데 내가 심은 것은 전부 드러누운 형국이고 지저분하고…… 물이 차구나. 물, 물이 차구나……

그러나 그녀는 생각을 길게 이어나갈 수가 없었다. '찬물' 한 곳에서 생각이 자꾸 맴돌아버렸다. 손길은 벌써부터 일거리 따위는 느끼지도 못하고 있었다. 물이 차가워서가 아니었다. 그녀에게는 이 석화밭을 일구는 일뿐 아니라 이미 세상의 모든 것이 끝나버린 셈이었다. 중요한 것은 돌을 심는 게 아니었다. 그것은 아무 소용도 없는 일이었다. 어떻게 거무에게 눈치채이지 않고 밤까지 온전히 기다릴 수 있느냐가 문제였다. 밤만 되면—모든 것이 끝나게 되어 있었다. 석화밭도, 마을 사람들의 저주도, 거무의 조짐도, 그리고 망설임도…… 그러나 그때까지는 잊고 싶었다. 괴로움은 곧 그녀를 망설이게 했으며, 그녀는 그 망설임에서 밤까지 결심을 지켜낼 자신이 없었다. 그러나 거무는 그런 별녜의 속을 헤아릴 턱이 없었다. 자꾸만 그녀에게로 다그쳐들고 있었다.

"그럼, 너……?"

그가 갑자기 언성을 돋우며 허리를 폈다. 별녜도 따라 허리를 펴면서 힐끗 거무를 스쳐보았다. 그리고는 그 눈길을 슬그머니 용머리산 봉우리 쪽으로 밀어 올려버렸다. 파란 하늘을 이고 선 산봉우리에 한 점 솜처럼 흰구름이 걸려 있었다. 그 산봉우리에서 시선을 끌어내리다가 그녀는 한 점에서 다시 눈길을 머물렀다. 거기 50여 채의 초가들이 마치 장마 뒤의 고목나무 밑동에 돋아난 버섯처럼 오르르 모여 앉아 있었다. 그리고 용머리산은 조금 더 다리를 뻗어서 바다에다 발을 담그고 있었다. 별녜는 이윽고 가는 한숨을 내쉬었다. 그리고는 여태 그녀의 거동만 우두커니 지키고 서 있는 거무에게로 얼굴을 돌렸다. 거무는 이상하게 두려워진 듯 허리를 굽혀 다시 돌을 심기 시작했다. 별녜도 허리를 굽히며 돌을 집었다. 거무는 다시 그 별녜를 부르지 않았다.

사흘 전, 한번 바다로 나가면 달포씩이나 물에서 지내곤 하던 거무가, 부르기나 한 듯이 보름이 채 못 되어 배를 끌고 나타나주었을 때 별녜는 부여안을 듯이 그를 반겼었다. 사정이 그만큼 절급했다. 무엇보다 바닷가에 모아 쌓은 돌무더기를 실어다 던질 배가 없었다. 그렇다고 별녜로서는(그것은 별녜가 아닌, 마을의 누구도 마찬가지였을 것이다) 마을의 석화장(石花場) 일에 혼자서 손을 개고 앉아 있을 수가 없었다.

마을에서는 원래 용머리산 골짜기로 쌀농사를 조금 짓거나 비탈에다 몇 뙈기씩 밭갈이를 하는 사람도 있었지만, 대개는 나이 찬 남자들이 배를 끌고 멀리 청산도 앞바다까지 나가 한때를 보아오는 편에 더 많이 등을 대고 지내는 형편이었다. 그러나 그 누구도 석화철만 되면 마을로 돌아와서 석화 일에 매달렸다.

그런데 그 석화장 일이라는 것이 생각해보면 답답하기 그지없었다. 우선 석화장의 주인 강 씨가 보통 모진 사람이 아니었다. 그는 한 마을 사람이 아니었다. 위인은 그 용머리산 너머 성곽처럼 높고 깊은 탱자나무 울타리에 둘러싸인 그의 외딴 과수원집에서 별로 얼굴을 내미는 일이 없이 지냈다. 그러나 위인은 그 깊은 집안에 들어앉아서도 이 마을 사람들의 돈주머니를 마음대로 만져볼 수 있는 손을 가지고 있었다. 위인이 원한다면 그는 그 주머니를 열게 할 수도 있었다.

석화장은 그 강 씨 개인의 소유였다. 마을 사람들은 강 씨로부터 식구 수에 따라 몇 줄씩 석화를 따다 알을 까선 그것을 다시 강 씨에게 팔아넘겼다. 그래서 강 씨로부터 수확권을 산 값과 다시 그 알을 강 씨에게 판 차액에서 노임에 해당한 이득을 보는 것인데, 그나마 재수가 나쁘면 손해를 보는 수도 있었다. 그것은 강 씨가 수확권을 너무 비싸게 팔고 알맹이는 터무니없이 싸게만 사들이려고 하기 때문이었다. 그러나 강 씨는 석화철마다 그 장사로 재미를 톡톡히 본다는 뒷소문이었다. 그가 사 모은 석화를 다시 도회지 근방 상인에게 넘길 때는 배를 내밀고 흥정을 할 수 있기 때문이었다. 아닌 게 아니라 강 씨는 석화밭을 하면서 얼마 되지 않는 용머리산 골짜기의 논밭이란 논밭은 모조리 사버렸고, 지금은 무슨 생각에선지 그 민둥산의 중턱까지 몽땅 자기 소유로 만들어놓고 있었다. 그러나 어쩔 수가 없었다. 석화밭은 강 씨네 것뿐이었고, 그래서 마을 사람들이 수확권을 살 때는 그 알맹이를 다시 강 씨에게 넘긴다는 조건을 마다할 수가 없었다. 강 씨는 그렇게 돈에 밝고 또 철저했다. 그리고 그의 수완은 언제나 이 마을을 앞질렀다. 그 석화밭의 내력만 보아도 그의 선견과 수완은 짐작이 될 일이었다. 지천으로 나뒹구는 용머리산의 바윗돌을 모아 실어다 바다에 던지는 일에서 마을 사람들은 그 품삯 정도로 만족했기 때문에, 지금은 자기 손으로 일군 석화밭을 그것도 수확권만을 사서 알을 까가지곤 그 알을 다시 강 씨에게 팔아넘기지 않을 수 없게 된 데다, 후년에도 되풀이 그 수확권을 다시 사야 했다. 그 덕에 강 씨는 해마다 용머리산을 점점 더 높은 데까지 사 올라갔다.

 그러나 누구에게나 한 가지 근심은 있는 법. 어려서부터 도회지 근방에서만 지내던 강 씨의 큰아들이 몇 달 전 어떤 몹쓸 병을 얻어가지고 여자도 없이 홀몸으로 고향집으로 돌아왔다. 그리고 강 씨는 그때부터 산 좋고 물 좋은 이 마을 앞 해변 한쪽에 조그만 움집을 세우고 그 아들을 요양시켜오고 있었다. 그러니 자연히 마을에선 그런 어려운 병퉁이를 하필 남의 동네 앞에다 끌어다 모실 게 뭐냐고 그 움집을 적잖이 꺼려해온 터였다.

 그래저래 마을에선 강 씨를 곱게 보는 사람이 하나도 없었다.

 마침 그런 참에 누구의 생각이었는지 금년 들어서는 마을의 석화밭을 따로 갖자는 의견이 돌았다. 그리고 그 일로 마을 회의가 몇 번씩 열리고 하더니 초가을부터는 온 마을이 나서서 바닷가에 돌을 끌어다 모으기 시작했다.

 뿐만이 아니었다. 그러다 며칠 전 마을에서는 드디어 앞바다의 개펄이 집집이 분배되었고, 다음 날은 수많은 색헝겊의 깃대가 개펄에 가득히 꽂혔다. 그 깃대는 석화밭을 일굴 뻘판의 소유권을 표시하는 것이었고, 밀물이 차오른 다음엔 돌을 실어다 던져 넣을 수중 표지물이기도 하였다.

별녜도 그간 돌을 모았고, 마을 회의에서 드러나게 꺼리는 기색을 보였는데도 결국 스무 줄분의 뻘판을 얻어냈다. 대신 그녀는 처음부터 그녀를 달갑잖아 하는 마을 사람들을 멀리하여 돌무더기도 눈길이 쉽게 가지 않는 곳(그곳이 바로 강 씨 청년의 움막 근처였다)에다 만들었고, 뻘판도 마을 사람들과는 한참 외떨어진 곳을 얻었다. 그리고 다음 날 그녀는 노랑색 저고리 천헝겊을 장대에 높이 매달아 자기 구획지의 한 귀에 꽂아 세웠다. 그러나 그다음이 문제였다. 마을에서는 곧 일을 시작하여 돌을 실어내다 심는데도 별녜로서는 그걸 실어낼 방법이 없었다. 배를 빌릴 수 있으리라곤 그녀 자신도 생각지 않았다. 자기들 일이 바쁜 탓이기도 했다. 그러나 마을 사람들이 모두 배를 가지고 있는 것은 아닌데도 다들 돌을 실어내는 것은 배를 서로 빌리고 있기 때문이었다. 그러나 그녀는 배를 빌릴 수가 없었다. 사람들은 별녜가 석화밭을 끝내 만들 수 없게 되기를 바라고 있었다. 아니, 별녜가 마을에서 아주 싹 없어져주기를 바라고 있었다. 마을의 모든 사람들은 그녀를 미워하고 저주했다.

억울했다. 별녜는 며칠 동안 돌더미만 지키고 있었다. 그때 거무가 배를 몰고 돌아와주었다. 그러나 생각해보면 그때 거무는 자신과 별녜를 위해 그의 배에 행운을 싣고 온 게 아니었다. 오히려 그 배는 어느 때보다 더 무거운 거무 자신과 별녜 두 사람의 슬픈 운명을 싣고 온 셈이었다.

"성녀—"

거무가 견디지 못한 듯 다시 그녀를 불렀다. 목소리가 아까보다 훨씬 낮고 부드러웠다. 별녜는 이제 거무의 말을 더 피할 수 없을 것이라고 생각했다. 자기의 이름을 성녀라고 부를 때 그것은 거무가 가장 힘든 이야기를 하려는 것이었다. 그리고 그는 무슨 일이 있어도 그 이야기를 하고 마는 성미였다.

잠깐 뭍을 밟아보고는 보름씩 한 달씩 바다에서만 지내며 그녀의 아버지는 누구보다 별과 친해져 그랬는지, 또는 친척이 없어 마을에서 늘 업신여김을 당한다고 한탄해오던 끝에 별처럼 많은 손(孫)이라도 보고 싶어 그랬는지, 딸아이의 이름을 스스로 '별녜'라고 지어 불렀다. 그런데 나중에 면 호적계 직원이 사람의 이름은 꼭 한문자로만 써야 하는 것으로 생각했던지, 거기다 또 '예(禮)' 자까지 잘 생각이 나지 않았던 탓엔지 '별녜'를 '성녀(星女)'로 기재해버린 때문에 별녜의 호적명은 성녀가 되어버렸다. 그러나 그 뜻하지 않은 변이 있기 전 마을 사람들이나 그녀의 양친에게는 '성녀'보다 '별녜'가 더 익숙해 있어서 대개는 그녀를 별녜라고만 불렀다. 별녜라는 이름을 준 그녀 아버지 안 노인의 뜻이 어느 것이었는지는 모르지만, 뜻밖의 변으로 바다의 원귀가 될 때까지도 두 노인 내외는 끝내 '성녀'라는 이름을 외면한 채였다. 그 '성녀'가 유독 거무에게만은, 그것도 가장 힘든 이야기를 꺼낼 때만 부르는 하나의 신호로 남아 있는 것이다.

"작은 배로는 이제 아무것도 할 수 없어. 이번에도 빈 배로 돌아오지 않았어?"

빈 배는 아니었다. 별녜는 생각했다. 너는 네가 싣고 온 것이 얼마나 무서운 것인지를 모른다.

"나는 뱃놈이다. 죽어서나 육지에 묻힌다. 늬 아버지가 한 말이다. 그것도 재수 없으면 물귀신이 되는 수도 있고…… 하지만 막말로 너는 뱃놈의 딸이다."

별녜는 뻘판에 엎드린 채 이미 멎어버린 숨이 다시 살아나기를 기다리듯 가만히 눈을 감고 있었다.

—거무…… 그래서 나는 너를 기다렸어. 그러나 너는 아무것도 모른다. 어떻게 말을 한단 말이냐.

부우 하는 뱃고동 소리에 별녜는 간신히 눈을 떴다. 두 다리 사이로 바다가 거꾸로 보였다. 뻘판 너머로 띠처럼 길게 누운 바다에는 지금 막 여객선 한 척이 유자섬 뒤로 숨어들고 있었다. 가을 들어 날씨가 쌀쌀해지자 여객선들은 확성기의 그 흥겨운 노랫가락조차 끄고 황황히 뱃길을 재촉해 달아나곤 했다.

별녜는 돌멩이 하나를 집어든 채 허리를 펴고 일어섰다. 끝나 있는 석화밭이 석 줄, 아직 돌이 반 줄분 요량은 남아 있었다. 허나 그게 무슨 소용이랴 싶었다. 그녀는 이제 그 석화밭에서 굴을 따는 일은 생각할 수도 없었다.

멀고 가까운 뻘판에는 마을 사람들이 허옇게 널브러져 있었다. 쌀쌀한 바람기에 입들을 다물어버렸는지 말소리는 들리지 않고 색헝겊 깃대들만 우우 바닷바람을 받고 울어댔다. 그녀는 장화를 벌컥거리며 다시 허리를 굽혔다. 손이 발갛게 얼어왔다. 그러나 아직 몸으로 스며드는 추위는 아니었다. 그녀는 돌을 심기 시작했다. 아무렇게나 심는 게 아니었다. 일정한 간격으로 석화가 붙을 면적이 넓게, 될수록 뻘 위로 솟아오르도록 하면서도, 바닷물에 씻겨 넘어지지 않게 뿌리를 단단히 박아야 했다. 그런데 그게 잘 되지 않았다. 거무가 지나간 곳에 비하면 별녜의 것은 그냥 돌들이 늘 편히 드러누워 있는 형국이었다.

"말을 해봐. 할 말이 있을 게 아냐? 모른 체하려고 했지만 엊저녁 그때도 너는 날 생각하고 있지 않았어."

별녜는 깜짝 놀란 듯 잠시 거무 쪽을 건너다보았다. 그러나 금방 다시 돌일을 계속했다.

거무에 대해서 별녜가 궁금해하던 것은 그가 사흘 전 배를 끌고 돌아왔을 때부터 확실해졌다. 더욱이 어젯밤 돌을 실어다 던지고 난 다음 거무는 빈 배에서 그녀가 아직 미심스러워하던 것을 다시 확실히 해주었다. 거무는 으레 별녜가 기다렸으리라 믿었던 듯 이젠 더 기다릴 수가 없다고 했다. 배를 타고 나가는 일에서 요행수만 바랄 수는 없고, 그렇다고 이제 돌을 던지는 석화밭에서 석화가 돋아 자라기를 기다릴 수도, 또 그럴 필요도 없는 일이라고―갈대밭에 배를 끼워놓고 두 사람은 머리 위에서 크게 흔들리는 밤하늘의 축복을 받았었다. 거무는 깊은 바다 밑으로 가라앉듯 그녀의 속으로 가라앉아 들어왔다.

그런데…… 거무는 그녀가 다른 생각을 하고 있었다는 것이다. 하기는 별녜도 그때 거무를 생각했다기보다는 그녀대로의 꿈을 꾸고 있었던 듯도 싶었다. 사실 그때부터 아침까지의 기억이 별녜는 모두가 꿈속의 일만 같았다. 꿈치고는 참으로 무서운 악몽이었다. 마을로 올라갔다 불현듯 다시 옷을 걸치고 식칼을 쥐고 내려와 모래 위까지 끌어 올려진 배 밑을 정신없이 쪼아 구멍을 내놓은 일들이 모두 꿈속에서 일어난 일들 같았다.

거무는 이제 웬만큼 할 말을 다하고 입이 쓰거운 듯 잠잠히 돌만 심고 있었다. 밀물이 올라오기 시작했는지 바닷바람이 더 거세지고 파도 소리가 멀리서 아우성처럼 다가들고 있었다. 별녜는 그 소리 가운데에 뭔가를 알아들으려는 듯이 긴장하고 있었다. 그러다 그녀는 이윽고 그것을 확인한 듯 이번에는 또 슬그머니 거무 쪽을 스쳐보았다. 그 눈길에 은밀스런 독기 같은 것이 숨어들고 있었다. 그리고 그 눈길에 다시 서서히 고통기가 떠오르며 그녀는 제풀에 머리를 깊이 떨구었다.

―어머니는 기다리고 있는 거다.

물귀신이라는 것을 별녜는 애시당초 믿고 싶질 않았다. 다른 사람을 주저앉혀 대신 물귀신을 만들어놓지 않고는 영영 저승으로 가지 못하고 물속에서 다른 사람을 기다려야 한다는 물귀신을 별녜는 생각만 해도 무섭고 진저리가 쳐졌다. 그러나 마을에서는 그 물귀신을 끔찍이도 믿었다. 원래 물귀신은 앉은뱅이 귀신이어서 바다를 마음대로 돌아다니지 못한다고 했지만, 언제부턴가 사람들은 그 말엔 아랑곳없이 다른 귀신을 찾아 온통 바다 밑을 헤매고 다니는 것으로 생각하기 시작했다. 사람이 바다에 빠져 죽는 일이 한곳에서만 아니라 여기저기서 생겨났기 때문인지 모른다. 괴상한 일은 진짜로 마을에서는 거의 매년 한 사람씩 바다귀신이 되어가는 변고였다. 그러면 전부터 기다리고 있던 물귀신은 비로소 물에서 나와 저승길을 떠나가게 된다고들 했다. 그래서 흉변을 당한 집은 마을에서 따돌림을 당했다. 남은 식구들은 사람들에게 공포를 주었고, 그래서 마을의 흉가가 되었다. 자기 집 물귀신이 저승 길을 가게 하려고 하루 빨리 새 물귀신이 되어가도록 마을 사람을 저주하는 때문이랬다.

그러나 별녜는 믿고 싶지 않았다. 조금밖에 다녀보지 않고도 알게 된 일이었지만, 학교의 선생님도 그런 것은 바보짓이라 했다. 그래서 별녜는 더욱 그것을 믿으려 하지 않았다. 그러나 그런 그녀가 결국 물귀신을 믿도록 만들어버린 것은 그녀의 어머니 정 씨였다.

깊고 먼 바다를 다녀와서도 끄떡없던 아버지 안 노인이 어느 날 놀이 삼아 거무와 건너편 유자섬으로 해삼을 건지러 간 것이 비운의 시초였다. 안 노인은 그 깊지도 않은 물엘 한번 들어갔다간 웬일인지 영영 다시 솟아나오지 않고 만 것이다. 너무나 어이없는 일을 당하고 난 정 씨가 노인의 몸을 건져다 묻고 난 이틀 후에 이번에는 그녀가 다시 자취를 감춰버렸다. 꼬박 하루를 온 마을이 나서서 찾았으나 정 씨의 행적은 알 길이 없었다. 그때 한 노인이 유자섬으로 가보라고 했다. 놀라운 것은 그때 유자섬의 변두리 한 바위 위에서 정 씨가 나란히 벗어놓은 고무신이 발견된 것이었다. 바위 아래는 안 노인이 물속으로 잠겨들어간 바로 그곳이었다. 정 씨가 안 노인의 혼령이 물귀신을 면하게 하려고 대신 물귀신이 되어간 거라고 했다. 처음에 그곳을 가보라던 노인의 생각도 물론 그런 것이었지만, 옛날에도 이미 한번 그런 일이 있었다고 했다.

별녜에겐 선생님의 말이 거짓말이 되어버렸다. 아니 그것은 참말이라고 해도 상관없었다. 그때부터 별녜는 차가운 바닷물, 바닷바람, 파도 소리, 바다의 모든 것에서 물속을 헤매고 있는 어머니를 느끼기 시작했다. 그녀는 또한 흉변을 당한 집 사람들이 받아온 마을의 수모를 이번에는 자신이 직접 견뎌야 했다. 별녜는 정말로 그 어머니 정 씨의 혼령을 구해내고자 소원한 때문이었다. 그러나 그것은 다른 여느 사람들의 경우와 같은 저주는 아니었다. 이상한 말이지만 그것은 거무에 대한 사랑이었다.

바닷물이 어느새 발을 덮고 밀려 들어왔다. 나무 껍데기, 물거품, 지푸라기 같은 것들이 물 끝을 따라 지저분하게 몰려들었다. 그 물 끝의 차가운 감촉으로 별녜는 어머니의 추운 혼령을 느꼈다.

개펄의 사람들은 뭍으로 나가고 있었다. 해가 빛을 쏟아버리고 기진한 듯 서쪽 바다 위에 벌겋게 충혈되어 있었다. 돌은 아직 남아 있었다. 물에 잠기기 시작한 돌들은 뾰죽뾰죽 솟아 나와서 밀려오는 물을 맴돌리고 있었다. 거무는 물이 차오른 것도 알지 못한 듯 부지런히 돌을 심고 있었다.

별녜는 다시 허리를 굽혀 물속에서 돌을 쥐었다.

별녜의 곁에 나중까지 남아 있어준 것은 거무 한 사람뿐이었다. 그뿐 아니라 어젯밤 거무는 별녜가 그녀의 어머니 정 씨에 관한 소원과 상관하여 그에게 마음 깊이 기다리고 있던 어떤 생각을 확실히 해주었다. 거무는 그녀를 사랑하고 있었다. 하긴 거무에게 그런 모든 것은 미리부터 정해진 운명이었는지도 모른다. 거무가 별녜와 살림을 차리고자 한 것은 그의 말대로 그가 뱃놈이 된 때문이었고, 그가 뱃놈이 된 것은 별녜의 아버지 안 노인 때문이라고 했다. 그리고 거무가 안 노인으로부터 뱃놈의 딱지를 받게 된 것은 마을 앞바다를 지나다니는 여객선 때문인 것이 확실했다.

여객선들은 마을에서 30리쯤 나가 다시 바다 쪽으로 굽어든 회진포를 드나들었다. 목포 쪽에서 오는 것은 바다 오른쪽 끝에서 나타나 회진포로 들어갔고, 부산, 여수 쪽에서 오는 여객선은 회진포 쪽 바다 왼쪽으로부터 나타나 오른쪽 끝으로 사라졌다. 거무나 별녜들은 어려서부터 그 여객선들이 멀리서 나타나고 또 멀리 수평선을 넘어가는 것을 하염없이 바라보며 자라났다. 그 배를 타고 오가는 사람들에 대해 이상한 공상을 가져보기도 했다. 그러나 둘이는 한번도 그 여객선을 탄 사람을 본 일이 없었다. 자신들이 그 배의 손님이 되어 멀리 바다를 떠나가본 일은 더더구나 없었다.

거무가 배를 타게 된 것은 그런 공상들이 상관된 듯했다. 그건 물론 확실하지 않은 일일 수도 있었다. 마을의 어떤 다른 집 형편과도 마찬가지로 거무네의 살림도 끼니를 안심할 정도는 못 되었고, 더욱이 그는 세 아들 중의 막내로, 귀염을 받지 못한 막내가 대개 그러하듯 고집이 제맘대로였으니까. 그게 아니라 해도 상관은 없었다. 어쨌든 이 마을에서는 어렸을 때부터 누가 배를 탔건 아무것도 이상할 것이 없는 것이다. 하지만 그 모든 아이들이 고통스럽지 않게 쉽사리 바다로 나갈 수 있었던 것은 확실히 그 여객선의 공상 같은 것이 누구에게나 있었기 때문일 것이다.

초등학교를 별녜보다 한 해 앞서 걷어치우고 나서 거무는 누구보다 일찍 배를 탔다. 그 배는 물론 여객선이 아니었다. 그러나 그것은 여객선보다 더 깊은 바다를 나가는 안 노인의 외돛 목선이었다. 배는 멀리 바다를 나갔다가 보름이나 한 달씩만큼 지난 다음에 다시 마을로 돌아오곤 했다. 그러나 거무는 결코 지친 얼굴을 하는 일이 없었다. 한차례씩 바다를 나갔다 올 때마다 그는 더 의젓해졌고, 며칠을 쉬고 나면 안 노인을 따라 다시 바다로 나가곤 했다.

그러던 어느 날 바다 한가운데서 안 노인이 거무의 손을 쥐어보고 노질로 손바닥에 딴딴한 못이 박힌 것을 알고는,

"넌 이제 뱃놈이다"

하고 웃지도 않고 말했는데, 거무는 자신이 아주 뱃놈이 되고 만 것은 바로 안 노인의 그 말 때문이라고 하였다. '시째(삼남이라는 뜻)'라는 그의 이름이 '거무'로 바뀐 것도 그 무렵 안 노인으로부터 였다고 했다. 뱃사람들은 대개 물귀신이 되지 않게 해달라고 부적을 지니거나 그 부적의 효험을 대신할 만한 별명을 지니는데 '거무'는 그런 목적으로 안 노인이 지어준 이름이었다. 거무(거미)라는 놈은 물 위를 빠지지 않고 기는 놈이니 절대로 물귀신이 될 염려가 없으리라는 뜻이었다.

거무는 그 안 노인을 끝끝내 떠나지 못했다. 그리고 노인 내외가 그처럼 두려워하던 물귀신이 되어간 뒤로는 자신이 노인의 물길을 이어받았다. 그는 이제 혼자서 안 노인의 배를 타고 바다로 나갔다. 그리고 옛날의 안 노인처럼 차츰 말이 없어져갔다. 그가 그렇게 늘 무엇을 생각하고 있는지는 아무도 알 수가 없었다.

형들의 말은 원래부터 귀를 막고 자란 성미였지만 별녜에 관해서는 더구나 말이 없었다. 그러니까 그가 별녜와 상관되고 있는 확실한 일은, 이렇다 말이 없이 별녜네 배를 계속해서 쓰고 있는

것뿐이었다. 별녜는 기다렸다. 그녀와 무슨 인연을 가진 것은 오직 그 한 사람뿐이었기 때문일까. 그녀는 그가 언젠가는 말을 하게 되리라고 생각했다. 둘이서 함께 살림을 차리자고. 그것을 오랫동안 기다려왔노라고. 그가 말이 없는 것이 오히려 별녜에게 그런 확신을 갖게 했다. 그러나 별녜는 초조하고 불안했다. 어머니를 생각하면 더욱 그랬다. 아니 그것은 모두가 어머니 때문이라고 해도 좋았다. 어쨌든 그 기다림은 끝이 없을 것 같았다.

그런데 이번엔 거무가 모든 것을 확실하게 해준 것이다.

그리고 그것을 알았을 그때부터 별녜는 무서운 꿈속을 헤매듯, 또는 무거운 짐에라도 눌린 듯 참담스런 자기 싸움이 시작되고 있었다.

2

바닷가는 크고 작은 햇불들이 한데 엉켜 길게 띠를 만들고 있었다. 엉킨 불 띠에서 다시 새끼를 치듯이 작은 불빛들이 멀리까지 바다로 흘러 나갔다. 기동이 빠른 축들이 벌써 모아둔 돌을 싣고 석화밭께로 나가는 중이었다. 다음 날 낮에 심을 돌을 밤으로 미리 실어다 던져놓으려는 것이다. 바닷가엔 이 일 말고도 1년에 한두 번씩 불잔치를 벌였다. 겨울 한때 강 씨네 터에서 석화를 건져낼 때도 마을이 뒤집혀 나와 밤바다를 밝혔고, 그 석화 껍데기가 모아져 겨우내 햇가마에서 연기를 뿜고 나면 이듬해 봄엔 또 어디선가 큼지막한 배가 그 횟가루를 실으러 오곤 했는데, 그때도 마을에선 밤낮없이 횟가루 부대를 배까지 져 내리느라 온통 밤길과 바닷가를 불빛으로 밝혔다.

별녜들도 낮에 끌어올린 배에다 돌을 싣고 있었다. 그러나 두 사람은 돌무더기가 외떨어져 있기 때문에 그 횟불 무더기에는 끼어 있지 않았다. 따로 불을 밝히지도 않았다. 그 때문에 별녜는 거무가 아무 눈치도 알아차리지 못한 것이 우선 안심이었다. 그러나 거무는 무언지 별녜에게 섣불리 말을 붙일 수 없는 수상한 기미를 알아차렸음인지 아까부터 계속 입을 다물고 있었다. 어찌 보면 화를 내고 있는 것 같기도 했다. 식식거리며 돌을 한꺼번에 몇 개씩 메고 가 아무렇게나 쿵당쿵당 배에다 던졌다. 그럴수록 별녜는 속을 쥐어짜듯 초조하고 불안한 마음을 주저앉히려 일을 더 차근차근 침착하게 추려나갔다. 결국엔 모두 다 실어내고 말 돌멩이를, 그래 봐야 석화밭까진 일구게 되지도 못할 돌멩이를 우선 크고 모가 진 것부터 차례차례 골라다 실었다. 그 완강한 침묵이 두 사람에게 쉴 새 없이 돌을 나르게 하고 있었다.

이윽고 거무가 손을 쓱쓱 비비며 모래밭으로 풀썩 주저앉아 담배를 피워 물었다. 별녜가 마지막으로 한 덩이를 더 들고 가서 던져 넣으려다 보니 배에는 이미 돌이 가득 실려 있었다. 별녜는 여태 그조차 알아차리지 못하고 있었다. 그녀는 손에 든 돌멩이를 바닷가로 내던져놓고는 배를 흔들어 물 깊이를 어림해보았다. 배가 꿈쩍도 하지 않았다. 별녜는 그냥 뱃전에 걸터앉았다. 물이 더 차오르기를 기다려야 했다. 열 걸음도 못 떨어져 앉은 거무의 모습은 잘 보이지 않고 어둠 속에 이따금씩 담뱃불만 숨을 쉬고 있었다. 그 불빛에 거무의 얼굴이 희미하게 떠오르곤 했다.

"누가 오늘 낼 사이에 또 숨을 마지막 쉬게 될 거다. 별녜—"

거무가 느닷없이 불쑥 말했다. 그런대로 목소리만은 무척 부드러웠다. 거무는 두 사람 중에 말을 끊게 한 것이 자기였던 듯, 또 지금까지 속이 상해 있었던 것은 별녜가 아니라 자기였던 듯 사과라도 하고 싶어 하는 것 같은 목소리였다. 그러니까 거무가 지껄인 말은 실상 별 뜻이 없었을 것이지만, 그때 별녜는 아주 숨이 멎어버리는가 싶을 만큼 놀라고 있었다. 그러나 거무는 별녜가 놀라는 기색을 알아볼 리가 없었다. 그는 별녜가 당장 화를 풀어버리리라곤 기대하지 않은 듯 담배를 한번 깊게 빨아 삼킨 다음 혼잣말을 계속했다.

"어젯밤, 불이 나갔다는디 꼬리가 없었다니 남자불인 모양이라."

별녜는 또 한번 놀랐다. 사람이 죽기 전에는 반드시 그 눈에서 밤에 혼불덩이가 나간다고 했다. 불이 나가면 그 불의 임자는 대개 사흘을 넘기지 못하고 죽거나, 아주 기력이 좋은 사람이라야 3년 정도를 살 수 있다고 했다. 상사(喪事)가 있을 때마다 마을에서는 하루나 이틀 전에 그 혼불을 보았다는 사람이 한둘씩 나타나곤 했다. 그런 소문은 대개 상사가 생긴 다음에 알려졌지만 그것은 이웃의 불길한 조짐에 부러 입을 다물고 있었기 때문이랬다. 불이 나갔다는 소문이 먼저 마을에 돌고 나서도 별다른 일이 없이 지나갈 때가 있었지만, 그런 때는 뒷이야기가 흐지부지해져버리거나 그 불의 주인이 퍽 용력 있는 사람쯤으로 여겨졌다. 그런데 그 혼불은 남자일 경우 그냥 둥근 불덩이지만 여자의 것은 출렁거리는 꼬리를 달고 있으며, 어느 것이든 불이 떨어진 곳에 육신을 묻어주면 고인은 명당을 얻는 것이라고 했다. 별녜는 그 혼불이라는 걸 본 일이 없었다. 그리고 그 거무의 말도 전에 가끔 있었던 그런 헛소문의 하나일지 알 수 없었다. 그러나 별녜는 그런 게 문제가 아니었다.

거무는 무심결에 자신의 운명을 말하고 있었다. 아니, 그는 어쩌면 모든 것을 다 눈치채고 있었으면서 일부러 그녀를 골려대고 있는 것 같기도 했다. 가슴이 새삼 섬뜩해왔다. 지금이라도 당장 그 거무에게로 달려가 매달리며 모든 일을 실토해버리고 싶었다. 그러면 거무도 그녀를 다 용서해줄 것 같았다. 그녀가 거무에게 그런 무서운 생각을 품게 된 것은 거무의 속마음을 몰랐을 때였으며, 어젯밤 그가 자기 속을 확실히 해주었을 때부터는 제물에 무섭게 가슴을 떨어오지 않았던가.

"불이 바다 쪽으로 가서……"

때마침 어디선가 어둠을 뚫고 가늘게 들려온 휘파람 소리만 아니었더라면 그녀는 정말 거무에게로 달려가 모든 것을 털어놓고 말았을지도 모른다. 그런데 그때 어둠 속 어디선가 문득 휘파람 소리가 들려오고 있었다. 거무는 그 소리에 갑자기 말을 끊고 주의를 잠시 그쪽으로 돌렸다.

별녜는 새삼 정신을 놓아버릴 뻔한 자신에 놀라며 몰려드는 파도 소리에 귀를 기울였다. 수만 개로 찢어진 어머니 정 씨의 아우성이 거기 섞여 있었다. 그녀는 마음을 다지듯 두 손을 뒤로 짚고 얼굴을 쳐들었다. 거기에도 어머니 정 씨의 얼굴 흔적들이 수없이 많았다. 그녀는 열심히 어머니를 생각했다. 가을로 들면서는 밤하늘을 쳐다보는 일이 적기는 하지만 오늘 밤엔 유난히 큰 별똥들이 흐르고 있었다. 시아버지 밥상을 들고 가다가 뒤로 몹쓸 소리를 내어 언제나 얼굴을 발갛게 붉히고 있다는 며느리별(그 별은 확실히 다른 별보다 붉은 것 같았다), 머슴들이 보리타작 도리깨질을 하고 있다는 둥글게 둘러선 마당별, 아버지가 언제나 밤바다의 뱃길을 잡는다던 북극성…… 어느 것에나 어머니의 목소리와 그림자가 스며 있었다. 그런저런 이야기와 밤바다를 지나가는 멀고 차분한 뱃고동 소리와 돌멩이에 신비스럽게 돋아나는 석화와 용머리 산의 물줄기, 그 모든 것들은 바로 어머니의 흔적이었고 별녜 자신의 성장의 흔적들이었다. 그녀는 다시 마음속이 몹시 뜨거워옴을 느꼈다. 그 어머니밖에 거무의 생각은 자취도 없이 사라져버렸다. 그녀는 역시 거무에게 이야기를 하지 않은 게 다행스러웠다. 휘파람 소리 덕분이었다. 그녀는 그 휘파람 소리를 알고 있었다. 그러고 보니 별녜는 휘파람 소리와 그 소리의 주인이 이상하게 자기를 가까이서 간섭해오고 있는 느낌이 들었다.

하늘이 서서히 움직이기 시작했다. 비로소 배가 떠오르기 시작한 낌새였지만, 별녜는 아직 거무를 재촉하지 않았다.

"흥 저자로군. 저자의 별이야. 어젯밤에 나간 것은……"

거무가 중얼거렸다. 그 소리는 마치 이날 밤 자기에게 다가들고 있는 무엇을 그 휘파람 소리의 주인에게 떠맡기려 하는 것처럼 들렸다. 하긴 늘상 바다로만 나가 지내온 거무도 그 휘파람 소리에 관해선 종종 이야기를 들어온 터이니까. 그것은 다름 아닌 강 씨 청년이었다. 그 강 씨 청년의 휘파람 소리가 어둠에 차츰 길이 익숙해지듯 갈수록 가깝게 들려왔다.

3

 드르륵드르륵, 노 끝이 물 밑의 바닥을 몇 차례 긁어대더니 배가 드디어 방향을 잡고 무겁게 바다로 밀려 나가기 시작했다. 거무는 여유 있는 동작으로 노를 저었다. 돛은 내려져 있었고 별녜는 배에 가득한 돌무더기 위에 웅크리고 앉아 있었다. 그녀는 이제 곧 자신이 하려는 일을 다짐해보듯 배가 떠나기 전 일부러 뭍으로 걸어 나가 그 땅을 한번 더 밟아보고 온 참이었다.
 ―아아! 이제는 정말 마지막이구나!
 마을 쪽 바닷가의 횃불 덩어리에서는 여전히 새끼 불들이 바다 복판으로 흘러가고 있었다. 별녜들의 뱃길은 물론 그곳과는 조금 다른 쪽이었다.
 어느새 잘게 출렁이던 물결이 배를 업고 꿈틀거리듯 굵게 넘실거렸다. 휘파람 소리가 별녜를 놓치지 않으려는 듯 어둠을 뚫고 멀리까지 쫓아오고 있었다. 거무조차 짐작하지 못한 별녜의 속셈을 그 휘파람은 알고 있는 것 같았다.
 강 씨 청년은 그 본집에서 딸려 보낸 계집애 하나가 잔시중을 들어주고 있을 뿐, 다른 가족이 그 움집을 찾아오는 일은 거의 없었다. 병은 정말 모진 병인가 보았다. 움집 근처는 괜스레 으스스한 기분이 돌아서 그곳을 지나가야 할 사람도 일부러 길을 피해 가곤 했다. 어쩌다 그 움집 앞을 지나다 잠깐 들여다본 사람들의 말로는 그 좁은 방이 책과 약병으로 빼곡히 들어차 있어서 약 냄새가 근방까지 가득할 정도인데, 움집 행색으로는 방 안이 퍽 정결하게 살펴져 있더라는 거였다. 마을에서는 강 씨가 돈자랑을 하느라 아들을 외지로 내돌리다 신세를 망쳐놓은 것이라고 더러 동정조가 되기도 했지만, 대개는 하필 거기다 움집을 세울 게 뭐냐고 못마땅해하는 축이 많았다.

그런데 그 당사자는 따로 할 일이 없어 그렇기도 하겠지만, 몸을 앓는 사람답지 않게 늘상 움집을 나와 바닷가 바윗돌에 기대앉아 바다를 바라보거나 하늘을 쳐다보고 있길 잘했다. 어떤 때는 하루 종일을 그러고 앉아서 무슨 소리에 귀를 기울이고 있는 것 같기도 했고, 때로는 밤까지 그러고 있다가 바다에서 들어오는 마을 사람들을 놀라게 하기도 했다. 마을에는 그와 면식을 가진 사람조차 없었기 때문에 청년의 그런 기벽에 관해선 한동안 속사연이 거의 알려진 것이 없었다. 그런데 심심하다 못한 그 심부름꾼 계집아이가 마을 사람들과 차츰 얼굴을 익히게 되면서부터 청년의 기행은 조금씩 사연이 알려지기 시작했다. 그러나 사연을 듣고 나도 그는 갈수록 알 수 없는 데뿐이었다.

"뻐꾸기가 우는 것인지, 노랠 부르는 것인질 생각하고 있는 거예요."

심부름꾼 계집아이는 언제나 그렇게 말했다. 청년이 늘 밖으로 나와 앉아 있는 것은 방에서 나는 약 냄새를 싫어하기 때문이라고 했다. 그리고 청년이 그러고 앉아서 귀 기울여 듣는 것은 뒷산에서 울어대는 뻐꾸기 소리라고. 계집아이는 그것이 틀림없다고 단언했다. 언젠가 청년이 그러고 앉았다가 문득 자기를 불러내더니, 뻐꾸기 소리가 울음소리와 노랫소리 어느 쪽으로 들리느냐 묻더랬다. 그야 우는 소리라고 그녀가 말했더니, 청년은 말없이 고개를 끄덕이곤 이내 또 혼자 생각에 잠겨들어버렸다고. 그러니까 그가 왜 그런 생각을 하는지는 계집아이도 모른다고 했다. 그리고 청년은 나중에도 여러 번 잊어버린 듯 같은 걸 다시 묻곤 하더랬다. 청년에 대한 그런 이야기는 금방 마을에서 우스개거리가 되었다. 사실 뻐꾸기 소리가 노래를 한다고 생각하는 것은 어이없는 일이었다. 뻐꾸기란 놈은 진달래가 필 무렵이면 뻐꾹뻐꾹 한나절씩 울어 목에서 피를 토해내서는 그 피로 진달래를 붉게 물들여 따먹고 다시 울어 피를 토한다고들 했다. 그래서 뻐꾸기를 두견새라고 하며 그 피를 물들이는 진달래를 두견화라고 부른다고 말하기도 했다. 피를 토하도록 울어대는 가련하고 슬픈 뻐꾸기의 울음이 노랫소리로 들리는 것은 이만저만 정신없는 사람의 귀가 아니었다. 그런데 청년은 거기다 한술을 더 떠서 그 뻐꾸기의 흉내질까지 내려 드는 형국이었다. 썩 나중에 알려진 일이지만 청년은 기침을 하는 병을 앓고 있다고 했다. 그런데 웬일인지 그는 오히려 기침을 돋우는 취미를 갖고 있었다. 휘파람을 즐겨 부는 것이 그것이었다. 그가 바다를 건너다볼 때나 하늘을 쳐다보고 있을 때 생각에 싸여 있는 모습이 아니면 그는 언제나 휘파람을 불고 있었다. 그 휘파람은 실상 그의 말대로 하자면 노랠 부르는 것인지 울음을 울고 있는 것인지 확실치가 않았지만, 그는 언제나 지나치게 극성스럽거나 반대로 지나치게 조용한 곡조들만 골라 휘파람을 불었다. 그런데 그러던 어느 날 새벽 심부름꾼 계집아이가 파랗게 질려서 마을로 올라왔다. 사람들이 아이를 따라 내려가보니 청년은 시뻘건 피를 토해 바윗돌을 물들여놓고 얼굴이 하얗게 되어 쓰러져 있었다.

하지만 별녜는 청년이 노상 하늘이나 쳐다보고 뻐꾸기 소리에나 귀를 기울이고 있는 괴상한 바보로는 생각되지 않았다. 그녀는 실상 청년을 두려워하고 있었다. 어느 때 청년은 계집아이로부터 마을 이야기를 다 듣고 나서 느닷없이 별녜를 한번 불러오라더랬다. 별녜는 틀림없이 누군가를 저주하고 있을 것이라고, 머리를 흔들면서 그런 몹쓸 병을 고쳐줘야겠노라고. 물귀신 따위는 있지도 않으며, 만약 있다고 해도 죽은 사람을 위해서 다른 산 사람이 죽을 수는 없는 것이라고, 계집아이는 눈치도 모르고 여러 사람 앞에서 그렇게 떠벌려댔던 것이다. 별녜는 물론 가지 않았다. 괜히 망측스런 생각이 들기도 했지만, 애초에 그녀는 거무를 저주하는 건 아니라 믿고 있었으니까.

그 일로 해서 청년은 바닷가에 나앉아 뻐꾸기 소리나 들으며 휘파람만 불고 있는 게 아니라는 것이 드러났다. 위인은 실상 세상사 모든 일을 환히 다 꿰뚫어보고 있을지도 몰랐다. 마을 일에 대해서도 샅샅이 다 알고 있으면서 부러 모른 체하는 것뿐일 거라고들 했다. 그래 위인은 물귀신도 두려워하지 않는다는 거였다. 그가 물에 빠져 죽는 일이 생긴대도 물귀신이 되지는 않을 거라고들 했다.

별녜는 역시 그가 귀수처럼 두려웠다. 그녀에 대해 그런 추측을 하는 것은 그 한 사람뿐이 아니었지만, 유독 청년의 그러한 단정은 위인의 괴상한 성벽 때문에 오히려 별녜 스스로도 헤아리지 못한 어떤 사실을 짚어보고 있는 것 같았다. 그것은 때로 잊어버리고 있던 별녜의 어떤 집념을 일깨워주기까지 했다.

배가 꽤 바다 깊이까지 나와 있었다. 뱃전 부딪는 소리들이 밤바다에 유난히 크게 울렸다. 자르륵자르륵, 거무는 크게 팔을 휘어감으며 일정한 동작으로 배를 저어 나가고 있었다. 어느새 휘파람 소리가 끊어지고 없었다. 바다가 너무 깊어 쫓아오질 못한 모양이었다. 그러나 그 휘파람 소리가 끊어진 것을 알고 나자 별녜는 새삼 가슴이 텅 비어버린 느낌이었다.

—거짓말이다. 알지도 못하고.

휘파람 소리는 계속해서 그녀에게 무엇인가를 간섭해왔고 그녀는 그 간섭에서 벗어나려 죽어라 용을 쓰고 있었던 것 같았다. 그러나 이제 그 소리는 물러가고 없었다. 그런데도 그녀는 아직도 계속 어떤 망설임에 쫓기고 있었다.

—아니다. 거무는 제 맘대로야.

휘파람 소리가 사라지고 나자 망설임은 이제 별녜 자신에게로 돌아왔다.

—거무가 맘대로라고?

그렇다면 뱃바닥에 구멍은 왜 뚫었지? 별녜는 계속 자신에게 물었다. 그리고는 제물에 깜짝 놀랐다. 그녀는 어느새 사라져버린 휘파람 소리의 편을 들고 있었다. 그러자 바닷속으로부터 어머니의 아우성이 다시 그녀의 고막으로 가득 밀려 들어왔다.

—거무는 내 남자니까. 어젯밤 그는 내 남자가 됐으니까. 아아, 나는 얼마나 그렇게 되기를 바랐길래.

그렇게 됐으면 그녀는 비로소 어머니를 위해 바다로 뛰어들 수 있었다. 그리고 사랑하는 사람들은 그가 사랑하는 사람을 위해 어머니가 하듯이 그렇게 하리라고 믿었다. 그러나 그녀는 애초부터 거무를 자기 대신 물속에 남아 있게 하려는 건 아니었다. 그녀는 무서웠다. 살아 있는 것과 또 그다음의 모든 것이 무서웠다. 거무가 언제나 그와 함께하기를 바랐다. 그녀가 어머니를 구하고자 소원하며 거무를 생각한 것도 그런 것이었다. 그러나 거무는 제 맘대로였다. 확실한 것은 다만 그가 이제는 별녜를 제 여자로 만들어놓은 것이었다.

—그가 따라 죽을 수 있다면 구멍은 뚫을 필요가 없었던 게 아니냔 말이다.

금방 그쪽 말이 옳은 것 같았다. 그러자 어머니의 함성이 다시 별녜의 정신을 빼앗았다.

—혼자는 무섭다. 그리고 거무는 어젯밤 내 남자가 된 거다.

별녜는 그 소리를 자신과 거무, 둘의 것으로 바꿔보려고 했다. 잘되지 않았다. 여전히 어머니의 울부짖음이 물소리에 찢기고 있었다. 별녜는 다짐하듯 생각을 간추렸다.

내가 뛰어든다…… 그러면 거무도 뛰어든다…… 그래야 한다…… 그는 내 남자니까…… 나를 가졌으니까…… 나도 그를 가진다…… 뱃바닥의 구멍이 그렇게 만들어준다…… 그러면 어머니는……

그러나 소리는 여전히 둘의 것으로 바뀌지 않는다. 거무가 별녜를 따라 뛰어들지 않고 머뭇거리고만 있었다.

그때 별녜는 엉덩이에 젖어 오르는 물기를 느끼고 번쩍 정신이 들었다.

—아아 물이 차올랐구나.

바닥에 깔린 돌더미 위로 물이 스며 올라와 있었다. 배가 이미 꽤 깊이 잠겨들고 있었다. 그러나 거무는 아무것도 모르고 무겁게 노질만 계속하고 있었다. 별녜는 벌떡 자리에서 일어섰다. 그 바람에 배가 좀 기우뚱하면서 한쪽으로 기울었다. 비로소 거무가 무슨 기척을 느끼고 별녜 쪽을 돌아다보았다. 그러고서야 배가 잠겨들고 있는 것을 알았다.

"어?"

그는 소스라치며 노를 던지고 발밑을 내려다보았다. 그리고는 번개처럼 이물로 쫓아가 양철통을 찾아들고 왔다. 이어 그는 덥석 돌무더기로 엎어져 돌을 걷어내기 시작했다. 별녜는 거무의 그런 모습을 멍하니 바라보고만 있었다. 문득 거무가 자기를 좋아하지 않는다는 생각이 들었다. 그리고 그녀가 거무를 기다린 것은 어머니를 위해서뿐 아니라 자기 자신의 바람, 얼핏 설명조차 할 수 없는, 훨씬 더 큰 소망을 지니고 있었던 때문인 것 같았다.

—살인이다…… 살인이다……

별안간 별녜는 거무에게로 덤벼들어 양철통을 빼앗아 들고 물을 퍼내기 시작했다. 그녀의 행동은 어젯밤 식칼로 뱃바닥을 쪼을 때처럼 반 꿈속을 헤매고 있었다. 정신없이 물을 퍼내어 바다로 던졌다. 거무는 그런 별녜를 이윽히 바라보고 있다가 마음을 다진 듯 냅다 다시 노를 잡고 배를 저어 나가기 시작했다. 배가 발작을 일으키듯 세차게 요동쳤다. 그리고 그녀가 물을 퍼내는 짧고 급박한 단속음에 내밀리듯 허둥지둥 어둠 속을 뚫어 나가고 있었다.

어느 때부턴가 별녜는 바닷물 소리에서 자신의 울부짖음을 듣고 있었다. 거기에 어머니의 소리는 사라지고 없었다.

자신만의 소리—

거기서 별녜는 거무의 소리를 찾아내려 애를 썼다. 정신없이 물을 퍼내며 그 바닷소리에서 자기의 것과 엉클어진 거무의 소리를 찾으려고 애를 썼다. 그러나 거기엔 끝내 별녜 자신의 울부짖음뿐이었다. 거무의 것은 없었다.

배가 점점 더 깊이 가라앉아 들어가고 있었다.

거무는 거기서 다시 노를 멈췄다. 그리고는 아주 노질을 포기한 채 돌더미로 달려들어 이번에는 그 돌들을 바다로 던지기 시작했다. 석화밭까지는 아직도 한참 더 가야 할 거리였다. 아무 데고 배가 밀리는 대로 돌을 집어던졌다. 돌 던지는 소리와 물 퍼내는 소리가 요란하게 엉켜들었다. 그러나 별녜는 그 낭자한 소란 가운데서 오로지 자신의 울부짖는 소리만을 듣고 있었다. 그럴수록 별녜는 더욱 날쌔게 팔을 놀려댔다. 배가 밀리고 있는지 그냥 머물러 있는지도 알 수 없었다.

이윽고 거무가 잠시 허리를 펴고 일어섰을 때는 둥실하던 돌무더기가 절반쯤으로 줄어 있었다. 그러나 배는 여전히 같은 깊이에 잠겨 있었다. 별로 물이 준 것 같지가 않았다. 거무는 잠시 머뭇거리는 듯하더니 다시 돌을 집어던지기 시작했다.

한쪽에서 뱃바닥이 드러나기 시작했을 때에야 별녜는 퍼뜩 물구멍을 생각해냈다. 그러자 그녀는 양철통을 버리고 위치를 어림하여 같이 돌을 들어 내던지기 시작했다. 한참 집어내고 나니 발밑을 스멀거리며 물이 솟고 있는 구멍이 드러났다. 그녀는 재빨리 발바닥으로 구멍을 막아섰다. 그리고는 잠시 거무 쪽을 살폈다. 거무는 아직도 미친 듯이 돌을 던지고 있었다. 그녀는 천천히 다시 양철통을 집어 들고 그사이 훨씬 불어오른 물을 퍼내기 시작했다. 물은 이제 더 이상 불어나지 않았지만 돌멩이는 거의 바다로 던져지고 있었다.

거무가 문득 손을 멈추고 일어섰다. 그리고는 물이 더 차오르지 않는 게 이상한 듯 눈을 두리번거리고 있었다. 그는 이제 정말로 물이 더 차오르지 않는 줄을 알자 비로소 별녜를 건너다보았다. 그리고는 넋이 나간 듯 다시 어둠 속에 우두커니 서 있기만 한 별녜 쪽으로 천천히 다가왔다. 그러나 그녀 앞에 이르러 무슨 말을 하려다 말고 거무는 얼어붙은 듯 갑자기 그 자리에 몸이 굳어졌다. 무엇이 거무를 그렇게 놀라게 했을까. 그것은 거무도 별녜도 알지 못했다. 분명 그 일은 거무가 흘끗 별녜를 한번 쳐다보고 난 다음이었다. 그러나 그때 별녜는 거무를 그렇게 놀라게 할 아무 몸짓도 생각도 하고 있지 않았다. 다만 그녀는 그때 아직도 고막을 치고 있는, 아니 오히려 아까보다 더욱 세차게 밀려드는 그 스스로의 숨 막힌 함성에 귀를 기울이고 있었을 뿐이었다. 다음 순간 거무는 와락 별녜를 밀어붙이고 허리를 굽혀 뱃바닥을 살폈다. 막혀 있던 물구멍에서 둥그런 물배꼽을 이루며 물이 솟아올랐다. 거무는 손가락을 내밀어 그 구멍을 살폈다. 그리고 한참 구멍을 들여다보고 있던 거무는 드디어 무슨 확증을 얻은 듯 천천히 몸을 일으키며 별녜 앞으로 다가왔다.

그가 이윽히 그녀의 눈을 들여다보았다. 별녜는 꼼짝도 하지 않고 그러는 거무를 쏘아보고만 있었다. 이윽고 거무는 별녜의 팔목을 와락 휘어잡고 그녀를 고물 쪽으로 끌고 갔다. 별녜는 그저 순순히 딸려 갔다. 거무는 한 손에 그녀를 움켜잡고 다른 한 손으로는 노를 쥐었다. 그리고 능숙하게 한 손으로 노질을 시작했다. 그런데 거기서 거무는 무슨 생각에선지 뱃머리를 바다 가운데로 돌렸다. 별녜도 이내 그걸 알아차렸지만 이미 그 속셈을 물을 엄두를 못 냈다. 열려버린 구멍에선 물길이 다시 세차게 치솟고 있었다. 거무의 숨소리도 점점 거칠어져갔다. 그리고 그것으로 별녜는 모든 것을 알아차렸다.

우악스런 덫에 발목을 치인 토끼모양 가만히 몸을 풀고 있던 그녀가 갑자기 발작하듯 거무의 팔을 뿌리치려 했다.

"거무, 아니야! 아니야!"

그녀는 몸부림치며 절박하게 외쳐댔다. 거무는 알아들었으니 잠자코 있으란 듯 아무 대꾸도 없이 그녀의 팔을 더욱 세차게 졸라쥐었다.

"아니야, 거무, 아니야!"

그녀의 목소리는 이제 애가 타는 애원이었다. 그런데 그때. 별녜는 문득 그 바닷소리에서 거무의 함성을 들었다. 그렇게 귀를 깊게 해 찾아도 들리지 않던 그 거무의 부르짖음이 들려왔다. 대신 이제는 자신의 소리가 어디론지 자취가 사라지고 없었다. 그것은 거무 한 사람의 것이었다.

"아니야! 아니야!"

별녜는 치를 떨며 외쳐댔다. 그러나 그 소리는 별녜의 생각을 아무것도 말해주지 못했으며, 거무의 생각을 조금도 바꿀 수가 없었다. 거무는 이제 별녜의 소리가 들리지 않는 듯 먼 밤바다의 어둠 속으로 시선을 보내고 있었다. 그의 눈에 이윽고 조그만 불빛이 비쳐들었다. 그것은 바다 복판을 지나가는 어느 배의 등불이었다. 그 등불이 거무의 눈에서 점점 더 밝게 빛나는 것 같았다.

배는 이제 가는 노 끝 하나로는 움직임이 어려울 만큼 물을 가득 먹은 채 천천히 바닷속으로 잠겨 들어가고 있었다.

"아니야, 거무……"

별녜는 목소리가 점점 속으로 기어들어가고 있었다. 그녀는 한동안 계속해서 입술을 조금씩 움직이고 있었지만, 종내는 더 이상 소리를 만들어내지 못했다. 그녀는 드디어 조용히 눈을 감았다. 그리고 마침내 자신의 안으로부터 들려 나오는 어떤 소리에 가만히 귀를 기울이기 시작했다. 그것은 분명 그녀의 안으로부터 들려 나오는 소리였다. 그리고 그것은 이제 두 사람의 소리였다. 서럽고 괴롭고 처량한 울부짖음, 거무와 자기 두 사람의 먼 함성이 꼬리를 끄며 다가왔다.

별녜는 이제 지극히 평온한 얼굴로 그 소리를 듣고 있었다. 그리고 그때 별녜는 문득 또 하나의 다른 소리를 들었다. 그러나 그녀가 번쩍 눈을 뜨고 마치 눈으로 그것을 찾아내려는 듯 두리번거렸을 때 소리는 거짓말처럼 다시 그쳐버리고 없었다. 그것은 너무나 가까이로 지나가는 강 씨 청년의 휘파람 소리였다.

그로부터 며칠 동안 거무와 별녜는 마을에서 모습을 볼 수 없었다. 거무가 늘상 바다를 나다니던 외톳 목선도 눈에 띄지 않았다. 그래 마을에선 두 사람이 아마도 어느 먼 데로 배를 저어 가버린 거라고들 생각했다. 하지만 아직도 그리운 게 있어서였을까. 어느 날 아침 두 사람은 그 먼 곳으로부터 다시 고향 마을로 돌아왔다. 그러나 이번에는 두 사람이 물론 배를 저어 돌아온 것은 아니었다. 배를 버린 채 이번에는 둘이 함께 물 끝을 타고 돌아와 있었다. 아직도 살아서 힘을 주고 있는 듯한 네 팔로 두 몸뚱이가 하나로 꼭 엉킨 채, 어느 날 아침 두 사람은 문득 그렇게 마을 앞 바닷가로 파도를 타고 밀려와 있었다.

(『월간중앙』 1968년 6월호)

매잡이

 지난봄 갑자기 세상을 등지고 만 민태준 형은, 그가 이승에 있었다는 흔적으로 단 한 가지 유물만을 남겨놓고 갔었다. 아는 이는 다 알고 있는 일이지만 그것은 별로 값지지도 않은 몇 권의 대학 노트로 되어 있는 비망록이었다. 우리는 그가 원래 시골집에 논 섬지기나 땅을 가지고 있었고, 처신에도 별로 궁기를 띠지 않았기 때문에 설마 옷가지 정도는 정리할 게 좀 남아 있으리라 생각했지만 사실은 그게 아니었던 것이다. 하지만 민 형의 임종 순간이 노트 몇 권밖에 남길 수 없을 만큼 비참한 것은 물론 아니었다. 나이 서른넷이 되도록 결혼 살림도 내보지 못한 민 형은 모든 것을 미리 알고 주변을 말끔히 정리한 다음 스스로의 임종을 맞았으리라는, 어쩌면 그 임종은 민 형 자신에 의해 훨씬 오래전부터 미리 계획되고 준비된 것인지 모른다는 주위의 추측이 유력했던 것이다. 하고 보면 그의 유품인 비망록은 그가 간 뒤에도 세상에 남겨두고 싶은 유일한 소지물이었음이 틀림없었을 거라고들 했다.
 한데 그가 죽은 뒤로 친구들을 가장 놀라게 한 것은 바로 그 초라한 유품 비망 노트였다. 이것도 웬만한 친구들 사이에는 잘 알려진 일이지만, 민 형은 소설을 한 편도 쓰지 않은 소설가로 통하고 있었다. 소설을 쓰다가 그럴 만한 사정이 있어 작품 활동을 중단했다든가, 무슨 문예 잡지의 추천 같은 것을 받았다든가 하는 일도 없는데 이상하게 우리는 그를 소설가로 불러왔던 것이다. 그리고 그 자신도 우리가 그렇게 불러주는 것을 전혀 불쾌해하지 않고 오히려 당연한 것처럼 여겼었다. 이유가 있기는 했다. 민 형은 언제나 소설에 대해서 열심히 생각하고 있었고 또 우리와 소설에 대해 많은 이야기를 했다. 그러나 가장 중요한 것은 그가 소설을 쓰려고 언제나 마음을 벼르고 있었다는 것이다. 그야 그는 소설을 벼르기만 했지 실제로 그것을 쓰고 있는 것 같지는 않았다. 하지만 언젠가는 필경 소설을 써내고 정말 소설가가 되고 말 것처럼 그는 소설에 대해 열심이었다. 우선 자기를 소설가라고 불러주는 일을 아무렇지도 않게 여겨온 것부터가 그런 증거였다. 이것은 민 형에게 썩 중요한 일면이기도 하지만, 그는 한번 어떤 식으로 자기를 규정하고 나면 그것을 아주 사실로 받아들여놓고 다시는 의심조차 해보지 않으려는 엉뚱한 구석이 있었다. 민 형이 자기를 소설가로 믿어버린 것은 그의 그런 엉뚱한 성미 탓이 아닌가도 생각되었다.
 하여튼 민 형은 그렇게 우리들의 기대를 받으면서 소설을 열심히 생각하고 이야기하고 그리고 쓰려고 늘 때를 벼르고 있었다.

하지만 그것만으로는 우리도 물론 그를 정말 소설가라고 하지는 않았을 것이다. 실제로 작품을 내놓지 않은 민 형에게 그런 말은 참을 수 없는 비웃음으로 들릴 수 있으리라는 점을 우리는 알고 있는 터였으니 말이다. 한데 우리가 그를 그냥 소설가로 마음 편히 부를 수 있었던 가장 좋은 구실은 그가 1년에 몇 번씩이고 어디론가 취재 여행을 하고 돌아온다는 점이었다. 실제로 작품을 쓰고 있는 우리들도 취재 여행은 그렇게 간단히 나다니질 못하고 있는 터에 민 형은 만사를 젖혀두고 자주 그런 일을 찾아다니곤 하였다. 별로 하는 일도 없이 하숙방에서만 지내던 민 형이 며칠 집을 비우고 없으면 그때는 영락없이 취재 여행 중이었다. 그러나 여행을 갔다 와서도 민 형은 그리 자세한 이야기를 하지 않았다.

"창원군 ×마을에 재미있는 이야기가 있다기에 가봤더니 차비 손해 봤다는 생각은 안 들더구먼."

그 정도로 말꼬리를 감추고는 그저 비실비실 웃을 뿐이었다. 나중에 알고 보니 그 여행 때문에 사실은 민 형의 시골집 땅뙈기가 다 날아갔다는 소문이었다. 하지만 민 형은 그 숱한 취재 여행의 어느 것 다음에도 정말 작품을 내놓지는 않았다. 소설을 쓰고 있는 눈치도 없었다. 그러다 그는 죽어버린 것이다. 그가 죽은 것도 병 때문이 아니었다.

그 무렵 민 형은 결핵으로 조금씩 각혈을 하고 있기는 했었다. 그러나 우리는 그에게 별로 낙망할 필요는 없다고 수없이 위로를 했고, 또 사실 각혈 정도의 결핵이라면 요즘의 의학이 충분한 구제의 가능성을 가지고 있었다. 한데도 그는 스스로 목숨을 끊어버린 것이다. 아마 그 경우에도 자기는 이제 정말 난치의 병에 붙들려버린 것이며 머지않아 자신은 흉한 시체가 되리라고 단정하고, 그가 단정한 것이면 무엇이나 재빨리 그 상태가 되어버리고 싶어하는 그의 성미대로, 민 형은 곧장 목숨을 끊어버린 것이라 생각되었다. 그러니까 모든 죽음이 그렇듯이 그의 죽음에 대한 좀더 중요한 부분은 전혀 알려진 바가 없는 셈이었다. 그런 가운데도 민 형이 죽은 뒤에 그가 남긴 조그마한 비망록이 친구들을 놀라게 했다는 것은 거기에다 그가 취재 여행에서 수집해놓은 소재들이 참으로 진기하고 귀중한 것들뿐이기 때문이었다. 전에는 소문으로밖에 별로 내용에 관해서 알려진 바가 없었던 몇 권의 비망록은, 그런 수많은 소재들에 관한 현지답사, 문헌 조사, 상상 그리고 의문점 들로 가득 차 있어서 취재 메모라기보다는 차라리 연구 노트 같은 것이었다. 그것은 대개는 산간벽지에 파묻혀 있거나 이미 사라져 없어진 민속, 설화, 명인거장 같은 것들에 관한 것이어서 지극히 얻기가 힘든 자료들일 뿐 아니라, 그것을 취재하는 태도도 족히 그 방면에 일가를 이룬 전문가의 면모를 엿보이게 하는 데가 있는 것이었다.

서커스 줄광대라든가 남해 고도의 어떤 늙은 나전공(螺鈿工), 또는 전라북도 어떤 정자(亭子)에 사는 여자 궁사(女子弓師)들의 이야기 같은 것들은 자료를 읽어나가는 것만으로도 금방 어떤 작품의 윤곽이 잡히는 것이었다.

그러나 안타깝게도 민 형은 그 어느 하나도 작품으로 다듬어내지를 못하고 만 것이다. 마치 그는 작가가 되는 것이 도저히 불가능하다는 내심의 깊은 절망을 달래기 위해 그의 일은 작품의 자료를 수집하는 것만으로 만족하려고 애를 쓰고 있었던 것처럼 그 자료만 수집하고 다녔던 것이다. 적어도 민 형을 알고 있는 우리 친구들은 그렇게 생각하고 있었다.

그러나 사실은 그렇지 않았다. 민 형은 한 편의 소설도 쓰지 않은 소설가는 아니었다. 그에게는 꼭 한 편, 그것도 우수한(내 생각으로는) 작품이 있는 것이다.

이제 나는 여기서 사실을 고백해야 할 것 같다.

실상 앞에 말한 모든 이야기는 지금 내가 말하려는 고백을 전제하면서 지금까지 주변에서 생각되고 있었던 사실들을 그대로 적었을 뿐인 것이다. 그리고 이것은 나 자신으로서는 그런 것들에 좀더 많은 것을 알고 있다는 말이 되겠다. 그것은 사실이다. 그리고 그렇다는 것을 나는 바로 오늘 아침에 알게 된 것이다.

아마 이 글을 읽는 사람은 '매잡이'라는 이 이야기의 제목이 눈에 익은 것을 먼저 알 것이고, 좀더 주의 깊게 생각했다면 나의 이름으로 발표된 소설 중에 이미 그런 제목이 하나 있었음을 기억해 냈을 것이다. 그리고 왜 같은 제목으로 또 이야기를 시작하는가 의심했을 것이다. 그러니까 '매잡이'라는 제목의 글은 이것으로 두 번째가 되는 것이다. 한데 한꺼번에 고백을 하자면 이 '매잡이'라는 제목의 글이 이번으로 세번째가 된다는 것을 말하지 않을 수가 없다. 앞서 말한 대로 벌써 발표한 '매잡이'와 지금 이 글을 합한 두 편은 물론 나의 것이다. 거기에 또 한 편이 있다는 말이다. 그래서 모두 세 편이라는 것이다. 그렇다면 그 다른 하나는 누구의 것인가— 그것이 바로 작고한 민태준 형의 것이다. 그것을 나는 오늘 아침에 비로소 나의 책상에서 찾아내게 된 것이다. 그것은 물론 아직 세상에 발표된 것은 아니다. 민 형이 소설을 한 편도 쓰지 않은 소설가가 아니라는 것을 안 것도 오늘 아침이었고 그 때문에 나는 다시 이 세번째 '매잡이'라는 제목의 글을 쓰게 된 것이니까.

하지만 이 세 편의 소설은 사실 거의 같거나 비슷비슷한 것들이다.

이제 나는 민 형의 그 기이한 소설이 어떻게 나에게로 들어오게 되었는가 하는 경위를 밝혀야겠다. 민 형의 죽음이나, 어째서 두 편의 같은 소설이 생겨났고, 거기다 또 내가 비슷한 소설을 하나 더 쓰려고 하는가는 거기에서 대강 이유가 밝혀질 수 있으리라 믿는다. 그러자면 먼저 제일 첫번의 나의 '매잡이'가 씌어지게 된 경위부터 이야기를 시작해야 할 것 같다.

지난 봄, 어느 날 나는 잠깐 나를 보고 싶다는 엽서를 받고 민 형을 찾은 일이 있었다. 물론 그전에도 나는 자주 민 형을 만났고, 그가 결핵에 대해 가지고 있는 지나친 절망감을 덜어주려고 애를 써왔기 때문에 그날의 엽서는 나에게 퍽 이상한 느낌이 들게 하고 있었다. 그러나 나는 나를 맞는 그의 첫마디에서 약간 안심을 할 수 있었다. 그의 얼굴이 전보다 훨씬 창백해진 듯했지만 그는 그런 것은 별로 의식하고 있지 않은 사람처럼 퍽 차분하고 사무적이었다.

"잘 와주었어. 좀 상의할 일이 있어서. 자네 작업에 도움이 될 것 같은 일인데."

어둡거나 초조한 빛이 조금도 없는 태도였다.

"무슨 횡재라도 할 땡순가?"

그가 단도직입으로 용건부터 꺼냈으므로, 나는 여느 사람을 만난 것처럼 그즈음 민 형의 건강을 묻지도 않고 바로 그 일이라는 것에 관심을 보였다. 그러자 그는 오히려 너무 중요한 일을 서둘러서 안됐다 싶은 듯 다리를 꼬고 앉으며 차분한 소리를 했다.

"저, 내가 아마 여행 다닌 얘기를 제대로 들려준 일이 없지?"

"왜?"

오히려 여유를 갖지 못한 것은 내 쪽이었다. 나는 별로 생각을 하지 못하고 그렇게 반문했다.

"왜라니?"

"그것은 터부였으니까. 자네가 여행 이야길 들려주지 않는다는 것은 이제 우리에겐 너무도 당연한 것으로 되어 있거든."

나는 엉겁결에 내뱉은 '왜'에 대해 변명하고 있었지만, 말해진 것은 또 그것대로 사실이기도 하였다. 민 형이 비로소 조금 허탈스럽게 웃었다. 그리고는 아까부터 베개 부근에 펼쳐져 있던 노트를 끌어당겨 내 앞으로 밀어놓았다.

"아마 자넨 요즘 소설을 너무 많이 써버려서 이야기 밑천이 동이 나고 말았을 테지."

나는 그의 말에 귀를 세우며 눈으로는 그 노트를 쫓고 있었다. 그것은 민 형이 아직 한 번도 보여준 일이 없는 여행 비망록이었다. 메모지를 다시 정리하여 적은 듯한 노트는 마치 중학생 수학 공책처럼 가로세로 깨알 같은 글씨가 빼곡히 들어차 있었다. 말하자면 그것은 민 형이 자신의 한계에서 완성해놓은 작품이라는 생각이 드는 그런 것이었다.

그러나 잠시 후에 나는 비망 노트를 내려놓고 민 형을 건너다보았다. 갑자기 기분 나쁜 연상이 떠올랐기 때문이었다. 이 친구는 도대체 어쩔 심산인가. 사실 나는 작품의 소재에 빈곤을 느낄 때 그것이 무진장히 쌓여 있을 민 형의 취재 노트를 그려본 일이 여러 번 있었다. 그리고 그때마다 나는 영원히 한 편의 소설도 쓰지 못하고 말 민 형을 상상했다. 그런 생각에 젖다 보면 나는 마지막까지 잔인해지고 마는 것이었다. 민 형으로부터 테마와 소재들을 얻어내고, 그리고 그렇게 하는 데 민 형이 즐거움을 가져줄 수 있다면…… 그러나 물론 그런 망상이 오래가지는 않았다.

"소재 중에서 꼭 하나 소개해주고 싶은 게 있어."

나의 어렴풋한, 그리고 두려운 예감은 맞아들어갔다. 민 형은 나에게 말하고 나서 나의 속셈을 환히 들여다보고 있는 것처럼 덧붙여왔다.

"하지만 소개뿐이야. 내가 알아본 것을 다 얘기해주면 소재를 파는 꼴이 되고 말 테니까."

그리고 그는 그 소재를 꼭 나에게 한번 다루어보게 하고 싶다면서 아마도 내가 거기에 대해 조금만 조사를 해보면 가만히 둬도 쓰지 않고는 배겨나지 못하리라는 지레 장담을 덧붙여 보이기까지 하였다. 그리고…… 그러면서 그는 나에게 그 비망록 중의 한 대목을 가리켰다.

하지만 나는 그날 민 형의 집을 나오면서도 내가 끝내는 전라북도 어느 산골 촌락으로 여행을 떠나게 되리라는 사실 이외에는 모든 것이 아직 불확실한 상태였다. 그가 소개해준 소재라는 것은 결국 그 지방 어느 마을에 살고 있다는 '매잡이'에 관한 것이었는데, 사실 나는 그의 기대와 달리 썩 호감이 가는 데가 없었다. 거기다 민 형은 처음 다짐대로 자신의 답사 과정이나 내용에 대해서는 전혀 이야기를 하지 않았으므로 나는 심사가 더욱 막연할 뿐이었다. 나는 그가 건네준 여행 차편과 취재 요령 따위가 적힌 메모지를 아무렇게나 주머니에 쑤셔 넣고 돌아오면서도 그것으로 소설을 쓰게 되리라는 생각은 들지 않았다. 그리고 왜 구태여 그가 나를 택해 꼭 그곳으로 가라고 하는지, 또 어떻게 민 형이 나에 관해 그토록 모든 것을 확신해버리는질 알 수가 없었다. 그러나 하여튼 가지 않을 순 없었다. 이상하게도 그의 권유는 나에게 어쩔 수 없는 부채처럼 나를 강제해왔고, 더욱이 내가 이야기에 반신반의하는 얼굴을 보고 민 형이 미리 마련한 여행비용을 꺼내놓았을 때는 더 시들한 대답만 하고 있을 수가 없었다. 한사코 사양하고 싶은 그 여행비용마저 결국엔 주머니 속에 그대로 넣고 나오게 만든 민 형의 고집이었으니까.

"내겐 이제 돈 같은 건 필요 없어. 아마 없게 될 거야."

그는 부득부득 돈을 떠맡기면서 아주 여유만만하게 웃었다. 나는 이제 거의 바닥이 났을 법한 그의 시골집 형편과 병세를 생각했으나 그는 정말 이제 돈이 필요 없는 사람 같은 얼굴을 했다.

결국 나는 다음 날로 곧 길을 나섰다. 민 형이 될 수 있으면 빨리 다녀오기를 원하기도 했지만, 어차피 다녀와야 할 형세이고 보면 하루라도 일찍 길을 나서는 편이 나을 듯싶었기 때문이었다. 하지만 아직도 그 산골 마을에 무슨 기대를 가질 수는 없었다. 다만 한 가지 궁금한 일이 있기는 했다.

민태준—이라는 인물. 도대체 이 친구가 흐느적거리며 돌아다닌 행적이 어떤 것인지. 이번 기회에 그것을 좀 알아보고 싶었다. 그가 찾아간 마을에서, 그가 만나온 사람들에게서, 그가 무엇을 어떻게 조사하고 돌아다녔으며 그 사람들의 눈에 비친 민 형이 어떤 인물이었는가를 알아보고 싶었다. 그것은 썩 재미있는 일일 듯했다. 왜냐하면 정말로 민 형의 취재 여행이 우리에게는 완전히 안개 속이었고, 어떤 것은 정말 금기에 속하고 있었기 때문이다. 그러니까 그 여행은 결국 민 형이 처음에 기대했던 것과는 달리 오히려 민 형 자신의 행적이 일차적 관심사가 되고 만 셈이었다.

그리고 그래 나는 결국 민 형이 소개하고 싶다던 '매잡이'에 관해서는 거의 아무것도 생각하는 것이 없이 바로 이튿날로 그 전라도의 산골 마을을 터덜터덜 혼자 찾아들게 된 것이다……

그러나 마을로 들어간 바로 그날부터 나는 갑자기 긴장을 하지 않을 수 없었다. 그리고 나는 민 형이 어쩌면 모든 것을 미리 알고 나를 때맞춰 그곳으로 보낸 것 같은 생각까지 들었다. 마을에는 '매잡이'의 사건이 나를 기다리고 있었던 것이다. 매잡이—

내가 '매잡이'라는 제목으로 최초의 소설을 쓰게 된 경위는 그 동기가 대략 그런 식으로 발단한 일이었다.

마을은 사방이 산으로 둘러싸인 진짜 산골이었다. 동남북 세 방향이 재를 넘게 되어 있고, 다만 서쪽 한곳만이 계곡을 타고 마을로 들어가게 되어 있었다. 내가 마을을 찾아 들어간 것은 동쪽의 새머리재를 넘어서였다. 재를 올라설 때까지도 나는 마을이 도대체 어느 골짜기에 숨어 있는지를 짐작할 수 없었고, 더욱이 마을 남쪽으로 솟은 봉우리가 북쪽 재 너머로 겹쳐 보였으므로 나는 아직 몇 개의 산을 더 넘어야 하느니라 싶었다. 한데 고개를 올라서 보니 마을은 바로 발 아래였다. 마을이라기엔 좀 뭣한 데가 있을 만큼 40호가량의 초가집들이 산비탈을 타고 버섯처럼 돋아나 있는 작은 산촌이었다. 그나마 서쪽으로 뻗어 나간 분지형의 평지는 논을 일구느라 집을 짓지 않고 있었다. 그러나 그것이 민 형이 말한 마을임엔 틀림이 없었다. 버스에서 내려 걸은 시간이 비슷했고, 또 그가 메모해준 마을의 지세가 걸맞은 데가 많았다.

나는 고개 위에 벌렁 드러누워 담배를 한 대 피워 물었다. 아마 폐가 나쁜 민 형도 이곳을 왔을 때는 이 고개에서 숨을 가라앉혔으리라 생각하면서 나는 잠시 묘한 감회에 젖고 있었다. 그러다 나는 문득 한 집을 찾기 시작했다. 며칠 밤을 지낼 잠자리를 얻을 수 있을 것 같지가 않아 보여서였다. 며칠이라고 한 건 민 형의 말이지만 적어도 오늘만은 이 마을에서 밤을 지내야 할 형편인 것이 분명했다. 민 형이 미리 일러준 집이 있기는 했다. 그러나 그 버섯 같은 집들 사이에는 도대체 사랑채고 뭐고 따로 방을 내고 있을 형편이 되어 보이질 않았다.

─민 형이 반 병중에 며칠을 묵은 마을에서 설마.

나는 결국 설마에 맡겨버리고 속 좋게 담배 연기만 뿜어 올리고 있었다. 고개에서는 긴 봄 해가 이제 빛이 엷어지고 있었지만 마을엔 벌써 산 그림자가 드리워진 지 오래였다. 그러고 누워 있으려니 나는 자신의 행색이 새삼 우스워졌다. 꼭 민 형의 장난에 속아넘어간 것 같기만 했다. 저 조그만 마을에서 매잡이고 뭐고 이야깃거리가 있을 게 뭐냐. 어차피 내가 관심을 가지고 있었던 것은 이 마을의 매잡이가 아니라 민 형의 기이한 행적이 아니더냐……

저녁 연기가 걷히고 나서 마을이 방금 밤의 정적 속으로 가라앉기 시작할 무렵에야 나는 고개에서 내려와 마을로 들어갔다. 밤눈에 보아 그런지, 아니면 도회의 고층 건물에 익어온 눈으로 모처럼 초가 마을을, 그것도 멀찍이 고개 위에서나 보고 내려와 그런지, 아까는 그렇게 초라하고 납작해 보이던 집들이 마을로 들어서 보니 제법 처마들이 키를 넘고 마당들도 꽤 널찍널찍했다. 나는 길목에서 한두 사람을 마주쳤으나 말을 건네볼 생각도 없이 한참 동안 골목길을 오르락내리락하고 있었다. 그러다가 아주 저녁 기운이 살에 배어들기 시작할 즈음에야 골목을 내려오는 사내 하나를 붙잡고 민 형이 일러준 소년의 이름을 대었다.

"중식이네가 자는 방이 어디지요?"

사내는 낯선 목소리에도 알아볼 만한 사람으로 여겼던지,

"누군가?"

퍽이나 친근한 목소리로 물으며 다가와서는 어둠 속으로 이윽히

나를 들여다보았다. 그리고는 잘 생각이 나지 않는 듯, 그러나 우선 말대꾸를 고쳐 해야겠다고 생각한 듯 갑자기 정중한 태도로 말해왔다.

"어이쿠, 이거 실례했습니다. 난 아는 사람인가 하고……"

그리고는,

"그놈들 자는데…… 일루 오십시오."

앞장을 서서 내려오던 길을 내처 걸어 내려가더니 집들이 끝나는 데까지 와서야 걸음을 멈추었다.

"저 밭 건너에 집이 한 채 있지요? 바로 그 집입니다."

호롱불에 창호지 창문만 희미하게 드러나 보이는 집을 가리켰다.

"고맙습니다. 예까지 일부러."

"아닙니다. 저……"

사내는 그러나 잠시 무슨 말을 입 속에서 망설이고 있는 듯하다가는 그것을 금방 잊어버린 듯,

"그럼 어서 가보십시오"

하고는 길을 되돌아가버렸다. 나는 돌아서서 그 불빛을 표적으로 밭둑길을 더듬더듬 걸어 건너갔다. 가까이 가서 보니 호롱불이 내비치고 있는 창호지 문은 정말 민 형의 말대로 조그만 별채의 것이었고, 그 곁에는 불도 켜지 않은 본채가 벌써 시커멓게 잠이 들어 있었다. 사랑방으로 쓰인다는 그 별채의 방문 앞으로 갔으나 안에서는 아무 기척도 없었다. 나는 잠시 기색을 살피다가 가만가만 몇 번 방문을 두드렸다. 그래도 안에서는 대답이 없었다— 불은 켜 있는데. 다시 귀를 문에 대고 동정을 살폈다. 마루가 없이 바로

문지방으로 올라서는 방이었으므로 거기서 나는 바로 창문 하나를 사이에 두고 서 있었다. 가만히 들어보니 안에선 가는 숨소리가 새어 나오고 있었다. 누군가 잠을 자고 있는 모양이었다. 안되었지만 할 수 없이 문을 당겨보았다. 문은 쉽게 열렸다. 갓 열 살쯤 됐을까 말까 한 소년이 시커먼 배를 내놓고 모로 잠이 들어 있었다. 민 형이 일러준 소년은 아닌 성싶었다. 중식은 오히려 성년 티가 나는 아이라고 했다.

"얘, 얘."

불의의 틈입자처럼 나는 가슴을 두근거리며 가만가만 소년을 불렀다. 그래도 소년은 끄떡이 없었다. 다시 어떻게도 할 수 없게 된 나는 에라 모르겠다 신을 벗고 방으로 들어섰다. 그리고는 냅다 소년을 흔들어 깨웠다. 소년은 응응 볼멘소리를 하며 일어날 듯 몸을 뒤채더니 손을 떼자마자 이내 반대쪽으로 몸을 꼬며 다시 식식 숨소리를 높여버렸다. 할 수 없이 소년을 버려두고 담배를 피워 물었다. 언제쯤 오게 될지 모르지만 그냥 중식을 기다리는 수밖에 없었다. 불을 켜놓고 놈이 자는 걸 보면 중식이란 놈이 필경 오긴 올 모양이었다. 하지만 그러고 한참 앉아 있자니 다시 짜증이 났다. 중식이란 놈은 영 소식이 없었다. 밤이 깊어지니 이제는 녀석이 아주 나타나지 않을지 모른다는 생각마저 들었다. 밤은 풀벌레 소리조차 들리지 않았다. 나는 생각 끝에 소년을 다시 흔들었다. 이번엔 녀석이 깨어날 때까지 계속해서 흔들어댔다. 그제야 소년은 몇 차례 짜증스런 앙탈 끝에 겨우 눈을 떴다. 눈을 뜨고도 놈은 아직 나의 형체가 흐려 보이는 듯 한참이나 눈알만 멀뚱거리고 있었다. 그러다간 이윽고 어어 하고 이상한 감탄사 같은 소리를 하며 부스럭부스럭 몸을 일으켜 앉았다.

"누구요—?"

'요' 소리를 빼며 묻고 나더니 소년은 비로소 나의 윤곽이 완전히 들어온 듯 다소 경계의 빛을 띠기 시작했다.

"나 중식일 찾아온 사람인데 중식인 어디 갔니?"

나는 소년을 안심시키기 위해 재빨리 말했다.

"중식이요?"

소년은 뭐가 잘 생각이 나지 않은 듯 다시 한참 멀뚱거리더니 겨우 짐작이 지펴오는 듯, 그러나 나의 물음은 아랑곳도 하지 않은 채 새삼 주위를 두리번거리며,

"어이…… 아직도 안 왔어? 또 밤을 새우는게비"

하고는 늘어지게 하품을 했다. 나에 대한 경계를 풀어버린 모양이었다. 그래서 나는 겨우 중식의 행방을 짐작했다. 소년의 말론 중식이 어디론가 가서 자주 밤을 새우고 돌아오는가 보았다. 그러나 녀석은 이제 더 이상 도움이 될 것 같지 않았다.

중식이 지금 어떤 집 헛간청에 들어박혀 있으리라는 것만을 알아내는 데도 퍽 애를 먹었다. 소년은 늘 나의 질문을 잊어먹었고, 또 경계심을 풀어버리고 나서는 잠 기근에 오래 시달린 사람처럼 자꾸 잠으로 빨려 들어가려고 했으므로 나는 재빨리 말을 쏟아대어 겨우 겨우 그 행방을 알아낼 수 있었다. 우선 중식 소년을 만나고 볼 일이었다. 녀석에게선 그가 헛간으로 가서 밤을 새우는 연유까지는 알아낼 가망이 없었다. 그래서 나는 녀석에게 그 중식이

있는 곳을 좀 같이 가보자고 했다. 처음엔 달래고 나중에는 마구 녀석을 윽박질렀다. 그렇게 할 수밖에 도리가 없었다. 그러자 마지못해 자리를 일어선 소년은 그럴 테면 차라리 저 혼자 밤길을 갔다 오겠다고 했다. 그리고 어떻게 알아보았는지 문을 나선 소년이 이렇게 투덜거리는 소리가 들렸다.

"서울 사람은 오기만 하면 그 새끼만 찾아……"

나는 그 말을 듣고 나서야 겨우 서울의 민 형을 생각했다. 사실 나는 그사이 난처한 처지 때문에 바로 이 방이 민 형이 며칠 묵었다는, 그리고 내가 바로 그곳에 지금 와 있다는 것이, 깊고 깊은 산골이라는 점에서는 인연일 수도 있다는 사실을 까맣게 잊어버리고 있었다. 나는 비로소 방구석 어디에 아직 민 형의 흔적이 남아 있기라도 한 듯 눈을 두리번거렸다. 그러다 방바닥에 벌렁 드러누워 민 형을 생각했다. 아까 마을로 들어와서부터 지금까지 보아온 것, 이 버섯 떼 같은 초가 마을의 풍경이라든가, 밤길, 그리고 이 방의 불빛을 가리켜주고 간 사내라든가 방금 문을 나간 소년…… 들을 차례로 생각하면서 민 형의 표정 속 어느 구석에 그런 것들의 흔적이 스며 있었던가를 곰곰이 생각해보았다. 그리고 그러다 나는 어느 순간 의외의 기척 소리에 흠칫 자리에서 일어나 앉고 말았다. 방 안을 두루 살펴보았다. 어디선가 딱 한 번 캑 하는 기침 소리 같은 것이 들려온 것 같았다. 소리는 크지 않았으나 그것은 분명 방 안에서 난 소리였다. 그러나 아무것도 보이는 것이 없었다. 나는 다시 방바닥에 누웠다. 그리고 한참 아까 하던 생각을 계속하고 있는데, 나의 시선 속에서 무엇인가 어슴푸레 움직거리는 것이 있었다. 그것은 천장의 어둠 속 검은 그림자 같은 것이었다. 나는 벌떡 일어나 그 그림자를 가까이 쳐다보았다. 매— 나무토막을 못질해놓은 벽에 매가 한 마리 머리를 박고 앉아 있었다. 놈은 잠을 자다가 나의 기척에 깨어난 듯 눈을 굴리었으나 몸은 까딱도 하지 않았다. 내가 가까이 가자 놈은 목을 좀 빼어내더니 이내 천장에 어른거리는 자기 그림자가 이상스러울 뿐인 듯 나를 피하려고 하진 않았다.

그때 밖에서 소년이 돌아오는 기척이 났으므로 나는 까닭도 없이 화닥닥 다시 자리로 돌아와 앉았다. 발자국 소리가 두 사람이었다. 소리가 문 앞에 이르러 잠시 머뭇거리는 듯하더니 곧 문이 열렸다. 눈에 잠이 더덕더덕 낀 아까 그 소년의 뒤로 몸이 훨씬 마르고 입을 굳게 다문 십칠팔 세가량의 소년 하나가 나를 넘겨다보다가 다짜고짜 꾸벅 절을 했다.

"미안해! 중식이지?"

나는 일어서서 소년을 맞았으나 그는 남의 집에라도 온 것처럼 두릿두릿하고 있었다.

"들어와, 널 찾아온 거야."

나는 조금 시장기가 낀 소리로 말하며 소년을 손짓했다. 그러자 소년은 먼저 들어와 설 구석부터 살피면서 조심조심 방으로 들어왔다. 행동에 비해 눈알이 분주히 움직이는 것이 소년은 퍽 영민해 보이는 데가 있었다. 그리고 무슨 일인지 수척한 얼굴 어느 구석엔가는 슬픈 그림자마저 어려 있었다. 소년은 내가 자리를 가리킬 때까지 그러고 서 있기만 했다. 나는 주인이 되고 소년은 굳이 손님 행세만 하려고 하는 형세였다.

"얼마 전에 여기 왔다 간 민태준이란 사람 알지?"

나는 똑바로 소년을 쳐다보며 내 소개를 하려고 했다. 그러자 소년의 눈빛이 갑자기 놀라움에 젖는 듯하더니 이내 끙 하고 이상한 소리를 내며 힘을 주어 몸을 한 번 비틀었다. 그리고는 그를 데려온 소년을 보았다. 그러자 꼬마가 대신 말을 했다.

"버버리라요."

전혀 뜻밖이었다. 민 형이 그런 내색을 보인 적도 없었고 나로선 그걸 예상할 이유도 없었으니까. 시원시원하지 못했던 소년의 거동도 그제야 짐작이 갔다. 버버리— 그것은 '벙어리'의 전라도 사투리. 나중에 알고 보니 중식은 그저 호적상의 이름이었을 뿐 마을에서는 그냥 '버버리'로 이름을 대신해 불러오고 있었다.

나는 다시 한 번 어떤 절망 비슷한 답답증을 느끼며 소년의 기색을 살폈다. 소년도 나의 표정에 무슨 충격을 받은 듯 안절부절못하며 말을 하고 싶어 하는 눈치였다.

그때부터 나는 꼬마 소년의 도움을 얻어가며 답답한 대화를 계속해나갔다. 다행스럽게도 소년은 여느 벙어리와는 달리 귀가 조금 뚫린 듯했다. 거기다 나의 입모습과 몸짓을 빠짐없이 살펴서 대부분의 말들을 알아듣고 있었다.

그러나 그가 말할 차례가 되면 눈짓 손짓을 아무리 되풀이해도 내 쪽에서는 그걸 쉬 알아듣지 못했다. 그러면 그가 꼬마를 시켜 다시 나에게 말을 전하게 했다. 내가 이곳을 다녀간 민태준의 친구라는 설명을 다시 듣고 소년은 꼬마를 재촉하여 그럼 민 형의 소식을 잘 아느냐고 물었다. 꼬마 소년이 자기의 말을 제대로 전한 걸 보고 그는 나에게 고개를 끄덕이며 대답을 기다렸다. 그래서 우선 민 형이 잘 있다고 안부를 전하고 나서, 나는 민 형에게서 그의 소개를 받고 찾아왔으며, 원래는 민 형이 이 마을에서 조사해 간 '매잡이'에 관해서 알고 싶지만, 사실은 민 형이 이 마을에 와서 어떻게 지내고 갔는지도 이야기해주면 좋겠다고 여러 번 끊어서 사정을 말했다. 소년이 나의 말을 하나도 빼놓지 않고 알아들으려는 듯 눈을 가늘게 뜨고 있는 얼굴이 무척도 진지해 보였다. 가끔은 고개를 크게 주억거리며 나름대로 감동을 나타내기도 했다. 그러다 드디어는 몹시 슬픈 표정으로 낑낑거렸다.

매잡이— 그 매잡이가 지금 죽어가고 있다는 것이었다.

그 말을 듣고부터 나는 새로운 긴장을 느끼면서 다음 이야기를 잇대어 재촉했다. 재촉을 하다 나는 답답하여 이번에는 바로 꼬마 소년에게 이야기를 시켰다.

곽 서방이라는 그 쉰 살짜리 홀아비 매잡이가 지금 어떤 집 헛간에서 언제 숨이 넘어갈지 모르는 지경이라고 했다. 그것은 옛날 자기가 밥을 얻어먹고 있던 집 헛간인데, 왜 거기에 그가 누워 있는지는 본인 외에는 아무도 모른다고 했다. 그는 벌써 일주일도 넘게 거기에 버티고 누워서 밥 한 숟갈 입에 넣지 않고 바싹바싹 말라가고 있다는 것이었다. 사내는 또 그곳에 들어가 누운 뒤로 한마디도 말을 하지 않기 때문에 그가 왜 거기서 그렇게 죽으려고 하는 것인지(그가 죽으려는 것임에는 틀림이 없고 마을에서도 모두 그렇게 생각한다는 것이다) 아무도 아는 사람이 없다고 했다. 처음에는 마을 사람들이 미음 같은 것을 쑤어가지고 가서 사내를 달래 보기도 했지만, 사내는 영 말을 하지 않기 때문에 요즈음엔 아주 죽기만을 기다리고 있는 형편이라고. 더욱이 밤이 되면 그 근처에는 사람의 그림자조차 얼씬하지 않아서 무섭기 한이 없는데, 다만 한 사람 중식 소년만이 그곳을 자주 가 사내를 지켜주기도 하고 어떤 때는 아주 거기서 밤을 함께 새우기까지 한다고.

소년의 이야기는 거기까지밖에 들을 수 없었다. 눈에 주렁주렁 매달린 잠이 소년의 입을 더 놀릴 수 없게 했기 때문이었다. 소년이 이야기를 하는 동안 듣고 있던 중식도 피곤한 표정으로 기다리고 있었다. 실상은 나도 시장기가 목구멍까지 차올랐다. 궁금증을 누르고 내가 중식 소년에게 이젠 자라고 손짓을 하니까 그는 갑자기 더 이야기가 하고 싶어진 듯 눈을 빛냈으나, 이내 호롱불을 끄려고 하다가는 다시 몸을 일으켜 천장에서 매를 잡아내렸다. 그 매에게서 딸랑딸랑 방울 소리가 났다. 매의 어디에다 방울을 달아놓은 모양이었다.

소년은 매의 발에 맨 줄을 손에 감아쥔 다음 불을 끄고 누워서 배 위에다 매가 앉은 손을 얹었다. 그리고는 눈을 감는 모양이었다. 나는 윗도리만 벗고 그냥 자리에 누웠으나 시장기와 피로에도 불구하고 곧 잠이 오질 않았다. 일단 이야기를 거기까지 듣다 중단하고 나니까 그간의 의문점들이 한꺼번에 몰려들기 시작했다. 도대체 매잡이란 그 사내는 어떤 사람인가. 무슨 연유로 그런 짓을 하고 있는 것일까. 그리고 잠자리에서까지 배에다 매를 얹고 자는 이 소년은—아무도 가지 않는 그 사내의 반죽음 곁에서 밤을 같이 새우는 이 소년은 아마 그 연유를, 아니 그 연유뿐만 아니라 예상할 수도 없는 많은 것을 알고 있을지 모른다. 그런데 소년은 무엇 때문에 그 사내를 그토록 가까이하게 된 것인가. 그리고 그보다 더욱 이상한 것은 민태준이란 사내였다. 그는 도대체 이러한 모든 사태를 알고 있었기나 한 듯 제때에 나를 이곳으로 보낸 것이다. 그렇다면 이미 그는 이 모든 것을 알고 있었단 말인가……

소년도 쉽사리 잠이 들지 못하는 모양이었다. 숨소리가 아직 고르게 잦아들지 못하고 몇 번씩이나 몸을 움직거렸다. 그때마다 배 위에 앉은 매가 어둠 속에서 잠이 깨어 눈을 디룩거리는 게 보였다. 소년이 잠이 든다 해도 아마 매란 놈은 편한 잠을 잘 수가 없을 것 같았다. 숨결에 소년의 배가 부풀었다 꺼지고 하는 데 따라 녀석도 같이 오르내리며 불안한 자세를 고쳐 잡곤 했다. 그때마다 매에게서는 달랑달랑 방울 소리가 났다. 그런데도 매란 놈은 거기서 자리를 내려앉지 못하고 있었다. 아마 소년이 매에게 잠을 재우지 않기 위해 일부러 그러는 것 같았다. 그리고 나중에 안 일이지만 그것은 사실이었다.

나는 좀처럼 잠을 이룰 수가 없었다. 그러나 이미 어떤 혼란한 꿈속에 빠져 있는 기분이었다. 그 혼란스런 꿈속에서 나는 어쩌면 애초의 예상과는 달리 훨씬 긴 시간을 머물러야 할지도 모른다는 생각이 들었다.

다음 날 아침, 나는 소년보다 먼저 일어나 녀석을 기다렸다. 밖에서는 안채 식구들이 벌써 마당까지 나와 집안일을 하고 있었다. 매는 아직도 소년의 배 위에 얹은 팔목에 앉아 공간을 오르내리며 불안한 자세를 고쳐 앉곤 했다. 발목에 매인 명주실을 소년이 아직 손가락에 감아쥔 채였다. 놈은 밤새 깊은 잠을 자지 못했을 것 같았다.

이윽고 소년이 눈을 떴다. 그리고는 깜짝 놀라 일어나더니 나에게 조금 겸연쩍은 웃음을 웃어 보이고는 문을 박차고 밖으로 뛰어나갔다. 나는 무슨 영문인가 싶어 소년의 거동을 문틈으로 지켜보았다. 소년은 중년쯤 되어 보이는 마당의 남자에게 손짓으로 열심히 무슨 말인가를 하고 나더니 그 남자와 함께 다시 방문 앞으로 왔다. 그 남자는 소년의 아버지였다. 그는 나에게 누추한 곳을 찾아주어 감사하다고 정중한 인사를 건네고 나선 대뜸 민 형의 안부를 물었다. 역시 민 형도 자기 집에서 묵고 갔다며 그때는 참 신세를 많이 졌노라고 새삼 송구해하였다. 나는 민 형이 취재 여행에 그의 가산을 거의 다 털어바친 일을 생각하고 소년의 아버지가 하는 말뜻을 곧 알아들을 수 있었다. 그런저런 이야기를 하던 중 소년이 옆에서 나를 기다리고 있다가 팔을 끌어당겼다.

"저 녀석이 그 매쟁이 위인에게 선생님과 같이 가고 싶다는군요. 아마 가보시면 아시겠지만 불가사의입니다. 선생님이라면 혹 무슨 소릴 할지 모르겠습니다만."

소년의 아버지 말을 듣고 나서야 나는 녀석의 뜻을 알아차렸다. 나는 곧 소년을 따라나섰다.

매잡이 사내는 마을 위쪽 어떤 집의 사랑채 헛간에 누워 있었다.

지푸라기에 싸여 눈만 빼꼼히 뜨고 있는 사내는 벌써 반송장이 되어 있었다. 부근에는 소년이 사내의 입술에 흘려 넣어주려는 듯한 물그릇이 하나 뒹굴고 있을 뿐 음식은 이제 권해보는 것조차 단념해버린 듯했다. 소년을 따라 내가 헛간으로 들어갔을 때도 사내의 얼굴은 조금도 움직이질 않았다. 소년이 그 유리알처럼 움직이지 않는 눈앞에서 낑낑 소리와 함께 분주한 손짓발짓으로 한참 무슨 이야기를 해 보였다. 소년의 뜻을 짐작하는 데 조금 익숙해진 나는 그것이 나를 소개하는 말인 것을 알았다. 소년은 내가 서울에서 온 사람이라는 것, 전에 다녀간 민 선생의 친구이며 그의 안부를 전하러 왔다는 것을 어렵지 않게 이야기했다. 그러자 사내의 그 눈망울이 조금— 정말 아주 조금 움직이는 것 같았다. 그러나 그것뿐이었다. 사내의 눈은 이내 아무것도 보고 있지 않은 것처럼 동자가 아득해져버렸다. 보다 못해 내가 소년에게 뭘 좀 가져다 먹여보지 않겠느냐고 부질없는 소리를 했더니, 소년은 아주 힘없이 고개를 젓고는 대신 어디선가 물을 한 사발 가져왔다. 그리고는 숟가락으로 조금씩 사내의 입술에 물방울을 흘려 넣었다.

사내는 그 물을 뱉어버릴 힘마저 없는 듯 소년을 내버려두고 있었다. 그러나 그가 입을 열려고 하질 않았기 때문에 물은 그의 입에서 거품이 되어 대부분 다시 볼로 흘러내려버렸다.

소년의 집으로 돌아와 아침밥을 먹고 나서 나는 다시 그의 방으로 돌아가 잠시 누워 쉬고 있었다. 어젯밤 그 잠보 소년은 어디론가 제 집을 찾아가고 없었다. 중식은 천장에 앉혀둔 매를 끌어내려서 발톱과 부리를 조사하고 있었다.

"뭘 먹이지?"

나는 드러누운 채 소년을 쳐다보며 물었다. 소년은 나를 보며 머리를 저었다. 아무것도 먹이지 않는다는 뜻이었다.

"아무것도 먹이지 않으면 어떻게 살아?"

소년은 대답 대신 나를 보고 이상한 웃음을 지었다. 그 웃음은 내가 소년에게서 처음 본 것이었다. 그것은 물론 무슨 즐거움을 나타내는 웃음이 아니었다. 소년이 내게 무슨 말인가를 하고 있는 것이었다. 누구나 사람들은 흔히 상대방에게 무슨 어려운 말을 할 때 대개 그런 웃음을 웃는다. 벙어리라도 그것은 마찬가지일 터였다. 그러나 소년은 당장 그 웃음의 뜻을 고백하지 않았다. 그는 캐묻는 나를 모른 척 매만 자꾸 만지작거리고 있었다. 매의 한쪽 발목엔 조그만 방울이 두 개 매달려 있어서 놈이 몸을 움직일 때마다 달랑달랑 소리를 냈다. 꼬리에는 기다란 다른 깃털을 하나 끼워 묶어 '鷹主 ×里 郭乭·번개쇠'라는 서툰 붓글씨가 씌어져 있었다.

매주 곽돌(郭乭)은 매를 부리는 임자이며 번개쇠는 매의 이름이라고 소년이 설명했다.

"그럼 이 매는 네 것이 아닌가 보군?"

이 말에 소년은 잠시 표정을 흐렸다. 그리고는 마지못한 듯 그것이 지금 굶어 누워 있는 사내의 것이며, 그 사람의 이름이 곽돌이라고 했다. 그리고 나서 소년은 금방 말을 돌려 매에 관한 이야기를 시작했다.

번개쇠에게는 벌써 사흘 동안 아무것도 먹이지를 않았으며, 그만한 시간 잠도 제대로 재우지 않았다는 것이었다. 사냥을 나서기 전에는 으레 매를 그렇게 굶기는 거라면서 소년은 또 의미 있게 나를 쳐다보고 웃었다. 그것도 나중에 안 일이지만, 매에게 잠을 재우지 않는 것은 매를 사납게 하기 위해서라는 것이다. 잠을 재우지 않으면 매는 성질이 아주 사나워져서 사냥을 잘한다는 것이었다. 그리고 사냥 전에 놈을 굶기는 것은 매란 놈이 배가 고플 때가 아니면 꿩이나 토끼 같은 것을 잘 쫓으려 하지 않기 때문이라 했다. 공중에 띄운 매는 배가 부르면 꿩을 보고도 쫓지 않고 하늘 높이 떠올라 어디론가 다른 곳으로 가버리기 쉽다고. 그리고 꿩을 잡았을 때도 배가 아주 고파 있어야 잡은 꿩을 오래 뜯어먹고 있지, 처음부터 배가 불러 있으면 눈알이나 빼먹고 곧 날아가버린다는 것이다. 그렇게 날아가버린 매는 배가 고파지면 다시 마을로 인가를 찾아 들어오지만, 그때는 옛 주인을 찾는 게 아니라 아무 마을에나 들어가 잡히기 때문에 그 매를 돌려받자면 꽤나 사례를 치러야 한다는 것이었다. 그러나 어쨌든 나는 소년이 사흘씩이나 매를 굶기고 있는 것은 좀 심하다는 생각이 들었다.

"그럼 요즘도 사냥을 하고 있니?"

나의 물음에 소년은 머리를 저었다. 자기는 늘 사냥 준비만 하지 실제로 사냥을 하지는 않는다고 했다. 사냥은 몇 사람이 함께 가야 하는데 같이 갈 사람도 없고, 또 산에는 꿩이 흔하지도 않다고 했다. 그러면서 그는 또 나를 보며 웃었다. 그제야 나는 그 웃음의 뜻을 알 수 있었다. 녀석은 나와 함께 사냥을 가고 싶은 것이다. 녀석이 아마 전날의 민 형과의 경험을 생각하고 나에게도 같은 것을 기대한 모양이었다.

그렇게 되어 나는 그날 소년과 함께 매를 가지고 철도 맞지 않은 사냥을 나섰다. 소년은 매잡이가 되고 나는 몰이꾼이 되었다. 소년은 발목에 맨 끈을 손가락에 감고, 매를 팔목에 앉히고는 산마루로 올라갔다. 거기서 소년은 골짜기를 살피고 나는 산고랑을 헤매며 꿩을 몰았다. 만약 꿩이 날면 소년이 산마루에서 매를 띄우고 그 매가 하늘을 맴돌다가 꿩을 발견하면 쏜살같이 뻗쳐 내려가 꿩을 잡아채는 것이랬다. 그때 나는 급히 매의 강하 지점으로 달려가 매가 배를 채우기 전에 놈으로부터 꿩을 빼앗아내기로 되어 있었다. 그러나 이날, 우리는 종일 허탕만 쳤다. 수없이 산고개를 넘었지만 나는 꿩을 한 마리도 날려 올리지 못했다. 소년은 매를 띄울 일이 없었다. 매도 마찬가지였다. 꿩을 잡으면 빼앗기기는 해도 맛있는 내장이나 가슴께 살을 몇 점 얻어먹고 더 힘을 낸다는데, 그놈은 그 살점 하나도 얻어먹지 못하고 결국 산그늘이 내릴 무렵 소년의 팔목에 앉은 채 집으로 돌아오고 만 것이다.

그러나 그날의 일이 나에게는 전혀 허탕이 아니었다. 민 형이 알아보라고 하던 것에 관해서 실제로 그 질서를 조금 알게 된 것도 수확이지만 그보다도 돌아오는 길에서, 그리고 기운이 진해 바윗돌에 걸터앉아 쉬면서 소년은 이날 사냥에 허탕을 치고 만 일이 민망했던지 제풀에 자기의 매에 관한 이야기를 늘어놓기 시작한 것이다. 그리고 그것은 참으로 나에겐 중요한 이야기였다. 그때까지도 나는 이 마을에서의 민 형의 행적과 실제로 눈앞에서 기이한 죽음을 기다리고 있는 매잡이 사내, 둘을 한꺼번에 쫓느라 어느 쪽에도 확실한 관심을 집중시키지 못하고 있던 참이었다. 그런데 소년의 이야기는 혼란스럽고 어정쩡한 나의 주의를 우선 한동안 매잡이 사내에게로 고정시켜버렸다. 그리고 그것이 나의 첫번째 '매잡이'라는 작품을 낳게 했고, 그럼으로써 오히려 민 형의 행적에만 호기심을 갖다 만 것보다는 민 형의 취재 행각 이상의 매잡이의 삶에 대한 인식, 또는 나를 보낸 민 형의 의도 같은 것을 훨씬 더 명백하게 이해할 수 있게 해준 것이다.

그날 밤 집으로 돌아오자, 나는 잠시 그 헛간의 매잡이 사내를 들러보고 그가 아직도 아침과 별 차이가 없음을 알고 나서는 소년에게 다시 이야기를 계속시켰다. 소년은 이제 매잡이 사내에 대하여 자신이 직접 보고 겪은 것 이외에도 그에 대해 들은 일까지 자세히 이야기했다. 뿐더러 나도 이제는 그의 시늉 말에 이해가 퍽 빨라지고 있었다.

그럼 이제 여기서부터는 나의 그 첫번째 '매잡이'라는 작품에서 이야기를 직접 빌려오는 것이 좋겠다. 그 작품을 읽고 아직도 줄거리를 기억하고 있는 독자는 이런 중복이 짜증나고 지루하겠지만, 매잡이 사내의 이야기는 그쪽에 비교적 간결하게 정리되어 있으므로 결국 같은 이야기를 달리하는 것보다 그간의 경위를 정직하게 밝히고 그 일부를 인용하는 것도 나쁘지 않을 테니 말이다.

매잡이 곽 서방은 결국 버버리 한 놈을 데리고 마을을 나섰다. 놈과 둘이서 번개쇠를 부리는 수밖엔 도리가 없었다. 이제 마을 사람들은 할 일이 없어도 몰이꾼 노릇은 나서려질 않았다. 박달나무 방망이를 하나라도 더 깎아다 장터에서 조됫박 값을 만들거나,

아니면 차라리 뜨뜻한 아랫목에서 화투판을 벌이는 편이 낫다고들 생각했다. 하지만 예전 사람들은 몰이꾼 놀이를 무슨 삯일로 생각했나. 그저 재미만으로 즐거이 몰이꾼을 청해 나서곤 했었다. 종일 풀토끼 한 마리 잡지 못해도 좋았다. 하루 종일 산을 타서 몸이 피곤하고 먹을 것은 없어도, 그래도 그들은 얼굴이 붉어져 웃는 낯으로 또 틈 봐서 사냥을 나오자 다짐하며 집으로들 돌아갔다. 꿩이라도 잡히면 물론 더 좋았다. 그런 날은 아예 동네잔치가 벌어졌다. 적은 안주 구실밖에 못했지만 그걸 구실로 자주 술판을 벌였다. 혹시 마을에 혼사나 다른 잔치가 있으면 그 꿩을 그 집으로 보냈다. 그러면 그 집에서도 떡시루 아니면 술말로 답례를 해 오는 것이 예사였다. 한데 요즘은 매로 잡은 꿩이 장거리에서 돈으로 팔리는 판국이었다. 안주 핑계 하고 술을 마시지도 않았고, 아예 값을 저쪽 처분에 맡기고 잔칫집에 꿩을 보내는 일도 없으니 그 답례가 있을 리도 없었다. 하긴 그런 사람들이 되레 터무니없는 쪽일는진 모른다— 하지만 그렇게 터무니없는 짓들에 정신을 빼앗기고 살았어도 그 사람들은 걱정들이 적었는데…… 요즘은 가로 재고 모로 재고 해서 그런 일엔 정신 팔 겨를이 없는 양 아득바득대어도 그 사람들 사는 요령에는 어림이 없었다. 그런저런 생각 속에 들길을 건너 바야흐로 산길로 접어 들어가던 곽 서방은 문득 그를 뒤따르고 있는 버버리 녀석을 이윽히 돌아다보았다. 왈칵 고마운 생각에 가슴이 새삼 후끈해왔다. 말은 못해도 녀석은 속이 꽤나 깊었다. 이제 나이 오십— 장가를 가지 못했다고 마을에서들은 조무래기들까지 곽 서방 곽 서방 하고 아이 이름 부르듯 함부로 그를 얼러대는 터였다. 어른들이 그를 온전한 사람으로 대접하지 않으니 아이들도 그렇게 여길 수밖에 없었다. 녀석들은 곽 서방을 마치 갓 스무 살이나 먹은 떠꺼머리총각쯤으로나 아는 형편이었다. 거기다 집이 있나, 다른 사람처럼 무슨 일재주가 있어 밥걱정이 없나. 하는 짓이란 언제나 팔뚝 위에 굶주리고 잠 못 잔 번개쇤가 뭔가를 얹고 다니며, 잠자리는 남의 사랑채 신세에다 재수가 좋아야 겨우 밥이나 굶지 않고 지내는 동네 떠돌이. 그리고는 되지도 않는 꿩 사냥이랍시고 산이란 산은 모조리 다 헤매고 다니는 위인. 그도 옛날엔 매 한 마리로 가는 곳마다 공술을 대접받는 한량 축이었다지만, 이젠 그가 매 때문에 공술이나 밥을 대접받는 일은 꿈도 꿀 수 없는 일이고, 더욱이 그의 한량 시대라는 걸 구경조차 해본 일이 없는 아이들에게 곽 서방은 참으로 기이한 거지— 헐수할수없는 마을의 천덕구니였다.

한데 버버리 놈은 달랐다. 애초부터 말을 못하는 녀석이 남들처럼 쫓까불고 곽 서방을 괴롭힐 일은 없었지만, 버버리는 그래서라기보다 이상하게 곽 서방의 사냥을 즐겨 따라나섰고, 자기 집 사랑채 방에서 잠도 곧잘 함께 자주곤 했다. 그리고 곽 서방이 매를 다루는 법— 이를테면 비둘기로 매를 잡아서 사람과 친하여 달아나지 못하게 훈련시키고, 또 사냥에 대비하여 잠을 재우지 않거나 밥을 굶기는 일 따위를 예사로 보지 않고 꼭꼭 흉내를 내고 들었다. 그리고 이제는 빠짐없이 곽 서방의 사냥길을 따라다니는 단 하나의 친구였다.

골짜기를 하나 지나 마을이 보이지 않는 산으로 접어들자 곽 서방은 자기 팔목에 얹어온 번개쇠를 버버리에게 건네주었다. 이제부터는 버버리가 매잡이가 되고, 곽 서방 자신은 꿩몰이가 되어야 했다. 버버리는 번개쇠를 받아가지고 곧장 능선을 타고 봉우리 쪽으로 혼자 올라가기 시작했다. 이제부터 녀석은 봉우리 봉우리만 쫓아다니며 산을 두루 살펴야 하고, 곽 서방은 그 봉우리 아래의 산고랑 중에서 볕이 드는 곳을 모조리 쏘다니며 숨어 깃들인 꿩을 날려 올려야 할 참이었다. 일인즉 곽 서방 쪽이 훨씬 고되게 마련이었다. 산을 헤매는 것은 고사하고 혹시 꿩이라도 찾아내어 날려 올리면 버버리 놈은 산 정수리에서 꿩을 보고 번개쇠만 띄우면 되었다. 번개쇠가 꿩을 덮치는 곳으로 재빨리 쫓아가 배를 채우기 전에 꿩을 빼앗아내야 하는 것도 곽 서방 쪽— 마땅히 일이 바뀌어야 할 이치였다. 아무리 산길에 발바닥이 굳었다 해도 이제 곽 서방은 조금만 뛰면 숨이 헉헉거렸다. 그가 매잡이가 되고 나이가 아직 팔팔한 버버리 녀석이 꿩몰이가 되어야 했다. 그러나 그럴 수가 없었다. 녀석은 벙어리— 몰이를 할 때 꿩 모는 소리를 지르지도 못했고, 꿩이 날아올라도 산꼭대기의 곽 서방을 향해 "꿩이 떴다"고 외쳐줄 수도 없었다. 그러니 꿩몰이 하나 마나가 되는 때가 많았다. 할 수 없이 곽 서방이 꿩몰이꾼이 되었다. 그도 아직은 다행한 일이었다. 버버리 녀석이라도 없으면 혼자서 꿩 쫓다 매 몰다 두 몫을 뛰어야 했을 일 아닌가. 그것은 어쨌든 오늘은 꿩이라도 한 마리 찾아냈으면 좋겠다 싶었다. 자기가 고되게 뛰어다닌 덕으로 요즘엔 전보다 발이 더 빨라진 것 같기도 했다. 그는 능선으로 멀어져가는 버버리 놈을 쳐다보며 잎담배 한 대를 꺼내 말아 물었다. 소년이 나무숲 속으로 사라졌다가 한참 뒤에 멀리 산정 가까이에서 모습을 나타냈다. 그리고는 손을 두어 번 저어 보인 다음에 아주 정수리로 올라섰다. 곽 서방은 이윽고 피워 물었던 담배를 비벼 끄고 몸을 일으켰다. 그리고는 양지쪽을 골라 냅다 거기서부터 꿩도 없는 숲 속으로 내닫기 시작했다. 후어! 후어! 소리를 지르며 골짜기를 내닫는 곽 서방은 정말 나이가 믿어지지 않을 만큼 발이 빨랐다. 돌을 던지고 소리를 지르며 양지쪽 골짜기 하나를 다 훑고 나서 이제는 산비탈 부근을 모로 뒤졌다. 후어! 후어! 산 하나를 다 헤매고 났을 때 소년은 그 산봉우리에서 사라졌다. 그리고 조금 뒤에는 또 골짜기를 하나 건너 다음 산봉우리로 올라섰다. 소년이 거기서 손을 뱅뱅 맴돌렸다. 곽 서방도 거기 따라 다음 골짜기로 들어섰다. 바지 자락이 가시나무에 걸려 찢어지고 몇 번 자갈밭에서 발을 잘못 디디고 넘어졌다. 찢은 손바닥에는 피가 말라붙어 있었다. 그러나 여직 골짜기에서는 비둘기 새끼 한 마리 날아오르질 않았다. 후어! 후어! 곽 서방의 외침 소리가 메아리 되어 산을 기어오를 뿐 꿩꿩꿩 장끼가 날아오르는 소리는 먼 꿈속에서나 들었던 것처럼 기억마저 희미했다. 차츰 곽 서방의 발길이 무디어지고 외침 소리도 자꾸만 목구멍 속으로 기어들어가고 있었다.

네번째 봉우리에서 소년은 이제 다음 봉우리로 옮겨가지 않고 곽 서방을 기다리고 있었다. 아까부터 밀려들던 구름장들이 이젠 해를 많이 가리어버리기도 했지만, 때도 웬만큼은 기운 것 같았다. 곽 서방도 이제는 아주 지쳐 늘어져서 엉금엉금 기다시피 하여 봉우리로 올라갔다. 거기에서 곽 서방은 소년의 꽁무니에 찬 점심을 나누어 먹었다. 그리고는 잠시 바람을 피해 휴식을 취했다. 번개쇠 놈에게 감기기가 조금 있는 것 같았다. 오후에는 햇빛이 나지 않아 그만 하산을 해버릴까 하다가 그래도 조금만 더 뒤져보기로 했다.

소년은 여전히 매잡이가 되고 곽 서방이 골짜기를 훑었다. 그러나 결과는 오전과 마찬가지였다. 해가 서산을 기웃거리고 산그늘이 골짜기를 메우기 시작할 때쯤 해서 곽 서방은 거의 녹초가 되었다. "후어 후어" 소리가 자꾸만 목구멍 속으로 기어 들어가다가 이제는 아주 중얼거림으로 변해가고 있었다. 한데 그때 뜻밖에도 장끼 한 마리가 푸드등 산을 날아올랐다. 꿩꿩꿩꿩…… 오랜만에 들어보는 장끼 소리가 산골짜기를 가득 채웠다. 곽 서방은 갑자기 기운이 솟구쳤다. "떴다! 꿩 떴다아." 그는 목청을 돋워 외치며 산봉우리를 쳐다보았다. 기다렸다는 듯이 산꼭대기에서 번개쇠가 떠올랐다. 놈은 바람을 탄 연처럼 떠올라 골짜기 위의 하늘을 맴돌더니 이윽고 살처럼 골짜기로 내리박혔다. 곽 서방은 놈이 내리꽂힌 지점을 향해 내닫기 시작했다. 어디서 솟아난 힘인지 그는 무섭게 내달렸다. 발이 거의 땅에 닿고 있지 않은 듯했다.

그러나 곽 서방은 이내 자갈밭으로 곤두박질을 치고 말았다. 그리고 달려오던 기세와 비례해서 오랫동안 꼼짝을 하지 않고 늘어져 있었다. 산 정수리에서 동정을 살피고 있던 소년에겐 아무리 기다려도 곽 서방의 신호가 들려오지를 않았다. 그는 번개쇠가 내리박힌 근방으로 내려가 볼까 생각하며 눈어림을 하고 있었다. 그

때 어찌 된 일인지 번개쇠 놈이 느닷없이 다시 하늘로 솟아오르고 있었다. 그리고 그 매는 드높이 하늘을 날아오르다간 이윽고 한쪽으로 방향을 잡기 시작하더니 이내 먼 곳으로 산을 넘어가버렸다. 그렇다면— 소년은 급히 산을 내려 뛰기 시작했다. 매란 놈은 꿩의 내장과 부드럽고 기름진 곳을 다 파먹고 배가 불러 떠올라버린 것이다. 그동안 곽 서방은 무엇을 하고 있었는가. 필시 무슨 변이 생긴 게 분명했다.

산을 내려오다 소년은 자갈밭에 늘어져 누운 곽 서방을 발견했다. 그러나 그때 곽 서방은 자세를 바꿔 하늘을 쳐다보고 있었다. 그는 그리고 누워서 매가 날아가는 것을 보고 있었던 듯 놈이 사라진 쪽으로 눈을 고정시키고 있었다. 그리고 그는 소년을 보자 지금껏 가장 편한 자세로 휴식을 취하고 있었던 사람처럼 부스스 몸을 털고 일어났다.

집으로 돌아오는 길에 곽 서방은 생각하였다. 아마 서 영감은 되레 시원해할지도 모르지. 한사코 매잡이 노릇일랑 그만두고 이젠 다른 일을 해서 밥을 마련하라는 서 영감이었다. 그러기만 한다면 우선 자기 집 사랑채에 잠자리도 주고 세 때 끼니도 함께 나누도록 하겠다는 것이다. 까닭 없이 곽 서방의 매잡이 노릇을 못 봐 하는 영감이었다.

"자넨 요순 세상의 한량이로군"
하며 곽 서방을 비웃거나,

"지금이 어느 때라고⋯⋯ 그리고 밥을 먹고 살겠다는 겐가"
하고 까놓고 싶은 소리를 하기도 했다. 하지만 그 서 영감인즉은 옛날 매잡이들의 단골 주인이었다. 마을의 매잡이는 늘상 그 서 영감이 부렸고, 다른 마을로 들어간 매를 찾아올 때 그 매 값을 치러주는 것도 언제나 서 영감이었다. 그래서 서 영감네 사랑채는 늘 매잡이의 차지였고, 또 서 영감은 그 만년 손을 싫다 않고 1년 내내 매잡이를 사랑채에 묵게 했다가 겨울 한철 매를 부리곤 했다. 그런 정이 미더워 그랬는지 곽 서방은 아직도 서 영감에게 가끔 떼를 쓰다시피 하여 겨우겨우 연명을 해오는 터였다. 그러나 이젠 서 영감도 달랐다. 오히려 마을의 누구보다 매잡이 곽 서방을 더 귀찮아했고 싫은 소리를 많이 했다. 그래서 대부분 곽 서방은 버버리 신세를 질 수밖에 없었고, 이번 경우만 해도 매를 길들인 곳은 바로 버버리네 방이었다. 한데도 서 영감은 그것도 못 보겠다는 듯 곽 서방에게 자꾸 딴 짓으로 밥 먹을 생각을 하라고 만나기만 하면 성화였다.

―번개쇠가 떠버린 것을 들으면 영감은 아마 춤이라도 출지 모르지. 그리고 놈을 아주 잊어버리라고 할 테지.

하지만 그날 밤부터 곽 서방은 다시 새 걱정에 싸이기 시작했다. 장날이 이틀밖에 남아 있지 않았다. 날아간 매의 소식이 장으로 올 것이다. 매는 배가 고프면 다시 인가로 찾아 내려오게 마련이었다. 너무 멀리 날아가지만 않았다면 녀석의 기별은 시치미 꽁지에 적힌 주소로 매주에게 정확하게 전해질 것이었다.

그런데 문제가 있었다. 번개쇠의 기별이 오면 곽 서방으로서는 매를 찾으러 갈 수도 안 갈 수도 없는 처지였다. 번개쇠를 찾자면 우선 매 값으로 쌀말 값은 마련을 해야 했다. 매를 찾아올 때는 으레 그러게 되어 있었다. 하지만 지금 곽 서방이 가지고 있는 것이라곤 아무것도 없었다. 관례대로라면 한 가지 희망은 있었다. 그리고 그렇게만 되어준다면 오히려 곽 서방 쪽에서 바라는 바였다. 매를 찾을 때 매주가 매 값을 치를 수 없으면 매가 들어간 마을로 가서 이삼 일 매를 놓아주면 되었다. 그때 매잡이는 매를 가지고 산 정수리를 다니며 꿩이 떠오르면 그걸 보고 매를 띄우는 것뿐 꿩몰이는 마을에서 나서주었다. 그러고도 매잡이는 술과 밥과 잠자리를 얻으며 마을의 손님 노릇을 하였다. 그러나 그것은 어떤 마을에라도 매 한 마리만 가지고 들어가면 밥 걱정 잠자리 걱정을 하지 않던 시절의 이야기— 요즘엔 어떤 마을에도 매를 부리는 사람이 없었고, 매잡이가 그런 곳엘 들어갔다간 우스운 구경거리나 되지 않으면 다행이었다. 전혀 기대할 수가 없는 일이었다. 두 가지 중에 어느 쪽도 곽 서방은 별수를 낼 재주가 없을 것 같았다. 매 값 대신 번개쇠로 며칠을 놓아주겠다는 것은 저쪽에서 천부당만부당해할 일일 테고 그렇다고 어떻게 돈을 마련할 재주도 없었다. 그도 저도 아니게 그냥 매나 받아가지고 돌아오는 것은 더욱 도리가 아니었다. 매 값을 치르기 위해 매주가 마을로 팔려가는 한이 있더라도 매를 그냥 받아오는 것만은 용서되지 않는 습관이었다. 그렇게 되어 내려오는 풍습이었다. 게다가 매의 기별을 받고도 모른 체하고 있을 수는 더욱 없는 일— 매 값을 치르지 않고 매를 받아오는 일이 곽 서방 스스로 용서할 수 없는 금기라면, 매의 기별을 듣고도 모른 체하는 것은 마을이 용서하지 않을 패륜이었다.

곽 서방은 마침내 한쪽으로 생각을 정했다. 장날로 번개쇠의 기별이 들어올 것은 거의 확실한 일이었다. 그렇다면 어떻게 하든지 매 값을 마련해보는 수를 내야 했다. 그는 서 영감에게 사정을 이야기해보기로 했다. 마을에서 그런 사정을 이야기할 수 있는 사람은 아직도 역시 서 영감뿐이었다. 그래도 그 영감은 전날 자신을 부려준 일이 있고 타관 매잡이가 마을로 들어왔을 때는 잠을 재워주기도 했던 사람이니까. 그리고 무엇보다 곽 서방이 서 영감을 애걸의 상대로 먼저 생각하게 된 것은 그가 곽 서방의 매잡이 일에 제일 간섭이 심했기 때문이었다. 다른 사람들은 벌써 곽 서방을 절반이나 넋이 나간 위인으로 여기는 데 비해 서 영감은 그래도 그러는 곽 서방을 한사코 나무라 들기라도 하였다. 영감에겐 오히려 사정을 이야기해볼 만한 틈이 있었다.

그래 곽 서방은 그날 밤으로 서 영감을 찾아갔다. 그러나 서 영감은 짐작하고 간 대로였다. 곽 서방의 이야기를 듣고서야 비로소 그의 매가 위인을 떠나버린 것을 안 서 영감은, 그것 참 매란 놈이 곽 서방 사람 될 기회를 주느라고 그리된 것이라며 자신의 일처럼 다행스러워하기부터 했다.

"이제 딱 마음을 잡고 딴 일을 손대보지그래. 우리 집에도 자네 할 일이 많으이. 그간 자넨 그 매라는 놈에게 너무 미쳐 있었어. 한데 그 매 귀신이 제풀에 자넬 떠나주지 않았나."

"모래 장터로 번개쇠의 기별이 올 텐디요."

곽 서방은 그러나 고집스럽게 말했다.

"글쎄, 내 생각 같에선 요즘 어느 넋 나간 녀석이 그런 걸 찾아주겠다고 건드럭건드럭 장터로 매를 가지고 나올 턱도 없지만, 또 오면 어때. 모른 체해버리든지, 자네 병 여읜 셈치고 그 사람더러 아주 가져다 매를 모시라지."

"하지만 그런 짓을……"

"글쎄 그건 저쪽 시절 생각이구…… 하여튼 나는 매 값을 낼 수 없으니 그런 줄 알게. 그리고 절대루 장날 기별을 보내올 놈도 없을 게구. 만약 그런 놈이 있다면 진짜 후리배지."

곽 서방은 할 수 없이 서 영감 앞을 물러나왔다.

"매 소리를 하겠거든 다시 내 집에 발을 들여놓지 말게. 인간이 불쌍해서 그쯤 알아듣게 살 궁리를 해보라고 했으면 귀가 좀 뚫릴 법도 한데 원 사람하곤……"

그런 소리를 뒤로 남기고 버버리네 아랫방으로 돌아온 곽 서방은 밥도 굶은 채 생각에만 잠겨 있었다. 밤이 늦어서야 버버리 소년이 부엌을 뒤져다 준 식은 밥덩이를 조금 목구멍으로 넘기고 나서, 곽 서방은 거의 뜬눈으로 밤을 새웠다.

─에이 번개쇠 놈, 아무리 생각이 없는 날짐승이기로서니……

그러나 다음 날 오후 늦게 곽 서방은 또다시 서 영감을 찾아갔다. 그의 짐작대로 장날을 하루 앞두고 번개쇠의 기별이 마을로 들어온 것이다. 30리 바깥 천관리(天冠里) 마을로 대낮에 매가 들어왔다고 천관리를 지나 들어온 마을 사람이 기별을 가지고 왔다. 그리고 매주는 내일 장으로 매를 가지러 나오라더라는 것이었다.

"큰 병일세그려. 그래 자네 요즘 매를 부려서 꿩을 한 마리나 잡은 일이 있나, 마을에서 누가 몰이를 나서주길 하나. 대관절 그건 찾아다 뭘 하겠다는 겐가, 이 갑갑한 사람아."

 영감은 이제 화를 내지도 못하고 답답해 못 견디겠다는 듯 곽 서방을 건너다보았다.

 "사냥을 못하더라두요, 기별이 왔는디 모른 체하고 있을 수가 없어서……"

 "그래, 자네가 지금 도리를 찾을 땐가."

 "……"

 곽 서방은 대답을 하지 않았다. 그러나 그의 침묵은 영감의 말에 승복한 증거는 아니었다. 오히려 바위처럼 버티고 앉아 있는 모양이 서 영감이 무슨 말을 하든 기어코 매 값만은 받아가야겠다는 결심을 다짐하고 있는 것 같았다.

 "내 매 값 몇 푼이 아까워서가 아니야. 매를 찾아오면 또 자네 꼬락서니가 못 보겠다는 말일세."

 "저도 사냥이 문제가 아니어요. 이제 사냥은 되지도 않구요."

 "그럼 자넨 지금 정말로 그 매주의 도리라는 것 때문에 이러는 것인가?"

 서 영감의 목소리가 갑자기 은근해졌다.

 "하여튼 번개쇠를 찾아야겠어요."

 "그럼 약속해주겠나?"

 영감은 무슨 생각이 들었는지 자꾸 목소리가 낮아졌다. 곽 서방은 영문을 몰라 처음으로 영감을 정시했다.

 "매를 찾기만 하면 사냥 따윈 다시 나서지 않는다고……"

 "……"

곽 서방은 또다시 입을 다물어버렸다.

"매는 찾아오되 매병은 가져오지 말라는 말일세. 실상은 나도 전혀 자네 심정을 모르는 바는 아니지. 왜 나도 전에는 자네들을 부리지 않았나. 하지만 지금은 생각이 달라. 내가 미쳤다고 뭐 얻어먹은 것 없이 자네 하는 일을 못마땅해하겠나. 세상이 그래서는 안 되겠기에, 더구나 자넨 근본이 선량한 줄을 내가 아는 터라 좀 사람다운 대접을 받게 되라고 이러는 것일세. 나도 실상 어떤 때는 뭐가 옳은지 그른지를 모르게 될 때가 많아. 하지만 어쨌든 자네가 지금 이런 곤욕을 당하는 것은 그 매라는 놈 때문이 아닌가 말일세."

결국 그날 영감은 하고 싶은 말을 실컷 다 하고 나서 쌀 한 말 값을 내놓았다. 그 돈으로 매를 찾아오더라도 절대로 다시 사냥을 나서지 않는다는 조건에서라고 몇 번씩 다짐한 끝이었다. 그러나 곽 서방은 돈을 움켜쥐고 나오면서 끝내 거기 대한 약속의 말을 남기지 않았다. 시류를 좇아 사는 사람들은 그 시류에 맞춰 세상사를 잘 요리해갈 수 있을 뿐 아니라, 자기가 얼마나 그 시류에 민감하고 영리하게 적응하는가를 자랑스럽게 이야기하며 스스로 만족한다— 곽 서방은 영감의 집을 나오면서 어렴풋이나마 그 비슷한 생각을 느끼고 있었다. 자기 말마따나 서 영감도 전에는 자신이 매잡이를 부리고 사냥을 즐겨온 장본인이 아니던가. 그런데 이제는 그러던 그가 그 짓을 누구보다 못 봐 했다. 하지만 곽 서방은 실상 그 이전부터 벌써 그것을 느끼고 있었는지도 모른다. 영감이 그렇게 곽 서방을 걱정해주고 충고를 해주는데도 곽 서방이 한 번도 그것을 고맙게 생각해본 일이 없는 것은 바로 그 때문이 아니었을지.

곽 서방은 서 영감에게서 받은 매 값을 꼬깃꼬깃 접어 허리춤에 넣고 다음 날 아침 일찌감치부터 장터를 나와 돌아다니고 있었다. 매를 찾으러 나오기는 했어도 어디서 어느 때 누구와 만나자는 약속이 없었으므로 무작정 사람들 사이를 어슬렁거리고 다녔다. 비단점 앞으로 가서 점포 안을 기웃거리기도 하고 대장간 앞에서 벌건 숯불을 보면서 쌀쌀한 봄추위를 달래기도 했다. 그러다가 아는 사람을 보면 혹시 어디서 자기를 찾는 매를 보지 못했느냐고 묻기도 했고 사람들 사이에 혹시 매를 안은 사람이 끼이지 않았나 눈을 부지런히 두리번거리기도 했다. 소란스럽기는 했지만 어디서 매방울 소리가 들려오지 않나 귀를 기울여보기도 했고 좋아하는 소주 가게 앞에서는 허리춤의 매 값을 한참씩 만지작거리다 자리를 비켜가기도 했다.

곽 서방이 번개쇠를 만난 것은 오정이 지나서였다. 어떤 소주 가게 앞을 지나려는데, 그 안에 얼굴이 벌겋게 취해 앉아 있는 얼굴이 얼핏 눈에 들어왔다. 전에 다른 마을에서 매잡이를 하다 지금은 어디로 가버렸는지 종적조차 알 수가 없던 얼굴이었다. 반가운 김에 곽 서방이 안으로 들어갔더니 그가 무릎 위에 매를 올려놓고 있었.

"이 사람 올 줄 알았네. 한데 좀 일찍 오지 않구 이제야?"

"흥, 이런 데 박혀 있으니 어떻게 찾아내겠나. 장바닥을 벌써 열

바퀴는 돌았을 거구만. 한데 어떻게 자네가 내 번개쇠를?"

두 사람은 사실 썩 허물이 없어온 사이였다. 한쪽은 이제 매잡이 노릇을 아주 그만두었고 또 한쪽은 그 매 때문에 속을 썩이고 있지만, 그 순간 두 사람은 그래도 옛날 한창 사냥이 성하던 때나 된 것처럼, 매를 찾아 전해주는 거드름이 완연했고 곽 서방도 제법 귀한 것을 찾아낸 기쁨을 이기지 못하는 기색이었다.

"요놈의 매가 사람을 알아보고 찾아들었지 않나. 오늘은 매 값을 톡톡히 받아가야겠어. 마침 끼니도 쪼들리던 참이고……"

곽 서방은 씩 웃었다. 그리고 허리춤에 꽁꽁 접어 넣은 매 값을 생각했다.

"이 사람, 좀 앉기나 해. 우선 몸을 좀 녹여야지. 왜 아들놈만 찾아 도망갈 생각을 하나 보지?"

그러자 곽 서방은 곁으로 걸상을 끌어 잡아당겨 앉으며 번개쇠를 안아올렸다.

"요놈의 철부지 자식, 내 속을 몰라보구……"

번개쇠의 눈이 깨끗지가 않았다. 꼬리도 좀 늘어져 있었다.

"감기가 걸려 있었어. 놈이 춥고 배고프고 눈곱이 끼어가지고 왔더구만."

그날도 조금 감기기가 있던 놈이었다. 곽 서방은 번개쇠를 무릎 위에 앉히고 사기 컵에다 소주를 따랐다.

"자네가 요즘도 매를 부리고 있는 줄 알고 난 깜짝 놀랐네. 꿩이 잡히나? 요즘 매가 잡을 꿩이 있나 말일세. 그리고 아직 몰이꾼도 있구?"

그러나 곽 서방은 대답 대신 술잔만 말없이 들이켜고 있었다.

"알 만하지. 오죽했으면 내가 마을을 떠났을까. 신통치도 않은 품팔이꾼으로. 어쨌든 자넨 매잡이로 아직 굶어 죽진 않은 걸 보니 부럽구만."

"죽지 않은 것만 대순가?"

술이 몇 순배 더 돌았다.

"한데 자네 매 값은 많이 준비해 왔나?"

"이 사람, 그 걱정 때문에 술을 못 마시나?"

곽 서방은 당장이라도 매 값을 치를 기세로 허리춤을 뒤지는 시늉을 했다.

"정말?"

친구의 눈이 번쩍했다.

"쌀 한 말 값 해왔구만. 아무래도 매를 놓아주라고는 하지 않을 것 같아서."

그러자 이번에는 친구가 정말 술맛을 잃은 얼굴을 했다. 그는 표정이 이상하게 일그러지더니 갑자기 결심을 한 듯 술잔을 홀짝 비워버리고 자리를 일어섰다.

"이제 그만 가보지."

"왜 그래, 벌써?"

곽 서방은 영문을 몰라 아직 엉거주춤한 채였다.

"매 주인을 찾아줬으니 이젠 가봐야지 않아. 술에 몸두 녹혔구."

"하지만…… 그리고 매 값은……?"

"매 값? 그냥 가지고 가. 가지고 가서 꾸어온 사람에게 돌려주게. 보나 마나지. 매잡이에게 그런 돈이 어디서 나와? 그만 돈을 꾸어온 것만도 용허네."

그러면서 술값까지 자기가 치르고 있었다.

"아니 이 사람이? 자네 정 이러긴가. 자네가 이러면 내 도리가……"

"도리고 뭐고가 있나. 아무 소리 말구 매나 안구 돌아가게. 내게도 두 사람 술값쯤은 있으니께."

결국 그러고 두 사람은 주막을 나왔다. 그리고 친구는 그길로 곧 천관 마을을 향해 발길을 서두르려 하였다. 그러나 곽 서방은 아직도 뭔가 아쉬운 것이 옷깃을 꽉 붙잡고 놓아주질 않는 기분이었다.

"그럼 내 자네 마을로 가서 며칠 이놈을 부려주기라도 해야 할 텐디……"

"하하하…… 자넨 그래서 부럽단 말야. 속 편한 세상을 혼자 다 살고 있거든."

그래도 곽 서방은 속이 뚫리지를 않았다.

"그냥 매만 받아갈 수가 있나."

"내 말을 해주지. 매가 들어오니까 천상 누가 매를 돌려주러 나올 사람이 있어야지. 마을에서들은 그냥 다시 산으로 날려 보내버리라는 게야. 자넨 날 거꾸로 도리가 없는 사람으로 여기는지 모르지만, 그래도 사람을 찾게 저를 훈련시켜놓은 그 인간들을 찾아 내려온 매를 차마 다시 산으로 쫓아보낼 수가 없어 이렇게 어정어정 청승맞게 장터까지 놈을 안고 자네를 찾아나온 거란 말일세.

알겠나? 그래도 매를 돌려받은 게 그토록 고마운가?"
하더니 그는 멍해 있는 곽 서방을 찬찬히 들여다보며 이번엔 더욱 정색을 하고 물었다.

"한데…… 마을로 가서 자넨 여전히 사냥질을 할 참인가?"

"……"

그 말엔 곽 서방도 대답을 하지 않았다. 그의 표정 역시 마치 마을의 서 영감 앞에서처럼 아무 의사도 내비치지 않았다. 곽 서방의 그런 얼굴을 한참 쳐다보던 친구가,

"그럼 난 가네"

하고 발길을 옮기기 시작했을 때도 곽 서방은 여전히 그 멍한 표정으로 멀뚱멀뚱 그를 바라보고만 있었다.

그날 오후— 마을로 돌아오는 곽 서방의 심사는 어느 때보다도 허전하기 그지없었다. 그는 다리에 힘이 하나도 없이 흐느적흐느적 넘어질 듯 길을 걷고 있었다. 차라리 매 값이 적다고 투정이라도 잔뜩 들었다면 마음이 후련할 것 같았다. 마음이 꺼림칙하다 못해 화가 치밀어 올랐다. 영리한 서 영감도 그것까지는 미처 예상을 하지 못했을 것이었다. 애초부터 매 값 대신 마을로 들어가 매를 부려줄 수 있으리라고는 기대를 하지 않았다. 하지만 녀석이 매를 안겨주고는 사례를 한 푼도 받지 않고 도망치듯 자리를 비켜 버리리라고는 상상조차 못했던 일이었다. 한데다 오히려 제 편에서 술값까지 치르고 가는 녀석의 언사는 분명 그를 몹시도 동정하는 눈치였다. 그래 가령 형편이 그토록 궁색하다 치자— 그렇다고 매를 그냥 돌려받아서야 얼굴이 서는 일인가. 그는 오는 길에

다시 주막을 한 곳 들러 술을 마시기 시작했다. 아무래도 매 값을 다시 마을로 가지고 돌아갈 수는 없었다. 낯선 영감들이 몇 술자리를 펴고 앉아 있다가 곽 서방이 매를 가지고 주막을 들어서는 것을 보고는,

"어허 매잡이로군?"

자기들끼리 알은체들을 했다. 신기한 사람을 보게 되었다는 눈들이었다. 곽 서방은 본체만체 자리를 따로 잡고 앉아 술을 청했다. 그러자 영감들은 이내 자기들의 이야기로 다시 관심이 돌아가 버렸다.

곽 서방이 주막을 나온 것은 허리춤에 접어 넣었던 매 값이 다 떨어지고 난 다음이었다. 그러나 그는 워낙에 호주인 데다 이미 밑자리를 깐 술이 되어 새삼 더 걸음걸이가 흐트러지진 않았다. 애초에 술값을 정확히 따지지도 않았고 주모가 갖다 주는 대로 그저 안주 접시만 자주 비워냈기 때문에 제 주량에 비해선 아직도 크게 술기가 과하지 않은 때문이었다. 무엇보다 그 쌀 한 말 값이라는 것이 대단한 술값은 아니었으니까. 그러나 이제 그의 기분은 아까처럼 꽉 막혀 있지를 않았다. 그는 매잡이로 산을 탈 때 가끔 부르던 노래를 흥얼거리기 시작했다. 그리고 천천히 산길을 오르다 보니 비로소 조금씩 다리가 떨려오기 시작했다. 해가 저녁나절 양지를 비추고 있어서 그는 이른 봄 날씨에도 등골에서 뽀속뽀속 땀기까지 솟았다. 그러자 곽 서방은 문득 어디서 다리를 잠시 쉬어야겠다고 생각했다. 부지런히 마을을 찾아 들어가야 할 이유가 없었다. 마을도 집이 있고 가족이 있는 사람의 마을, 곽 서방에게

는 매잡이를 불러주는 곳이 제 마을이었고 제 집이었다. 그런데 이제는 그를 불러주는 마을이나 집이 없었다. 물론 기다릴 가족도 없었다. 지금 그가 드나드는 곳이 제 마을이 되어버린 것은 그가 바로 그 마을에서 영 주인 없는 매잡이 신세가 되어버렸기 때문이었다. 피곤한 다리를 서둘러 갈 이유가 없었다. 그는 바람이 막힌 양지를 골라 다리를 편하게 내려뻗고 누웠다. 그리고 언제나의 버릇대로 번개쇠를 팔목에 앉혀 배 위에 얹고는 이내 깊은 잠 속으로 빠져들어갔다.

그런데 마을에서 옛날대로의 곽 서방을 본 것은 그것이 마지막이었다. 그날 장길에서 돌아오다 곽 서방을 만난 사람들은 여느 때처럼 약간 빈정거리거나 우스개로 보이기는 했어도,

"곽 서방이 장에 갔다 오는갑네."

"매를 찾았으니 아들을 찾았구먼"

하고들 인사를 했고, 곽 서방도 그땐 술김에 제법 기분 좋은 대꾸를 했는데, 그것이 곽 서방과 마을 사람들과의 마지막 대화가 되고 만 것이다.

그 산길 한 모퉁이에서 어스름이 들 때까지 잠을 자고 있는 곽 서방을 발견하고 그를 깨운 것은 해 늦은 장길에서 돌아오던 버버리네 아버지였다. 그때, 잠에서 깨어났을 때부터 곽 서방은 전과 영 사람이 달라져 있었다. 어떻게 달라졌는지는 알 수 없는 일이었다. 혹은 달라진 게 없다고 해야 할지도 모른다. 그는 그때부터 갑자기 벙어리가 된 것처럼 누구의 말에도 일절 대답을 하는 일이 없었고 혼잣말을 하는 일조차 없어져버렸기 때문이다. 그때 그는

아마도 무슨 꿈이라도 꾸었던 것일까. 그래서 그 꿈이 그에게 어떤 무서운 충격이나 암시를 준 것이었을까. 버버리 아버지가 곽 서방을 깨워놓았을 때 그는 무슨 꿈을 꾸다 깨어난 사람처럼 주위를 몹시 두리번거렸고, 그리고 낯선 사람을 보듯 한 눈으로 자기를 유심히 쳐다보더라고 했다. 그러나 그가 꿈을 꾸었는지, 또 꿈을 꾸었다면 어떤 꿈을 꾸었는지 역시 누구도 알 수 없는 일이었다. 확실하게 변한 것은 그가 말을 잃고 말았다는 것뿐이었다. 그러나 곽 서방이 그보다 근본적으로 사람이 달라진 것은 그때 순순히 매를 안고 돌아온 그가 마을에서 시작한 기이한 행동들이었다.

  곽 서방은 마을로 돌아오자 버버리 소년의 방을 차지하고 누워 내처 번개쇠를 굶기기 시작했다. 버버리 소년에게마저도 한마디 말이 없이 방구석에만 박혀 뒹굴면서 녀석을 굶겨댔다. 중식 소년은 처음 그것이 또 사냥을 준비하고 있는 것이라고 생각했다. 그러나 이상한 것은 그가 가져다주는 음식물을 곽 서방 자신도 입에 대지 않는다는 점이었다. 그러니까 곽 서방은 매와 자신이 함께 굶기 시작한 것이었다. 그리고 번개쇠를 잠재우지 않듯이 자신도 함께 잠을 자지 않았다. 소년이 없을 때만 잠을 자는지는 모르지만, 적어도 그가 곁에 있을 때는 언제나 곽 서방의 눈이 멀뚱멀뚱 천장을 향해 있었다. 처음부터 배를 주리다 마을을 찾아 들어왔던 번개쇠는 급속히 기운이 마르기 시작했다. 기운이 약해져가는 탓엔지 감기기도 점점 더 심해져갔다. 곽 서방이 사냥 준비를 하려는 것이 아니라고 소년이 확실히 짐작하게 된 것은 번개쇠가 영 기력을 잃고 만 것을 보게 되었을 때였다. 사냥 준비로 매를 굶긴다

해도 그것은 정도 문제였다. 이제 번개쇠는 숨을 깔딱거리며 제 몸조차 이기지 못하고 자꾸 모로 쓰러지려고 했다. 더구나 곽 서방도 그 매에 못지않게 눈두덩이 움푹 패어 들어가고 있었다. 소년은 까닭을 알 수가 없었다. 곽 서방은 말을 하지 않았다. 그 사람 좋던 곽 서방이 눈이 움푹 패어서 말도 하지 않고 멀뚱거리기만 하거나 자기를 멍하니 쳐다볼 때 소년은 오싹 소름이 끼쳐오기까지 했다. 그러나 소년은 곽 서방을 내쫓을 수는 없었다. 마을에서 들은, 특히 서 영감은 곽 서방에게 진짜 매 귀신이 붙은 거라고 했다. 그러나 소년은 기다렸다. 자기만은 필경 곽 서방의 곡절을 알게 되고 말리라는 자신이 있었다. 그런데 그러기를 꼬박 나흘— 그 나흘째 되던 날 저녁 무렵 곽 서방이 별안간 문을 열고 밖으로 나왔다. 그는 엉금엉금 안채 쪽으로 건너가 마룻장 밑에 얽어놓은 닭장에서 지금 막 저녁 잠자리로 들어온 장닭 한 마리를 꺼내 들었다. 그리고는 다시 사랑채 방으로 들어가서 번개쇠를 안고 나왔다. 소년과 아버지는 지금부터 정말 무슨 일이 일어나려나 숨을 죽이며 그의 거동을 지켜보고 있었다. 곽 서방은 자기를 지켜보는 눈들에는 아무 관심도 없는 듯 천천히 번개쇠의 다리에서 줄을 풀어주었다. 줄을 풀어주면서 그는 번개쇠를 새삼 찬찬히 들여다보았다. 조그만 콧구멍에선 물이 흐르고, 놈은 연신 그 물을 튀기며 킥킥 재채기를 해댔다. 그는 매의 줄을 다 풀고 나서 닭을 땅 위로 떨어뜨려주었다. 번개쇠의 방울 소리만 듣고도 겁에 질려 오금을 펴지 못하고 있던 녀석이 곽 서방의 손을 벗어나자마자 무작정 마당가로 내달리기 시작했다. 곽 서방이 도망가는 닭 쪽으로 매를 훌쩍 던졌다. 번개쇠는 그 짧은 공간을 날아 닭을 쫓았다. 그러자 번개쇠의 추격을 알아차린 닭은 거기서 그냥 납작하게 땅에 엎드려붙고 말았다. 번개쇠가 그 닭을 호되게 후려 때렸다. 감기에 시달려온 놈이기는 하지만 거기까지는 그래도 제 기개를 잃지 않은 것 같았다. 그러나 곧바로 닭의 목을 집어 문 번개쇠 놈은 제풀에 힘이 겨워 헐떡거리기 시작했다. 곽 서방은 방문을 열어젖히고 문지방에 걸터앉아 그 광경을 멍하니 바라보고 있었다. 닭은 아직 숨이 끊기질 않아서 목을 물리고도 푸덕거리기를 그치지 않았다. 죽을힘을 다 내뿜는 닭을 약한 번개쇠가 쉽사리 처리하지 못하고 있었다. 놈은 닭의 목 부근을 물고 흔들고 찢고 하면서 퍼덕이는 닭과 거의 함께 땅에서 뒹굴고 있었다. 닭의 목에서인지 번개쇠의 어디에서인지 드디어 검붉은 피가 튀기 시작했다. 소년과 아버지는 손끝 하나 꼼짝하지 않은 채 끝까지 그 광경을 지켜보고 있었다. 끔찍한 번개쇠의 공격이 성공하여 마침내 닭의 가슴이 열렸다. 번개쇠는 마치 새 귀신처럼 머리에 붉은 피를 뒤집어써가며 닭의 내장을 쪼아먹기 시작했다. 핏빛이 진한 가슴께 내장만 파먹었다. 그러면서 놈은 가끔 부리를 흔들어댔기 때문에 제 깃에는 물론 부근 땅바닥에도 핏방울을 뿌려댔다. 이윽고 번개쇠는 허기가 가신 듯 닭을 버리고 부리를 문질렀다. 갑작스런 포식으로 기력이 쇠진한 듯 처음보다도 몸이 더 비틀거렸다. 다른 때 같으면 하늘로 날아올라버릴 궁리부터 했을 놈이 계속 주위를 어정거리고만 있었다. 한두 번 수상한 몸짓을 해 보이긴 했지만 놈은 그냥 쳐들었던 머리를 내려박아버리곤 했다. 그러자 놈의 거동만 가만히 지켜보고 있던 곽 서방이 드디어 끙 자리에서 일어났다. 그리고는 천천히 번개쇠 곁으로 다가가 놈을 한 손으로 덥석 안아들었다. 그리고는 말 한마디 없이 그대로 사립문을 걸어나가버렸다. 바깥은 방금 어스름이 내리고 있었다. 곽 서방은 번개쇠를 안은 채 바로 뒷산 솔밭 속으로 사라져가고 있었다. 버버리 부자는 그제야 겨우 자기 집 닭 한 마리가 엉뚱한 소동결에 죽어간 것을 깨달았다. 그리고 소년은 곽 서방의 거동을 좀더 따라가봐야겠다고 생각했다. 한데 그렇게 혼자 사립을 나간 곽 서방은 그 뒷산 솔밭에서 매를 띄워 보내려고 한사코 애를 쓰고 있었다. 아무래도 날 생각이 없어 보이는 번개쇠를 자꾸만 하늘로 띄워 올리려고, 잡아서는 날리고 또 잡아서는 날리고……

그날 밤 곽 서방은 소년의 방으로 돌아오지 않았다. 심상찮은 생각이 들었지만 밤이 늦어 어디로 그를 찾아나서볼 수가 없었다. 늦도록 곽 서방을 기다렸으나 소년은 할 수 없이 혼자 잠이 들고 말았다. 아침에 눈을 떴을 때도 곽 서방은 곁에 있지 않았다. 간밤에 방에 왔다 간 흔적도 없었다.

여느 때보다 늦은 아침을 먹으면서 소년은 아버지에게서 새삼 괴이한 이야기를 들었다. 곽 서방이 윗마을 서 영감네 헛간에 누워 있다는 것이었다. 여전히 말을 하지 않을 뿐 아니라 곡기도 전혀 아직 입에 대려질 않는다는 것이었다. 번개쇠는 기어이 날려 보내고 말았는지 이제 곽 서방은 매를 가지고 있지도 않다더라고.

소년은 상을 물러나자마자 그 서 영감네 헛간으로 달려갔다. 가보니 과연 거기 곽 서방이 멀뚱멀뚱 눈을 뜬 채 죽어가는 사람처럼 하고 누워 있었다. 숨을 쉬는 기색조차 알아볼 수 없었다. 구경 삼아 달려온 마을 사람들이 곽 서방을 이리저리 달래고 있었다. 어떤 여자들은 누룽지 그릇을 곁에 가져다 놓고 있기도 했다. 그러나 곽 서방은 그 어느 누구에게도 살아 있는 사람의 기척을 해 보이지 않았다. 그는 이미 절반쯤은 죽어 있는 사람 한가지였다.

이제 다시 이야기를 본 줄거리로 돌리는 것이 좋겠다. 매잡이 곽 서방의 기이한 단식은 그렇게 시작된 것이었고, 그러니까 내가 갔을 때는 이제 마을 사람들조차 그 곽 서방의 일엔 싫증을 내고 있었을 때였다. 곽 서방이 누워 있는 헛간의 안채에서 서 영감은 '정말 매 귀신이 들어앉았다'고 화를 냈지만, 그러고 있는 곽 서방을 내다본 일은 아직 한 번도 없다고 했다.

그런데 또 한 가지 신통한 일은 소년이 가지고 있는 매에 관한 것이었다.

"그럼 네가 가지고 있는 곽 서방 매는 어떻게 다시 갖게 된 거지?"

나의 물음에 소년은, 곽 서방이 매를 아주 날려 보냈으려니 하고 있었는데, 다음 날, 그러니까 곽 서방이 헛간으로 가서 누운 다음 날 번개쇠가 다시 마을로 (그것도 바로 버버리 소년의 집으로) 들어왔다는 것이었다. 그래서 소년은 처음 번개쇠를 다시 곽 서방에게로 가지고 갈까도 생각했지만 어쩐지 그래서는 안 될 것 같은 생각이 들었댔다. 그리고 지금은 그 번개쇠를 자기가 가지고 있는 것조차 왠지 무척 화를 낼 것 같아 곽 서방에게는 사실을 감추고 있다는 것이었다. 소년이 매를 다시 기르기 시작한 것을 보고 아버지마저 몹시 핀잔을 주었지만 소년은 절대로 그 매를 다시 돌려보내지 않겠다고. 소년은 자기의 매를 갖고 싶으며 또 사냥도 하고 싶다고 했다. 소년의 아버지 역시 한번도 고집을 꺾어본 일이 없는 녀석의 성미를 알기 때문에 할 수 없이 그대로 그를 버려둔 눈치였다.

하여튼 그 모든 이야기를 듣기 위해 나는 산을 이틀이나 더 타야 했다. 물론 사냥 수확은 없었다. 그러나 이젠 소년도 허탕만 치는 일로 나에게 그리 미안해하는 것 같지가 않았다. 그는 허탕을 치고 돌아오면서 마치 나를 부린 값이라도 치르듯 곽 서방의 이야기를 들려주곤 하였다. 그러나 사흘째 되는 날부터 나는 더 이상 소년을 따라나설 수가 없었다. 번개쇠가 불쌍하니 사냥은 그만하고 이제 먹을 것을 주자고 했더니 소년은 머리를 끄덕이고 그날은 사냥을 나가지 않았다. 그러곤 어디서 구해 왔는지 참새 두 마리를 잡아다 매에게 먹였다.

"언제나 참새를 주니?"

하고 물었더니, 개구리 철에는 개구리를 먹이고 어떤 때는 닭을 잡아 먹이기도 한다고 했다. 그래 가을이 되어 길이 다 든 매는 제 값을 받자면 쌀 몇 가마 값은 된다는 것이었다. 그런 이야기 저런 이야기로 그날은 방 안에서 소년과 해를 보냈다.

그날 저녁이었다. 초저녁에 소년이 윗마을 영감네 헛간으로 간 뒤 나는 혼자 방에 남아 뒹굴다가 그냥 불을 끄고 잠을 청했다. 소년은 전날에도 그렇게 혼자 서 영감네 헛간으로 갔다가 아침에 일어나 보면 어느 결엔지 곁에서 잠이 들어 있곤 했기 때문이었다. 나 역시 그사이 곽 서방을 몇 번 헛간으로 찾아가봤지만 위인은 언제나 마찬가지 자세로 눈두덩만 더 앙상하게 드러내고 있을 뿐이었다. 도대체 사람이 온 기척조차 느끼지 못하는 곽 서방을 이 밤엔 찾아가고 싶지가 않았던 것이다. 더욱이 음식이 입에 닿지 않은 데다 이 며칠 무리하게 산을 탄 바람에 이날은 몸을 움직이기가 싫었기 때문이었다.

이윽고, 자리를 고쳐 앉을 때 울리는 매의 방울 소리가 점점 희미하게 들려오기 시작했다. 그런데 바로 그때, 버버리 녀석이 헐레벌떡 방으로 뛰어들어오며 냅다 나를 흔들어 깨웠다. 나는 얼떨결에 자리에서 일어나 머리맡 성냥불을 더듬어 밝혔다.

"왜 그래. 무슨 일야?"

무턱대고 팔을 끌어대던 소년이 그제야 사연을 일러주었다. 곽 서방이 나를 찾고 있다는 것이었다.

"곽 서방이 말을 했단 말야?"

나는 번쩍 기묘한 예감이 지나갔다. 어슴푸레나마 소년이 서두르는 이유를 짐작할 수 있었다. 아니 소년과는 정반대 이유로 나도 역시 그를 따라 서둘러댔다. 곽 서방이 정말 말을 했다고 소년은 밭둑길을 뛰어가다시피 하며 설명했다. 그리고 그가 웬일로 이 밤중에 갑자기 나를 불러달라 부탁하더라는 것이었다. 이상한 일이었다. 곽 서방이 어떻게 말을 시작했을까. 그리고 왜 그가 나를 만나자고 했을까. 그러나 그보다도 더 이상한 것은 그때 나는 그런 것을 실제로는 조금도 이상하게 생각하지 않고 있었다는 점이었다. 그가 말을 시작한 것도, 하필 나를 찾는 것도 모두가 그저 다 당연한 것처럼, 그리고 나는 여태까지 바로 그때를 기다리고 있었던 것처럼 서둘러 곽 서방에게로 뛰어간 것이었다……

곽 서방은 정말 나를 기다리고 있었다. 그는 전과 다름없이 꼬 직히 헛간 지푸라기에 싸여 누워 있었으나, 깊이 가라앉아가기만 하던 눈망울이 처음으로 나를 향해 움직이고 있었다. 얼굴 근육까지 조금씩 움직이는 것 같았다. 나는 그것으로 곽 서방이 나를 알은체하는 줄을 알 수 있었다.

"민…… 민 선생을…… 가서…… 만…… 나…… 지요……?"

이윽고 그가 꺼져가는 듯한 목소리로 내게 물었다. 그 말 한마디 한마디마다 곽 서방은 너무 여러 번씩 입술을 움직인 끝에 겨우 소리를 만들어냈기 때문에, 그 조금씩밖에 벌리지 않은 입술 사이에서는 소리가 미처 되어 나오질 못하거나, 아니면 너무 오래 말을 하지 않고 있어서 잊어버린 말이 다시 생각나기를 기다리는 것처럼 보였다. 그는 그렇게 띄엄띄엄 말했다. 그러나 그의 말은 흐린 눈동자와는 달리 일단 의사가 확실했다.

"제 친굽니다. 가서 만납니다."

나는 그의 귀가 이미 깊은 영혼 속에서만 열려 있어 그곳까지 소리가 들리게 하기가 퍽 어려울 것만 같이 생각되어 터무니없이 큰 소리로 말했다. 곽 서방이 조금 머리를 끄덕였다. 반가움을 표하는 것이 아니라 이미 알고 있다는 표정이었다.

"내 이야기를…… 전해…… 주시겠소?"

곽 서방은 다시 나에게 말하면서 눈을 치떠 나를 쳐다보았다.

"물론이지요. 한데 뭐라고 전해야 할지. 이러고 계시는 까닭이 뭡니까?"

그 말에 곽 서방은 다시 한 번 염려스럽게 나를 쳐다보았다.

"좋은 사람……입니다. 내 평생…… 가장…… 긴 이야기를 했던 사람이…… 민 선생이었소."

얼핏 딴소리 같은 말만 하더니,

"아마 민 선생은…… 짐작할지 모르지요. 마음이 워낙…… 깊은 분이니께……"

하고 다시 한마디를 덧붙였다.

"민 선생에게 짐작될 일이라면 제게 말씀해주셔도 무방하실 텐데요."

그러나 곽 서방은 다시 입을 다물어버렸다. 그런데 나는 바로 그때 두고두고 후회할 실수를 저지르고 만 셈이었다. 사실을 말하자면 나는 그때 곽 서방이 민 형과 무슨 이야기를 했었는지를 물어야 했었다. 그리고 민 형이 곽 서방에게 했던 말들을 알아뒀어야 하였다. 그랬더라면 이번 일도 어느 만큼은 속사연 짐작을 할 수 있었을지 모른다. 허나 나는 너무 사건에 맞닿아 있었기 때문에 그런 여유마저도 가질 수가 없었다.

하여튼 그날 밤 곽 서방의 이야기는 그것뿐이었다. 그러나 나는 다시 소년의 집으론 돌아오지 못했다. 어떤 예감이 있었기 때문이었다. 나는 그날 밤 날이 샐 때까지 모든 일을 빠짐없이 보아두었다가 그것을 민 형에게 전하리라 생각했다. 그러나 나는 사실 민 형에 대한 그런 부채감보다 나 스스로 그곳을 떠날 수 없는 어떤 강한 힘에 붙잡혀 있었다. 버버리 소년도 물론 나와 같이 있었다. 그리고 그런 나의 예감은 빗나가지 않았다. 우리는 조금 뒤에 곽 서방 곁에 쪼그리고 앉아 잠시 눈을 붙인 것 같았는데, 우리가 정신이 들었을 때는 벌써 날이 희끄무레 밝아오고 있었다. 그리고 그때 곽 서방은 이미 숨을 거두고 있었다.

곽 서방은 그날 아침으로 대밭에 말려 어떤 조그만 산모퉁이에 묻혔다. 그리고 장례가 끝나자마자 나는 서울로 떠날 차비를 했다. 한데 웬일인지 그때부터 소년이 내게 영 말대답을 해오지 않았다. 녀석은 원래 벙어리니까 소리를 내어 말을 하진 않았다. 그러나 소리를 내지 못하는 대신 어떤 경우에는 소리를 가진 사람보다 더 수선스런 행동을 할 때도 있었다. 그러던 녀석이 그때부터 갑자기 내게 말대꾸를 해오지 않았다. 하염없이 매만 만지작거리고 있었다.

"이제 사냥철도 지나갔는데 그 매 산으로 보내주지 않을래?"

그런 물음에도 소년은 역시 묵묵부답이었다. 숫제 내 말을 알아차리지조차 못한 표정이었다.

"그리고 그건 원래 곽 서방 거였다는데, 이젠 주인도 죽고 없는데⋯⋯"

"⋯⋯"

그러나 나는 끝내 소년의 가장 깊은 정곡을 찾아내고 말았다.

"그러고 보니 이번엔 네가 또 매잡이가 되고 싶은 게로구나."

그 소리에 소년은 짐작했던 대로 번쩍 머리를 쳐들고 나를 쳐다보았다. 그 표정이 참으로 심상치가 않았다. 소년이 처음 머리를 들고 나를 쳐다보았을 때 그 눈에는 뜻밖에도 어떤 무서운 증오 같은 것이 서려 있었다. 그리고 무서운 반발이 숨어 있었다. 나는 소년의 그런 눈길을 받고 나서 흠칫 한걸음 몸을 뒤로 물러서기까지 했다. 괴팍하고 사나운 벙어리의 본능이 덩어리져 나오고 있는 것 같았다. 나는 그 눈 때문에 방금 내가 무슨 말을 했는지도 잠시 잊어버리고 있었다. 소년이 무엇 때문에 그런 눈을 하는지 알 수가 없었다. 그리고 나의 말이 생각났을 때도 나는 소년이 무엇을 그토록 증오하고 반발하는 것인지 알 수가 없었다. 그 소년의 눈이 나에게서 좀처럼 떠날 줄을 몰랐다. 그래서 그렇게 보였던 것일까. 이윽고 그 소년의 눈에는 애초의 증오 대신 서서히 어떤 슬픔기 같은 것이 차오르고 있었다. 그리고 그것은 그 간밤의 곽 서방의 눈길까지 연상시키고 있었다……

나는 어쩌면 녀석이 또 매잡이 노릇을 계속할지도 모른다는 생각을 하면서 그날로 소년과 마을을 하직하고 서울로 돌아왔다. 그리고 서울로 가는 차를 타게 되면서부터는 비로소 민 형을 다시 생각하기 시작했다. 무엇보다 나는 그때 서울을 떠날 때와는 또 다른 수수께끼를 품어가고 있었기 때문이었다. 그 수수께끼를 민 형과 함께 풀어보리라고 생각했다. 도대체 곽 서방의 죽음은 무슨 뜻을 지닌 것인가. 곽 서방은 왜 그런 해괴한 죽음의 방법을 생각한 것인가. 곽 서방의 소식을 듣고 민 형은 그 모든 수수께끼의 대답을 어떻게 풀어낼 수 있을 것인가.

그러나 서울에는 또 하나의 수수께끼가 나를 기다리고 있었다. 뜻밖에도 민 형이 그사이에 자살을 하고 만 것이었다. 내가 시골로 떠난 다음 날이었다고 했다. 내가 서울로 돌아왔을 땐 민 형은 이미 자신의 유언에 따라 한줌 재가 되어 강물로 뿌려진 다음이었다. 나를 기다린 것은 그의 간단한 유서 한 장과 유서에서 밝힌 두 가지 비장품뿐이었다. 앞에서도 말했듯이 그 밖에 그에게선 다른 아무것도 남겨진 것이 없었다. 그러니까 나는 그것으로 이를테면 그가 가지고 있던 마지막 재산으로 여행을 하고 온 셈이 된 것이었다.

여행 이야기가 꼭 좋은 소설이 되기 바라네. 그리고 여기 나의 취재 노트를 자네에게 넘기고 가네. 혹 소설로 만들 만한 것이 있을진 모르겠네만. 또 하나 밀봉한 봉투는 이삼 개월 날짜가 지나서 적당한 시기에 꺼내보라고 특히 부탁하네……

그가 내게 남기고 간 유서의 내용이었다.

마치 한 1년 어디로 여행을 떠나면서 부탁을 남기고 있는 투였다. 그 유서에는, 자세히 읽어보니 세 가지 다짐이 들어 있었다. 첫째로 내가 여행에서 돌아오면 소설을 한 편 써 발표하라는 것, 두번째로는 가능한 대로 자기의 취재물을 소설로 완성시켜보라는 것, 그리고 세번째 부탁은 무엇인지 모를 그 봉투의 물건을 일정한 기간 후에 꺼내 보라는 것이었다. 어세가 그렇게 강한 것은 아니었지만, 죽음을 이마에 대고 있는 사람의 이야기라는 것을 생각할 때, 그것은 산 사람이 몇십 번을 되풀이 강조한 것보다 더 엄숙하고 확실한 것이었다.

나는 그의 첫번째 부탁을 금방 이행했다. 아니 그것은 그의 부탁 때문이 아니었다. 나는 서울로 돌아올 때부터 벌써 작품을 생각하고 있었다. 민 형의 예언이 적중한 셈이었다. 매잡이 사내의 기이한 죽음이 순간순간 나를 긴장시켰다. 확실하지는 않았지만, 필경 나는 소설을 쓰지 않고는 견딜 수 없으리라는 것을 마을에서부터 벌써 알고 있었다. 나는 민 형에게 그 매잡이 사내에 대해 훨씬 많은 것을 들을 수 있으리라 기대했었다. 한데 서울로 돌아와 보니 민 형은 이미 저세상 사람이었다. 그것은 한층 더 나를 긴장시켰다. 그 우연은 마치 민 형이 매잡이의 죽음을 미리 알고 있었던 듯한 생각마저 들게 했다. 그리고 매잡이의 죽음과 민 형의 죽음에는 자꾸만 어떤 관련이 있는 것처럼 나의 머릿속으로 함께 얽혀들었다. 나는 애초 매잡이 사내의 죽음을, 민 형의 죽음을 중심으로 한 소설 계획 속에 함께 관련지어 넣으려 생각했다. 그러나 그것은 다만 나의 욕심뿐이었다. 두 죽음을 연결시킬 근거가 나에게선 아무래도 분명해지질 않았다. 모든 것이 그저 느낌뿐이었다. 소설이 무척 애매하고 어려워졌다. 나는 할 수 없이 이야기에서 민 형을 제외할 수밖에 없었다. 우선 매잡이 사내의 이야기만으로 나의 능력껏 한 편의 소설을 썼다. 그것이 나의 최초의 '매잡이'였다. 그것으로 일단 나는 민 형의 첫번째 부탁을 이행한 셈이었다. 하지만 그것으로 내가 매잡이 사내와 민 형 사이의 그 이상한 연관성을 포기해버린 것은 아니었다. 두 사람의 관계에 대한 나의 느낌이 틀림없으리라는 확신도 여전했다. 나는 그 확신을 증명하려고 했다. 그런데 좀체 방법이 없었다. 민 형이 남긴 흔적이라고는 거의 아무것도 없는 것이 그 일을 더욱 어렵게 했다. 밀봉한 봉투는 그 적당한 시기라는 것이 언제가 될지 몰라 당분간은 거의 잊어버린 상태로 서랍 깊숙한 곳에 넣어두고 있었다. 민 형에 관해서 생각할 수 있는 물건은 민 형이 나에게 소설로 만들어주기를 바라면서 남겨준 비망 노트 한 가지뿐이었다. 그러나 그 노트도 민 형의 죽음과 매잡이 사내와의 관계를 추리하는 데는 별반 도움이 되지 않았다. 앞서도 얘기한 일이 있지만, 그 취재 노트는 정말 경탄할 만한 것이었다. 아까운 일이었다. 물론 지금도 나는 그중의 대부분을 언젠가는 소설로 만들 욕심이고 또 실제로 몇몇은 머지않아 곧 작품이 이루어지게 되리라고 단언을 할 수도 있다. 그러나 어떻게 내가 그 하나하나의 소재를 취재할 때의 민 형의 뜻을 충분히 살려낼 수 있을 것인가. 망인(亡人)에게 죄스럽기는 하지만 소재 해석은 천상 나의 방법을 따를 수밖에 없었다. 그러자면 그 많은 민 형의 노력의 결과는 한낱 사전 지식 구실밖에 할 수 없게 될 것이다. 그것은 마땅히 민 형 자신의 소설 구상을 통해서 작품으로 이루어졌어야 할 것들이었다. 가령 그런 점을 떠나 민 형에 대한 인간적 관심으로 볼 때도 그것은 역시 안타까운 일일 수밖에 없었다. 민 형의 그런 생은 마치 자신은 소설가가 될 수 없음을 너무 일찍 체념으로 받아들이고, 자료 수집 따위로나 자신도 문학의 어떤 몫에 참여하고 있다는 최소한의 인간적 욕구를 만족시키고 있었던 것같이 생각되는 것이었다. 정말로 민 형은 소재 수집 자체를 생의 과업으로 자족했던 것일까. 그것도 한편으로는 머리가 숙여지는 일이었다. 그러나 그보다도 역시 그와 가까운 친분으로서는 민 형의 그러한 생 전체가 오히려 하나의 큰 좌절로 느껴졌다. 그래서 그가 안타깝고 아쉬웠던 것이다. 그런데 중요한 것은 바로 그 민 형의 자상하고 철저한 취재 노트에는 하필 전에 그가 나를 시골 마을로 내려보내면서 얼핏 펼쳐 보여줬던 매잡이에 관한 기록이 뜯어 없어져버린 사실이었다. 노트 석 장이 떨어져 없어지고 그 뜯어진 다음 장에 매잡이에 관한 아주 평범한 사전적 지식이 조금 계속되고 있을 뿐이었다. 하지만 뒤에 이어지고 있는 기록들로 보아 뜯어 없앤 것은 분명 그 매잡이 사내에 관한 기록이었을 게 틀림없었다.

—매과 매속의 맹조의 총칭. 수리에 비하여 몸이 소형인데 부리가 짧으며 윗부리의 가장자리 중앙에 이빨 모양의 돌출부가 있다. 발가락이 가늘고 날개와 꽁지가 비교적 폭이 좁다. 다리의 발꿈치에 있는 비늘은 앞뒤가 모두 그물 모양이며 머리 위와 눈 주위 주둥이 근처가 흑색이고 등은 회색, 허리와 꼬리는 연한 색이고 검은 가로 무늬가 있다. 주둥이는 창각색(蒼角色)— 엽막(獵膜)과 다리는 황색. 민속하게 날개를 놀리어 수리보다 빠르게 난다.

—날개 길이 30cm, 부리 27cm.

—보라매, 새매, 송골매, 해동청(海東靑: 한국산. 특히 중국에서 진가가 인정되고 있음).

—한(韓), 중(中), 일(日), 아시아, 북아프리카, 동유럽 등지에 서식.

—1년 길들인 것 → 갈지개. 2년 → 초진이(初陳伊) = 초지니.

3년 → 삼진이. 산진이 = 산지니.

— 한국 북쪽 지방(중국 대륙에서 들어옴. 몽골 풍속 → 유럽 일부에도 있음).

— 매두피, 매를 잡는 기구, 명주 그물, 매 사냥, 매찌, 매의 똥, 매치, 매를 놓아 잡는 꿩, 짐승, 매팔자 = 개팔자.

— 매잡이. 매를 잡는 사내 → 사전 ×(현지에서는 '매를 부리는 사람을 매잡이'라고 함 ○). ※ 손잡이.

— 매치는 절대로 팔지 않았음. 마을 잔치에 부조를 하고 부조받는 사람은 떡시루나 술말로 보답함. 요즘은 시장으로 나가는 일이 있고 약이나 총으로 잡은 것보다 값이 있다고 함.

이것이 뜯어지지 않고 남아 있는 매나 매잡이에 관한 기록의 전부였다. 그것은 다만 사전 지식에 불과했고, 그의 의견이 엿보이는 곳이라고는 '매잡이'를 사전 해석에 따르지 않고 취재 지역에 따르려고 했다는 것 정도였다. 나로서도 그것이 옳은 듯했다. 매잡이의 '잡이'는 잡는 이라는 뜻이기보다 민 형이 참고로 ※ 표로 보인 것처럼 잡는 것, 즉 '손잡이'의 '잡이'에 가까운 것 같았다. 매잡이 사내는 언제나 매를 팔뚝에 올려 앉히고 다녔다. 사내의 팔뚝은 매의 앉을 잡이였다. 그래서 아마 그쪽 사람들은 매 부리는 사내를 매잡이라고 하는 것 같았다. 그러니까 이 매잡이라는 말은 물론 나 역시 지금까지도 그런 뜻으로 써오고 있는 터이다.

그러니 그 정도는 나에게도 기록이 남아 있으나 마나였다. 그것을 뜯어 없앤 것은 물론 민 형이었을 것이다. 나는 그 뜻을 짐작하기가 어려웠다. 어떤 이유에선가 매잡이 기록을 뜯어내면서 뒷부분을 그대로 조금 남겨둔 것은 민 형 자신도 그건 있으나 마나 한 거라고 대수롭잖게 생각했기 때문일 터였다. 따라서 그것은 내가 민 형과 그 곽 서방의 죽음 사이의 비밀을 캐내보려는 노력엔 아무 소용도 없는 것이었다.

  왜 민 형은 그것을 뜯어 없애버린 것일까. 상식적으로 이해하자면 민 형은 나에게 취재 여행을 권유한 터였으므로 그 기록을 남겨서 내가 쓸 작품 의도에 어떤 간섭을 주지 않으려고 그랬다고 생각할 수 있었다. 그러나 앞뒤 사정이나 그의 죽음 같은 것이 그렇게 간단할 것 같진 않았다. 어째서 그는 나에게 하필 그 산골로 여행을 권한 것인가. 그리고 자기가 얻어낸 모든 자료를 끝내 감추고 죽어버린 것인가. 더욱이 왜 나에게 굳이 그 매잡이에 관한 소설을 쓰게 한 것일까. 아무것도 해명되지 않았다. 나의 생활은 자꾸만 그 사실의 거죽 위에서 겉돌고 있는 느낌이었다. 사실 그 모든 것은 단순한 몇 가지 우연의 연속에 지나지 않을지 모른다는 생각도 들었다. 그리고는 그만 그런 생각에서 떠나려 해보기도 하였다. 그러나 나는 어느 틈에 다시 그 의문 속에서 머리를 썩이고 있었다.

  그러나 그런 관심도 어느 땐가는 시간과 더불어 차츰 퇴색해가게 마련이었다. 영영 해답을 얻어낼 길은 없고, 해답을 위해 조사를 해볼 자료도 없고, 거기다 또 나대로의 작품 의욕에 휘말리기도 하다 보니 그것은 결국 나의 심층 속으로 깊이 잦아들어버리는 듯했다. 더욱이 그것을 아주 의식의 밑바닥까지 밀어넣어버리기로 마음먹은 것은 내가 또 한 번 그 시골 산골을 다녀오고 난 다음이었다. 답답하다 못해 나는 다시 그 산골 마을을 찾아갔었다. 물론 거기서 신통한 해답을 얻을 수 있으리라는 기대를 갖지는 않았다. 만약 그러리라 생각했다면 나는 벌써 열 번이라도 그곳을 찾아갔을 것이다. 그러나 나는 그곳을 다시 가보지 않을 수 없었다. 어쩌면 거기서 얻은 나의 가없는 의문들을 다시 그곳에다 씻어버리고 싶었는지도 모른다. 그리고 나의 그런 기대는 거의 그대로 적중해 갔다. 마을에는 역시 어느 구석에서도 민 형의 흔적을 찾을 길이 없었다. 곽 서방은 이미 저세상 사람, 마을 사람들은 이제 그의 매사냥에 대해서, 아니 곽 서방이 마을에 살고 있었다는 사실마저도 까맣게 잊어버리고들 있었다. 그에 관해선 아무도 말을 하려고 하지 않았다. 그의 일로 마을을 드나들었던 나를 이젠 옛날에 곽 서방을 보듯이 했다. 벙어리 소년마저 마을을 나가고 없었다. 그는 내가 서울로 올라간 뒤부터는 밥도 잘 먹지 않고 상심해 있다가 어느 날인가 마침내 번개쇠를 가지고 어디론가 마을을 나가버렸다는 것이었다.

 나는 곽 서방에 대해서, 더욱이 민 형에 대해서는 아무것도 새로운 사실을 얻어내지 못한 채 마을을 떠나 다시 서울로 돌아왔다. 그러나 그때 나는 어쩌면 가장 귀중한 것을 얻고 돌아왔는지도 모른다. 왜냐하면 나는 그 여행만으로 이제 모든 것을 결말낸 것처럼 마음이 한결 편했기 때문이다. 나는 정말 마을로 들어와서 얻은 의구를 거기에다 다시 씻어버린 것처럼 마음이 편했다. 그리고 서울로 돌아와서도 나는 그렇게 그럭저럭 마음을 잡아 앉히고 있었다. 하니까 민 형과 곽 서방의 죽음에 대한 수수께끼는 마음의 밑바닥에서 그렇듯 한동안 잠을 자고 있었던 셈이다.

한데 오늘 아침, 바로 오늘 아침 나는 크나큰 놀라움과 함께 그 대부분의 비밀에 새로운 해답을 얻어낸 것이다. 아침에 우연히 책상 서랍을 뒤지다가 나는 그때 민 형이 적당한 시기가 경과한 후에 개봉하라고 남겨준 봉투를 찾아내게 되었다. 그리고 나는 그사이 적당한 시기라는 말에 충분할 만한 기간이 흘렀으리라는, 오히려 너무 긴 기간 동안 그것을 잊고 있었는지 모른다는 생각으로 허겁지겁 뒤늦게 봉투를 뜯었다.

솔직히 말해서 나는 전부터도 그 봉투에 대해 퍽 많은 궁금증을 갖고 있었다. 그러나 포장이 너무 견고하여 바깥 촉감으로는 내용을 짐작하기도 힘들었고, 그렇다고 슬그머니 미리 열어보는 것도 고인에 대한 예가 아닐 듯해서, 그냥 그대로 서랍 속에 집어넣어둔 것이었다. 아침에 그것을 본 순간 나의 그런 궁금증이 순식간에 다시 불붙어 올랐음은 말할 것도 없으리라. 그런데 봉투를 뜯고 나서 나는 새삼 놀라지 않을 수 없었다. 그것은 2백 매 남짓한 원고지 뭉치였고, 그 원고지에는 천만 뜻밖에도 눈에 익은 민 형의 자필 소설 한 편이 나의 개봉을 묵묵히 기다리고 있었다.

'매잡이'—그 원고의 겉장에 씌어진 제목이 그것이었다. 나는 책상 서랍을 닫을 생각도 않고 그 자리에서 원고를 읽어 내려가기 시작했다. 그리고 소설을 읽어 내려가다가 나는 거듭 놀라지 않을 수 없었다. 매잡이라는 제목의 소설, 그것은 너무나 내가 썼던 것과 비슷한 이야기가 되고 있는 게 아닌가. 다른 것이 있다면 민 형의 소설은 나라는 화자(話者)가 하나 더 등장하고 곽 서방은 그 화자의 눈을 통해서 그려지는 데 반하여, 나의 것은 곽 서방이 '나'라는 화자 없이 삼인칭으로 직접 묘사되고 있는 것뿐이었다. 그리고는 거의 아무것도 다른 것이 없었다. 곽 서방이 단식을 시작한 구체적인 동기가 조금 다를 뿐 줄거리도 거의 마찬가지였다. 아니 내가 놀라고 있다는 것은 민 형이 그런 소설을 써놓았고 그것이 소설로서 거의 완벽한 느낌을 갖게 했기 때문만은 이미 아니었다. 생각해보라. 그의 이야기가 나의 이야기와 마찬가지로 곽 서방의 죽음까지 가 있다는 것은 그 자체가 얼마나 괴이한 일인가. 물론 민 형이 그 소설을 썼을 무렵에는 곽 서방의 죽음이 아직은 미래에 속하는 일이었을 것이기에 말이다. 말하자면 민 형의 이야기는 곽 서방의 운명에 대한 일종의 예언이었다. 게다가 그 예언은 너무도 정확했다. 민 형은 마치 나와 함께 곽 서방의 최후를 보고 와서 역시 나와 함께 소설을 쓰기 시작한 것처럼 나의 그것과 거의 틀림이 없는 결말을 맺고 있었다. 그렇다면 민 형은 분명 나를 앞지르고 있는 셈이었다.

하지만 무엇이 민 형으로 하여금 곽 서방의 운명에 대한 그런 정확한 예언을 하게 한 것일까. 작품에서의 예언은 작가 자신의 어떤 필연성의 요구다. 곽 서방의 운명의 종말로서 왜 그와 같은 형태의 죽음을 민 형은 요구한 것일까. 그리고 어떻게 하여 곽 서방은 민 형에 의해 요구된 자기 운명의 필연성을 의식하고 그것을 좇았을까. 그런 여러 가지 의문에 대해서 민 형의 소설 가운데는 단 한 가지의 해답만을 암시하고 있었다. 그것은 다음과 같은 소설

중의 화자인 '나'로 변장한 민 형과 곽 서방과의 대화에서였다.

—당신은 매를 아끼고 있습니까?
—아끼고 있습니다.
—그렇다면 매의 운명에 대해서 생각해본 일이 있습니까?
—……
—이상하군요. 학대와 굶주림과 사역이 당신이 매를 생각하는 방법의 전부라는 것은.
—알 수 없습니다. 나는 매를 부리는 사람일 뿐입니다. 하지만 그건 매잡이를 부리는 쪽도 마찬가집니다.
—어떻게 마찬가질 수 있습니까?
—선생은 매가 하늘을 빙빙 돌거나 땅으로 내리박힐 때 그 곱고 시원스런 동작을 보신 일이 있겠지요. 그건 아름답습니다. 아마 선생도 그렇게 생각하셨겠지요. 하지만 난 알고 있습니다.

나는 눈으로 다음 말을 재촉했다.

—그 아름다움이 무엇인지를 말입니다. 한데 선생은 이 일에 관해서……

그러다 사내는 다시 말을 끊고 한참 동안 '나'를 쏘아보았다. 그 눈에 이글이글 타오르는 것이 있었다. 그것은 나에게 이상하게도 성난 매의 눈을 연상시켰다. 사내는 그 자기 눈 속의 불길을 의식한 듯 한참 더 기다리다 말을 이었다.

—가시오. 당신은 나를 못 견디게 하오. 몇 번이고 당신을 죽이려고 생각했소. 가지 않으면 지금 당장이라도 당신을 죽이려 들지

모르오.

 그리고 나서 얼마 후에 곽 서방은 내가 실제로 본 것과 같이 혼자 말없이 굶어 죽어가고 있었다.

 이야기의 결말은 이를테면 우리 생존의 처절스런 실상과 풍속의 미학과의 표리 관계 같은 것이 비극적인 시선 속에 옷을 벗고 있는 식이었다. 거기서 곽 서방은 자신의 운명을 매의 그것과 한가지로 받아들이고 있는 격이었고, 혹은 그래서 그 스스로는 다시 인간의 운명으로 돌아와 그가 지금까지 얻은 진실을 위하여 마지막으로 한 번 더, 그러나 지금까지와는 전혀 다른 싸움을 치러내고 있는 식의 이야기가 되고 있었다. 이 근처 어디쯤에 그의 작의가 숨어 있을 게 분명했다.

 하지만 섣불리 그의 작의를 단정하는 것은 삼가자. 상황은 별 군소리 없이 그렇게만 묘사되어 있고, 더욱이 민 형은 작품을 해명하거나 하는 따위의 별지를 일절 첨부하지 않고 있으니 말이다. 하지만 역시 그 대화가 중요한 시사를 담고 있는 것만은 틀림없는 것이, 그 후로 곽 서방은 가끔 낭패한 얼굴로 깊은 사념에 빠지는 때가 생겼고, 그러다가는 드디어 매를 날려보내고 스스로는 그 죽음을 향한 참담스런 단식을 시작해버린 때문이다.

 민 형은 어쨌든 마지막으로 그렇게 한 편의 소설을 쓰고 간 셈이었다. 그것은 내가 전에 직접 보고 들은 자료로 모든 정력을 기울여 써냈던 같은 이름의 소설에 비하여, 결말부에 가서는 순전한 민 형의 상상력만으로 씌어진 작품이었다. 그러면서도 모든 것이 똑같다. 경탄할 수밖에 없는 일이다. 훌륭한 작품이라고, 그리고 민 형은 훌륭한 소설가였다고 말하고 싶은 것이다.

욕심대로 한다면 그가 수집한 모든 자료가 그의 구상과 상상력에 일치하는 작품으로 태어날 수 있었다면 하는 아쉬움을 갖지 않을 수 없다. 그러나 이제 민 형이 '한 편의 소설도 쓰지 않은 소설가'라는 누명 아닌 누명에서 벗어난 것은 민 형 자신을 위해서나 주위 친구들을 위해서나 다행스런 일이 아닐 수 없다. 더욱이 그것은 민 형 자신을 위해 무엇보다 다행스러운 일일 것이다……

그리고 이제는 그 '매잡이'라는 이름의 소설이 세 편이나 나오게 된 이유도 모두 밝혀진 셈이 된다. 그러니 이젠 그 민 형을 위한 나의 증언도 끝을 내는 것이 좋을 것 같다. 왜 민 형이 그 소설을 처음부터 내게 내보이지 않고 나로 하여금 같은 제목으로 소설을 발표하게 했는가는 별로 중요한 일이 아닐 터이다. 그것은 그가 자살로써 생을 종말 지은 일이나 마찬가지로 그가 자신의 능력을 공정하게 시험받고 증명되고 싶었을지 모른다는 가장 인간적인 동기에서였으리라고 이해해도 무방할 듯싶으니 말이다.

이야기를 끝내려고 하면서 곁다리로 생각나는 것은, 사물의 본질을 투시할 수 있는 눈을 가진 훌륭한 작가라면 (그 점에서 나는 벌써 민 형을 훌륭한 작가였다고 생각하지만) 그는 어느 정도 미래를 예견할 수 있는 능력을 가진다는 것이다. 민 형에 의해서 예견된 어떤 필연성이 곽 서방에게 받아들여지느냐 않느냐는 별개의 문제인 것이고, 하여튼 그런 작가의 눈(양심이라고 해도 좋겠다)이라는 것은 내가 이렇듯 민 형을 증언하거나 '매잡이'라는 세 편의 소설에 대한 긴 해명을 남기는 일 못지않게 관심이 가는 일이다.

중복감이 있기는 하지만, 머지않아 나는 민 형의 '매잡이'도 곧 소개할 예정이므로 이 소설에서는 긴 설명 대신 이런 관심도 함께 가져볼 수 있었다는 점만을 고백해둔다. 다만 한 가지 유감스러운 것은 그 버버리 소년이 앞으로도 정말 매잡이 노릇을 계속할 것인가 하는 의문이 남을 수 있는데, 이 점에 대해서는 나 자신도 별로 확신을 가지고 대답할 말을 가지고 있지 못하다는 점이다.

하지만 나의 기분대로 말한다면 소년의 일에 대해서는 더 이상 자세한 사실을 알아낼 필요도 없을 것 같다. 어느 땐가 인연이 닿으면 다시 소년의 소식을 듣게 될 때가 있을는지 모르겠다. 하지만 소년이 다시 매잡이가 되어 있다고 한들 이제 와선 그게 내게 무슨 뜻을 지닐 수 있을 것인가. 풍속이 사라진 시대—사라져간 풍속의 유민으로서의 소년은 내게 더 이상 아무런 의미도 있을 수가 없는 것이다. 그것은 어쩌면 민 형에게도 역시 마찬가지일 것이었다. 그야 민 형은 자신의 소설에서 매잡이 곽 서방을 그의 풍속으로 돌아가게 해준 사람이기는 했다. 그는 곽 서방에게 자신의 풍속으로 돌아가 그의 풍속의 유물이 되게 해주고 있었다. 곽 서방에게 그것은 그의 참담한 생존의 실상으로부터의 소중한 승리이자 구원일 수 있었다. 하나의 풍속이란 그것 밖의 사람들의 외연적 기명(記名)일 뿐 그것을 직접 살아내는 사람들에겐 그의 삶의 보편적 질서인 것이라면, 적어도 그것을 뒤에서 바라보며 풍속을 말하는 사람들에게는 그렇게 보일 수 있었다. 그러나 그것은 곽 서방에게나 가능할 일이었다. 그것은 매잡이 곽 서방의 풍속일 뿐 민 형 자신의 풍속은 아니었다. 민 형을 포함한 우리들 자신의 풍속은 절대로 될 수 없었다. 아니 그것이 우리들의 풍속이 될 수 없는 것은 고사하고 우리에겐 애초 우리들 자신의 어떤 풍속의 가능성도 용납되지 않는 것이다. 그래 우리는 우리들 자신의 풍속의 의상이 없는 시대에서 그 삭막하고 참담한 삶의 현실을 맨몸으로 직접 살아내고 있는 것인지도 모른다. 그보다도 그 참담스런 삶의 현실이 또 다른 풍속으로 부화되는 것을 거부하며, 자기 삶의 새로운 풍속화(風俗化)에 대항하여 그것을 거꾸로 인내하고 있는 것인지도 모른다. 민 형도 어쩌면 그것을 너무나 잘 알고 있었을 것이었다. 자신의 이름으로는 소설마저도 단 한 편밖에 쓸 수 없었던 민 형— 그래서 그는 오히려 곽 서방에게 그토록 매달리고 있었는지 모른다. 그리고 끝내는 절망 속에 스스로 목숨을 끊었는지도 모르는 일이다. 그러나 그 민 형의 종말— 그것은 그 곽 서방의 풍속에 자신을 귀의시킬 수 없었던 비극의 종말이 아니라, 그의 삶의 새로운 풍속화에 대한 마지막 저항과 결단의 몸짓은 아니었을까. 감히 말하자면 그것이 아마도 민 형의 죽음의 진실이어야 할 터이었다.

……소년이 다시 매잡이가 되어 있든 아니든 그것은 이제 별다른 뜻이 있을 수 없는 것이다. 그것은 그 매잡이의 시대가 지나가 버린 세상에서의 소년에게도 그렇고, 민 형이나 나에게도 마찬가지인 것이다. 더욱이 이번에 다시 이 이야기를 쓰게 된 나의 관심이 매잡이의 풍속 자체보다도 민 형과 민 형의 죽음, 그리고 그의 소설에 관한 것들 쪽이었고 보면, 그것은 어차피 나의 개인적인

과외의 관심거리에나 속해야 마땅한 것이다.

 나는 그나마 민 형의 경우처럼 자신의 삶에 대한 어떤 치열한 인내와 결단성. 심지어는 그 풍속의 미학에 대한 나름대로의 꿈마저도 깊이 지녀보질 못해온 터이니 말이다.

(『신동아』 1968년 7월호)

개백정

 알겠지만 나는 노랑이와 복술이 놈을 구해내야 했었어. 그 개백정들로부터 말이야.
 노랑이와 복술이—, 둘 다 우리 집 개 이름이지. 한 놈은 털이 복술복술 많아서 복술이가 되었고, 다른 한 놈은 짧은 털에 검정과 주황색이 섞이긴 했지만 전체적인 느낌이 노리끼해 보여서 노랑이가 되었지 않았나. 복술이는 수놈이었고 노랑이는 암놈이었지. 쉰이 넘은 어머니와 갓 스물 난 누님 그리고 초등학교 2학년 짜리인 나까지 합해서 식구가 단 세 사람밖에 되지 않는(외양간에 소가 한 마리 있긴 했지만) 단출한 집안이라, 때로는 호젓할 때가 많다고 오륙 개월 전 어머니가 동네 가까운 집에서 강아지를 두 마리씩이나 얻어 오셨던 거지. 놈들은 한 태 새끼로 남매간이었거든. (그래 그런 건 아니겠지만, 혹은 그 반대로 남매간이란 걸 관계하지 않기 때문일지도 모르지만) 두 놈은 자라면서 썩 의가 좋았고 식구들에게 심심찮은 재롱도 부렸던 거야. 밤이면 마룻장 밑으로 기어들면서도 소리만은 제법 어른스럽게 캉캉 번갈아 짖어댔지. 차츰 밥그릇 주인 구실을 하게 되지 않았겠어.

 그러나 우리들(특히 어머니와 누님)은 놈들을 대견해하기보다는 역시 재롱둥이로만 여겼지. 놈들은 처음부터 재롱이나 부리고 귀염을 받기에 알맞게 태어난 것 같았어. 여느 강아지들 같으면 아직 훨씬 더 자랄 수 있는데도 어찌 된 일인지 놈들은 중개 요량이나 되어서부터는 영 더 자라지를 않더군. 언제나 고만한 몸집으로 재롱이나 부리고 지냈어. 그 몸집에 재롱이 꼭 알맞았거든. 그래서 놈들이 하는 짓은 뭣이나 재롱으로만 보였지. 좀더 지나서 놈들이 이젠 댓돌에 의젓이 버티고 앉아 사립 쪽의 인기척에 목청을 돋워 컹컹 짖어대거나 기를 쓰고 쫓아 나가거나 해도 그게 우리들에겐 여전히 재롱으로만 여겨졌지. 밤마실에서 돌아오거나 할 때도 놈들은 어떻게 주인의 기척을 알아보는지 어두운 골목을 멀리까지 쫓아 나와 흙발로 내 옷자락을 할퀴며 뛰어오르곤 했어. 그렇게 놈들은 늘 재롱을 떨어댔더란 말야.

 그러다가 6·25전쟁이 시작되었지. 그래 영 말씨가 설고 거센 총잡이들이 마을까지 들어오게 됐어. 하지만 그 말씨가 거센 총잡이들은 얼마 안 있다가 곧 쫓겨가버렸지. 하지만 그사이 마을에는 많은 변이 일어나지 않았겠어. 그야 청년들이 병정으로 뽑혀가거나 마을의 어른이 바뀌거나 사람이 죽거나 하는, 그 무렵에는 어디서나 볼 수 있던 일들이었지만, 어머니에게는 유독 외삼촌댁으로 해서 많은 일이 있었어.

그러나 복술이와 노랑이로 말하면 그깟 전쟁은 별 상관이 없었지. 아무 일 없이 여전히 재롱만 피우며 지냈어. 아니지. 전혀 아무 일도 없었던 것은 아니야. 복술이란 놈이 한 달 반가량 집을 떠나 10리 밖 외삼촌댁에 가서 지낸 일이 있었군. 6월 중순쯤부터였을 거야 아마. 어느 날 서울에서 중학교를 다니고 있던 외종형이 무슨 일론가 고향 집엘 다니러 왔다가 우리 집까지 인사를 다녀간 적이 있었어. 그 외종형이 어찌나 복술이 놈을 탐내는지 어머니는 그 외종형에게 복술이 놈을 딸려 보내지 않으셨겠어. 마을 뒷산 여우고개까지 내가 복술이 놈을 바래다주고 와야 했어. 아무리 달래도 놈이 낯선 외종형을 따라가려고 해야지. 그래 여우고개에서 놈을 떨치고 돌아서느라 나는 정말 진땀을 뺐지. 난 연방 돌팔매질을 하여 놈을 외종형 쪽으로 쫓아야 했으니까.

며칠 후에 들으니 복술이 놈은 외종형이 간신히 달래 데리고 가서 그 동네서 잘 지낸다더군. 그것으로 우리는 복술이 놈을 잊어버렸지. 외가 쪽에서 복술이 따위의 소식은 전해주지도 않았고, 이쪽에서도 그런 것을 물을 겨를이 없게 되어버렸거든. 외종형이 다녀간 며칠 뒤에 바로 그 6·25전쟁이 시작됐으니 말이야.

전쟁 소문이 퍼지자 마을은 전에 없이 술렁대기 시작했고, 사람들은 괜히 어쩔 줄들을 몰라 했지. 외갓동네 소식도 그런 것뿐이었어. 어머니 눈치로 보아 그쪽 소식은 되레 더 나쁜 것 같았어. 마을에서 인심은 좋지만 외삼촌댁은 논밭이 너무 많고 세간살이가 좋아서 '누구나 똑같이 나눠 먹는' 공산당 세상이 되면 손해가 많으리라고. 외가 쪽과 어머니는 대략 그런 걱정과 소식을 주고받으며 지내는 눈치였어. 그러다 이윽고 진짜 공산당 세상이 되지 않았겠어. 그렇게 되고 보니 어머니의 걱정은 외삼촌네의 논밭과 세간에 대한 것 정도가 아니었어.

외숙과 두 외종형이 너무 똑똑해서 탈이랬어. 동네 이장을 지낸 삼촌은 말할 것도 없고 초등학교 선생을 하다가 민족 청년단 간부를 지낸 큰형, 그리고 서울에서 중학 5학년을 다니다 내려온 작은형이 다 같이 너무 똑똑해서 필시 그게 화근이 될지 모르겠다고 걱정이 태산 같았지. 어머니의 걱정은 터무니없는 것이 아니었어. 오래지 않아 이 마을 저 마을에서 돈 많은 '반동분자'들이 마구 죽어가지 않았겠어. 같은 마을 사람들이 몽둥이로 때려죽이고 세간을 나누고 전답을 분배한다는 것이었어. 말할 것도 없이 외삼촌네는 '반동분자'였겠지. 온 가족이 다 마을 사람들에게 달린 목숨이라더구먼. 어머니는 안절부절이었지. 그러나 그걸 함부로 내색하거나 누구와 원정을 나누지도 못했던 거야. 외가 사정을 살피기 위해 그쪽 마을로 갈 수는 더욱 없었지. 그건 '반동 가족'의 친척임을 스스로 드러내는 것이니까. 게다가 그 '반동 가족'과의 내통 혐의가 더욱 무서웠을 게 아닌가 말야. 초조하게 소식을 기다릴 수밖에 없었던 거지. 그러나 소식은 언제나 이런저런 소문으로뿐이었어. 그리고 그 소문은 갈수록 더 흉흉하기만 했지. 하지만 어머니는 그 나쁜 소식이나마 밤낮으로 열심히 기다리지 않으셨겠나.

그런데 그러던 어느 날 밤 불현듯 복술이가 돌아왔어. 그날 밤 새벽녘쯤 해서 나는 어머니의 조금 목이 멘 듯한 말소리에 잠이 깨었어. 눈을 떠보니 어머니의 이런 중얼거림 소리가 문밖에서 들려오겠지.

"오냐 오냐. 네가 어떻게…… 어떻게 길을 잊지 않고…… 이 밤중에……"

나는 문득 이상한 생각이 들어 문을 열고 나가봤지. 개 두 마리가 모깃불을 피워놓은 풀더미 곁에 서로 엉클어져 장난질을 치고 있었어. 그러다가는 갑자기 어머니에게로 달겨들어 옷자락을 물고 뱅뱅 돌다가 다시 또 쫓기는 시늉을 하고 말야. 물론 한 놈은 노랑이고 다른 한 놈은 외종형을 따라간 뒤에 잊어버리고 있던 복술이 놈이었어. 갑자기 장난스럽게 으르렁거리는 개 소리가 한 마리 같지 않아 어머니가 나가보았더니 복술이 놈이 돌아와 있더라지 뭐야.

그러니까 복술이 놈에게 그간에 있었던 일은 그 달포 반가량의 별거뿐인 셈이지. 놈들에겐 그쯤 아무 일도 아닌 거나 다름없지. 오히려 그 일 때문에 놈들은 더욱 귀염을 받았으니까. 전쟁 소동이나 그 뒤로 일어났던 우리 집의(특히 어머니의) 일에는 아랑곳없이 녀석들은 재롱만 부리며 수복을 맞았고 또 가을을 맞았던 거야.

하지만 가을이 되고부터는 노랑이와 복술이 놈에게 진짜 액운이 찾아들었어. 개 공출이 시작되었거든. 어디에 쓰는 것인진 알 수 없었지만, 개를 잡아 가죽을 벗겨간 일이 있었지 않아? 동네 개들에게는 청년들에게 징집 영장이 내려지듯 공출 표딱지가 내려지고, 표딱지를 받은 개들은 주인 허락이 없이도 도살되어 가죽이 벗겨졌었지. 개 공출 표딱지가 청년들의 징집 영장과 다른 것은 표딱지를 받고서도 요령껏 잡히지만 않으면 살아남을 수가 있고, 그렇다고 처벌을 받는 것도 아니라는 점이었어. 면사무소에선 마을에다 개 가죽 벌 수만 배당하고, 공출 표딱지는 동네 이장네 집에서 떼기 때문이었을 테지. 그래서 이장은 공출표를 떼고 나서도 자진해서 가죽을 바쳐오지 않기 때문에 사람을 내보내 공출표를 뗀 개들을 잡아들이게 했다지 않아. 개백정들은 말이야, 개백정들은 몽둥이와 밧줄 등속을 가지고 공출표를 뗀 개를 잡으려고 골목골목을 뒤지고 다녔어. 그러나 쉬 목적한 가죽 벌 수를 채울 수는 없었지. 그래서 개백정들은 마을로 배당된 개 가죽 벌 수를 채우기 위해 공출표를 떼지 않은 개라도 눈에만 띄면 마구 때려잡는다는 것이었어.

  우리 집에는 두 마리 중 우선 한 마리의 공출표를 받았지. 어머니가 이장에게 사정을 했지만 두 마리 중 한 마리는 내놔야지 않겠느냐고 하더라는 거였어. 표를 받은 후 어머니는 가장 극성스런 개백정에게 애원하듯 다시 부탁을 하셨다는군. 사람 노릇 하는 우리 개들만은 잡아가지 말아달라고 말이야. 한데 그 개백정은 검은 얼굴에 히죽이 웃음을 담으며 그러죠 뭐, 쉽게 대답을 하더라는군. 그러나 마음을 놓을 수가 있었겠나. 그걸 귀담아 간직할 리도 없고. 그런 부탁을 넣은 사람이 한두 사람이 아닐 것이고 보니 말야. 뻔한 얘기지. 공출표를 받은 개나 받지 않은 개나, 부탁을 넣은 개나 그렇지 않은 개나 개백정을 만나기만 하면 여지없이 가죽이 벗겨지는 판이었다니까. 놈들을 살려내기 위해선 무엇보다 개백정의 눈에 띄지 않게 하는 게 상책이었어.

　나는 낮 동안이면 늘 마을 뒤 여우골 산속에다 놈들을 숨겨놓았지. 힘이 드는 일이었지만, 그 무렵엔 아직 학교 문을 열지 않고 있었기 때문에 나는 하루 종일 그 일에만 매달릴 수가 있었지. 아침을 일찍 먹고 개백정들이 나서기 전에 나는 우리 집 외양간의 암소를 끌고 나가거든. 그러면 노랑이와 복술이는 앞서거니 뒤서거니 나를 따라나섰어. 나는 소를 끌어다 여우고개를 넘어가는 길목에서 좀 떨어진 산속이나 고개 아래 골짜기(그러니까 여우골이지)의 풀밭에다 매어두고, 노랑이와 복술이 놈을 그 암소 곁에 떼어둔 채 집으로 돌아오곤 했지. 처음 몇 번은 놈들이 집으로 돌아오는 나를 다시 따라나섰지만, 그때마다 돌팔매질을 하여 떼어놓곤 했더니, 나중에는 녀석들도 으레 그 암소 곁에서 한나절씩 남아 지낼 줄 알게 되더군. 나는 집으로 돌아와 오전을 보내고 점심을 먹은 다음 고구마 찐 것이나 누룽지 같은 걸 싸 들고 여우고개로 다시 가는 거야. 그러면 녀석들은 그 암소 곁에서 영락없이 한나절을 보내고 있다가 나를 알아보고는 멀리서부터 벼락같이 달려오곤 했지. 나는 녀석들에게 점심을 주고 나서, 오후 한나절은 거기서 함께 소를 먹이지. 그리고 해가 져서 어둑어둑해진 다음에야 놈들과 함께 집으로 돌아오는 거야.

　그렇게 나는 두 놈을 다 무사히 지켜나갔어. 어머니와 누님이 그런 내 일을 열심히 도와주었지. 특히 어머니는 어떻게 하든 녀석들을 죽이지 않으려고 하는 마음이 나보다 훨씬 더한 것 같았거든. 사실인즉 내가 그렇게 놈들을 지키는 데 힘을 기울인 것은 거꾸로 그런 어머니 때문이기도 했어. 개를 죽게 하는 것이 어머니를 굉장히 마음 아프게 할 것 같은 생각이 들었거든. 녀석들에 대해 어머니는 그만큼 걱정을 하고 안타까워하셨으니까.

아니 정직하게 말하지. 자신은 없지만 이렇게 말해도 좋을지 모르겠어. 어머니의 초조감은 반드시 녀석들에 대한 것뿐만은 아니었을 거라고 말이야. 어머니는 이제 단 하나밖에 안 남았을지 모르는 외종형의 소식을 기다리고 계셨거든. 그 초가을 밤—, 복술이가 돌아왔던 날 말이야. 그날 아침 어머니는 복술이 놈을 무척 신통해하시면서도 한편으로는 이상하게 불안해하시질 않았겠나. 어머니의 예감이나 걱정은 늘 앞을 내다보고 있는 것처럼 정확했어. 그날로 소식이 전해오지 않았겠어. 외삼촌네가 그 전날 하룻밤 사이에 동네 사람들 손에 몰살을 당했다고 말이야. 그런데 복술이 녀석을 데려갔던 외종형만은 잠결에 팬츠 바람으로 마을을 도망쳐버려서 다른 곳 어디서 잡히게 되더라도 우선은 큰 화를 면했다는 것이었어. 어머니는 그 친정집 소식에 꼬박 하루 동안 누워 계시기만 하더군. 그러더니 드디어는 '반동 가족' 친척이나 그 '반동 가족'과의 내통 혐의로 닥쳐올지도 모를 위험을 따질 겨를도 없이 여우고개를 넘어 외삼촌댁으로 달려가시고 말았지. 어머니는 이틀 뒤에 다시 돌아오셨는데, 소문대로 외숙과 큰형은 동네 정자나무 아래서 몽둥이로 머리를 얻어맞고 돌아가셨고, 그 소식에 놀라 뛰어나오던 외숙모님은 우물께서, 그리고 큰형댁은 사립께서 역시 몽둥이로 태질을 당하고 돌아가셨다지 뭐야.

그러나 이미 끝난 일은 끝난 일, 그 뒤로 어머니를 더욱 초조하고 안타깝게 한 것은, 네 사람을 한 구덩이에 덮쳐 넣고 흙을 덮은 무덤을 마을 사람들 눈이 무서워 제대로 나눠 묻어주지 못하고 온 일과, 밤길에 홑팬츠 바람으로 도망을 쳤다는 외종형의 소식이 아니었겠어. 수복이 되자 어머니는 다시 외삼촌네 마을로 가서 새로 무덤도 만들어주고 집도 정리를 해놓고 오셨지만, 외종형의 소식만은 끝내 알 길이 없더군. 처음 예측대로 어디서 붙잡혀 돌아가셨다는 소식도, 그리고 어디에 살아 있다는 소식도 아무것도 없었어. 어머니는 내내 소식을 기다리며 날을 보내셨지. 수복 후에는 더욱 조급하고 초조해하시면서 말이야. 그러나 외종형의 소식은 수복 후 한 달이 지나도 감감이었어.

그러니까 어머니의 초조감이나 안타깝고 우울한 얼굴은 전혀 그 외종형 때문이었는지 모르지. 그런데 이상하게도 어머니의 그런 얼굴을 볼 때마다 나는 어떻게 해서든지 복술이와 노랑이 놈을 살려내야 한다는 생각이 들지 않았겠어. 그러지 못하는 경우 어머니에게는 복술이나 노랑이 같은 건 문제도 되지 않는, 정말 상상할 수도 없는 슬픈 일이 일어날 것만 같았어. 나는 매일 아침 일찍 여우고개(또는 골)에다 소를 내다 매고, 점심을 마치고는 두 놈의 요깃거리를 가지고 다시 여우고개로 나가곤 했지.

그러던 어느 날이었어. 얌전히 둘이 함께 소를 지키고 있다가 내가 나타나기만 하면 앞서거니 뒤서거니 뛰어오던 놈들 중에 웬일인지 그날은 한 놈이 보이질 않겠지. 뛰어온 것은 복술이 한 놈뿐이었어. 처음 나는 노랑이 녀석이 어디로 여치잡이를 나갔거나 개울 같은 데로 목을 축이러 내려갔으려니만 여겼지. 그런데 놈이 해가 다 기울 때까지도 나타나지를 않지 않겠어. 나는 불안해지기 시작해서, 산이 찌렁찌렁 울리도록 녀석을 부르며 부근 골짜기와 산등성이를 훑었어. 녀석은 그래도 끝내 나타나지 않더군. 나는 그만 기진맥진해져버렸지. 해가 떨어진 다음 할 수 없이 소를 몰고 복술이 한 놈과 집으로 돌아오고 말았어. 녀석이 다른 길로 해서 먼저 집으로 돌아와 있을지도 모른다는 가느다란 희망을 가지고서 말이야.

　그러나 집에도 노랑이 녀석은 와 있지 않았어. 아니 노랑이 놈이 먼저 다른 길로 해서 집으로 돌아갔을지 모른다는 내 희망은 대략 옳은 것이긴 했지. 녀석이 먼저 마을로 들어온 것만은 사실이었거든. 그러나 불쌍하게도 녀석은 집에까지는 들어올 수가 없었던 거야. 저녁을 먹고 있는데 이장에게서 연락이 오더군. 노랑이의 고기를 찾아가라고 말이야. 노랑이 놈은 동네로 들어오다 개백정에게 붙잡혀 가죽을 벗기웠던 거지. 나는 밥을 먹다 말고 어머니의 표정을 살폈어. 그러나 그때 어머니는 나의 두려움을 알고 계신 듯했어. 오히려 안심시키듯 나를 한번 들여다보시고는 심부름을 온 아이에게 이렇게 이르셨지.

　―고기는 소용없다고 해라. 알아서 하라고. 그리고 나중에 만나더라도 우리 노랑이 이야긴 다시 내 앞에서 꺼내지 말라고.

　그런 일이 있고부터 어머니는 전보다 더욱 초조하게 그 외종형의 소식을 기다리기 시작했지. 그 표정이 때로는 아주 절망적이었어. 나는 한 마리 남은 복술이 놈을 구하기 위해 여우고개로 여전히 소를 몰고 다녀야 했지. 노랑이가 껍질을 벗겼다고 복술이 놈만은 그대로 놔둘 개백정들이 아닌 것을 난 다 알았거든. 그런데 이상한 일이 생겼어. 어머니의 복술이에 대한 태도 말이야. 어머니는 외종형의 소식에 대한 지나친 초조감 때문인지 아직 남아 있는 복술이에게서는 그 후 주의가 아주 멀어져버리신 거야. 오히려 누님과 내가 복술이 놈 걱정을 하거나 놈이 어른거리면 어머니는 역정까지 내시질 않겠어.

"저것까지 또 내 속을 한차례 뒤집어놓을 참이지."

"언제 또 보기 싫은 꼴을 보게 하려고. 차라리 눈에 안 보이는 데로나 가서 없어졌으면."

복술이 놈을 미워하신 거지. 그런데 그런 어머니의 말씀에는 어떤 두려움이 숨어 있었어. 언제고 또 끔찍스런 꼴을 보게 될 것 같은 두려움 말이야. 그런데 복술이가 살아 있는 것이 어머니에게는 그 두려움의 연장이고 연기인 듯했어. 어찌 보면 어머니는 그 두려운 일과 빨리 만나버리고 싶어 하시는 것같이도 보였지. 그러니까 복술이 놈이 더 불쌍하더군. 꼭 그래서만은 아니지만, 하여튼 나는 그놈을 기어코 살려내야 할 것 같았어. 누님이 나를 도와주었지.

그런 식으로 며칠이 지났어. 어머니가 아주 기진맥진 아무리 초조해하셔도 외종형의 소식은 깜깜이 아니야. 어느 날 어머니는 드디어 다시 여우고개를 넘어 외삼촌네 집으로 가시고 말았어. 소식이 있을 때까지 삼촌네 집도 지켜줄 겸 아주 그 마을로 가서 수소문도 해보고 소식을 기다리시겠다는 것이었지. 그런데 그날 어머

니는 무슨 생각을 하셨던지 소를 몰고 여우고개까지 따라간 나에게 복술이 놈을 가리키며,

"복술이 잘 지켜라 응?"

하시는 것이 아니야. 말씀하시면서 가늘게 웃으시는 것이 어찌나 힘이 없어 보이던지. 나는 오히려 어머니가 복술이 놈이 어떻게 되리라는 것을 미리 알고나 그러시는 것 같더군.

어쨌든 나는 다음 날부터 어머니를 기다리기 시작했어. 하루 종일 여우고개와 골짜기를 오르내리며, 소를 옮겨 매고 마을로 내려가 나와 복술이 놈의 점심거리를 날라 오고 하면서 어머니를 기다렸지. 그런대로 가을의 산은 시간을 보내기가 쉬웠어. 도토리도 줍고 땡감도 따면서. 그런 일에 진력이 나면 빨강이나 자줏빛, 노랑색들로 물드는 풀밭에 누워 멀리 산비탈의 서숙밭(서속밭)에서 꼼지락거리는 사람들을 내려다보기도 하고, 곁에 앉은 복술이 놈의 머리통이나 등줄기를 쓸어주기도 하면서 말이지. 그러면 놈은 뱀장어처럼 허리를 꼬며 땅바닥에 배를 바싹 붙이고 맹렬히 꼬리를 흔들어대거나, 아니면 함부로 얼굴을 핥으려고 혀를 마구 내둘러대는 것이겠지. 그러다가도 또 녀석은 문득 부근 길목을 지나가는 말소리에 긴장한 얼굴로 귀를 쭈뼛 세우기도 하는 거였어. 이제 여우고개는 그런 식으로 나와는 아주 익숙해져 있었지. 원래 이 고개는 숲이 짙어 여우가 들끓고 또 여기서 여우가 울면 마을에 상서롭지 못한 일이 생긴다고 해온 만큼 으스스한 곳이었지. 하지만 이 몇 달 동안에 나와는 주위가 아주 익숙해져 있었어. 그것은 벌써 참변의 소식을 듣고 외삼촌네로 달려간 어머니를 기다리러

이삼 일 이곳으로 소를 몰고 올라 다닌 때부터였으니까.
 하지만 그 여우고개가 내게 전혀 무섭지 않은 것은 아니었어. 여우가 들끓는다는 식의 으스스한 기분 같은 것은 물론 없었지. 나는 정말로 거기서 여우를 본 일도 없었고, 숲만 해도 이젠 낙엽으로 많이 옅어져 있었으니까. 거기다 이제 나는 그 고개나 골짜기의 가장 깊은 곳까지도 샅샅이 알게 된 터가 아니었던가 말야. 내가 가끔 놀라게 되는 것은 그런 게 아니라 오히려 사람의 기척 때문이었어. 사람이라야 종일 가야 두서너 번, 모습도 보이지 않고 말소리만 근처 길목으로 지나갔는데, 그것이 나를 찔끔찔끔 몹시 놀라게 했던 거야. 어느 날 여우골을 올라오다 오줌을 누려고 잠시 길을 비켜선 동네 어른 한 사람에게 복술이를 들킨 일이 있었거든.
 "이놈! 개를 감춰두러 나왔구나. 내 일러바쳐야지. 여기 개 한 마리가 있더라구."
 어른이 오줌을 누고 나서 복술이와 나를 번갈아 보면서 눈알을 굴려대고 있었어. 게다가 위인은 또 기분이 썩 좋다는 듯 웃음소리까지 껄껄거리며 고갯길을 내려가지 않았겠어. 그날 오후 나는 소를 더 깊은 곳으로 끌고 들어갔어. 그러나 실제로 동네 개백정이 그 여우고개까지 복술이를 잡으러 오지는 않았어. 그날뿐이 아니라 다음 날도 그다음 날도 복술이를 잡으러 오는 사람은 없었어.
 그러나 그런 일이 있고부터 나는 무턱대고 사람 기척이 무서워지기 시작했지. 두런두런 부근 길목을 지나가는 사람의 소리만 나면 나는 찔끔찔끔 놀라고 불안해서 어쩔 줄을 모르게 되었어. 한데도 그사이 어머니로부터는 영 소식이 없지 않아. 한번 외삼촌네로 가신 뒤론 형에 관한 소식도 전해오는 게 없었어. 나는 날마다 여우골을 길게 뻗어 올라오고 있는 산길을 나무 숲 사이로 지켜보면서 어머니를 기다렸지. 그러나 어머니는 좀처럼 그 길목으로 모습을 나타내지 않으셨어. 어쩌다 그 길에는 어머니처럼 흰 치마저고리를 입은 사람이 가물가물 나타나서 고개를 올라오곤 했지만, 그 흰옷은 가까이로 오면서 남자의 두루마기로 변해버리기도 했고, 또는 걸음걸이가 한동안 어머니를 닮다가는 얼굴이 차츰 달라져버리거나 했지. 그런 사람의 그림자조차 나타나지 않을 땐 그저 하염없이 창연스런 기분으로 그 휑하니 쓸쓸하기만 한 산길을 내려다보고 있었어. 구름이 낀 날의 그 산길은 더 창연해 보였지. 그런 때 나는 얼마 전 어머니가 그 고개를 올라오시던 때의 일을 생각하곤 더욱 기분이 창연해지곤 했어. 어머니가 외삼촌네의 참변 소식을 듣고 고개를 넘어가셨을 때도, 사정은 조금 달랐지만 나는 안타깝게 산길을 내려다보며 무작정 그렇게 어머니를 기다렸었지. 그런데 나는 어떻게 한눈을 팔고 있다가 어머니가 정말 그 길을 올라오신 것을 못 보고 말았거든. 길 아랫목 어디선지 갑자기 아이고 아이고 하는 여자의 울음소리가 들려오질 않았겠어. 깜짝 놀라 귀를 기울여보니 그게 어딘지 꼭 어머니 음성 같더란 말야. 나는 몸을 벌떡 일으켜 보았지만 그래도 아직 사람의 모습은 보이지 않았어. 아무것도 거리낌 없는 여자의 통곡 소리만 계속되고 있는 거야. 어머니의 목소리가 분명했어. 나는 섬뜩해가지고 그 자리에 굳어 서 있다가 이윽고 길을 달려 내려갔지. 통곡을 하고 있는 것은 과연 어머니였어. 어머니는 조그만 보퉁이 같은 것을 풀밭에 내동댕이친 채 내가 나타난 줄도 모르시는 듯 감은 눈을 하늘로 향하고, 손으로는 마른풀을 쥐어뜯으며 숨이 끊어질 듯 울고 계셨어. 어머니의 그 거리낌 없는 울음소리가 조용하고 창연한 가을 산골을 더욱 창연하게 하고 있었지.

　내가 어머니를 기다리면서 생각하는 것은 대개 그날의 일이었어. 나는 어머니가 왜 하필 거기서 갑자기 울음을 터뜨렸는지를 알 수가 없었지. 그러나 그것은 아무래도 상관없어. 다만 내 머리에는 그날의 일이 깊이 새겨져 있었고, 그 길을 내려다보고 있노라면 나는 영락없이 그때처럼 창연한 기분이 되곤 했으니까. 그리고 한번 그런 기분이 되기 시작하면 나는 이상하게 몸까지 노곤해 오면서 거기서 빠져나올 힘을 잃어버리고 마는 거야. 내가 그런 기분에서 깨어나는 것은 대개 부근의 다른 길을 지나가는 인적을 의식하거나 복술이 놈 때문이었어. 복술이 놈은 내 곁에서 잘 떠나지 않았지만, 어쩌다 심심하면 혼자 여치를 잡으러 다니거나, 가끔 조용한 산을 향해 하릴없이 껑껑 짖어대는 때가 있었어. 산울림이 돌아오면 놈이 이젠 아주 신이 나서 짖어댔지. 녀석이 그렇게 짖어대는 소리만 들으면 나는 어떤 생각을 하고 있다가도 기겁을 하고 일어나서 복술이 놈을 달랬어. 처음 그 소리를 들었을 때는 어찌나 가슴이 두근거리는지 소리가 나는 쪽으로 달려갈 힘도 없었다니까. 녀석이 영락없이 개백정에게 붙들렸느니라 했지. 그러나 그것이 놈의 짓궂은 장난인 줄을 알게 된 뒤로도 나는 녀석이 짖는 소리만 들으면 신경이 바짝 곤두서곤 했어. 첫번에 워낙 놀란 탓도 있었지만, 누구에겐가 금방 들켜버릴 것만 같아서 마음이 늘 조마조마했거든. 복술이가 눈에 띄지 않을 때 놈을 부르는 자신의 소리에조차 겁을 집어먹곤 하는 나였으니까. 놈이 껑껑 산울림을 지으면서 짖어대는 소리란 정말 질색이었어.

하여튼 그런 식으로 하루하루 날들은 지나갔어. 그 산길엔 어머니가 나타나지 않았지만, 복술이에게도 염려될 만한 일은 없었어. 마을에 배당된 가죽 수가 거의 들어차서 이젠 개백정들도 전처럼 심하게 설치고 다니질 않는다는 소문이었으니까.

한데 그러던 어느 날, 비가 몹시 심하게 내린 날이었어. 가을비답지 않게 빗줄기가 몹시 세차게 말이야. 아침부터 내리기 시작한 비가 점심때를 지나 오후까지 줄기차게도 쏟아졌어. 나는 날씨가 들 기미만 기다렸지. 모처럼만인 데다 어머니마저 안 계신 집에 들앉아 있으려니 좀이 쑤시기도 하고 우선 불안해서 견딜 수가 없더군. 하늘이 조금만 트이면 소를 내매러 나갈 참이었지. 그러나 좀처럼 하늘이 들 것 같지 않더니, 어럽쇼, 오후부터는 마당물에 거품까지 만들어가며 장대비가 쏟아지는 거야. 단념할 수밖에 없었지. 단념을 하고 나니 차라리 마음이 편해졌어. 나는 복술이 놈에게 고구마 찐 것을 조금 먹인 다음 뜨뜻한 아랫목에 등을 대고 누워버렸어. 그러곤 잠이 들고 말았지. 그런데 그게 내 잘못이었어. 빗소리가 너무 세찼고, 아랫목이 너무 따뜻했고, 그리고 나는 심신이 제법 후줄근하니 젖어 있어 너무 기분 좋게 잠이 들어버렸던 거야. 그리고 너무 오래 자버린 거였어. 얼마나 자고 난 다음이었는지, 어느 순간 내가 바깥에서 들려오는 남자들의 말소리에 눈을 번쩍 뜨고 잠이 깨었을 때는, 아까 잠이 들 때까지 고막을 가득 채우던 빗소리는 이미 그쳐 있었고, 그 대신 남자들의 조심스럽게 달래는 듯한, 그러나 어딘지 좀 수선스런 말소리가 들려오고 있질 않겠어. 뭔가 심상치가 않은 예감이었어. 나는 갑자기 숨도 제대로 쉬지 못한 채 바깥 동정에 귀를 기울이고 있었지. 건넌방 베틀에 올라앉아 있는 누님은 아직 바깥 기척을 알아차리지 못한 모양 탕탕 바디 소리만 내고 있더구만. 아니, 그런데 그 바디 소리 사이로 들려오는 한 남자의 소리는 분명 얼굴이 검은 그 개백정ㅡ, 언젠가 어머니가 부탁을 하셨을 때 '그러죠 뭐' 쉽사리 말하고 씩 웃더라는 그 개백정, 그래 놓고도 노랑이를 때려잡아 간 그 개백정의 목소리가 아닌가 말야. 나는 더 이상 견디지 못하고 문을 열고 뛰쳐나가려고 했지. 그러나 이상한 일이었어. 손발이 마비된 것처럼 말을 잘 듣지 않는 거야. 제풀에 맥이 빠져버린 데다가 온몸이 저려오는 것처럼 오그라드는 것이었어. 웬 가슴만 후들후들 떨리더라니까. 바깥에서 들려오는 개백정들의 말소리가 나를 마비시키는 주문이었지. 나는 안타까움 때문에 힘이 다 꽁꽁 쓰였어. 그러나 기어코 문을 열고 나가긴 했지. 하지만 나는 거기서 더욱 기가 죽고 말았어. 밖에는 정말 비가 개어 몇 군데 하늘이 터져 있었어. 마당이 말라 있는 것으로 보아 비가 그친 지가 꽤 오래였던 모양이야. 그러나 그때 나는 그런 것을 보고 있었던 게 아니었어. 무슨 일이 일어나고 있는지도 모르고 부엌문 앞에 무연히 앞산을 향하고 앉아 있는 복술이 놈과, 몽둥이를 뒤에 감춰 들고 그 뒤로 슬금

슬금 다가가고 있는 한 사람의 개백정의 모습과, 그리고 사립 쪽에서 입으로는 복술이 복술이 하고 연신 놈을 달래 부르면서 한편으로는 내가 나타나기를 기다리고나 있었던 듯한 그 얼굴 검은 개백정의 음흉한 눈길, 그 세 가지가 한꺼번에 나의 눈에 들어왔던 거야. 나는 다시 무서운 독에라도 쏘인 것처럼 그 자리에 움찔 멈춰 서버리고 말았어. 얼굴 검은 개백정의 무섭게 부릅뜬 눈을 보자 나는 갑자기 기가 질려버렸고, 그리고 눈앞에 벌어진 급박한 광경은 나의 숨통을 눌러버린 것 같았으니까. 얼굴 검은 진짜 개백정의 시선에 붙잡혀서 나는 꼼짝을 못하고 있었어. 아아 구원은 너무나 먼 곳에 있구나. 그 순간 나는 그런 생각만 들더군. 다름 아니라 그때 내가 생각했던 구원이란 건넌방에서 아무것도 모른 채 바디 소리만 내고 있는 누님이었거든. 어떻게 하든 나는 누님에게 이것을 알려야 한다고 생각했으니까. 그러나 도대체 나는 그 누님에게조차 어떻게 사정을 알릴 수가 없었어. 하지만 그때 마침 기회가 왔어. 복술이 놈이 기미를 눈치챈 것인지 벌떡 일어서더니, 슬금슬금 자리를 피해 달아나질 않겠어. 몽둥이를 감춘 개백정이 발을 멈춰 서버리더군. 나는 그 순간 내 망막에서 얼굴 검은 진짜 개백정의 무서운 눈길이 커다랗게 확대되어 오는 것을 느끼면서 건넌방 누님에게로 후닥닥 뛰어들어갔어.

"웬일이야?"

아무것도 모르고 베만 짜고 있던 누님이 손을 멈추고 나를 돌아보며 묻는 거야.

"복술이 잡아간다…… 복술이!"

나는 몸을 떨며 간신히 말했지.

"지금 사람들이 왔어?"

누님도 물으면서 얼굴색이 갑자기 창백해지더구만. 문을 열어보려고도 하지 못했어.

"그래 지금 밖에 왔어, 나가봐!"

나는 누님을 베틀에서 떠밀어내려 했지. 그런데 그 순간이었어. 밖에서 갑자기 깨갱! 복술이의 목이 째지는 소리가 들려오는 거야. 그러자 누님은 갑자기 탕탕탕 실도 넣지 않고 바디를 사정없이 두들겨대기 시작했어. 그래도 그 바디 소리 사이로 깽깽거리는 복술이의 소리가 섞여 들려왔어. 누님은 정신없이 바디를 더욱 빠르고 세차게 두들겨댔지. 얼굴이 벌겋게 되도록 온 힘을 다해서 말이야. 탕탕탕탕…… 나는 감히 바깥을 나가볼 엄두도 내지 못한 채 그 베틀 한 귀퉁이에 매달려 바디 소리로 귀를 막고 있었어. 그러고 서 있기만 해도 어찌나 힘이 드는지 온몸이 곧 땀에 젖어버렸어. 가슴이 터질 듯이 뛰고 숨이 찼어. 얼마쯤 시간이 지났을까. 누님이 갑자기 바디 잡은 손을 멈추고 베폭 위에다 머리를 푹 박아버리는 거야. 그리고는 힘이 다 빠져나간 사람처럼 꼼짝도 않고 있었지.

그러자 사방이 갑자기 조용해졌어. 복술이의 소리도 개백정들의 말소리도 이미 아무것도 들려오지 않았어.

"좀 나가봐!"

한참 만에 비로소 머리를 든 누님이 베틀에 앉은 채 나를 쳐다보며 힘없이 말했어. 나는 조심조심 방문을 열고 바깥을 내다보았지.

마당에는 역시 아무도 없었어. 복술이도 물론 보이지 않았고 말야. 핏자국 같은 것도 없었어. 비가 갠 마당이 쓸쓸할 만큼 정결스러웠어. 다만 그 정결스러운 마당 바닥에 두어 군데 갈퀴로 후빈 듯한 발톱 자국이 날카롭게 그어져 있을 뿐이었어.

  해가 떨어질 무렵쯤엔 개었던 비가 다시 내리기 시작하더군. 처음에는 또 제법 야단스럽더니 차츰 실비로 바뀌었어. 그때서야 누님은 베틀에서 내려와 저녁을 짓기 시작하는 거야. 나는 그사이 줄곧 마루에 걸터앉아 복술이 생각만 하고 있었지. 누님과는 별로 이야기를 하고 싶지도 않았어. 저녁 연기가 굴뚝에서 피어 나오고, 그것이 마당으로 솔솔 깔려 나가기 시작할 때에야 나는 비로소 마루에서 일어나 사립으로 나갔지. 연기를 바라보고 있노라니 이상하게도 그렇게 떨리기만 하던 가슴이 조금 진정되고, 대신 어떤 아련한 슬픔 같은 것이 스며들기 시작했거든. 아직도 전혀 두려움이 없는 건 아니었지만 복술이의 일을 마저 알아버리지 않고는 배길 수가 없어서였지. 그러나 사립을 나선 나는 바로 그 사립 앞에서 느닷없이 어머니를 만나게 되질 않았겠어. 어머니는 아마 비가 갠 것을 보고 길을 나섰다가 도중에서 또 비를 만나신 듯 후줄근하게 젖은 옷차림으로 급히 골목을 걸어오고 계셨어. 나는 그 어머니를 보자 왈칵 치밀어 오르는 것을 참느라고 이를 악물고 어머니에게로 달려들었어.

  ―어머니, 복술이가 죽었어. 오늘 복술이가······

  그러나 참 이상한 일이었어. 어머니는 어쩌면 복술이를 벌써 단념하고 계셨거나 아니면 조금 전 마을로 들어오시면서 소식을 먼저 들으신 듯싶었어. 나의 말에는 아무 반응도 없이 급히 집 안으로 들어가시고 마는 거야. 그러곤 곧 허물어질 듯 마루로 달려가시더니 젖은 옷도 벗지 않으신 채 느닷없이 울음부터 터뜨리시는 것이었어. 짐작이 갔지. 부엌에서 곧 누님이 달려 나왔지만 어머니는 그 누님도 전혀 아랑곳을 않으셨어. 그러나 어머니는 오래 우시지는 않았어. 그리고 울음소리도 언젠가 그 여우고개 숲 속에서처럼 목청껏 소리를 내어 우시는 게 아니었어. 소리를 죽이며 아주 부끄럽게 우시는 거야. 그리고 억지억지로 참아서 드디어 마지막 소리를 깨물어버린 어머니는 이젠 영 정신이 나간 사람처럼 멍하니 허공만 쳐다보고 앉아 계시지 않겠어. 그 어머니는 좀처럼 마음을 돌리실 것 같지가 않았어. 어둠이 검은 물감처럼 대기를 천천히 적셔오고 있었지.

그런데 그때였어. 벌써 가죽이 벗겨졌으리라 여겼던 복술이 놈이 뜻밖에도 비실비실 꼬리를 흔들며 사립문을 들어오고 있지 않겠어. 그것을 보자 나는 일순 이상한 착각에 빠져버리고 말았어. 어둠이 좀더 짙은 담벽 밑에 꼬리를 어른거리는 복술이 놈이 마치 무슨 그림자나 놈의 유령처럼 보인 거야. 그러나 그것은 분명 착각이었지. 유령처럼, 그림자처럼 여겨지던 복술이 놈은 녀석이 내게 항상 쓰다듬어주기를 바랄 때처럼 목을 길게 뽑고 주둥이 춤을 추면서, 그리고 간헐적으로 꼬리를 흔들어대면서 우리가 앉아 있는 마룻장 아래까지 다가들어 오는 거야. 발 하나를 몹시 절뚝거리고 있었어. 게다가 가까이서 보니 녀석은 두 눈마저 이미 시력을 잃고 있는 것 같았어. 오른쪽 눈은 눈두덩이 두껍게 부어올라 이미 뜰 수조차 없게 되어 있었고, 피가 흐르고 있는 왼쪽 눈은 그 피로 범벅이 된 눈두덩 털 때문에 형체조차 잘 알아볼 수가 없었어. 피는 눈에서 흐르는 것뿐 아니었을 거야. 녀석의 머리통 부근과 탐스럽던 털의 이곳저곳에까지 붉은 핏자국들이 번져 있었어. 비를 맞아 그게 더 낭자했지. 나는 녀석이 다가들자 나도 모르게 치를 떨었어. 복술이는 이미 재롱스럽거나 외삼촌네에게서 집으로 돌아왔을 때처럼 대견스럽거나 신기하거나, 그보다 하루 종일 암소 곁에 붙어 있다 점심거리를 가지고 나간 나를 향해 덤벼들 때처럼 귀여울 수가 없었어. 가엾을 뿐이었지. 그 모든 일들은 오히려 오늘 놈을 더욱 불쌍하게 만들기 위해 있었던 것으로만 생각될 지경이었어. 이제 그런 일은 지금의 복술이와는 아무 상관도 없는 일들이었단 말이야. 나는 왠지 불현듯 화가 치밀어 올랐지 뭐야. 나를 화나게 한 녀석까지 참을 수 없게 미워졌어. 나는 꼼짝도 하지 않은 채 녀석을 노려보고만 있었지. 어머니는 아직도 복술이의 출현을 알지 못하고 계셨고. 그런데 녀석은 그런 몰골을 하고도 어떻게 주인을 알아보는지, 그 보이지 않는 눈을 들어 주둥이를 내 앞으로 쳐들곤 꼬리를 천천히 흔들어대지 않겠어. 그러다가는 추운 듯이 몸을 한번 부르르 떨면서 털에 밴 물기를 튕겨대는 거야. 그 바람에 나는 더 견디지 못하고 허엇 괴성을 지르며 어머니의 팔로 매달리고 말았지. 그러자 진짜 일은 그다음에 일어났어. 멍하니 허공만 바라보고 계시던 어머니가 내 괴성에 놀라 비로소 복술이 쪽을 보셨겠지. 갑자기 얼굴이 파랗게 질리며 까무라쳐버리시는 거야…… 저리…… 저어리…… 비슬비슬 마룻바닥으로 넘어지시며 어머니는 소름이 끼치는 얼굴로 원망스러운 듯 중얼거리셨어. 복술이더러 가까이 오지 말라거나 놈을 쫓아버리라는 시늉 같았어. 어머니의 놀란 소리에 부엌에서 누님이 달려 나오고 찬물을 떠다 어머니 얼굴에 뿌리고 소동이 벌어졌지.

 나는 누님이 어머니를 고쳐 눕히고, 그리고 이웃으로 사람을 부르러 달려 나간 사이에 아직도 댓돌 부근에서 눈치를 살피듯 간헐적으로 힘없이 꼬리를 흔들며 주둥이 춤을 추고 있는 복술이 놈을 죽어라 내쫓았지. 어머니 때문에도 그럴 수밖에 없었지만, 나는 비적비적 입으로 새어 나오는 소리를 악물며 주먹질로 마구 복술이를 내몰아댄 거야. 하지만 복술이는 여전히 꼬리를 흔들며 얼마만큼씩 달아나는 시늉을 하다간 다시 목을 비틀어대며 부득부득 내게로 다가들곤 했어. 나는 일부러 뒤로 멀찌감치 물러서서 돌멩이질을 치기도 했어. 그제야 복술이 놈은 슬금슬금 사립 쪽으로 달아나기 시작했지. 나는 더욱 심하게 달아나는 녀석에게 돌멩이질을 쳤어.

 "이놈의 새끼! 나가! 가버려! 뒈져버려!"

 골목으로 나와서부터는 악을 쓰면서 돌팔매질을 했지. 복술이 놈은 이제 할 수 없는 듯 골목 끝 어둠 속으로 그림자처럼 천천히 사라져 들어갔어.

 그런데 내가 그런 식으로 어머니에게서 복술이를 쫓아버린 것은 역시 잘한 일이었던 모양이야. 이웃 아주머니 한 분과 누님이 급히 돌아왔을 때 어머니는 우리 세 사람이 지켜보는 가운데 곧 정신이 드셨어. 그런데 그 어머니가 정신이 드시자마자 곧 복술이 놈부터 물으시는 거야.

"복술이…… 복술이…… 아직도 거기 있냐?"

어머니는 그러시며 고개부터 일으키려고 애를 쓰셨어.

"없어요. 쫓아버렸어요."

내가 재빨리 대답해드렸지.

"왜들…… 왜들 그 꼴로 만들어…… 숨을 아주 뚝 끊어놓지 못하고……"

어머니는 중얼거리시다 물을 찾으셨어. 자리를 방으로 옮겨 눕히고 나서 누님이 입술에 냉수를 적셔드리자 어머니는 이번에는 아무 말씀도 없이 무슨 생각에 깊이 가라앉아버리신 듯 멀겋게 뜬 눈을 천장에다 고정시켜버리셨어. 답답하도록 긴 침묵이 방 안을 지키고 있었지. 이윽고 그 멀겋게 뜬 어머니의 눈망울에 눈물이 고이기 시작하더군. 그러자 누님의 눈에도 눈물이 고였어. 누님은 곧 부엌으로 나가버렸지.

느지막이 저녁을 마치고 났을 때, 혼자 나는 어두운 골목을 나섰지. 그러지 않을 수 없었다니까. 우리가 저녁을 먹는 동안 미음을 몇 술 뜨고 나신 어머니는 무슨 생각을 하셨는지, 이번에는 또 복술이 놈이 어떻게 되었나 찾아보라는 말씀이었거든. 누님과 나는 등불을 들고 온 집 안을 뒤져보았지. 마루 밑도 비춰보고 외양간도 비춰보고 그리고 부엌이며 헛간의 짚벼늘 밑도 모두 말이야. 그러나 복술이 놈은 보이질 않았어. 집 안을 샅샅이 뒤져보고 난 뒤 누님은 단념을 하고 방으로 들어가버리더군. 그러나 나는 바깥을 좀더 찾아보고 싶었어. 놈이 골목 어디에서 데리러 오기를 기다리고 있는 것만 같았거든. 아니 어쩌면 놈은 벌써 그 개백정들에게 다시 붙들려 껍질을 벗기우고 말았을지 모른다는 생각도 들었어. 어느 쪽이든 나는 알아버리지 않고는 견딜 수가 없었던 거야. 아니, 이젠 좀 나 혼자 있고 싶은 생각도 있었지. 나는 누님이 등불을 들고 나가라는 것도 거절하고 어둠 속으로 혼자 골목을 나섰어. 비는 개어 있었지만 하늘에 아직 구름이 두꺼워서 골목은 앞뒤를 가릴 수 없게 어두웠지. 나는 열 번도 더 복술이 놈이 내 바짓가랑이를 스치고 지나가는 듯한, 또는 꼬리나 주둥이가 손끝에 닿는 듯한 착각에 섬뜩섬뜩 놀라며 어둠 속을 더듬어나갔어. 골목을 앞으로 더듬어나갈수록 어둠이 조금씩 길을 터주었지. 어릿어릿 눈앞이 틔어오자 복술이가 옷깃과 손끝을 스치는 듯한 착각도 그만큼 더했어. 그리고 착각으로 놀랄 때마다 나는 마치 복술이의 혼령이라도 만난 것 같아 놈이 이미 가죽을 벗기워버렸을 듯한 불안에 휩싸였지. 그러자 이윽고 나는 좁은 골목을 벗어나 넓은 길로 나서게 되었어. 그리고 거기서부터는 곧장 걸음을 빨리하여 이장네 집 쪽으로 곧바로 올라가는 거야. 그곳 사랑채로 가보면 모든 것을 알 수 있으리라는 생각이었지. 언제나 그 사랑채에는 동네 어른들이 모여 있었거든. 마을에 무슨 일이 있을 때는 말할 것도 없고, 누구 다른 집에서 사람이 죽거나 제삿날이 되거나 시집 장가를 가는 잔치가 벌어져도 사람들은 오히려 그 이장네 행랑채로 모여들었으니까. 물론 그런 특별한 일이 없어도 그 행랑채에는 언제나 몇 명씩 사람이 모여들어 있었지. 그렇게 모여서는 마을 일에 관한 이야기를 하거나, 그날로 제삿날을 정해 죽은 사람이나 잔칫집 일에 관한 이야기들을 하는 거야. 개 공출이 시작된 뒤로 그 개백정들이 늘 거기로 모여들어 지내오고 있었을 것은 말할 것도 없었지. 아니, 그 개백정들은 전부터도 늘 거기에 모여 지내오다가 개 공출이 시작되자 아예 본격적인 개백정 노릇으로 나섰다고 하는 편이 옳을 거야.

하여튼 그 이장네 사랑채로 가보면 모든 것을 알 수 있을 것 같았어. 복술이를 죽였다면 그 이야기가 있을 것이고, 그리고 그 가죽을 벗긴 흔적이 어디에고 남아 있을 것이니까. 나는 골목을 재촉해 올라갔지. 그 길에선 별로 복술이가 스치는 착각을 만나지도 않았어. 그전엔 자주 오줌을 싸러 나다니던 동네 개들조차 어른거리지 않았으니까. 앞산에 요란스런 산울림을 만들며 짖어대던 개 소리가 한 곳에서도 들리지 않는 걸 보면, 이제 이 동네에는 개들이 씨조차 말라붙어버린 것 같았지. 그래서 골목길은 더 텅텅 빈 것 같더구만. 다만 가끔씩 깡마른 기침 소리를 한두 번씩 남기고 말없이 지나가는 사람의 그림자뿐이었어.

이장네 사랑채가 눈앞에 이르자 나는 다시 가슴이 떨려오더군. 잠시 어머니의 창백한 얼굴과 복술이를 찾아보라시던 알 수 없는 말씀이 떠올랐어. 막연한 예감으로 그럴수록 가슴이 더 떨려왔어. 나는 그 떨리는 가슴을 진정시키기 위해 잠시 걸음을 멈추고 노리끼한 석유등 불빛이 물들어 있는 사랑방 창문을 노려보고 서 있어야 했었어. 그러자 왁자한 웃음소리가 마치 그 창문을 열어젖힐 듯 쏟아져 나왔고, 나는 그 웃음소리에 이끌려가듯 창문 앞으로 몸을 옮겨가게 됐어. 마루도 없는 댓돌에 여남은 켤레나 되는 고무신짝들이 어수선하게 널려 있더군.

"그래 개 가죽 공출은 끝났단 말이지?"

"아따, 그 사람 말귀가 어둡기는. 개 가죽 수가 모자랐다면 왜 하필 그 집 개를 때려잡으려고 했겠어."

예상대로 안에서는 마침 개 공출 이야기를 하고 있는 중이 아니었겠어. 나는 숨을 죽이며 귀를 쭈뼛 세우고 다가섰지. 가슴이 아까보다 더 뛰어댔어. 묻는 사람은 마침 아까 어머니를 돌보러 집에 와주신 이웃 아주머니네 아저씨였고, 의기양양한 비아냥기 대답은 바로 얼굴 검은 그 개백정이 틀림없었어. 이웃 아저씨가 말을 잘 알아듣지 못했던 모양이야. 다시 개백정의 말소리가 들려나왔어.

"하 이 사람, 그래도 알아듣질 못하는군그래. 내 더 똑똑히 말해주지. 한마디로 개 가죽 공출은 이미 끝났다 이거야. 아니 공출이 끝나지 않았대두 좋아. 어쨌든 오늘은 그 집 개를 때려잡아야 했어. 생각 좀 해보아. 오늘은 비가 오지 않았나 말이야. 자네도 입이 구려서 이리로 왔겠지. 개 가죽은 수가 넘는다고 수납관이 벌을 주지는 않을 테거든. 그런데 다른 집 개는 때려잡아보았자 가죽은 벗겨 공출을 하고 고기는 개 임자에게 돌려주구, 뭐 하러 개백정 노릇을 사서 하겠어. 우린 개 가죽이나 삶아 먹나? 아니면 고기 먹구 싶다고 사 먹을 돈이 있나? 자네 그런 돈 있어?"

더 들을 것도 없이 복술이 이야기였어. 그러나 아직도 복술이가 아주 죽었는지 어쨌는진 알 수 없었지.

"그렇더라두 왜 하필 그 댁 개를 잡으려고 했나 말일세. 그 집에선 벌써 한 마리가 죽었는데."

이웃 아저씨는 아직도 납득이 잘 가지 않는다는 말투더군.

"무슨 소리야. 여태까지 설명을 했는데두!"

개백정의 목소리는 이제 몹시 짜증스러워지고 있었어.

"그 집 개를 한 마리 잡아봤으니까 오늘도 그 집 개를 잡아야 했다 이거야. 자네 전번 그 집 노랑이 잡았을 때 고기 먹고 한 소리 생각나지 않아? 속상하다구 고기도 안 찾아가는 집개만 때려잡으라구 말이야. 하여튼 모르겠거든 이따 고기나 많이 먹어. 공짜 개고기에 배가 불러오면 자연 알게 될 일이니까."

하하하하…… 웃음소리가 또 한바탕 창문을 두들기는 것이었어. 그 웃음소리 속에는 여태까지 따지고 덤비던 그 이웃 아저씨의 소리도 끼어 있었지.

나는 맥이 축 빠졌어. 복술이는 이미 죽은 게 분명했으니까. 그러고 보니 사랑채 끝에 붙은 이장네 외양간에 석유등이 매달려 있는 게 수상쩍더군. 그러나 막 그쪽으로 발을 옮기려다가 나는 다시 발을 멈추고 말았어. 다시 다른 남자의 말소리가 들려왔기 때문이야.

"하여튼 안되었어. 그 양반 친정 일로 잔뜩 속이 상해 있는데 자꾸 이런 일까지 보게 되어서."

그러나 개백정 사내가 변명을 하듯 그 말을 받는 거야.

"그래, 나도 그 양반이 친정 동네로 가고 없다기에 그사이에 해치운다는 게 재수가 없다 보니까…… 내 솜씨로 꼭 한 대면 족할

걸 그 꼬마 녀석 맡느라구 서툰 손을 빌렸더니 그만…… 한데 하필 또 그 양반이 그사이에 돌아올 게 뭔가."

말이 잠시 끊어지는 듯하더니 개백정은 다시 힘을 얻어 계속했다.

"그래, 난 영 틀린 줄 알았더니 그놈이 다시 슬금슬금 목을 내밀고 나타나지 않겠나. 안됐지만 어쨌든 그 양반 속이 뒤집힌 덕분에 일이 됐지."

"속이 뒤집혀도 이만저만이 아니겠지……"

이번엔 이웃 아저씨의 목소리였어. 나는 등불이 매달린 외양간 쪽으로 발길을 돌리고 싶은 충동을 누르며 좀더 귀를 기울이고 있었지.

"친정 조카가 세상이 아주 다 바뀐 줄 알고 돌아오다가 잡혔다던가?"

이번에는 다른 사람의 목소리였고.

"글쎄, 위인이 하루 이틀만 더 기다렸다가 길을 나섰으면 되었을걸. 산으로 쫓기던 잔당 몇 놈에게 마지막으로 붙잡혀 당하고 말았다는 게야……"

이웃 아저씨의 대답이었다. 쯧쯧. 누군가 혀를 차는 소리.

"글쎄, 이젠 제 집에래야 남은 사람두 없는데 뭐가 급하다구 그리 서둘러 나서다가 그랬군."

또 다른 사람.

"속을 상했을 건 그뿐만이 아니었지. 어떻게 돼 나온 소린지, 놈들이 아직 그 양반 조카를 죽이지도 덜한 채 가마니에 처넣어 흙구덩이 속으로 던져넣고 갔는데, 그러니까 위인은 구덩이 속에서까지 살려달라고 애원애원하다가 죽어갔다는 게야."

다시 이웃 아저씨의 말이었어.

"그런데 그 양반 소문도 못 듣고 조카 소식 기다리러 친정엘 가 있었군."

"마음이 워낙 약한 분이라 어떻게 말을 일러줄 수도 없고. 그래 다 알면서도 이야길 못 해줬지. 아까 돌아왔다니 이젠 다 사정을 알고 왔을 테지."

"에이, 그런 꺼림칙한 소리들 그만해. 내가 단변에 그놈 개 숨통을 빠개놓는 것인데……"

개백정이 아쉬운 듯 혼자 중얼거리고 있었어. 나는 더 이상 거기 서 있을 수가 없어졌어. 그래 그쯤 몸을 움직여 달아나려고 했지. 그러나 내 발걸음은 사립문 쪽으로 나가지 못하고 자꾸만 등불이 걸려 있는 외양간 쪽으로 끌려가고 있었어. 역한 냄새가 코를 찔러오기 시작하더군. 하지만 나는 숨을 될수록 적게 들이마셔 가며 기어코 외양간 문지방까지 들어서고 말지 않았겠어. 뚜껑도 덮지 않은 커다란 가마솥이 뿌연 김을 뿜어대며 맹렬히 끓고 있더군. 희미한 등불이 그 뿌연 김 속으로 끓고 있는 가마솥을 역시 희미하게 비추고 있었지. 역한 냄새가 더욱 짙게 내 몸을 적셔왔어. 나는 그 뿌연 김을 헤치고 가마솥 속을 들여다보았지. 그리고 그 김 속에서 내 시력이 조금씩 열렸을 때, 나는 지금까지 아주 조금씩 들이마시고 있던 호흡을 아주 정지하고 말았어. 그렇다니까. 솟구쳐 오르는 물길 위에 솟아올라 있는 것은 분명 복술이의 머리통이었어. 털이 벗겨져서 잘 알 수는 없었지만, 머리통의 크기며 윤곽, 그리고 언제나 번들번들 젖어 있던 검은 콧등이며가 복술이 녀석임에 틀림이 없지 뭐야. 아니, 그런 것보다 먼저 나는 그 뿌연 김 속에 끓고 있는 살덩이의 윤곽을 보자마자 벌써 그것이 복술이의 머리통이라고 믿어버리고 말았어. 그 복술이의 머리통은 짧게 째진 두 개의 상처처럼 눈을 감은 채 언제나 분별없이 나의 다리와 뺨을 핥아대려고 덤비던 혀를, 윗입술이 걷어 올라가서 무섭게 길어 보이는 이빨들 사이로 반쯤 깨물고, 그리고 사람처럼 번들거리는 얼굴에 땀을 뻘뻘 흘리며 익어가고 있었던 거야.

(『68문학』제1집, 1969년)

보너스

12시 반에 점심을 먹으러 나갔던 직원들이 3시가 넘어서야 하나 둘씩 편집실로 돌아왔다. 자리가 대강 메워진 것은 거의 4시가 다 되어서였다. 다른 때 같으면 어림도 없는 일이다. 야근 많고 퇴근 시각 일정치 않은 회사가 으레 그렇듯 이 잡지사도 출근부터 퇴근까지의 시간 관리는 어디 못지않게 엄격했다. 여느 날 같으면 오늘 아침도 사장이 서무계 앞에 놓인 출근부를 정시에 회수해가버렸을 것은 물론, 점심시간에도 꼭 1분이 지난 1시 31분에는 사장실 도어를 열고 편집실로 나와 나중에 들어오는 친구들을 물끄러미 바라보고 서 있었을 것이다. 으레 사장은 그리고 나서야 점심을 먹으러 나갔으니까. 그렇다고 사장이 지각자들을 불러 세워 꾸짖는 일 따위는 없었다. 생각을 모아뒀다가 회의석상 같은 데서 근무시간을 엄수하라고 넌지시 주의를 환기시켜오는 일도 없었다. 그러니까 그 점심시간이 끝나고 사장이 취하는 거동새는, 사장실을 나가는 길에 사무실을 한번 둘러보다 때마침 문을 들어서는 직원과 마주친 듯 묵연해 보이는 그런 것이었다. 그러나 편집실 직원들은 사장의 그런 거동을 누구 한 사람 그렇게 해석하고 있지 않았다. 출근 시간에는 누구나 사장을 생각하며 출근부가 사라지기 전에 도장을 찍으려 서둘렀고, 점심시간이 끝나서는 혼자 사장의 시선을 견디게 되지 않으려 애썼다. 모두들 말 없는 사장의 시선을 두려워했다. 그것은 내가 이 잡지사로 오기 전부터도 그렇게 되어 있던 일이었다.

그러나 오늘은 달랐다. 아침때만은 근무 시작 전에 일제히 회사 문을 들어서서 출근 도장을 찍더니, 점심을 먹으러 나가서는 무슨 배짱들이 생기는지 느지막하게, 그것도 누구의 눈치를 보거나 서둘러대는 빛이 없이 어슬렁어슬렁 문을 들어선 것이다. 하긴 나 역시 2시가 가까워서야 사무실로 돌아왔으니까. 사장이 1시 31분에 편집실을 지키고 서 있다 나갔는지 어쨌는진 모르겠다. 하지만 나보다 한 시간이나 두 시간을 더 늦은 친구들도 오늘은 사장에 대해 전혀 괘념을 않는다는 얼굴들이었다. 뿐만 아니라 사무실을 들어와서도 누구 한 사람 일을 손에 잡으려고 하질 않았다. 다른 때 같으면 1분만 늦게 들어와도 어떤 만부득이한 사정 때문에 급한 사무를 미루어놓았다는 듯, 이제 겨우 차분히 일을 시작할 수 있게 되어 마음이 놓인다는 듯, 걸상을 채 엉덩이에 붙이기도 전에 펜을 찾고 서랍을 뒤지고(그래 봐야 기껏 교정지 나부랭이나 꺼내놓는 게 고작이지만) 하던 친구들이 오늘은 영 딴판이다. 자리에 앉지조차 않고 어슬렁어슬렁 편집실을 서성거리며 남의 책상을 기웃거리거나 유리창가로 가서 바깥 거리를 내다보며 담배 연기나 내뿜고들 있었다. 겨우 자리에 앉아 있는 친구들도 며칠 지난 신문 쪼가리를 읽고 있는 중이 아니면, 회사 일과는 상관없는 다른 엉뚱한 생각에 싸인 모습들이다. 아무도 말이 없었다. 말뿐 아니라 표정들도 없었다. 아니 한 가지 표정이 있다면, 그건 자리에 앉아 있건 어슬렁거리고 있건 창밖을 내다보고 있건 담배를 피우며 생각에 싸여 있건, 하나같이 어떤 여유를 지니려고 애들을 쓰고 있는 것이었다. 여유— 그것이 적당한 말이다. 6시 퇴근 시각까지는 어떤 식으로든지 여유를 가지고 기다려야 하는 것이다. 6시에 희망이 있는 것이다. 만약 그 6시의 희망에 어떤 확신이 없다면 지금 이 사람들은 도대체 여기에 어슬렁거리고 다시 모여들 이유가 없었다. 6시의 희망에 대한 확신은 곧 이들이 그때까지 시간을 견딜 수 있는 여유를 만들어주는 것이다. 반면 이들이 굳이 여유를 만들려 애를 쓰는 것은 그 6시에 대한 확신이 없다는 것, 말하자면 오늘만은 굳이 퇴근 시각으로 정해진 6시까지 기다려야 할 이유와, 사무실에 아직 무슨 용무가 남아 있는 것처럼 유유히 기다리고 있을 마음의 여유가 없다는 것이기도 했다. 그래 이들은 스스로 여유를 지니려 하였다. 그럴 수밖에 없었다. 그런데 웬일인지 정작 그 6시에 해답을 줘야 할 당사자인 사장은 코끝조차 내밀지 않고 있었다. 시간은 그 어두컴컴한 사무실에 깊은 초조와 불안기를 뿌리면서 그 6시를 향해 바작바작 다가들어가고 있었다.

"젠장, 크리스마스라고 날씨만은 갖출 구색을 다 갖추는군. 눈이 오는데……"

멍하니 유리창가에서 담배 연기를 뿜고 서 있던 D군이 동의를 구하듯 동료들을 돌아보며 중얼거렸다. 정말 어느 때부턴지 눈송이가 창문 가득히 덩이져 내리고 있었다. 모두들 눈을 들어 새삼스러운 듯 유리창을 내다본다. 그러나 아무도 D의 말에 응답을 보내려고 하지는 않았다.

"빌어먹을…… 이런 날은 좀 일찍 일을 서둘러주지 않구……"
어느 구석에선가 불쑥 그런 불평이 한마디 터져 나왔을 뿐이었다. 그러나 그뿐 다시는 아무도 말이 없었다. 유리창가의 D군도, 방금 불평을 내뱉던 친구도 하나같이 자신의 여유를 회복하려 애쓰는지 다시 잠잠해져버렸다. 하지만 6시에 나올 해답이 기대와 다른 것이라면, 그리고 사장은 지금 사원들이 이미 모든 것을 단념하고 깨끗이 퇴근을 해버렸거나. 또는 그랬기를 바라고 있다면, 이 여유 있는 표정들이란 얼마나 우스꽝스러운 것이 되고 말 것인가. 나는 목구멍에서 자꾸만 웃음이 기어올라오는 것을 참고 있었다. 그러나 또는 그런 것을 예감하기 때문에 우리는 더욱 시치미를 떼며 여유 있는 표정들을 짓고 있었다. 뻔한 속들이었다.

12월 24일. 크리스마스 보너스를 기다리고 있는 것이다. 크리스마스 보너스가 약속된 일은 없었다. 보너스 같은 건 일찌감치 단념해두는 게 좋다고 속 시원히 선언된 일도 물론 없었다. 그런데 12월에 접어들면서부터 회사 안에선 누구의 입에서부터인지 크리스마스 보너스에 관한 소문이 나돌기 시작했다. 처음에는 그저 막연히 보너스가 있으리라는 정도의 이야기가 떠돌아다니더니, 그게 나중엔 제법 1백 프로니 50프로니 하고 지급액 비율까지 구체적으로 쳐드는 친구들이 나섰다. 어느 땐가는 1년 이상 근속자에게만 1백 프로가 지급되리라는 소문이 나돌아 신참자들을 실망시키기도 했고, 다음 날은 또 일률적으로 50프로가 지급되리라는 소문이 하급직 사원들을 다시 안심시키기도 했다. 그러나 바로 또 다음 날엔 그도 저도 아주 아무것도 없을 것이라고 했다가, 오후에는 다시 그 보너스 지급일이 연말로 미루어졌다기도 했다. 나중에는 아예 몇 가지 소문이 한꺼번에 편집실을 돌아다니며 사원들끼리 이러쿵저러쿵 말쌈까지 시켰다. 그러나 정작 소문의 진원은 드러나질 않았고, 사원들에게 희망과 실망을 판가름해줄 사장은 그런 소문을 전혀 모른 체했다. 어쩌면 사장은 그렇게 여러 가지 소문을 번갈아 퍼뜨려 직원들이 갈팡질팡 눈치만 보다가 종국에는 제풀에 지쳐빠지게 하려는 속셈인지도 몰랐다. 도대체 일언반구 언질이 없었다. 직원들은 결국 열심히 풍문만을 쫓아다니다 제풀에 피곤해지고 비굴해져서 당일에는 막상 이러지도 저러지도 못하고 눈치만 살피게 되어버린 꼴이었다. 이젠 더 그런 이야길 할 수도 없고, 그렇다고 훌쩍 다 단념하고 사무실을 나가버리기도 어려운 것이다. 나가보아야 별 신통한 수도 없는 일, 6시까지 기다려보기나 하자는 속셈들이었다.

그런데 그럭저럭 5시가 넘어서는데도 사장은 아직 얼굴을 내밀지 않는다.

사무실에선 그러자 이상한 일이 일어나기 시작했다. 일거리를 덮고 앉아 있던 친구들이 하나씩 둘씩 다시 일거리를 꺼내들기 시작한 것이다. 남의 책상을 기웃거리며 어슬렁거리던 친구도, 창문 앞에서 눈을 내다보고 있던 D군도 오늘 중에 마침 끝내야 할 일이 생각난 것처럼 새삼스럽게 일거리들을 꺼내들기 시작했다. 하여 6시의 반시간쯤 전부터는 누구 한 사람 그 6시 따위는 이미 염두에도 두고 있지 않는 사람들 같았다. 그러나 물론 그렇지는 않았다. 그렇지가 않다는 것은 누구나 알고 있었다. 이 회사에서는 가끔 월급이 제날 제시간에 나오지 않는 수가 많았는데, 그런 날은 퇴근 시각이 지나서도 모두들 쉽사리 일을 끝내려고 하지 않았으며, 한 시간쯤 지나도록 별다른 소식이 없으면 그제야 겨우 일을 다 끝낸 듯이 일어서며, 그때 마침 오늘이 월급날이라는 것이 생각났다는 듯이, 참 오늘이 월급날이지, 어떻게 오늘 안 되었나, 중얼중얼하면서 풀이 죽어 회사 문을 나선 경험들을 누구나 가지고 있었으니 말이다.

—에이 빌어먹을!

책상 서랍을 모조리 정리해두고 나서도 끈기 있게 자리를 지키고 앉아 하나하나 동료들의 표정을 살피며 그 표정들 뒤에 숨은 속내들을 헤아려보고 있던 나는, 결국 더 이상 견디지를 못하고 자리를 일어서고 말았다. 더 그러고 있을 수가 없었다. 나로 말하면 그야 어느 쪽이나 상관이 없었지만, 사장이란 자가 괘씸하기 짝이 없었다. 도대체 이런 모욕이 어디 있단 말인가. 요즘 보너스라는 것이 주고 싶으면 주고 싫으면 말 수 있는 엿장수 선심거리 항목인가. 그건 이제 주는 쪽에선 줘야 할 의무가 있는 것이고, 받는 쪽은 당당히 받아낼 권리가 있는 급료 항목이었다. 회사 사정이 그렇게 할 수 없다면 가부간에 무슨 설명의 말이라도 있어야 할 것 아닌가. 이런저런 소문을 퍼뜨려놓고, 가령 그 소문의 진원이 사장 자신이 아니라고 하더라도 이런 때 사원들의 기대가 어떤 것이라는 것쯤 번연히 알면서 이렇게 싹 모른 첼 하다니. 하지만 내가 자리를 차고 일어선 것은 그 사장이 서운하고 괘씸해서만은 아니었다. 사장에 대해서라면 나는 이미 감정이 거의 다 정리되어 있었다. 만약 이번 크리스마스 보너스가 없으면 깨끗이 회사를 집어치우기로 한 거였다. 한번 속은 셈치고 회사를 옮겨버리면 그뿐, 굳이 사장에게 욕지거리를 하고 싶지는 않았다. 그 계기로 좋은 자리를 잡아 앉으면 오히려 전화위복이 될 수도 있었다. 그래서 이미 책상 서랍을 깨끗이 정리해둔 터. 막연하긴 하지만 새 취직자리를 찾아보면 아마 이곳보다는 나은 곳을 얻어낼 자신이 있었다. 게다가 이 회사로 온 이후 나는 내 전직에 대해 거의 하루도 후회를 하지 않고 지낸 날이 없던 터가 아닌가. 나를 견딜 수 없게 한 것은 사장이 아니라 사무실 동료들이었다. 전혀 중력이 없는 인간들 같았다. 어떻게 그렇게 배짱들이 없다는 말인가. 도대체 사장 앞에 나서서 보너스가 있을 것인지 없을 것인지 가부를 물어보는 녀석이 한 놈도 없었다. 공연히 눈치들만 보다가 제풀에들 비굴해져 있었다. 하긴 배짱이 있을 턱이 없었다. 장가들은 일찍 가서 앞뒤로 주렁주렁 처자식들이 딸려 있는 데다가, 이곳에서 사장의 눈에 나면 당장 어디 자리를 옮겨 마련할 주변들이 못 되었다. 똥배짱을 부렸다가 쫓겨나느니 보너스 그까짓 것 주면 받고 안 주면 말고 넌지시 기다려보거나 하는 게 낫다는 속셈들인 게 뻔했다. 그게 더 견딜 수가 없었다. 주면 받고 안 주면 그 당장 자리를 옮기기로 작정한 나로서는 이러쿵저러쿵 괜히 나설 계제가 아니었다. 하지만 그저 웃음이나 참으며 바라보고 있으려니 그런 내 쪽에서 먼저 울화가 치밀어 올라버리고 만 것이다. 그래 사무실을 나오면서도 나는, 이 몇 개월을 그 중력 없는 인간들 사이에서 지내온 것이 다시 한 번 후회가 되고 있었다.

사무실을 나오자 나는 시원한 바깥 공기에 한두 번 심호흡을 하고 나서 맞은편 S호텔 지하실로 향했다. 진짜 이런 기분으로 빠찡꼬(영어로는 슬롯머신이라 하는 모양인데 우리말엔 부를 만한 명칭이 없고 다들 빠찡꼬라고 했다)를 하러 가보기는 오랜만의 일이었다. 이 회사를 처음 와서 얼마 동안 나는 꼭 이런 기분으로 이곳엘 다녔다. 처음부터 이상하게 중력이 느껴지지 않는 동료들 속에서 우물쭈물 시간을 보내다 정 머리가 트이지 않을 때 나는 곧장 이 지하실로 건너왔다. 뭐 굳이 돈을 따겠다는 욕심에서가 아니었다. 내가 이 도박 기계 앞에 서기를 좋아하는 데는 다른 조그만 이유가 있었다. 그건 긴장감이었다. 자신에게마저 전혀 중력을 느끼지 못하는 상태로 사무실을 걸어 나와 지하실로 내려와 이 기계 앞에 서면, 나는 첫번 손잡이를 당기는 순간에 벌써 몸이 번쩍 굳어지며 긴장을 하게 되는 거였다. 그 긴장감은 마치 쭈그러진 고무 인형 속에다 바람을 불어넣듯이 한번 손잡이를 당길 때마다 나의 속으로 가득가득 채워 들어와서 사무실에서 흐물흐물 늘어지고 쭈그러진 내 형체를 금세 다시 되살려내주는 것 같았다. 코인이 짜르륵 철판 위로 쏟아져내리는 소리는 뭔지 모르게 흐리터분한 것들을 머릿속에서 한꺼번에 확 씻어내주는 것 같았다. 친구들과 화투판을 벌일 때와는 다르게 이곳에선 돈을 잃어도 별로 불쾌하지가 않다는 이점도 있었다. 화투 놀이 때는 상대가 속이 놀놀한 사람이기 때문에 돈을 1백 원만 잃어도 여간 화가 나는 게 아니지만, 여기에선 몇백 원쯤 잃고 나도 결코 그런 식으로 화가 나는 법이 없었다. 혹시 주머니를 털리고 나오면서 느끼는 감정이 있다면, 그건 늘 조금이라도 더 그 기계 앞에 서 있었으면 하는 아쉬움이거나 잭팟의 기회가 아깝게 지나가버린 데 대한 안타까움이거나 하는 것이지, 매정스레 코인을 먹어버린 도박 기계에 대한 불쾌감이나 노여움은 아니었다. 그러나 이런저런 이점에도 불구하고 나는 처음 며칠밖에 이곳엘 다니지 못했다. 처음부터 돈을 따겠다고 한 짓거리가 아니고 또 돈을 잃어도 결코 불쾌해지는 일이 없다곤 했지만, 그러나 이 녀석은 너무 자주 그리고 빨리 주머니를 털어갔다. 밑천을 당해낼 재간이 없었다. 그래 나는 일찌감치 발길을 끊고 지내려 했다. 그런데 당장엔 또 그럴 수가 없었다. 사무실 친구들이 어느새 나를 빠찡꼬 광으로 치부해버린 때문이었다.

"거 꽤 좋아하시나 보던데 큰일 납니다."

"잃게 되어 있어요. 돈을 딸 수가 있나요. 다니지 마세요."

이러고들 충고를 했다. 또는,

"사장님이 아시면 좋아하시지 않을 겁니다."

지레 겁을 먹는 시늉을 하기도 했다. 그러나 그렇게 말하는 어느 한 사람도 정작 S호텔 지하실로 건너 빠찡꼬 놀음을 해본 것 같지는 않았다. 일테면 위인들은 그런 식으로 외려 발길을 끊고 지내려는 나를 은근히 몰아붙이고 충동질하여 다시 지하실행을 시키고 싶어 하는 눈치들이었다. 내가 어디 잠깐 외출만 했다 돌아와도,

"또 거기 갔다 오는 거군요?"

아니면,

"어때, 오늘은 재수가 좀 있었습니까?"

하는 식들이었다. 그래 어쩌다 내가 정말 그곳으로 가는 기미라도 보이면 줄렁줄렁 뒤를 따라와선 어깨너머로 게임을 넘겨다보면서,

"글쎄, 그렇다니까. 저런!"

하고 재수 없는 소리들이나 했다. 그리고 어차피 돈을 우려가도록 마련된 기계의 요술을 환히 알기 때문에 자신들은 절대로 손을 대지 않는다며 맹숭맹숭 싱겁게 다시 문을 나와버리곤 했다. 하지만 그건 다 변명에 불과했다. 왜냐하면 나는 기계에 코인을 집어넣으면서도 뒤에 서서 넘겨다보는 위인들의 호기심 어린 얼굴이 얼마나 그 놀음을 하고 싶어 하는지를 알고 있었으며, 그때 주머니에 들어가 있는 위인들의 손길이 망설망설 헌 지전 나부랭이를 만지작거리다 결국엔 이 계산 저 계산 끝에 그걸 한번 꺼내보지도 못하고 마는 것을 짐작하지 못할 바 아니었기 때문이다. 그러나 어쨌든 나는 그 위인의 은근한 성화에 못 이겨 몇 번쯤 그들과 함께 다시 그 지하실엘 건너간 게 사실이었다. 그러자 이젠 아예 몹쓸 낙인이 찍혀버렸다. 돈만 있으면 깡그리 거기 갖다 바치는 친구. 그래서 항상 빈털터리. 동료에게 커피 살 돈 있으면 차라리 그쪽으

로 가고 싶어 할 만큼 들린 친구. 돈을 꾸어서라도 하루 한번은 가고 마는 빠찡꼬 귀신. 그쯤 별종이 되어버렸다. 그러니까 한편 내가 용돈이 떨어져 쩔쩔맬 때, 점심이나 커피를 늘 얻어먹기만 한다고 생각될 때, 돈을 꾸고 싶을 때, 그렇게 어쩔 수 없을 때는 그 빠찡꼬란 녀석이 거꾸로 내 편리한 구실이 되어주기도 했다. 하다 보니 나는 이따금 빈손으로라도 부러 그 지하실로 건너가 어정거리다 돌아와야 할 일까지 생겼다. 나 자신이 기분 나쁘게 생각하고 있는 얘기지만, 그리고 자주 있는 일은 아니지만, 그것이 어떤 다음 행동의 필요에서였음은 말할 것도 없었다. 그러나 그런 나의 비밀을 아는 사람은 사무실에 아무도 없었다. 왜냐하면 나는 정말 돈이 있을 때는 증인을(내 생각으로는) 데리고 가서 늠름하게 돈을 잃어 보이기도 했으니까 말이다.

대략 그런 식이었다. 그러나 아까도 말했듯이 오늘은 물론 사정이 달랐다. 얼마가 되는진 확실치가 않지만, 오늘은 정말 주머니 속에 1백 원짜리가 몇 장 들어 있을 뿐 아니라, 증인도 물론 필요가 없었다. 단지 내게 얼마간의 긴장감이 필요했을 뿐이다. 짜르르 철판 위로 코인이 쏟아지는 소리, 뇌수를 씻어내는 듯 그 시원스런 소리가 듣고 싶은 것이다.

지하실은 초만원이었다. 월급날만 해도 좀처럼 기계를 차지하기가 힘든 판이었다. 오늘은 대략들 보너스까지 받았을 테니 말할 것도 없었다. 좀처럼 기계에서 물러나려고 하지들 않았다. 나는 우선 1백 원어치 코인을 사들고 곧 자리를 물러설 만한 기계를 물색하려 이곳저곳 사람들 어깨너머로 게임의 형세를 기웃거리고 돌아갔다. 점을 찍고 다가서 기다리는 기계에서 좌르르 한바탕 코인 쏟아지는 소리가 들리고 나면 나는 이내 다른 기계 뒤로 옮겨가 다시 그곳 형세를 살폈다. 극장이 파한 뒤에 붐비는 화장실 앞에 줄을 대 서서 기다리는 꼴이었다. 옆줄이 먼저 줄어들 눈치가 보이면 얼른 그곳으로 줄을 바꿔 서는 식이었다.

그러다 나는 간신히 기회를 얻어 기계를 하나 차지했다. 그러나 그 기계는 빵점이었다. 한 개의 코인도 되뱉어주지 않은 채 열 개째를 깡그리 다 먹어 삼켜버렸다. 여덟 개쯤 집어넣고 나서 나머지 두 개는 다른 기계에 넣어보고 싶었지만, 다른 데는 전혀 비어 있는 곳이 없었다. 할 수 없이 기계를 물러 나온 나는 슬금슬금 코인 판매구 앞으로 다가가 다시 1백 원을 밀어 넣었다. 시원한 소리라도 한번 듣고 나가야지. 나는 또 열 개의 코인을 들고 기계들의 형세를 살피고 돌아갔다. 앞에서도 말했듯이 원래 나는 잭팟 같은 건 바라지도 않았다. 내가 언제나 안간힘을 쓰며 기다리는 것은 코인이 가장 많이 쏟아지는 쓰리벨이었다. 세 개의 회전 홈에 종 세 개가 붙으면 열여덟 개의 코인이 쏟아져 나왔다. 하지만 쓰리벨은 좀처럼 해서 얻어걸리기가 어려웠다. 맨 마지막으로 회전을 멈추는 3번 홈은 종이 많았다. 대개 확률 2분의 1 꼴로 종과 붙었다. 2번 회전 홈도 그럭저럭 종이 많은 편이었다. 그런데 1번 홈에는 푸른 오이 모양이나 주황색 귤 같은 것이 많은 대신 종이 너무 귀했다. 열 번에 한 번, 스무 번에 한 번 정도로나 종이 붙는다. 그러나 그런 때는 또 2번이나 3번 홈에 다른 것이 와 붙어버리기 때문에 쓰리벨을 보기란 이만저만 어려운 일이 아니었다.

1번 홈에만 종이 좀 많아도, 아니면 2번이나 3번 홈에 푸른 오이가 많아도 열여덟 개의 코인이 쏟아지는 소리를 듣겠는데, 3번 홈에는 종이 많은 대신 그 오이가 1번 홈의 종처럼 귀해서 그것도 어려웠다. 그 어렵다는 것이, 그리고 코인 쏟아지는 소리가 요란하고 시원스럽다는 것이 내가 어떤 것보다 그 쓰리벨을 기다리는 이유였다. 1백 원을 더 산 것도 잭팟의 욕심보다 그 쓰리벨에 대한 미련 때문이었다. 이번에는 끈기 있게 기다려 열 개의 코인을 석 대의 기계에 나누어 넣어보았다. 배고플 때는 남의 밥그릇이 커 보인다고, 잘 붙지가 않으면 꼭 옆 기계가 더 잘 나올 것만 같아서 그 기계를 써보고 싶어진다. 그래서 나는 기다리고 기다려 그렇게 하였다. 그러나 2백 원째에도, 그리고 영 미련을 떨쳐버릴 수 없어 마지막 3백 원째를 털어냈을 때에도 쓰리벨은 결국 보지 못하고 말았다. 나는 마침내 주머니를 다 털리고 나서, 그러나 이내 지하실을 나오지 못하고, 내가 열심히 코인을 집어넣고 회전대를 당겨댈 때 사무실 친구들이 늘 그랬듯이, 사람들 어깨너머로 남의 기계를 넘겨다보며 10여 분쯤이나 더 서성거리다 지하실을 나왔다.

　그러나 지하실을 나와 어두컴컴한 사무실, 그 궁상맞은 동료들의 얼굴을 생각하자 나는 갑자기 기분이 느긋해졌다. 나 자신은 제법 흥청대는 크리스마스 분위기를 만끽하고 난 느낌이었다. 그러나 그것은 그저 그 순간뿐 나는 막 지하실 문을 나서려다 때마침 내 앞을 지나가던 한 행인과 무심히 눈길이 마주치곤 소스라치게 놀라고 말았다.

"아직 퇴근을 하지 않았소?"

사장이 발을 멈추며 그렇게 말하곤 물끄러미 나를 바라보고 있었다. 사장은 그제야 다시 회사로 들어가던 참인 것 같았다. 나는 갑자기 낭패한 기분이 되어 멋쩍게 웃었다. 사장은 묵묵히 서 있기만 하더니, 이윽고 무슨 내심의 결단이 내려진 사람처럼(뭔가 순간적으로 나는 그렇게 생각되었다) 회사 쪽을 향해 걸어가기 시작했다. 나는 자석에 끌린 것처럼 그 사장의 뒤를 묵묵히 따라갔다. 그렇게 말없이 한참 뒤를 따르다 보니, 나는 이상하게 그 사장에게 무슨 죄를 지은 사람처럼 한마디쯤 말을 붙여야 할 것 같았다. 사실을 말하자면 이젠 나 자신도 그 지하실 출입을 그만 끊고 싶었다. 앞서 말한 것은 내가 지하실로 갈 때면 언제나 되풀이하는 이유지만, 지하실을 나올 때도 나는 또 그런 생각을 하곤 했다. 이젠 그만 다녀야지. 얼마나 무의미한 짓인가 말이다. 그러나 주머니에 몇 푼 돈이 들어 있으면 나는 거의 반사적으로 그 긴장감과, 뇌수를 씻어내는 듯한 시원한 코인 소리를 듣고 싶어졌다. 그러나 시간의 양으로 말하면 나는 단연 출입을 끊어야 한다고 생각하는 쪽이었다. 주머니 속에 몇 푼 돈이 들어 있고, 그래서 다시 지하실로 가고 싶어지는 것은 그리 긴 시간을 견디기 전에 이내 결단이 내려지지만, 그 짧은 결단 뒤에 다시 빈 주머니가 되고 나면, 나는 거의 하루 종일 그것을 후회하고 마음속 다짐을 되풀이해야 했으니까. 다만 나는 그 두 개의 생각 중에 단호히 한쪽을 취할 수 있는 단기가 없을 뿐인 것이다. 어찌 된 일인지 나는 말없이 사장의 뒤를 따라가면서 사장에게 그런 말을 하고 싶었다. 게다가 더욱 괴이한 것은, 나는 지금 저 사무실에 앉아 있는 친구들처럼 몇 푼의 보너스 때문에 아직도 어정어정 회사 부근에 남아 맴돌고 있는 것이 아니라는 점을, 그까짓 건 이미 포기한 지 오래며 관심도 없다는 점을 떳떳하게 보증 받고 싶어진 것이었다. 만약 사장이 지금 보너스 때문에 걱정을 하고 있다면(사장이 어쩌면 그럴는지도 모른다고 생각했기에) 나는 그런 내 심정을 입증하기 위해 지레 사양의 말이라도 하고 싶었다. 그러나 사장은 끝내 나에게 말을 붙여볼 기회를 주지 않은 채, 나를 한번 돌아다보는 일도 없이 편집실로 해서 사장실 문으로 사라져 들어가버렸다.

그런데 사장이 그렇게 자기 사무실로 들어가버린 뒤에야 나는 비로소 편집실이 텅텅 비어 있는 것을 알았다. 그사이에 벌써 다들 퇴근을 해버린 모양이었다. 6시 5분 전. 남아 있는 사람이라곤 제일 구석 자리에서 지금 막 퇴근 준비를 하고 있는 신참 미스 김 한 사람뿐이었다. 그 사이에 무슨 일이 있었나? 그동안 사장이 혹시 사무실엘 들렀다 나갔었나?

"어떻게 혼자 남아 있어요?"

나는 보너스가 이미 나누어졌다면, 그걸 받게 되는 것도 그리 나쁘지 않겠다고 생각하며 미스 김 쪽으로 다가갔다. 그러나 미스 김은,

"선생님께선 웬일이세요? 전 지금 나갈 참이지만."

백을 걸치며 오히려 나에게 물었다.

"하, 전 요 앞에 가서 좀 시간을 보내다 오느라구……"

머리를 긁적여 보였다.

"또 거기 가셨군요? 뭐가 좀 나올 거라 믿고 털고 오신 모양인데 안됐어요."

미스 김은 짓궂게 웃었다. 그녀도 내 지하실 출입을 알고 있었다. 나는 기분이 망연해지려 했지만 아무렇지 않은 얼굴로 미스 김에게로 더 가까이 다가섰다. 하지만 이젠 지하실 문을 나섰을 때 크리스마스 무드를 혼자 맛본 듯하던 느긋한 기분이나, 사장에게 스스로 증명해 보이고 싶던 이해의 그림자 같은 것은 한꺼번에 몽땅 다 사라지고 없었다.

"어떻게…… 무슨 이야기가 있었습니까?"

내놓고 이야기하기들을 꺼려 하는 말이라, 나는 남의 말을 하듯 그렇게 물었다.

"뭐 연말에나 가서 줄 거래나요. 사장님이 지금사 들어오시는 거 못 보셨어요?"

미스 김은 문을 향해 걸어 나가며 시들한 소리로 대답했다.

"그건 어떻게? 누가 그래요?"

나는 허정허정 미스 김을 뒤따라가며 물었다.

"모르겠어요. 다들 그러데요. 누가 와서 정식으로 말하지 않았는데, 다들 앉아 있다가 그러면서 돌아갔어요."

그러면 그렇지. 죽일 놈들. 나는 어느 틈에 미스 김을 따라 사무실을 나와 있었다. 아직 눈송이가 날리고 있었다. 미스 김이 문밖에서 돌아서 가버릴 듯 오버 깃을 세우자 나는 허겁지겁 주머니를 뒤져대면서 말했다.

"아니 이런 날 그냥 가시기요?"

겨우 10원짜리 한 장이 손에 집혔다. 그것으로는 버스를 한 번 갈아타야 하는 집까지의 차비도 모자랐다.

"그럼 어떻게 해요? 좋은 일이 있어요?"

그녀는 여전히 가버릴 자세를 취하며 짓궂은 표정으로 물었다.

"사실은 기분도 언짢구 해서 같이 커피라도 한잔했으면 싶은데, 주머니에 있는 걸 몽땅 털어 바쳐버려서."

"호호…… 그럼 제가 한잔 사지요, 뭐……"

미스 김은 뜻밖에 나의 기분을 알아주는 듯했다.

우리는 지체 없이 함께 근처의 회사 사람들 단골 다방으로 들어갔다. 다방은 물론 초만원이었다. 레지 아가씨가 네 자리를 두 사람이 차지하고 있는 곳으로 우릴 데리고 가서, 두 사람을 한쪽으로 붙여 앉히고 간신히 자리를 만들어주었다. 우리는 곁으로 나란히 앉아 똑같이 커피를 시켰다. 그리고 말없이 함께 그 뜨끈뜨끈한 커피를 마셨다. 내 기분은 커피를 마시면서도, 그 커피를 다 마시고 나서도 여전히 창연하기만 했다. 커피를 마시고 있을 때는 더욱 그런 것 같았다. 무엇이건 미스 김과 말을 좀 하고 싶었다. 할 말은 많았다. 사장에 대해서, 보너스에 대해서, 그리고 그 보너스를 기다리다 슬금슬금 사라져버린 동료들에 대해서. 그러나 이상하게 그 이야기는 꺼내기가 싫었다. 미스 김에게도 그렇지만 맞은편으로 나란히 자리를 떠밀려간 두 중년의 존재가 신경이 쓰여서였다. 그렇다고 다른 마땅한 이야깃거리도 생각이 나지 않았다. 그래 한참 묵묵히 앉아만 있으려니 미스 김이 마침 먼저 입을 열어왔다.

"선생님에 대해 이상한 소문이 있던데 정말인가요?"

"이상한 소문이라니, 무슨 소문이요?"

나는 모처럼 화젯거리가 생긴 것이 반가워서보다, 나에 대한 이상한 소문이라는 데에 얼른 말을 되받았다.

"그럼 본인도 모르는 뜬소문인가요? 선생님이 여길 다시 그만둘 거라는."

미스 김은 나를 무심코 건너다보며 지나가는 말처럼 슬쩍 떠왔다. 나는 물론 그 미스 김의 예상치 못한 소리에 내심 적잖이 놀랐다. 내가 회사를 그만두겠다는 생각은 앞서 말한 대로 요즘 갑자기 시작된 것이 아니었다. 요즘 들어선 한두 가지씩 책상 서랍까지 정리하고 회사 업무도 나와는 별 상관이 없는 일인 듯 방관시해오고 있었다. 특히 보너스에 대해서는 받아도 좋고 안 받아도 좋다는 식으로 은근한 불만기를 시위해오고 있었다. 그러면서 직접 까놓고 말하지 않더라도 동료들이 그런 내 처신에서 속뜻을 충분히 짐작해주기를 바랐었다. 그런데 그런 불만기와 시위가 주효해선지 미스 김의 입에서 내 퇴직에 대한 말을 들었을 때 나는 정말 지금 당장 회사를 그만두어야 할 것처럼, 그리고 그게 전혀 내 뜻에서가 아니라 다른 누군가의 결정에 의해서인 것처럼 돌연스럽고 석연찮게 느껴졌다. 그러나 어떻든 미스 김의 말은 근거가 전혀 없는 소리가 아니었다. 나는 곧 마음을 수습했다. 그리고 제법 여유를 가지면서 짐짓 홀가분한 어조로 말했다.

"아주 거짓말도 아닙니다. 이 회사, 굳이 있고 싶은 덴 못 되지 않아요?"

"그럼 정말이군요. 아까도 그러더군요. 그래서 선생님은 이번 보너스도 기다리지 않고 먼저 가신 모양이라구요. 나중에 들어오시길래 전 이상했어요."

미스 김은 나의 말을 쉽게 다시 수긍하는 눈치였다.

"하지만 이달 말까지 좀더 기다려보고 결정을 하려던 참인데 말이 빠르군요."

나는 애매하게 웃었다. 그러나 그 말은 미스 김 쪽에서 수긍을 하지 않았다.

"뭐 하게요. 가실 데가 있으시면 왜 연말까지 기다려요? 기다려 봐야 뻔한걸. 정말 여긴 너무한 것 같아요."

미스 김의 얼굴은 금방 울음이라도 터뜨릴 것 같았다.

"너무하지요. 너무해요……"

나는 그 미스 김을 바라보며 망연히 중얼거렸다. 어떻게 하든 나보다 먼저 미스 김 쪽에서, 아니 미스 김이 아니더라도 누구든 나 아닌 다른 사람으로 하여금 소동을(비록 그것이 아무도 모르는 곳에설망정) 일으키게 하고 싶었다.

"하지만 미스 김이나 나는 괜찮아요. 우리는 단신이니까. 사무실 사람 중 장가들어 아이들을 가지고 있는 사람들은 어때요. 원체 보너스란 게 없는 회사였더래도, 그래도 연말에 한 번 크리스마스쯤엔 그냥 지나지 않겠지 하고 집에서들 은근히 기다릴 게 아닙니까. 그런데 다들 어떻게 집엘 들어갑니까. 세상에서 제일 못난 가장의 낯짝을 하구. 그런 입장두 사장님이 좀 생각을 해줘야지요. 다른 사람들은 흥청망청 야단인데 이거 원 그 사람들 입장을 생각하면…… 그건 수모지요, 수모. 그야 난 애시당초 기대도 하지 않았지만."

 말을 하다 보니 내가 바로 그 사람들의 입장이 된 것처럼 열이 나고, 나중에는 비감한 생각까지 들었다. 치사스런 감상에 젖어들어선 안 된다고 자신을 타일러보기도 했지만, 이미 속도를 얻어버린 넋두리 투가 제물에 자꾸만 다음 말을 끌어냈다.

 미스 김은 가만히 듣고만 있었다.

 "원칙을 따져 말한다면 요즘 보너스라는 것이 무슨 사장의 선심입니까? 사장 쪽으로 말하면 그건 의무예요. 우리 쪽으로 보면 당연히 받아낼 권리가 있는 거고……"

 이젠 맞은편 사내들의 존재도 별로 마음에 걸리질 않았다. 나는 위인들을 무시한 채, 오히려 들으라는 듯이, 그중의 하나가 바로 지금 욕설을 뱉어주고 있는 상대이기나 하듯이 이따금 눈살까지 곤추세워가며 혼자 말을 계속해나갔다.

 "그런데 그 권리를 주장하지 못하고 비굴하게 슬슬 눈치나 본단 말예요. 한마디 불평도 못하고 연말에는 나오겠지, 스스로 구실을 만들어 위로를 삼고 자신들을 속이며 어슬렁어슬렁 물러가구. 도대체 구제할 수가 없어요. 내 이런 생각도 해봤어요. 처자가 있는 친구들이 곤란한 입장에 처하게 된다면 곁에 사람 처지들도 편할 수가 없겠지. 그래 쫓겨나더라도 단신인 내가 나서서 위인들 권익을 위해 싸워줄까 하고 말예요. 아니, 그 사람들이 속으로 자기 권익을 지키고 싶어 하기라도 한다면 지금 당장이라도 내가 나서겠어요. 하지만 뻔하지 않아요? 누구한테 그런 기미만 엿보였다 하면, 기회로구나, 점수로다, 당장 사장에게로 달려가 자신의 충성심을 다짐하며 고해바칠 거 아닙니까."

이야기를 하다 보니 나는 정말로 이제 이 회사를 그만두어야 할 것 같았다. 따질수록 더 이상 견딜 수가 없는 곳이었다. 사장도 그런 사장, 동료들도 그런 동료. 아마 한 달만 전에 이런 결단을 내렸다면, 나는 오늘쯤 다른 회사에서 두툼한 보너스 봉투를 받고, 그리고 가슴을 두근거리며 책상 밑에서 쑥스럽게 그 봉투를 뜯어 금액을 세어보고, 오로지 크리스마스는 내 것인 양 거리로 뛰쳐나갔을 것이 아닌가. 한 달쯤만 일찍 다른 곳으로 옮겨갔더라면 말이다.

"남자 분들이 정말 기백들이 없어요."

미스 김이 나의 공상을 깼다.

"여길 그만두고 나면 갈 데들이 있어야지요. 말하자면 지지리 요령이라곤 없는 무능력자들만 모인 셈이지요."

막말을 하다 보니 비로소 가슴이 좀 후련해지는 듯싶기도 했다.

"내가 지하실을 자주 가는 것도 따지고 보면 그 흐물흐물한 사무실 분위기 때문이에요. 오죽해야 사람들 사이에서 빠져나가 기계에게로 가서 시간을 보내려고 하겠어요."

마지막 말은 사실이 아니었다. 그러나 미스 김의 동의를 얻기 위해서는 그렇게 말하지 않을 수 없었다. 하긴 말을 해놓고 나니 사실이 조금은 그런 것 같은 생각이 들기도 했다. 그러나 미스 김은 무슨 생각이 들었는지 이번에는 멍하니 나를 건너다볼 뿐 별다른 반응이 없었다.

"하여튼 바위들이에요. 바위는 바윈데 중력이 없는 바위들. 이리 치면 이리 튀고, 저리 치면 저리 튀는 풍선처럼 둥둥 떠다니는 그런 바위 말예요."

"바위들이라고요? 호호, 재미있군요. 바위 씨들……"

미스 김이 동의를 하듯이 이번에는 적극적으로 반응을 보였다.

"바위들이지요. 아주 둥둥 떠다니는……"

나는 미스 김에게 확신을 주려듯 되풀이 말했다.

"그래 선생님은 그 바위 씨들 틈에서 영 견딜 수가 없어지셨군요. 그럼 이젠 정말 그만두시는 건가요?"

미스 김이 웃음을 그치고 새삼스럽게 물었다.

"왜요? 지금까지 무슨 말을 듣고 있었어요?"

"아이, 그저 물어봤을 뿐이에요. 선생님 이야기를 듣다 보니 생각난 게 있어서요. 아까 사무실에서 선생님이 여기 그만두신다는 말이 나왔을 때 누군가는 또 그렇지 않을 거라는 사람이 있어서요. 말만 그렇지 막상 그만두지는 않으실 거라나요? 난 뭐 모르니까 그저 그런 얘기려니 하고 잊어버렸는데, 선생님 이야기를 듣다 보니 그 말이 생각나서요. 그 사람 말이 틀린 것 같네요."

나는 그 미스 김 앞에 웃을 수밖에 없었다. 하지만 마음 한구석이 다시 뜨끔해왔다. 그러나 나는 아무렇지 않은 듯 여전히 웃음 띤 얼굴로 말했다.

"그래요? 그러니까 다들 뭐래요?"

"뭐 별다른 말도 없는 것 같았어요."

"흥, 빌어먹을 바위들이……"

나는 혼자 비웃듯이 중얼거렸다. 그래도 마음속의 꺼림칙한 것이 가시지 않았다. 그 빌어먹을 바위들이 이젠 이상하게 두려운 모습으로 변해가기 시작했다. 바위들이 갑자기 제 무게를 찾아 거센 물결에도 움쩍도 않고 들어앉아 있는 모습들. 다만 어느 한 개의 바위만이 제 무게를 잃고 물결에 떠밀리며 이 바위 저 바위에 부딪혀대고 있는 꼴이었다.

함께 둥둥 떠밀리고 있던 바위들이 갑자기 강바닥에 뿌리를 내린 듯 무겁게 주저앉아버리는 환상— 처음 그것을 경험했을 때 나는 얼마나 외롭고 두려웠던가. 앞에서 내가 동료들의 앞장을 서려 나설 때 위인들이 취할 처신에 대해 그런 추단을 한 것도 사실은 그때의 경험 때문이었다.

어느 때 나는 내 책임 기사 중에 좀 창피한 교정 미스를 낸 일이 있었다. 사장은 내게 그 실수로 인해 명예를 훼손당한 당사자에게 정식 사과를 할 뿐만 아니라 회사에 대해서도 납득할 만한 전말서를 써내라는 요구를 해왔다. 나는 그때 전말서나 사과 대신 막바로 사직서를 써내겠다며 사장과 정면으로 맞서고 나섰다. 마지막 순간에 내 사표가 반려되기는 했지만, 그러나 그 사건 때의 동료들의 태도에서 나는 그 바위들이 갑자기 엄청난 무게를 지니고 뿌리를 박아버리는 환상들을 보았었다. 나는 그 우뚝우뚝 움직일 줄 모르는 바위들 사이를 혼자 이리저리 떠돌면서 부딪히고 퉁겨나오며 깨어져가고 있었다. 그런 두려운 광경이 내 머릿속에서 오래 지워지지 않고 있었다. 그런데 지금 느닷없이 그 환상이 내게 되살아나고 있었다.

"그럼 어디 갈 데는 정하셨어요?"

내가 한동안 말이 없으니까 이윽고 미스 김이 물어왔다.

"아니요, 아직. 하지만 손을 써서 찾아보면 어디든 나서겠지요."

말하고 나서도 아직 미지근한 대목을 남긴 것 같아 다시 한마디를 덧붙였다.

"연말까지만 나가면 그러거나 저러거나 여길 그만두는 게 확실해질 테니 말입니다."

다방을 나와 미스 김과 헤어지고 나서도 나는 기분이 몹시 개운치 않았다. 집까지의 버스비는 이미 확보해두고 있었다. 미스 김이 마침 내게 차 값을 치러달라며 1백 원짜리를 꺼내주었기 때문에 나는 제법 의연스럽게 거스름돈 30원을 집어넣을 수 있었다. 그러나 나는 곧 집 쪽으로 가는 버스를 타지 않았다. 그냥 정거장을 하나 지나치고 있었다. 아무래도 기분이 꺼림칙하기만 했다. 동료들이 사무실에서 어쩌면 이번에도 내가 회사를 그만두지 못하리라던 말 때문이 아니었다. 이상하게 내가 미스 김에게 옭아 들어간 것 같았고, 그녀 앞에 너무 쓸데없는 소리들을 지껄여댄 것 같았다. 사장을 험담하고 동료들을 매도하고 그리고 나만은 너무 당당해서 그녀 앞에 맹세를 하듯 퇴직 의사를 다짐하고……

"괜히 함께 차를 마셨나 봐요. 이야기를 듣고 나니 기분이 이상해요. 안 들었으면 좋았을 뻔했어요."

다방을 나오자 미스 김은 갑자기 기분이 나빠진 표정으로 말했었다.

"그래요? 왜 그렇지요?"

당황스러워진 내가 물었다. 나 자신도 기분이 이상했고, 하지 않았으면 좋았을 뻔한 말을 했다고 후회하고 있던 참이었다.

"글쎄요. 하여튼 듣지 않을 말을 들은 것 같에요"
하고 나서도 미스 김은 뭔가 더 할 말이 있는 듯 망설이더니 끝내는 얼굴에 뜻 모를 미소를 지은 채 발길을 돌이켜버렸다.

나는 모든 게 더욱 후회스러웠다. 미스 김이 사장 딸의 친구며, 그녀의 입사는 그 연줄을 힘입은 것이라던 소문이 그때서야 생각난 때문이기도 했다. 그야 이야기를 듣고 있던 미스 김의 표정이나 스스로 흥분까지 하던 걸로 봐서는 그런 관계까지 염려할 필요가 없을는진 몰랐다. 하지만 나는 왠지 자꾸만 그녀에게 영락없이 옭아 들고 만 듯한 느낌이었다. 아직 미스 김이 곁에 있다면 오늘 다방에 함께 앉아 있었던 시간을 깡그리 없었던 일로 해두자 다짐이라도 받고 싶었다. 나는 그런저런 생각에 싸여 계속 걸었다. 눈은 멎었지만 저녁 날씨가 포근했다. 사람들 사이를 이리저리 빠져나가며 나는 걷는 데까지 걸어보기로 했다. 그러면서 차츰 그 움직이지 않는 바위들에게 둘러싸여가고 있었다.

그러나 몇 번째 정거장에선가 걸음을 멈추고 집으로 가는 버스에 몸을 밀어 올려버렸을 때, 나는 기분이 아주 달라져 있었다. 아니 나는 역시 아직 후회를 하고 있었다. 하지만 그건 이제 미스 김과 차를 마시며 부질없는 허세를 부린 일 때문이 아니었다. 아무리 곱씹어도 미스 김과의 이야기는 지워질 수가 없었다. 그러자 나는 그만 자포자기가 되고 말았다. 회사를 정말로 그만두고 나면

만사는 그대로 걱정 밖이지— 마음을 정하고 나자 나는 좀더 일찍 다른 자리를 찾아 떠나버리지 못한 것이 후회가 되기 시작했다. 그렇다면 미스 김에게도 할 말을 한 것이 되었다. 분명하게 말해 나는 이 회사엘 들어온 그 첫날부터 모종 후회의 느낌을 지녀온 셈이었다. 전에 다니던 Y사에서 이곳으로 옮겨 오기로 마음먹고 처음 사장을 만났을 때, 사장은 으레 윗사람이 아래 직원을 맞으며 할 수 있는 평범한 말을 했었다.

—전에 계신 곳이 잡지사였으니 뭐 대략 일거리는 아시겠지만, 그래도 조금은 다른 점이 있을 게요. 어딜 가나 사람 모인 데가 좋은 일만 있을 수 있소. 더러 마땅찮은 대목이 있더라도 이해하고 참아가며 성실하게 일해주시면 나로선 더 고마울 데가 없겠소.

사장은 대략 그런 말로 나를 맞았고, 그건 사실 탈 잡을 데 없는 충고요, 사장으로서의 의당한 당부였다. 그런데도 나는 그 사장의 말을 들으며 벌써 후회를 하고 있었다. Y사를 그렇게 못마땅해하며 불평 불평하다가 내 발로 일자리를 옮겨 온 터인데도 이제는 거꾸로 그 Y사 쪽 일이 내 성미에 맞는 것 같았고, 사람들 분위기도 그쪽이 어딘지 더 나았던 듯싶었다. 하지만 나는 그것을 내 못된 습관이나 체질 탓이려니 여기고 각오를 새로이 하여 출근을 결행했다. 그러나 그런 마음속 각오로는 이미 몸에 밴 습관이나 체질을 이겨낼 수가 없었다. 나는 계속 출근을 하면서도 이곳 일이나 분위기가 그리 살갑잖은 느낌을 쉽게 떨쳐버릴 수가 없었다. 그러다 그런 감정이 폭발하고 만 것이 앞에 말한 교정 미스 사건 때였다. 그때의 일의 자초지종은 이랬다.

우리 잡지에는 유명 인사 탐방 기사란이 있었다. 말하자면 어떤 유명 인사를 매월 한 사람씩 물색하여 기자가 찾아가 만나보고, 가통이든지 사업체든지 사회적 직위든지, 뭐든지 자랑거리를 잔뜩 듣고 와 그걸 몇 곱절씩 불려 기사로 내보내는 것이었는데, 재미 있는 것은 잡지사 쪽에서 그 유명 인사를 고르는 기준이었다. 뭐냐 하면, 그 사람을 본문 기사로 실컷 추켜주는 대신 잡지사 쪽에서는 그에 상응하는, 또는 그 이상의 반대급부를 얻어내는 것이었다. 그러니까 그 유명 인사는 어떤 방식으로든 반대급부가 돌아올 가능성이 있는 유력자여야만 하였다. 때로는 촌지(寸志)라는 사례금 형식으로, 때로는 일정 지역에 취급 기사를 읽게 당사자의 선전 팸플릿용으로 잡지를 몇백 권씩 구입해주는 형식으로, 또는 그가 가지고 있는 기업체나 생산품의 선전을 위한 광고 지면의 매입 형식으로. 말하자면 그 탐방 기사라는 것은 누이 좋고 매부 좋자는 식의 본문 기사 광고라고 해도 크게는 틀리지 않을 성질의 것이었다. 그런데 어느 달(그 사건이 발생한 달)에는 그 탐방 기사가 내 차례가 되었고, 사장은 어느 엄청난 규모의 호텔 경영자 P씨를 취재하라는 지시였다. 그런데 나는 그 사장의 추천부터가 썩 탐탁지 않았다. P씨라면 원래 모 대학 설립자에다 그 사학 재단의 이사장을 지내온 교육 공로자로 알려진 사람인데, 근래에 갑자기 웬 대규모 호텔을 지어 세우고 나선 그 건립 자금의 출처와 관련해 암암리에 세간의 비난을 받고 있는 처지였다. 그런데 어떻게 된 일인지 그 의혹 풍설이 꼬리를 감추기도 전에 사장이 하필 그 사람의 취재를 명령해온 것이었다. 그러나 나의 그런 탐탁지 않은 기분과

의구심 따위가 사장의 뜻을 바꿀 수는 없었다. 나는 결국 그렇듯 석연찮은 기분 속에 기사를 썼고, 기사가 조판되어 나왔을 때는 길게 거들떠보고 싶은 생각조차 없어 초교만 대충 보아 넘긴 채 그만 손을 털어버렸다. 일이 터진 것은 그러니까 책이 시중에 깔린 바로 다음 날이었다.

—P씨의 장녀는 경기도 파주에서 근무하던 미군 병사와 국제결혼, 도미하였고……

탈이 나 있는 곳은 그 대목이었다. 꼭 한 자 장 자가 창 자로 바뀌어 있었다. 소동이 일어난 것은 말할 것도 없었다. 사장실 호출이 끊일 사이가 없었고, 편집장은 왼종일 얼굴이 벌겋게 흥분되어 있었다. 틀린 것은 그 한 자뿐이었지만, 그 오식된 단어가 다음에 오는 파주, 미군 병사, 국제결혼 등등의 단어들과 어울려 묘한 여운을 자아냈기 때문이다. 더욱이 사장을 안달복달하게 만든 것은 바로 그 실수가 광고료 지불 거부 구실이 되지 않을까 하는 점이었다. 하지만 책임을 따지자면 그건 꼭 내 잘못만은 아닐 게 분명했다. 내가 장 자를 일부러 창 자로 썼을 리도 없었고, 또 초교는 내가 보았지만, 재교, 삼교, OK 과정에도 그것을 바로잡지 못한 허물이 있었다. 보다도 그 창 자가 애초에 사람의 눈을 교묘하게 속이게 되어 있었다. 굳이 허물을 따져야 한다면 재교나 삼교, OK 과정에 대해서도 큰 책임을 물을 수 있었다. 그러나 나는 아예 그 쪽으론 책임을 미룰 수가 없었다. 사장과 편집장은 덮어놓고 기사 작성자인 나에게만 흥분했고, 나는 그것을 변명할 생각도 없었다. 사장이 너무 노해 있었기 때문에, 나는 이것저것 따지기도 전에 이미 마음의 작정을 내리고 있었다. 사장의 태도도 태도였지만, 사태가 너무 절망적이었다. 사장은 나에게, P씨를 찾아가 정중한 사과를 드릴 것은 물론 자기에게도 납득이 갈 만한 전말서를 써오라 요구했다. 나는 차라리 잘되었다 싶었다. 회사에 남아 있는 게 늘상 지랄 같은 기분 아니었던가. 이런 일이라도 있기 전에는 언제까지나 결말을 내리지 못하고 치사하게 어물거리고 있게 될 참이었다. 감불청(敢不請)이언정 고소원(固所願)이랬던가. 때마침 기회가 와준 격이었다. 그러나 나는 그것으로 당장 사직서를 써내던진 것은 아니었다.

"빌어먹을 그까짓 교정 미스 한 자가 무슨 책임을 지고 빌고 할 게 있단 말야."

그때 나의 낌새를 눈치챈 동료들은 나를 둘러싸고 내 불운을 제법 동정도 하고 분개하기도 했다.

"괜찮아. 사장이 화가 나서 그렇지, 누가 봐도 이해가 가는 미스 아냐."

"왜 당신이 책임을 져? 편집장은 뭐 하는 사람인데. 하지만 사장도 생각해보면 당신이 애매하다는 것을 알게 될 게야."

그러나 그 실수를 저지른 장본인이 누군지를 찾아보려고는 아무도 안 했다. 오히려 내게 사건을 더 이상 시끄럽게 하지 않는 게 좋겠다고, 적당히 사과를 하고 전말서나 써내고 말라는 것이었다. 그리고 드디어는 모든 게 내 책임이고, 일은 또 그런 식으로 끝나버린 것처럼 말했다.

"망할 친구. 그 P씨를 되게 싫어하더니 심통이 나서 일부러 그렇게 썼는지도 모르지."

"다 한번씩 그런 식으로 놀라게 마련이야."

"P씨의 창녀가 파주 미군과 국제결혼 도미라, 하하하. 아닌 게 아니라 묘하게 됐군. 사장이 화나게도 됐어. 일부러 그렇게 미스를 냈다면 보통 간지가 아니야."

잘못을 아주 내 고의처럼 치부해버리려 했다. 그리고 내가 마침내 사표를 쓰려 하자 이번에는 슬금슬금 자리로들 돌아가 말없이 암울한 표정들만 짓고 앉아 있었다. 그때 홀연 나는 그 바위를 느끼기 시작했다. 중력이 없이 흘러만 다니던 바위들이 일시에 강바닥에 뿌리를 내리고 주저앉아버렸다. 느닷없는 공포감이 나를 엄습해왔다. 그러자 나는 문득 사표를 쓰려던 종이를 구겨버리고 자리에서 일어났다. 그리고 기사 원고와 교정지 보관함에서 말썽이 난 기사의 원고를 찾기 시작했다.

나는 끝내 그 잘못이 나와는 전혀 상관이 없다는 사실을 밝혀냈다. 원고지에는 물론 창녀가 아니라 장녀조차도 아닌 長女로 되어 있었다. 그것이 마지막 OK지에서 뒤늦게 장녀로 바뀌어 있었다. 그래 식자공이 그 장 대신 창 자로 채자를 하게 되고 그 오자가 다시 검토될 기회를 잃고 만 경위들이 정연하게 드러났다. 나의 잘못은 아무 데도 없었다. 잘못은 長女를 OK지에서 굳이 장녀로 바꿔놓은 것과, 그것을 잘못 채자한 데 있었다. 하지만 나는 아무에게도 그런 사실을 말하지 않고, 기사 원고와 교정지들을 내 서랍 속에 은밀히 보관했다.

나는 더욱 당당하게 내가 모든 책임을 지겠노라 별러댔다. 그리고 사장이 다시 전말서 따위를 재촉해오기를 기다렸다. 사장은 물론 그런 사정을 알 리가 없었다. 퇴근 시각이 가까워오자 사장은 정말로 내 전말서를 재촉해왔다. 나는 이번엔 그간의 다짐대로 진짜 사직서를 써들고 여유만만 사장실로 들어갔다. 이미 짐작하겠지만 그 잘못의 소재가 밝혀질 교정지를 함께 챙겨 들고였음은 물론이다. 그건 그럴 것이 내 사표가 수리되고 안 되고에 상관없이 나의 결백이 증명되어야 할 필요는 있었으니까. 어쨌거나 나는 그것으로 결국 사장의 무안해하는 얼굴을 보게 됐고, 그 떳떳한 입장을 방패 삼아 더 이상 잘못의 소재를 캐지 못하게 한 망외의 실력까지 행사할 수가 있었다. 그리고 물론 나는 다시(오히려 전보다 더 당당한 입장이 되어) 회사에 남게 되었다.

그러나 지금 생각하면 그때 회사를 딱 그만두지 못하고 어물쩍 다시 눌러앉은 게 잘못이었다. 내가 뭐 어디 갈 데가 없어 이러고 있는가 말이다……

다음 다음 날 아침, 나는 어느 때보다도 일찍 출근을 서둘러 회사로 나갔다. 집에서 하루를 지내는 동안 나는 그 전날의 일들이 영 마음에 걸려 견딜 수가 없었다. 사무실에서뿐 아니라 뒤늦게 다방까지 미스 김을 따라 나가 이 소리 저 소리 경솔하게 지껄여댄 일이 갈수록 꺼림칙했다. 당분간이나마 회사를 나가기가 여간 고역스럽게 느껴지지 않았다. 그런 꺼림칙한 기분을 지닌 채 하릴없이 출근 시각을 기다리고 있을 수가 없었다. 그래 아침 잠자리를 빠져나오자마자 차라리 일찍 서둘러서 집을 나서버린 거였다.

회사엘 도착해보니 정시 출근 시각보다 반시간이나 빨랐다. 사무실에는 겨우 사환 아이 하나밖에 나와 있는 사람이 없었다.

"어어, 어떻게 이렇게 일찍 나오셔요?"

사환 아이가 시계를 쳐다보며 알 수 없다는 듯 눈을 꿈벅거렸다.

"응, 일이 좀 있어."

나는 건성 대답을 하며, 사환 아이가 내어다 놓은 출근부에서 내 이름을 찾아 재빨리 도장을 눌렀다. 하고 나니 그 꺼림칙한 기분이 조금은 나아지는 듯했다. 자리로 돌아가 잠시 빈 시간을 기다리고 앉아 있던 나는 마음 한구석에 아직도 미심쩍은 일이 남아 있어 급히 종이쪽지를 꺼내어 적기 시작했다.

— 미스 김, 그제 다방에서 한 이야기는 없었던 걸로 해주시오. 장본인들이 없는 자리에서 한 얘기라 그런지 영 기분이 개운칠 않군요. 믿겠습니다.

서명을 한 다음 그 쪽지를 미스 김의 서랍 맨 위쪽에다 넣어두었다. 막 그러고 돌아오는 참인데 어느 틈에 들어와 있었던지 사장실 문이 열리면서 사장이 천천히 편집실로 나왔다.

"어떻게…… 일찍 나왔군요."

사장은 뜻밖이라는 듯, 그러나 빙그스레 웃으면서 말했다.

"네, 할 일 없이 집에서 놀기도 힘이 들더군요. 뒹굴뒹굴 하루를 엉기고 나니 집구석이 외려 진력이 나서요……"

이 무슨— 말을 해놓고 금방 또 후회가 되었다. 갑자기 사장을 앞에 하고 보니 지레 무슨 사죄라도 하고 싶은 어쭙잖은 심사에서였던가. 그러나 사장은 내 말을 흘려들은 듯 전에 없이 다시 물었다.

"그래 어젠 잘 쉬었소?"

사장이 그럴수록 나는 마음속 생각과는 달리 어조가 자꾸 더 위축되어갔다.

"네, 재미있었습니다. 하지만 역시 회사를 나와 지내는 것이……"

손을 비벼대며 묻지도 않은 소리까지 지껄이고 있었다. 사장은 그런 내 말을 다 들었는지 어쨌는지 게시판 쪽으로 걸어가선 분필을 집어들고 무언가를 적고 있었다. 그리고 그걸 다 적고 나선 손을 털고 다시 말없이 사장실로 들어가버렸다.

─금일 오후 3시부터 5시까지 전 사원 사무실에서 대기할 것.

칠판에는 그렇게 적혀 있었다. 그런데 그걸 읽고 나자 나는 이제 왠지 머리 한구석에 찌뿌듯하게 끼어 있던 안개 같은 것이 한꺼번에 싹 걷혀가는 느낌이었다. 그래 나는 모처럼 눈앞이 환하게 밝아오는 듯한 가벼운 기분으로 혼자 다방으로 내려갔다.

─전 사원 대기하라…… 전 사원 대기하라…… 그걸 중얼거리고 있지 않았더라면 나는 정말 휘파람이라도 불고 있었을지도 모른다. 하고 보니 무엇보다 다행인 것은 이날따라 마침 누구보다 일찍 출근을 해 있는 나를 사장이 목격하게 된 일 같았다. 우연히 그렇게 된 일이지만, 하여튼 이날 아침엔 출근을 일찍 서둘러 나오기를 잘했다 싶었다. 그래 천천히 차를 한잔 시켜놓고 기분이 느긋해 있는데, 사무실 맞은편 책상의 D군이 나타났다.

"흥! 똥줄이 당겼던 모양이군. 소문하곤 달리 이렇게 제일 먼저 나와 앉아 있는 걸 보니까."

D군은 내 속을 환히 꿰뚫어보고 있다는 듯 의미 있게 웃으며 자

리로 털썩 주저앉았다. 그러곤 담배를 한 대 꺼내어 불을 붙여 문 다음 다소 씁쓸한 목소리로 덧붙였다.

"하지만 잘했어. 넌 너무 폼을 잡으려고 하는데 말야, 그럴 거 없어. 꾹 참고 견디는 수밖에."

그러더니 위인은 갑자기 다시 생각이 난 듯,

"참 칠판에 보니 뭐 오늘 3시부터 사원들 전원 대기하란다구?"

말하는 표정이 사뭇 밝아졌다.

"그까짓 기다리면 뭘 해?"

나는 D의 내심이 대개 나와 비슷한 것임을 알자 퉁명스럽게 말했다.

"보나 마나 뻔하지 뭐. 치사한 사탕발림이 뻔할걸."

하지만 말을 하고 나니 나 역시 그 광고를 그렇고 그렇게 해석하고 있었다는 내심을 내보인 것 같아 뒷맛이 씁쓸했다. 그래 다시 단호하게 말했다.

"어떻든 난 연말까진 그만둘 작정이야. 그때까지 회사에서든지 내 자신의 심경에서든지 무슨 특별한 변동이 없는 한."

D가 나를 빤히 건너다보았다. 그 눈길이 나를 추궁하고 있었다. 한마디 더 덧붙이지 않을 수 없었다.

"이까짓, 어디 가면 여기만 못할 데가 있나? 머저리들같이 왜들 그렇게 이놈의 회사에만 눌러붙어 있으려는 건지 알 수가 없어."

나는 거의 욕설질을 하고 있었다. D는 이제 아무 말 없이 담배 연기만 뿜고 있었다.

"빌어먹을…… 한데 누가 고해바친 건지 사장이 아무래도 그런 내 속내를 알고 있는 것 같아……"

쓸데없는 말들이 다시 걷잡을 수 없이 내 입술을 빠져나가고 있었다. 하다 보니 나는 또 누군가가 정말 나에 관해 사장에게 그런 저런 달갑잖은 소리들을 해 들여보냈을지도 모른다는 생각이 치솟았다. D는 여전히 담배 연기만 뿜고 있었다. 나는 답답하고 초조해져서 다시 말했다.

"오늘 아침 사장을 만나보았는데 말야. 사장 눈치가 그런 게 분명해. 나를 달래려 들거든."

"사장을 만났어? 그래 뭐라고 하데?"

그제야 D는 귀가 번쩍 틔는 듯 새삼 자리를 고쳐 앉으며 물었다.

"뭐 어젠 잘 쉬었느냐, 오늘은 퍽 일찍 나왔구료, 어쩌구 슬슬 미소 작전까지 펴면서……"

나는 잠시 망설이다가 마저 말했다.

"뭐 집에선 휴일 하루 지내기도 힘이 드는데, 역시 회사를 나와야 기운이 난다나?"

말끝이 꺼림칙했지만 나는 사장 생각 역시 사실은 그런 것이었고, 내가 말하지 않았더라도 결국은 그가 그렇게 말했을 거라고 마음속으로 단정했다.

"그래 넌 뭐랬어?"

"뭐래긴 뭐래. 홍홍 그러냐. 그럴 거다. 네 속 알겠다. 하지만 두구 봐라. 내가 이 회살 그만두나 안 두나…… 속으론 그러면서 그렇지요, 그렇지요, 맞장구 쳐주는 수밖에. 아마 눈치가 있는 자라면 그걸 모를 턱이 없겠지……"

이번에도 나는 그때 내 생각이 사실 그런 것이었으리라 스스로 다짐했다.

D는 다시 의자에다 등을 묻고 담배 연기를 뿜어 올리기 시작했다.

"누가 사장에게 그런 얘길 해바쳤는지 모르겠어."

나는 그러자 조바심이 나서 말했다.

"그건 정말 좋지 않은 풍존데 말야. 우리끼리라도 서로 흉허물 없이 말을 할 수가 있어야 하는 건데…… 넌 믿으니까 이렇게 터놓고 말하는 거지만, 글쎄 이런 게 얼마나 좋아."

나는 은근히 D에게 자리의 말을 옮기지 못하도록 못을 박아두곤 입맛을 쩝쩝 다셨다. 그리고 새삼 전전 날 미스 김과의 이야기가 머리에 떠올라 D에게 잠시 미안한 생각이 들었다.

"글쎄 누가 그런 소릴 했을까."

D는 마지못해 대꾸하더니,

"혹시 지레짐작으로 그렇게 생각한 거 아냐?"

오히려 나를 미심쩍어했다.

"누가 그런 소릴 고해바치겠어? 우리 사무실에 그럴 사람이 누가 있겠느냐 말야. 재주 부리는 능력이 없어 그렇지 인간성들은 그럴 수 없는 친구들이거든."

"하긴 그렇지. 그렇담 결국 내가 지레짐작을 했다는 결론인데, 글쎄 그렇게 생각하기엔 사장이 꼭 뭔가 알고 있는 듯했거든."

"네가 그렇게 생각한 거야. 사장은 아무것도 모르고 있어."

D가 퉁명스럽게 말을 막아버리고 나서 비로소 레지 아가씨에게

커피를 시켰다. 나는 입을 다물고 말았다. D에게 약간 무안해지긴 했지만, 그보다도 뭔지 이젠 좀 안심이 되는 것 같았다. 마음이 썩 홀가분했다. 그래 잠시 더 그러고 앉아 있다 나는 먼저 자리를 일어섰다.

"지하실 좀 다녀오겠어. 오늘 재수를 좀 봐야겠으니까."

그런 내 주머니에는 이날 아침 꼭 1백 원이 들어 있었다. 하지만 커피 값을 내든지 D호텔 지하실엘 가서 재수 보기를 하든지, 어차피 몇 분 뒤면 그 1백 원은 내 수중에서 사라지게 마련이었다.

"곧 갔다올게."

D는 멍하니 나를 바라보고만 있었다.

오후 3시가 가까워오자 사원들은 한 사람 빠짐없이 자리를 지키고 앉아 있었다. 취재를 나갔던 직원들도 미리 사무실로 돌아왔다. 말들은 하지 않았지만, 그리고 오늘따라 바쁜 일이 있는 것처럼 모두들 책상 위에 일거리들을 꺼내놓고 있었지만, 아무래도 마음속이 서물거리는 듯 막상 일을 손에 대지는 못했다. 어느 구석에서부턴지 이날 하루 동안 또 몇 차례 그 퍼센트 풍문이 시간시간 바뀌면서 사무실을 굴러다녔다. 무엇보다 우선 사원들의 표정에 생기가 돌았다. 하지만 누가 나서서 그런 기분을 터놓고 떠벌려대지는 않았다.

―그럴 테지. 쑥스러워서들.

나 역시 자리를 지키고 앉아 3시를 기다렸다. 그 야릇한 분위기에 말려들지 않기 위해 한사코 마음을 굳게 다지면서.

—보너스를 주지 않는 건 상관이 없지만, 준대도 50프로 아래로 내려가면 난 어차피 마찬가지야. 그런 모욕을 감수하고 남아 있을 수는 없으니까. 두고 봐라. 본때 좋게 사표를 써 던져줄 테니! 맞은편 구석자리의 미스 김이 이따금 그러고 있는 나를 건너다보며 뜻있는 미소를 짓곤 했다. 그러나 나는 이미 미스 김의 미소쯤 아무렇지도 않았다.

—아침에 넣어둔 종이쪽지 말이지? 오해하지 마라. 그건 내가 떳떳하지 못해서 그런 것뿐이다. 칠판의 게시 때문에 그런 건 아니란 말이다. 난 그 쪽지를 사장이 게시문을 적기 전에 벌써 넣어두었으니까. 더구나 누가 두려워서 그랬던 게 아니니까…… 나는 그때마다 그 미스 김의 미소에 당당하게 대답해주고는 여유 있게 자리를 고쳐 앉았다.

드디어 3시가 되었다. 그러자 사장은 사원들을 한 사람씩 사장실로 불러들여가기 시작했다. 나는 실제로 겪어보지 못했지만, 사장은 언젠가 떡값이라는 것을 나눠줄 때 그런 식으로 직접 한 사람씩 직원들을 사장실로 불러들여 돈봉투를 건네주며, 그 봉투 속의 금액이 적은 데 대한 변명 겸해 회사 업무에 대한 새로운 각오와 창발력을 누누이 당부한 일이 있다고 했다. 모두들 그 첫번째로 불러들여간 친구가 사장실 문을 나오기를 고대하고 있는 눈치였다. 말들은 않았지만 하나같이 그 사장실 안 동정에 신경을 곤두세우고 있을 게 뻔했다. 사장실에서는 그러나 아무 소리도 밖에까진 들려 나오질 않았다.

5분 남짓 지났을까. 비로소 그 첫번째 친구가 문을 열고 나왔다.

그런데 나는 그 친구를 보자 금세 이상스런 생각이 들었다. 미처 처리를 못해 의당 그 친구의 손에 엉거주춤 쥐어 있어야 할 봉투가 보이지 않았다. 거기다 위인의 표정은 흥분기로 약간 상기되어 있거나, 문을 열고 나와 쑥스러운 듯 그러나 만족감에 차서 웃음을 감출 수 없으리라는 기대와는 달리 어딘지 기가 죽고 침통스럽기까지 하였다. 나는 가슴이 철렁 내려앉으며 온몸에서 힘이 죽 빠져나감을 느꼈다. 다른 친구들을 보니 위인들도 어느새 그 첫번 친구의 표정을 보고 무슨 눈치를 챈 모양이었다. 어두운 표정들로 이미 체념을 한 듯 멍하니 책상면만 들여다보고 있었다. 유일하게 미스 김 한 사람만이 슬그머니 나를 건너다보며 조심스럽게 웃어 보였다. 그 웃음을 보자 나는 다시 조바심이 났다.

첫번째 친구는 그사이 자리로 돌아가 앉았다. 그러곤 비로소 다른 한 친구에게 사장실을 턱짓으로 가리켜 보이며 들어가보라는 시늉을 했다.

"무슨 얘기야. 어떻게 되었어?"

위인의 옆엣친구가 눈치를 살피며 나지막이 물었지만, 위인은 도대체 아무 말도 하고 싶지 않다는 듯,

"들어가봐. 곧 알게 될 테니."

한마디를 내뱉고는 그만 입을 다물어버렸다.

그사이 또 두번째 친구가 사장실 문을 나왔다. 한데 이 친구의 표정도 역시 마찬가지였다. 위인도 똑같이 다른 친구 한 사람에게 사장실로 들어가라 지적해주고는 묵묵히 자기 자리로 돌아가 털썩 주저앉더니 이내 눈을 꾹 감아버렸다. 이제 사태는 대개 윤곽이

드러난 셈이었다. 기대가 어그러진 것은 말할 것도 없었다. 기대가 어그러진 정도가 아니었다. 그렇다면? 나는 불현듯 전전날 미스 김이 뭔지 이야기를 꺼내려다 말고 입을 다물어버리던 일이 생각났다. 나는 더욱 조바심이 났다. 세번째 친구가 문을 나오고, 다시 네번째 친구가 문을 나왔다. 그러나 누구도 문을 나서면서 안색이 부드러운 위인은 없었다. 한결같이 어둡고 힘없는 표정들이었다. 나는 한 사람 한 사람 위인들이 문을 나올 때마다, 혹시 이번엔 내 차례가 아닌가 싶어, 이럴 필요가 없는데 하면서도, 가슴까지 사정없이 두근거리고 있었다. 차라리 사장이 내 차례를 잊어버려주거나 했으면 싶을 지경이었다. 그러나 나는 여덟번짼가 아홉번짼가 해서 결국 문을 나오는 친구로부터 턱짓을 물려받았다.

나는 벌떡 자리에서 일어나 지레 성급하게 사장실 문 앞으로 걸어갔다. 그리고 자신이 어쩐지 조그맣게 된 기분으로 사장실 문을 밀고 들어섰다. 사장이 테이블에서 응접 소파로 내려앉아 담배를 피우고 있다가 나를 맞았다.

"아, 그리 좀 앉으시오."

"예."

사장이 가리키는 대로 엉거주춤 맞은편 소파로 걸터앉았다. 소파의 쿠션이 너무 깊어 자세가 거북해진 나는 손깍지를 꼈다.

"그래 요즘 지내기가 어떻습니까."

아침녘 대면은 까맣게 잊은 듯 내가 자세를 잡기를 기다렸다 사장이 새삼스런 어조로 입을 열었다.

"어려운 줄은 잘 알고 있습니다만……"

그렇다면 아깟번 사장은 이때를 위해 말을 부러 아껴뒀던 건가 — 나는 그 사장 앞에 지금까지 초조했던 기분과는 달리 뭔가 다시 마음이 놓이는 것 같았다. 그리고 터무니없이 자신이 송구스러워졌다.

 "사장님께서 그렇게 염려해주신 덕분에 뭐…… 이렇게 잘 지내고 있습니다."

 나는 내 말을 직접 몸으로 증명하듯 가슴까지 내밀어 보이고 있었다.

 "고마운 말입니다. 그렇게 말한다고 해서 내가 어려움을 모르는 바는 아니지요. 그런 어려움 속에서도 얼마나 헌신적으로들 일해주고 있는지를 잘 알고 있어요. 그래서……"

 나는 자꾸만 더 송구스러워지는 기분을 이겨낼 수가 없었다. 이럴 필요가 없는데, 이러지 않으려고 했는데…… 생각과는 달리 심사가 그렇게 자꾸만 움츠러들었다. 사장이 말을 계속했다.

 "그래서 이번 크리스마스에는 다만 1, 2천 원씩이라도 계절 수당을 나눠드려서 회사에서 감사의 뜻을 표하려 했던 것인데, 그러지 못해 이렇게 언짢은 마음으로……"

 "아, 사장님!"

 나는 뭔가 견딜 수가 없게 되어 자신도 모르게 사장의 말을 중단시키고 들었다.

 "저희들이 사장님의 그런 뜻과 회사 형편을 모르고 있겠습니까. 회사 형편이 그러는 데야 사장님인들 어떻게 하실 수가 있단 말씀입니까. 사실 전 몇 번의 전직 경험이 있습니다만, 보너스를 받아본 일이 한번도 없습니다. 늘 형편들이 그랬으니까요. 하지만 전 불평하지 않았습니다. 사정들이 그랬고, 또 인간적인 이해가 가능했으니까요."

말을 해놓고 보니, 사실 나는 여태까지 한번도 보너스를 받아본 일이 없었다는 기억이었다. 그리고 적어도 내가 그 사장이나 기업주들에게 대놓고 불평을 하지 않았다는 것도 분명한 사실이었다. 그러나 사장은 그런 내 말을 곧이곧대로 다 받아들이지 않은 모양이었다.

"재삼 고마운 말이오. 하지만 어디 다 그렇게 선의로만 이해를 해줍니까. 불평이 있으리라는 것도 다 짐작하고 있구요."

나는 사장의 그 말에 또 한 번 가슴이 철렁 내려앉았다. 그리고 미스 김이 떠올랐다.

"사정을 잘 모르고 이해를 하지 못할 때는 그럴 수도 있겠지요. 사람 모인 데서 다 똑같이 생각할 수는 없으니까요. 하지만 그런 불평도 때에 따라서는 필요한 것 아니겠습니까. 정말 불평거리가 있을 때는 그 불평을 실제로 얼마큼 내뱉고 다니게 내버려두면, 그러다 차츰 제풀에 시들해지거나 나중엔 외려 불평을 떠들고 다닌 걸 죄송스럽게 생각하게 되는 수도 있을 테니까요. 그리고 불평이란 게 반드시 악의에서만 나오는 건 아니지 않습니까. 사실 저도 가끔 친구들 간에 불평을 듣고 또 저 자신도 거기 끼어드는 수가 있습니다만, 그게 반드시 악의를 지녀 그런 것은 아니었으니까요. 그 점 사장님께서 아량을 가지고 넘겨들으셔야 하실 줄 생각합니다."

나는 말을 마치고 나서 부드럽게 웃었다. 뜻밖에 경위가 바른 듯한 자신의 말주변이 내심 썩 흡족하기도 하였다. 나는 그때 정말 사장에 대한 그간의 내 불평이라는 것이 모두 그렇게 악의가 없었던 것처럼 생각되었으니까. 게다가 그런 내 불평마저도 내게 그것을 대신해주기를 바라는 말없는 동료들의 요구 때문에 어쩔 수가 없었다면, 그리고 그걸 대신해준 것이 위인들의 불만을 어느 정도 해소해주는 역할을 했다면, 나는 그것을 오히려 떳떳하고 자랑스럽게 고백할 수도 있을 것 같았다. 나는 정말 회사를 그만두게 되는 일이 있더라도 나의 입장이 보다 떳떳해지는 것은 누구에게도 나쁠 것이 없을 테니까 말이다.

사장은 감동한 듯 고개를 끄덕이며 내 말을 듣고 있었다. 그리고 내 말이 끝나자 사장은 입에서 담배를 뽑으며 이제 비로소 진짜 용건을 말하려는 듯 상체를 앞으로 굽혔다.

"그렇게 회사 사정을 다 이해해줘서 나는 솔직히 말할 수가 있는데…… 그래서 나도 실은 연말까지는 어떻게 하든지 1, 2천 원이라도 꼭 나눠드려서 내 뜻을 표할 작정이에요. 일이 그렇게 될지 어떨지 아직 확실한 자신은 없지만."

"아닙니다. 뭐 그렇게 무리를 하실 필요가……"

나는 진심으로 그 사장의 뜻을 사양하려고 했다. 그러나 사장은 내 말을 못 들은 체 자기 말만 계속했다. 이번에야말로 진짜 용건을 꺼내려는 듯 목소리가 더욱 무거워지고 있었다.

"하지만 그건 그렇고, 그보다도 오늘 내가 이렇게 따로 사람을 만나는 건 다른 한 가지 불가피한 사정이 있어섭니다. 회사 사정도 그렇고 해서 아무래도 이해 안으로 편집실 직원을 좀 정리해야 겠어서 말이오."

예감대로였다. 나는 불시에 예리한 칼날이 가슴을 스쳐가는 듯한 서늘한 기운을 느꼈다. 갑자기 등골에 식은땀이 흘렀다. 보너스를 사양하기가 천만다행이라고 금세 아슬아슬한 기분까지 들었다.

"딱한 일이지만, 파선 직전에 당면한 배가 굳이 사람을 다 붙들고 있을 필요가 있겠소? 그건 외려 위험한 일이지요. 몇 사람이라도 우선 하선을 시키면 그 사람 쪽에서 보면 적어도 배에 남아 있는 것보다는 안전한 대피가 되겠고, 배 자체로서도 위험이 덜어져서 희망을 가지고 앞일을 도모해볼 수 있을 게 아니겠소?"

사장이 경위를 따져 말했으나, 나는 아직 기운을 차릴 수가 없어 입을 열지 못하고 있었다. 아니 그 말이 귀에 들어오지조차 않는 것 같았다.

사장은 말을 마치고 이윽히 나를 들여다보더니 그런 내 기분을 알아차린 듯 안심한 목소리로 낮게 말해왔다.

"물론 우린 함께 남아야지요. 이해가 되는 사람끼리 남아 뭉쳐서 해보는 겁니다. 사람이 줄고 나면 그만큼 일이 힘들어질 테지만. 그래서 오늘 이런 사정을 말씀드리고 배전의 이해와 노력을 당부하려는 뜻에서 자리를 같이하고 싶었던 겝니다. 물론 여기서의 이야기는 나와 둘이서만 알기로 하고. 자, 그럼……"

말을 다 마치지도 않은 채 사장은 출근부를 한 장 넘기더니 내게 다음 사람을 들여보내라 이르고는 새 담배를 꺼내 물었다.

나는 아직 내가 어떻게 되는 것인지 확실히 이해하지도 못한 채

자리에서 일어서서 어정어정 문 쪽으로 걸어 나갔다. 그리고 문을 열고 사장실을 나서며 잠시 망설이던 나는 비로소 좀 쑥스러운 듯, 그러나 어딘지 만족감에 찬 듯 한차례 씨익 하니 웃었다. 왠지 나도 모르게 갑자기 그렇게 되었다. 하지만 그런 내 웃음을 본 사람들의 얼굴은 하나도 표정이 움직일 줄을 몰랐다. 나는 다시 얼굴이 굳어졌다. 이번에도 별 이유 없이 저절로 그렇게 되었다.

나는 그 굳어진 눈길로 다음 순서 대기자를 지적한 다음 말없이 나의 자리로 돌아갔다. 그리고 나보다 먼저 사장실을 다녀나온 위인들이 그랬듯이 털썩 자리로 주저앉아 눈을 질끈 감고 말았다.

(『현대문학』 1969년 2월호)

해설

존재값의 이야기, 이야기의 존재값

우찬제
(문학평론가)

1. 존재 증명의 서사

이야기들이 많다. 온갖 이야기들로 넘쳐나는 세상이다. 세상에 '이야기의 바깥은 없다'는 생각은 아주 오래된 것이지만, 그런 생각 이전부터 인간은 이야기 세상에서 살아왔다. 이야기로 살고, 삶으로 이야기를 만들었다. 차고 넘치는 것이 이야기이다. 세상의 이야기들은 저마다 다른 방식으로 혹은 서로 닮은 방식으로 생존한다. 어떤 이야기들은 재미있고 값지다. 듣거나 읽는 사람들로 하여금 감동의 자장에 젖어들게 하면서도 삶의 고귀한 가치나 인간의 근원적 숙명을 생각하게 한다. 그런가 하면 어떤 이야기들은 식상하고 따분하거나 들어주기에 역겹다. 독자들의 감정을 상하게 하고 영혼의 위축을 경험케 한다. 또한 많은 이야기들은 그러그러한 잡동사니들 같다. 이런 이야기 세상에서 더 값지고 감동적인 이야기를 짓고자 골몰하는 이들은 누구보다도 작가들이다. 좋은 작가라면 누구라도 이야기 세상을 넓고 깊게 파고들며 전위적으로 삶과 이야기를 혁신하며 더 값진 이야기를 통해 더 의미 있는 삶을 추구하고, 남다른 삶의 양식을 통해 전위적인 이야기를 펼쳐 보이려는 노력을 계속한다. 우리는 세계문학사를 찬연히 빛낸 웅숭깊은 작가들을 기억한다. 한국의 작가 중에 이청준은 한국문학사와 세계문학사에 걸출한 이야기 산맥을 새롭게 창설한 이야기 거장이다. 그는 결코 단순한 이야기꾼이 아니었다. 어떤 일이 있었고 또 어떤 일이 있었다네, 식으로 이야기를 전하지 않는다. 흥미 위주로 사건을 전달하는 단순한 전기수가 아니었다. 언제나 인간 존재의 근원을 탐문했고, 자신이 발견한 진실을 반성적으로 재성찰했고, 되짚어 숙고하는 가운데 존재값의 벼리에 다가서고자 했다. 또한 그 반성적 성찰을 독자들과 함께 나누기 위해 중층적인 이야기 틀로 반성적이고 복합적인 구성을 시도했으며, 그 복합성의 깊이를 추구했다. 나아가 삶과 이야기 사이의 진실한 스밈과 짜임을 위해 무던히도 골몰했다. 삶이 이야기가 되고, 이야기가 삶이 되고, 다시 반성적 이야기가 되고, 다시 반성적 삶이 되고, 거듭 반성하고 또 반성하는 이야기가 되고, 거듭 반성하고 또 반성하는 삶이 되게 할 수 있기를 소망하고 탐문했던 것으로 보인다. 그런 과정을 통해 존재값의 이야기를 깊고 넉넉하게 길어내고, 이야기의 존재값을 제고하고자 했던 매우 드문 작가였던 것이다.

1965년 단편 「퇴원」으로 등단한 이청준은 초기에 이른바 '환부 없는 환자'의 담론에 골몰했다. 위궤양을 칭병하여 입원했다가 임시로 퇴원하는 「퇴원」의 주인공도 그렇거니와 1967년 동인문학상 수상작 「병신과 머저리」에서의 동생 역시 여자 친구 혜인으로부터 '환부 없는 환자'라는 문제적 진단을 받는다. 이와 같은 인상적인 인물상과 문제틀은 이청준 초기 소설의 핵심에 값한다. 그렇다면 왜 '환부 없는 환자'인가. 6·25 참전 세대인 형과 4·19세대인 동생 사이의 갈등을 유려하게 형상화하면서 4·19세대의 내면과 정직하게 대면하고 있는 「병신과 머저리」를 통해 유추해보자면, 영혼의 자유를 훼절당한 자의 불안과 우울이 그와 같은 환자의 담론을 형성케 하는 동인의 하나이다. 「퇴원」에서라면 아버지라는 대타자의 향락에 의해 억압된 아들들의 불안이 문제이다. 존재의 둥지에서 극심한 불안을 느끼는 존재들은 자신의 존재값의 정당한 자리를 알지 못한다. 그들은 자신들이 있는 자리에 있지 않고, 말하는 자리에서 의미를 형성하지 못한다. 하고 보니 극단적인 외상을 경험한 6·25세대보다 더 깊은 내상으로 번민할 수밖에 없는 환자가 된다. 눈에 보이는 상처보다 눈에 보이지 않는 상처가 더 깊은 경우가 많은데, 바로 이청준이 착목한 문제적 인식틀은 그런 경우였던 터이다. 「퇴원」이나 「병신과 머저리」에서 인상적으로 제시되었듯이, '환부 없는 환자'는 환자로서 정당한 자기 존재를 증명할 길이 막막하다. 그렇다고 해서 그들이 환자가 아닌 것도 아니다. 초기 이청준 소설은 이와 같은 '환부 없는 환자'들의 존재 증명을 위한 서사에 무척 공을 들인다. 이를 위해 이청준은 외과병동에 가지 않는다. 존재하는 내과병동에도 가지 않는다. 더 넓고 깊게 세상이란 병동을 탐사한다. 풍속의 변화에 따라 세상의 변두리로 밀려나 있지만 내면에 훼절되기 이전의 존재값을 간직하고 있기에 환자가 된 사람들이거나(「줄광대」「과녁」「매잡이」), 정치적 억압의 상황으로 인해 영혼의 자유를 박탈당한 채 비정상적 환자 취급을 당하는 인물(「마기의 죽음」), 엄혹한 세상살이에서 자기 존재를 입증하지 못해 전전긍긍하는 환자(「나무 위에서 잠자기」), 혹은 타락한 풍속 이전의 영혼의 존재값을 추구하기 위해 사랑의 죽음이라는 세계에 입사하려는 인물(「석화촌」) 등등이 이청준이 영혼의 내시경을 들이댄 초기 목록들이다. 그런 환자들의 문제적 영혼 임상기를 통해 이청준은 인간 존재값의 근원을 탐문하면서, 「매잡이」「침몰선」「마기의 죽음」 등 여러 작품에서는 그런 존재값을 탐문하는 이야기의 존재값 문제를 진지하게 궁리하면서 새로운 소설의 형식을 탐구했던 것이다.

2. 풍속의 유민과 진실 탐문

등단작 「퇴원」에서 주인공은 어린 시절 어머니와 누이의 속옷을 가지고 광 속에 들어가 안온한 낮잠을 자는 버릇이 있었다. 그러던 어느 날 잠이 길어져 밤이 되도록 나오지 않게 되자, 식구들은 그를 찾아 나선다. 광문을 열고 전짓불을 비추어 그를 발견한 아버지는 화가 나 문을 꽝 닫아버린다. 아버지의 전짓불 공습을 당한 이후 어둠 속 광은 이전에 주인공이 자유의사에 의해 편안한 잠을 자던 어머니의 자궁과도 같은 공간이 아니었다. 아버지라는 대타자의 위험 신호에 의해 불안은 가중되고 세계의 억압상이 집중되는 그런 공간으로 돌변한 것이다. 나중에 문이 다시 열리고 그가 나왔을 때 어머니와 누이의 속옷들이 갈기갈기 찢겨져 있었다는 상태 진술이 그것을 뒷받침한다. 그렇게 광문을 나왔을 때부터 주인공은 유년기의 상상적 합일에 의한 행복감으로부터 멀어지게 된다. 자유로운 존재의 둥지에 대해 불안을 지니게 된다. 그가 군대 시절이나 그 이후에도 세상에 제대로 적응하지 못하는 것은 그런 트라우마 체험과 깊이 관련되는 것처럼 보인다. 이와 같은 등단작으로부터 우리는 이청준 소설의 주요한 이항대립을 발견한다. 모태 공간과도 같았던 광 속과 아버지의 전짓불로 상징되는 세계의 억압 사이의 대립적 짝패가 바로 그것이다. 다시 말해 개인의 자유로운 영혼이 보장된 상태와 그것을 위협하는 세계의 억압상 사이의 대립인 것이다. 이러한 짝패나 전짓불 모티프는 『씌어지지 않은 자서전』 「소문의 벽」 「잔인한 도시」 「가위 밑 그림의 음화와 양화」 등 여러 소설들에서 반복적으로 나타나거니와, 「황홀한 실종」 등에서 요나 콤플렉스를 보이는 인물의 초상 또한 「퇴원」의 광 속 이야기의 심화된 변주에 속한다. 「퇴원」에서 비롯되는 짝패는 어머니의 모태 공간과도 같은 안온한 존재의 둥지에서 자유롭게 살고 싶어 하는 주체와 그 영혼의 둥지를 위협하며 상징계의 규범 변화에 따라 존재를 바꾸어가며 살라는 세계의 위협 사이의 대립이다. 실제로 세상의 많은 사람들은 어쩔 수 없이 시속의 변화에 맞추어 살아간다. 그러나 예외적이고 문제적인 소수들은 그런 시류 변화를 좇는 것을 힘겨워하거나 거절하면서 여전히 상상적 합

일의 공간을 동경하며 살아가기도 한다. 1960년대 후반 작가 이청준이 관심을 가졌던 인물들은 후자의 소수자들이다. 풍속의 변두리로부터 밀려난 채 현실에서 제 영혼의 둥지를 제대로 마련할 수 없었던 소수자를 위한 이청준의 소설적 관심을, 우리는 「줄광대」 「과녁」 「매잡이」 등 여러 작품에서 확인할 수 있다.

이청준 소설의 주제적 형식적 융합의 완숙한 전형을 보이는 「매잡이」는 표제 그대로 변화된 현실에서 이제는 제대로 교환가치를 보증받을 수 없는 '매잡이'의 이야기를 둘러싼 서사 구성의 과정을 보여준 소설이다. 통상적으로는 매 사냥을 마치고 매가 주인의 품으로 돌아오지만 궤도를 이탈해 다른 마을의 다른 사람에게 잡히는 경우가 있다. 그러면 매잡이는 소정의 매 값을 치르고 찾아와야 한다. 그런 상황에서 매를 찾기 위해 매잡이 곽 서방은 서 영감에게 매 값을 빌리려 하자, 서 영감은 이제는 시절이 달라졌으니 그 짓을 그만두라고 권면한다. 그 이야기를 들은 곽 서방(곽돌)은 이런 생각을 저작한다. "시류를 좇아 사는 사람들은 그 시류에 맞춰 세상사를 잘 요리해갈 수 있을 뿐 아니라, 자기가 얼마나 그 시류에 민감하고 영리하게 적응하는가를 자랑스럽게 이야기하며 스스로 만족한다"(p. 234). 그러니까 이 소설의 기본적인 짝패는 시류를 잘 좇아가는 사람과 그렇지 못한 사람 사이의 대립이다. 바로 이것이 이 소설의 첫번째 관심사다. 이 소설은 아직 소설을 한 편도 발표하지 않은 소설가 민태준의 권유에 따라 전라북도 어느 산골 촌락을 찾아가 매잡이 곽돌을 만나고 그 이야기를 소설로 쓰는 과정을 중층적으로 구성해놓고 있다. 중층적이라고 하는 이유는 일단 이 한 편의 소설 안에 세 편의 동명 소설이 얽히고설켜 있기 때문이다. 소설가인 주인공이 민태준의 권유에 따라 곽돌을 만나고 써서 발표한 소설이 '매잡이 I'이라면, 민태준이 몇 달 후 열어보라고 한 유작이 '매잡이 II'이고,[1] 그것을 보고 난 다음 주인공이 다시 쓰는 현재의 이 소설이 바로 '매잡이 III'이다. 그러니까 중편「매잡이」('매잡이 III')는 '매잡이 I'과 '매잡이 II'를 동시에 품고 있는 액자소설인 셈이다. 그것은 이전의 소설사에서 보였던 그 어떤 소설보다도 중층적이고 복합적인 액자소설이라는 점에서 각별한 의미가 있다. 이와 같은 복합적인 소설 구성 방식이 이 소설의 두번째 관심사다.

민태준은 소설을 위해 사라져가는 풍속에 대한 취재 여행을 많이 한 사람이었다. 그의 취재 노트에는 "산간벽지에 파묻혀 있거나 이미 사라져 없어진 민속, 설화, 명인거장 같은 것들에 관한 것"(p. 199)이 대부분이었다. 이를테면 "서커스 줄광대라든가 남해 고도의 어떤 늙은 나전공(螺鈿工), 또는 전라북도 어떤 정자(亭子)에 사는 여자 궁사(女子弓師)들의 이야기 같은 것들"(p. 199) 말이다. 매잡이 곽돌의 이야기 역시 그런 부류에 속하는 것이었다. 주인공은 처음에는 조금 시큰둥해하지만 이내 곽돌을 찾아가 매잡이로서 그의 행적과 죽음을 목도하고 돌아온다. 그리

---

[1] 실제 제작 시간을 고려하면 I, II의 순서가 바뀌어야 할 것이다. 정황으로 보았을 때 민태준이 주인공보다 먼저 소설을 썼기 때문이다. 그러나 그것은 발표되지 않았고, 주인공의 '매잡이 I'이 발표된 이후에 발견된 것이기에 이 소설에서는 '매잡이 II'로 설정하고 있다.

고 민태준이 원한 대로 매잡이 이야기를 써서 소설('매잡이 I')로 발표한다. 이 '매잡이 I'은 현장에서 본 매잡이 이야기 그대로다. 변화된 풍속과는 상관없이 매잡이로서 자신의 존재값을 다하려는 곽돌의 고집스런 매잡이 행태를 보고하고, 매잡이다운 고집이 더 이상 현실에서 받아들여질 수 없다고 생각하자 스스로 곡기를 끊고 말을 끊어 절명해가는 종생기 형식의 소설이다. 그런데 민태준의 유언대로 몇 달 후 풀어본 민태준의 유작 '매잡이 II'에는 놀랍게도 '매잡이 I'과 유사한 이야기들이 들어 있었다. 실제로 민태준이 곽돌을 만났을 때는 그럭저럭 매잡이 생활을 하던 무렵이었다. 더욱이 그의 죽음은 체험할 수 있는 것이 아니었다. 그럼에도 불구하고 민태준의 '매잡이 II'에는 "곽 서방의 운명에 대한 일종의 예언"(p. 261)이 담겨 있었던 것이다. 이를 보고 주인공은 "민 형은 분명 나를 앞지르고 있"었음을 승인하며 "작품에서의 예언은 작가 자신의 어떤 필연성의 요구"(p. 261)라는 생각을 이어간다. 진정한 작가정신을 추구하고자 했던 민태준은 곽돌의 죽음을 보지는 않았지만, 필연성의 논리를 가지고 곽돌의 죽음을 예단했던 것이다. 여전히 예전 풍속의 '광 속'에서 상상적 합일을 하며 변화된 시류의 상징적 질서를 거부하려 했던 곽돌이었기에 그의 죽음이 그처럼 운명적으로 예비되어 있었음을, 민태준이 예리하게 간파한 것이다. 그렇다는 것은 민태준이 쓴 '매잡이 II'에서 주인공 서술자 '나'와 매잡이 곽돌과의 대화 부분에서도 가늠해볼 수 있다. 매를 아낀다면서도 "학대와 굶주림과 사역이 당신이 매를 생각하는 방법의 전부"(p. 262)냐는 '나'의 질문에, 매잡이는 격렬한 적의를 보인다. "매가 하늘을 빙빙 돌거나 땅으로 내리박힐 때 그 곱고 시원스런 동작"(p. 262)의 아름다움만 보고 그 아름다움이 어떻게 연출되는지를 보지 못하고 이해하지 못하는, 나아가 전통적인 '풍속의 미학'과 예술의 존재방식을 이해하지 못하는 '나'에 대한 적의에 가깝다. 민태준은 결국 매잡이가 운명처럼 좇는 풍속의 미학에 따라 매잡이의 죽음을 그린다. 매의 운명과 매잡이의 운명을 등가로 여겼던 곽돌의 종말을 그렇게 미학적으로 그렸던 것처럼, 민태준 자신도 비슷한 방식으로 절명해간다. 그러니까 「매잡이」는 실제로 경험한 이야기('매잡이 I')와 경험을 바탕으로 필연성의 논리로 추론한 이야기('매잡이 II'), 그리고 '매잡이 II'를 통해 '매잡이 I'을 전면적으로 반성하며 새로운 성찰을 유도하는 이야기('매잡이 III') 사이의 복합 구성으로 이루어진 소설인 셈이다. 그 과정에서 작가는 "우리 생존의 처절스런 실상과 풍속의 미학과의 표리 관계"(p.263)에 놓여 있는 동시대 소설가의 소명과 진실을 거듭 반추하고 있다. 그러면서 "풍속이 사라진 시대"의 "풍속의 유민"의 운명과 처지에 대한 성찰로 이어간다.

풍속이 사라진 시대— 사라져간 풍속의 유민으로서의 소년은 내게 더 이상 아무런 의미도 있을 수가 없는 것이다. 그것은 어쩌면 민 형에게도 역시 마찬가지일 것이었다. 그야 민 형은 자신의 소설에서 매잡이 곽 서방을 그의 풍속으로 돌아가게 해준 사람이기는 했다. 그는 곽 서방에게 자신의 풍속으로 돌아가 그의 풍속의 유물이 되게 해주고 있었다. 곽 서방에게 그것은 그의 참담스런 생존의 실상으로부터의 소중한 승리이자 구원일 수 있었다. 하나의 풍속이란 그것 밖의 사람들의 외연적 기명(記名)일 뿐 그것을 직접 살아내는 사람들에겐 그의 삶의 보편적 질서인 것이라면, 적어도 그것을 뒤에서 바라보며 풍속을 말하는 사람들에게는 그렇게 보일 수 있었다. 그러나 그것은 곽 서방에게나 가능할 일이었다. 그것은 매잡이 곽 서방의 풍속일 뿐 민 형 자신의 풍속은 아니었다. 민 형을 포함한 우리들 자신의 풍속은 절대로 될 수 없었다. 아니 그것이 우리들의 풍속이 될 수 없는 것은 고사하고 우리에겐 애초 우리들 자신의 어떤 풍속의 가능성도 용납되지 않는 것이다. 그래 우리는 우리들 자신의 풍속의 의상이 없는 시대에서 그 삭막하고 참담한 삶의 현실을 맨몸으로 직접 살아내고 있는 것인지도 모른다. 그보다도 그 참담스런 삶의 현실이 또 다른 풍속으로 부화되는 것을 거부하며, 자기 삶의 새로운 풍속화(風俗化)에 대항하여 그것을 거꾸로 인내하고 있는 것인지도 모른다. 민 형도 어쩌면 그것을 너무나 잘 알고 있었을 것이었다. 자신의 이름으로는 소설마저도 단 한 편밖에 쓸 수 없었던 민 형— 그래서 그는 오히려 곽 서방에게 그토록 매달리고 있었는지 모른다. 그리고 끝내는 절망 속에 스스로 목숨을 끊었는지도 모르는 일이다. 그러나 그 민 형의 종말— 그것은 그 곽 서방의 풍속에 자신을 귀의시킬 수 없었던 비극의 종말이 아니라, 그의 삶의 새로운 풍속화에 대한 마지막 저항과 결단의 몸짓은 아니었을까. 감히 말하자면 그것이 아마도 민 형의 죽음의 진실이어야 할 터이었다. (pp. 265~66)[2]

길게 따온 부분의 내용은 이렇게 정리될 수 있다. 지금은 예전의 풍속이 사라진 시대이다. 존재의 안온한 둥지였던 '광 속'과도 같은 풍속의 미학은 처절한 현실의 변화된 실상 앞에서 제자리를 알지 못한다. 그렇다고 해서 새로운 풍속의 미학이 용납되는 것도 아니다. 그런 상황에서 매잡이 곽 서방은 풍속의 미학을 실천하며 살다가 죽은 사람이었다. 그것은 새로운 시대와 화해할 수 없었던 매잡이의 "저항과 결단의 몸짓"이었으며, 또한 그 풍속의 미학에 관심을 가졌던 민태준의 몸짓이었다. "참담스런 생존의 실상으로부터의 소중한 승리이자 구원일 수 있었다." 매잡이 곽 서방이나 민태준의 죽음의 진실은 거기서 찾아진다. 그렇다면 풍속의 유민으로서 보조 매잡이 소년이나 이 소설의 주인공의 경우는 어떠한가. 어떻게 삶의 진실을 찾을 수 있을 것인가. 그리고 그 진실을 찾는 과정에서 소설은 무엇을 어떻게 해야 할 것인가. 이런 성찰적 질문들을 작가 이청준은 진지하게 고뇌하고 있다.

이러한 풍속의 미학과 풍속의 유민 문제는 「과녁」에서도 형상화된다. 「매잡이」보다 한 해(『창작과비평』 1967년 가을호) 앞서 발표된 소설이지만, 「매잡이」에서 풍속의 유민인 보조 매잡이 소년의

---

2) 이 풍속이 사라진 시대의 풍속의 유민에 대한 담론은 작가가 오래 고민한 화두였던 것으로 보인다. 이청준은 소설을 발표하고 나서도 기회가 있을 때마다 자신의 작품을 정교하게 수정해나갔는데, 「매잡이」의 경우 특히 이 대목에 대한 보완의 흔적이 뚜렷하다. 최초 발표작(『신동아』 1968년 7월호)에서 첫 단행본(『별을 보여드립니다』, 일지사, 1971)에 수록할 때, 그리고 다시 열림원 전집판(『시간의 문』, 열림원, 2000)이 나오기까지 이 대목은 대폭 수정되고 심화된다. 이에 대한 자세한 내용은 이 책 말미에 수록된 평론가 이윤옥의 '텍스트의 변모와 상호 관계'에서 확인할 수 있다.

운명을 예감케 하는 구석이 있다. 「과녁」의 주인공 노인은 전통적인 궁사다. 그는 의지할 데 없는 떠돌이 거지 남매를 거두어 궁사의 기풍 속에서 기른다. 그런데 새로운 세상의 사람들은 처녀 궁사에 대해 다분히 세속적인 타락한 관심만을 보인다. 궁도를 벗어난 그들의 태도에 대해 노인은 무척 못마땅해한다. "깊이 상처 받은 짐승처럼 낮은 신음 소리를"(p. 72) 내던 노인은 "나중에는 차츰 어떤 불가항력의 힘 앞에 제풀에 질린 듯한 절망적인 얼굴이 되어"(p. 76) 석주호에게 활쏘기를 허락한다. 연습이 충분히 되어 있지 않은 상태이고 더구나 궁도를 전혀 모르는 석주호였기에, 노인은 과녁 옆에서 판정을 보는 소년을 보내지 않은 상태에서 석주호에게 활 연습을 시켰었는데, 그날따라 어떤 불가항력의 힘 앞에 절망한 나머지 소년을 과녁 옆에 보낸 상태에서 허락했던 것이다. 그런데 아니나 다를까. 석주호의 두번째 화살이 원래의 과녁이 아닌 소년이라는 "또 하나의 과녁"을 명중시키는 불상사가 발생한다. "그 쓰러지는 모습은 묘하게 아름답고 그래서 더욱 처참한 느낌이 들게 했는데"(p. 76)라고 서술자는 적고 있거니와, "우리 생존의 처절스런 실상과 풍속의 미학과의 표리 관계"는 이처럼 비극적인 것이었다. 풍속의 운명을 자신의 진실로 받아들이려고 했던 매잡이 곽 서방도, 그 진실을 탐문하면서 자신의 진실을 넓고 깊게 환기할 수 없는 것을 곤혹스러워하다가 풍속의 운명처럼 절명한 민태준도, 풍속의 유민인 「과녁」의 소년도 모두 죽음으로 귀결되고 말았다. 또 뒤에 보게 될 「마기의 죽음」에서 마기 역시 마찬가지로 죽음에 이른다. 이러한 죽음의 형상화는 진정한 풍속의 미학이 사라진 이후 인간의 존재값을 참담하게 훼절시키는 사이비 풍속의 시대에 대한 작가의 절망을 환기하고 있는 것이 아닐까 짐작한다.

3. 존재 증명에 대한 불안과 이야기 가치

그렇다면 도대체 진정한 풍속의 미학은 어떻게 사라지게 된 것일까. 「개백정」이나 「침몰선」을 통해서 이청준은 전쟁의 마성적 상흔과 근대적 교환가치 문제를 그 원인의 일부로 지목한다. 「개백정」은 전쟁으로 인해 황폐화된 인간 성정의 잔혹성과 야수성을 실감나게 전경화한 소설이다. 일제 강점기 말기에 있었던 개 가죽 공출 사건을 6·25 때로 옮겨 구성한 이 소설에서, 마을에 할당된 개 가죽 공출을 위해 혈안이 되어 있는 담당자들의 생리나 할당 목표 이상의 개를 마구잡이로 잡아 자신들의 뱃속을 채우는 타락한 잔혹성의 심연에서 전쟁기 인간 생태의 심각한 문제를 확인할 수 있다. 아마도 참혹한 전쟁 상태가 아니었다면 그들의 마음도 그와 같은 전쟁 상태에 빠져들지 않았을 것이다. 전쟁 전 서로 위해주고 개를 아끼고 하던 풍속의 미학은 그와 같은 전쟁으로 인해 철저하게 훼손될 수밖에 없었음을, 그래서 진정한 인간 존재를 증명할 길이 막막하게 되었음을, 작가는 날카롭게 성찰한다.

「침몰선」 역시 인간 존재의 침몰 위기를 우회적으로 환기하고 있는 문제작이다. 진 소년이 살고 있는 마을 앞바다에 언제부터였는지는 모르지만 침몰선이 있었다. 밀물과 썰물에 출렁이며 존재를 드러냈다가 감추기도 하는 침몰선은 마을 사람들에게는 일종의 환상과도 같은 공간이었다. 그 정체를 정확하게 파악하지 못한 상태에서 사람들은 환상처럼 침몰선에 대한 이런저런 이야기를 주고받았던 것이다. 그러던 중 전쟁이 발발하고 그로 인해 마을 밖으로 나가 이런저런 체험을 했던 사람들이 돌아와 이야기를 하는 과정에서 보이는 진 소년의 반응이 매우 인상적이다. 외지를 체험한 어떤 사람이 아예 침몰선에 관심을 두지 않았을 때 소년은 무척 불안해한다. 자기 환상의 대명사인 침몰선이 그처럼 빨리 잊혀지면 안 된다고 생각하기 때문이다. 또 밖에서 엄청나게 큰 배를 본 사람이 침몰선의 존재를 절하했을 때도 불안해진다. 그 말 때문에 "지금까지 그렇게 크고 당당하던 배의 모습이 어느새 조그맣게 변해 있"(p.133)는 형상을 보았기 때문이다. 그러다가 또 다른 어떤 사람이 저 배에도 비행기가 내릴 수 있을 것이라고 말할 때는 "다시 옛날의 그 당당하고 거대한 모습으로 변해 있"(p.135)는 형상을 본다. 이처럼 이 소설에서 우선적으로 다루고 있는 것은 말이나 이야기의 환상과 사물의 실상과의 관계이다. 침몰선의 실상과 상관없이 말과 그 말의 환상 기제에 따라 침몰선의 이미지가 진 소년에게 달리 수용되고 있기 때문이다. 그렇게 침몰선에 대한 환상을 지닌 채 소년 시절을 보냈던 주인공은 대처 도회지로 나가 학교를 다니게 된다. 고향을 떠난 도시에서도 그를 존재케 하는 것은 침몰선 환상이었다. 그래서 여자 친구에게도 아름답고 신비로운 바다와 침몰선 이야기를 끊임없이 건넨다.

바다의 이야기는 수진으로서도 결코 지치는 일이 없었다. 그가 바다 이야기를 시작하면, 소녀도 그 커다랗고 맑은 눈동자 속에 바다를 그리기 시작했다. 먼 꿈에라도 젖어 들어가듯 눈빛이 달콤하고 신비스럽게 변해갔다. 그러는 그녀에게 수진은 바다의 모든 것을 빠짐없이 그리고 열심히 설명했다. 햇볕 따가운 날의 돛단배와 태풍에 미친 파도의 이야기를, 마을 앞바다의 물 띠와 침몰선과 그 바다를 내려다보는 마을의 정자나무, 그 정자나무 아래 모인 마을 사람들의 이야기를, 전쟁과 둑 일과 피난민들의 이야기를, 투전판과 개구리잡이와 싸움질에 관해서까지도. 그리고 그런 모든 일들이 일어나는 마을에서 바다를 내려다보던 시절의 자신의 이야기를, 그 바다가 얼마나 아름다운 것인가를. 더욱이 그 침몰선이 금방이라도 다시 먼 바다로 떠나갈 듯이 물결에 천천히 흔들리고 있는 모습들을 빠짐없이 모두 이야기해주었다.

소녀의 눈은 그럴수록 더욱 안타깝고 신비로운 빛을 띠어갔다. 그리고 수진은 거기서 거꾸로 그의 바다를 보게 되곤 했다.

바다— 수진은 그 소녀의 눈에서 자신의 바다를 볼 수 있었다. 아니 그 눈 속의 바다는 실제보다도 더 아름답고 신비스러워 보였다. 소년은 그 소녀의 눈 속에 더욱 아름답고 분명한 바다를 심어주기 위해 계속 더 열심히 그 바다 이야기를 했다. 그러면서 그녀의 눈 속에서 하루도 빠짐없이 그의 바다를 보았다. (pp. 152~53)

자기 이야기 속에서 보이지 않는 바다와 침몰선을 다시 볼 수 있을 뿐만 아니라, 미장아빔과도 같은 소녀의 눈에서 더 아름답고 신비로운 바다를 볼 수 있는 소년의 환상적 이미지 전략은 새삼 주목에 값한다. 이야기의 존재값을 명료하게 환기하기 때문이다. 실재를 떠올리며 상상한 이야기가 새로운 실재를 창출하는 힘을 보이는데, 이는 「매잡이」에서도 민태준의 '매잡이 II'에서 보여준 것이기도 하다. 그런데 현대의 정신분석학자들이 지적하고 있는 것처럼, '실재의 사막'으로 직접 나아가는 것은 대단히 위험한 것일까. 소년의 이야기를 통해 바다와 침몰선에 대한 환상을 부풀리던 소녀는 더 이상 견디지 못하고 실재의 바다를 보고 싶어 한다. 하여 방학 중에 소년과 함께 직접 그 바다를 보게 되는데, 실재의 바다는 이야기 속의 환상의 바다일 수 없었다. 철저하게 실망한 소녀는 이제 더 이상 소년의 바다 이야기를 듣고 싶어 하지 않는다. 게다가 어린 시절 이래 줄곧 소년이 품은 환상의 대명사인 침몰선에 대해서도 실재에 접근하면서 크게 절망하게 된다. 전쟁 중에 다녀갔던 옹진 사람들이 이제 고철 장수가 되어 침몰선에서 고철을 회수할 목적으로 다시 마을에 들어왔는데, 그들이 실제로 확인해본 바에 따르면, 침몰선에는 이미 고철은 물론 변변한 땔감 조각들도 남아 있지 않은 형편없는 모습이라는 것이었다. 고철 장수들에게 침몰선은 결코 소년이 품고 있던 순수한 환상 기제일 수 없었다. 오히려 돈벌이를 환상적으로 할 수 있게 될지도 모른다는 교환가치적 환상 기제일 따름이었다. 이런 이야기는 이제는 청년이 된 소년을 크게 절망케 한다. 소녀의 실망과 소년의 절망은 모두 실재의 사막을 접한 자들의 그것이다. 풍속의 미학이 사라진 이후 "생존의 처절스런 실상"을 확인한 자들의 절망이기도 하다. 이미지가 거세된 바다나 침몰선에서 절망하고 자기 존재의 바탕을 의심하는 이런 이야기는, 작가 이청준이 진지하게 고민한 리얼리즘의 영향에 대한 불안과 관련된 자의식적 서사 구성 결과로 보이기도 한다. 「매잡이」에서 리얼리즘에 가까웠던 '매잡이 I'에 대해서 철저하게 반성하고 있듯이 말이다.

굳이 전쟁이 아니더라도 풍속의 미학이 사라진 시대의 풍속의 유민들은 종종 자기 존재 증명의 곤혹을 겪는다. 「나무 위에서 잠자기」에서 주인공은 자신의 과거를 아내에게 입증하지 못해 난처해한다. 주인공은 곤궁에 허기에 젖어 있던 젊은 시절 서울에서 고향으로 하향하는 친구를 역까지 바래다주러 갔다가 돌연 자신도 함께 기차를 탔다가 내려 군대에 입대한다. 그때 같이 방을 쓰고 있던 친구가 자신의 짐을 이우인이라는 다른 사람에게 맡겼다고 했는데, 그것을 이내 찾지 못했던 사연이 있다. "과거 같은 것이 없는 이상한 사내로 치부해버린 듯한 아내의 의심"(p. 103)을 해소하기 위해서라도 주인공은 그 짐을 찾아야 한다고 생각한다. 하여 신문에 광고까지 내고 그것만 찾는다면 자신이 "황당한 유령이 아니라는 것을, 그리고 내 과거사가 얼마나 떳떳하고 값진 것이었나를. 나의 설명 따윈 한마디가 없어도"(p. 111) 아내가 알게 될 것이라고 확신한다. 그러나 존재 증명이 그리 쉬운 것이 아니어서일까. 주인공은 끝내 이우인을 만나지 못하고 짐을 찾는 데 실패한다. 오히려 꿈에 나타난 이우인의 발화로 말미암아 존재 증명의 불안은 가중될 따름이다. 꿈에서 이우인은 빈 트렁크 하나만 전해주면서, 그것은 애초에 비어 있었다고 했다. "책 몇 권, 대학 노트, 일기장 몇 권 그리고 사진 몇 장이 들어 있을 뿐이었습니다. 하지만 그걸 내가 뭐 하러 10년 가까이나 간수하고 있었겠소?"(p. 117) 이우인이 간수할 필요가 없다고 한 바로 그 목록들이야말로, 특히 '일기장 몇 권' 같은 것이야말로 주인공에게는 과거의 자신을 증명해줄 절대적인 증거였을 것이다. 바로 글이고 이야기이기 때문이다. 자신의 행적과 상상의 내용을, 다시 말해 자신의 존재값을 고스란히 담고 있는 이야기이기 때문이다. 그러나 그것이 이우인에게는 간수할 필요조차 없는 한갓 쓰레기로 치부되니 주인공의 상실감은 이만저만 깊은 게 아니다. 그래서 주인공은 아내 앞에서 더욱 기가 꺾인 채 초조하고 불안해한다.

유령의 존재론에 대한 이청준의 성찰은 「보너스」「굴레」「가면의 꿈」「가수」『사랑을 잃는 철새들』 등에서도 반복적으로 나타난다. 「보너스」는 회사의 구조적인 굴레의 억압 속에서 개인들이 자기 존재를 자유롭게 드러내지 못하는 비극적인 생태를 그린 소설이다. 잡지사 기자인 주인공은 12월 24일, 크리스마스 보너스를 기다린다. 모두 사장의 눈치만 볼 뿐 입을 열어 당당하게 말하는 사람은 없다. 이런 상황에서 주인공은 동료들을 "이리 치면 이리 튀고, 저리 치면 저리 튀는 풍선처럼 둥둥 떠다니는 그런" "중력이 없는 바위들"이라면서 가학적으로 비웃는다. 사내에 주인공이 퇴사할 것이라는 소문이 있다는 미스 김의 전언을 들은 그는 당장 회사를 떠날 사람처럼 회사와 사장을 비판하는 말을 한다. 그러면서 무모하게 수모만 당하는 동료들에 대해 존재값도 못 하는 사람들이라며 불만을 토로한다. 그러다가 "바위들이 갑자기 제 무게를 찾아 거센 물결에도 움쩍도 않고 들어앉아 있는 모습들. 다만 어느 한 개의 바위만이 제 무게를 잃고 물결에 떠밀리며 이 바위 저 바위에 부딪혀대고 있는 꼴"(p. 321)을 떠올리게 된다. 자신이 "무능력자들" 혹은 "중력 없는 바위들"이라고 비웃었던 그들로부터 가학을 받고 있는지도 모른다는 불안감에 사로잡히게 된 것이다. 이 불안 의식이 자신에게 옥죄인 굴레를 더욱 단단하게 만든다. 결국 사장과의 개인 면담에서 비굴하게 투항하는 피학적 모습을 연출하게 된다. 사장실 문을 열고 나오며 "좀 쑥스러운 듯, 그러나 어딘지 만족감에 찬 듯 한차례 씨익" 웃었다가 동료들을 보며 다시 굳어지는 그의 얼굴 표정에서 우리는 현실의 굴레에 억압되어 자신의 존재값을 제대로 알지 못하게 되는 우수를 확인하게 된다. 여기서 개인의 존재값을 절하하는 굴레는 중층적이다. 자본주의 사회에서 회사에서의 불안정한 고용 상태는 물론이거니와, 수직적인 고용－피고용 관계뿐만 아니라 조직에서 살아남기 위해 같은 처지의 동료들 혹은 같은 계급들끼리 반목하는 분위기도 군중 속의 고독을 느끼는 개개인에게 굴레로 작용하며 존재값 절하의 요인이 될 것이 틀림없다. 아울러 이런 엄혹한 상황에서 주인공이 겪어야 하는 내면의 분열 역시 존재값 절하의 상태를 구체적으로 보여주는 예가 된다 할 것이다. 이래저래 자기 존재를 입증하며 자유로운 영혼으로 살기에 근대화 이후의 도시적 삶은 참으로 어려운 것임을 작가는 형상화하고 있는 셈이다.

4. 존재값을 위한 자유와 사랑

풍속의 미학은 이미 훼절된 지 오래이고, 근대화 이후 교환가치가 횡행하는 현실에서 개인들이 자신의 존재를 증명하기가 매우 어렵게 되어 존재값은 점점 절하되는 경향을 보인다는 것이 1960년대 후반 이청준의 성찰적 고뇌였다. 그와 같이 점차로 존재값이 떨어지는 현실과 정직하게 대결하면서 존재값의 강등을 막고 그것을 본연의 진정한 지평으로 되돌리기 위한 이야기에 골몰했다. 이 무렵부터 『당신들의 천국』을 쓴 1970년대까지 줄곧 이청준이 인간의 존재값을 제고하기 위해 고민하고 성찰한 가치는 바로 자유와 사랑이었다. 초기 작품 중에서 「마기의 죽음」은 자유의 문제를, 「석화촌」은 사랑의 문제를 집중적으로 다룬 작품이어서 각별한 주목을 요한다.

「마기의 죽음」은 아마도 당시가 군부독재 상황이 아니었더라면 아예 씌어지지 않았거나, 다른 방식으로 씌어졌을 소설이다. 그만큼 정치적 코드가 역력한 작품인 것이다. 에덴이라 불리는 가상적인 벌판–감옥이 있다. '검은 제복'의 사람들에 의해 어느 날 주인공은 에덴으로 끌려갔다가 30일 만에 나온다. 주인공의 조상들은 "머리가 조금씩 커지고 몸은 반대로 시들시들 말라가서, 나중에는 그 엄청나게 커진 머리를 지탱할 수조차 없도록 괴상한 형상들이 되어가지고는 숨을 거두어가"는 이상하고 "수수께끼 같은 죽음"을 맞이했다. 주인공 역시 그런 증상을 보였다. 그러나 에덴의 억압적 감옥에서 놀랍게도 그 증상이 완화된다. 그러나 집으로 돌아오자 다시 증상이 재발된다. 집에서 책을 읽었기 때문이다. 그래서 스스로 벌판 감옥으로 가기도 한다. 이런 가상적인 구도 속에서 주인공은 자유와 억압 등과 관련한 관념적인 성찰을 많이 한다. 무엇보다도 주인공이 자기 병의 원인으로 '자유'를 지목하는 것이 놀랍다.

> 자유—
> 이것이 그 병원(病原)의 이름이었다. 검은 제복들이 나에게 나타나고 나의 머리가 커지고 내가 마르기 시작한 것은 생각해보면 모두 그 말과 상관이 되고 있었다.
> 처음에 내가 그 말에 대해 아무것도 알 수가 없었던 것은 다른 모든 추상어에 대해서와 마찬가지였다. 그리고 그 점을 이해하려고 노력한 것도 같은 식이었다. 그런데 이 말은 그러한 노력만으로도 벌써 나에게 독소를 감염시켜오고 있었다. 그것은 어떤 금기의 말이었다. 나의 노력은 그 금기의 침범이었다. 나는 아직 그 말의 뜻이나 현상에 올바로 접해본 일이 없었다. 다만 그 말을 나의 생각 속에 담아본 것만으로 이미 해독을 입고 있었다. (p. 22)

이렇게 금기의 말인 자유에 접근하려 했기에 모종의 독소에 감염된 것이라는 추리를 해나가면서 점점 자유와 그 자유를 억압하는 비밀의 뿌리를 탐문한다. 그 과정에서 주인공은 매우 혼란스러운 경험을 하는데, 그러면서도 "인간이 인간이게 하는 이유, 그의 우주 형성력 또는 그 질서"(p. 23)라는 자유의 개념 지평에 도달하기도 한다. 많은 사람들의 삶의 질서와 관계되는 자유를 탐문하다 보니 주인공은 더 불안해지고 예의 병증도 더 깊어진다. "태양열이 뇌수를 씻어내는 듯한 아픔, 그리고 그늘마저 증발해버린 하늘과 벌판이 온통 나의 머릿속으로 가득 밀려 들어와 있는 듯한 답답함, 그리하여 나의 모든 내부가 깡그리 어디론가 빠져 달아나버리고 텅 빈 껍데기만 남은 듯한 허망감……"(p. 24). 그러면서 그는 거듭 질문한다. "왜 그들이 나를 그곳으로 데려왔는가. 아픔은 어디서부터 오는 것인가"(p. 25). 특히 "아픔은 어디서부터 오는 것인가"라는 번민은 「퇴원」과 「병신과 머저리」 등 초기 작품 여러 편에서 일관되게 해왔던 질문이다. 이 질문에 답하기 위해 주인공은 부단히 책을 읽으면서 진실을 발견한다. 아울러 아내와 쾌락만이 아닌 말을 통한 진정한 소통을 모색한다. 진실을 이해하기 어려워하는 아내를 말의 질서로 지배해나간다는 생각은 훗날 「지배와 해방」의 사유로 발전된다. 어쨌든 말과 책을 통해 진실을 발견해나가고 상처의 원인(原因/遠因)을 성찰하는 과정에서 이청준 특유의 관념적 진술이 두드러진다. "억압과 길들임"의 획책을 차츰 간파하게 되면서, 자신이 에덴-감옥에서 병증이 나았던 것이 진정한 치유가 아니라 자신의 자유로운 사유를 마비당한 대가임을 알게 된다. "나의 고통이 사라진 것은 나의 사고 기능이 완전히 마비된 탓이었다. 생각의 질료를 찾아내지 못하고도, 생각하지 않고도, 그러기 때문에 비로소 나는 편안해질 수 있었던 것이다. 나의 아픔은 그 사고의 질료를 찾아 헤매는 나의 정신, 그것을 찾아내지 못하여 안타깝게 사고하고자 하는 나의 정신의 갈망이었다. 그러한 나의 갈망이 뜨거운 햇볕에 증발해버리고 그림자조차도 없는 빈 공간으로 채워지자 나는 마침내 편해지게 된 것이다. 그 억압과 규제의 그릇에 나의 심신이 편안히 길들여진 때문이었다"(p. 26). 억압 기제를 산출하고 조타하는 '가상 세계'는 "매우 미시적인 방법, 그러나 인간 내부의 근원부터 파괴하는 조직적인 방법으로 훨씬 치밀하게"(p. 28) 억압을 진행했고, 그에 따라 "인간의 자유 의지"는 마침내 "완전한 퇴화와 소멸 상태"에 이르게 될 것임을 주인공은 추단한다. 그래서 주인공은 완전히 퇴화되기 전에 "나의 내부 어디엔가 숨어 있을 나의 의지의 흔적, 이상한 병원, 나의 자유 의지를 찾아보려고 애쓰기 시작"(p. 32)한다. 그러나 너무나도 치밀한 그물망으로 옥조여오는 억압의 사슬을 피해 자유 의지를 찾고 실현할 가능성은 무망한 희망처럼 비친다. 하여 주인공은 죽음으로 입사해 들어가면서 현실에서의 자유가 아닌 영원의 자유를 추구하려 한다. 비록 현실에서 이루지 못하지만, 죽음으로 자유의 각별한 의미와 가치, 그리고 그 자유가 억압된 현실의 문제성을 반성적으로 성찰하게 한다는 점에서, '마기의 죽음'은 매우 각별한 존재값을 지닌다. 그의 죽음에 앞선 다음과 같은 자유에 대한 성찰은 4·19세대 작가로서 이청준이 1960년대 후반에 도달한 웅숭깊은 인식 지평이면서 이후에서 되풀이 탐색되면서 심화되는 생철학적 명제이기도 하다.

─그리하여 인간이 인간이려고 하는 노력은 끊어지고 우주는 파

멸할 것이니, 미련하게도 자유와 인간의 안일을 함께 말하지 말라. 자유는 우주의 평화와 인간의 행복의 이유가 아니라 그 생성 원력(生成原力)인 것이다. (p. 36)

그렇다고 초기에 이청준이 개인의 자유에만 몰입했던 것은 아니다. 개개인에게는 자유가 중요하지만 개인과 개인의 관계가 진실하기 위해서는 사랑의 질서를 동반하지 않으면 안 되겠기 때문이었다. 그런 면에서 민속지적 성격이 강한 「석화촌」에서 작가가 사랑을 통한 구원 가능성을 탐문하는 것으로서 인간 존재값의 지평을 심화한 것은 매우 의미심장한 일이다. 바다에 빠져 죽은 사람은 저승에 고이 가지 못하고 물귀신이 되어 그 자리에 다른 사람을 끌어들인 연후에야 비로소 저승에 갈 수 있다는 바닷가 사람들의 속신이 이 소설의 기본 구도를 형성한다. 별녜의 아버지가 물귀신이 되었고, 그 자리에 어머니가 빠졌다. 그러니 어머니 물귀신에 의해 마을 사람 누군가는 곤욕을 치를 수밖에 없다고 생각한 마을 사람들의 인심은 흉흉하고, 별녜를 바라보는 눈초리도 좋지 않다. 용서나 화해가 아닌 저주나 복수에 가까운 물귀신 행태에 대한 믿음이 공동체의 질서를 흩뜨려놓은 까닭이다. 이런 상황을 견딜 수 없어 한 별녜는 자기 어머니를 위해 검은 배반을 기획한다. 자기를 좋아하는 거무와 동반하여 죽음의 세계로 입사함으로써 어머니의 영혼을 구제하기 위해서다. 거무의 배에 몰래 구멍을 낸 채 거무와 함께 어머니의 바다 자리 가까이 접근한다. 서서히 배에 물이 스며들고 차오른다. 불현듯 자신의 검은 행태를 반성한 별녜는 미친 듯이 물을 퍼낸다. 영문을 몰랐던 거무도 처음에는 물을 퍼내려 하지만 이내 전말의 사태를 짐작한 그는 그냥 묵묵히 배를 저어 별녜 어머니의 바다로 향한다. 그로부터 며칠 후 그들은 둘이 함께 해안가로 돌아온다. 그 마을 사람들의 속신에 의하면 원혼 맺힌 물귀신이 된 사람은 돌아올 수 없었다. 그런데 그 둘은 "아직도 살아서 힘을 주고 있는 듯한 네 팔로 두 몸뚱이가 하나로 꼭 엉킨 채"(p. 195) 마을 앞 바닷가로 파도를 타고 밀려와 있었던 것이다. 별녜를 향한 거무의 사랑이 검은 저주의 악순환을 끊은 결과라 할 것이다. 이러한 거무의 사랑의 실천이야말로 인간 존재값 강등 시대를 전본질적으로 반성케 하는 윤리 기제라 할 것이다. 그것은 별녜에 대한 넉넉한 이해와 용서에 바탕을 둔 그윽한 사랑이었고, 그런 사랑이라면 비록 사이비 풍속의 시대라도 진정한 풍속의 미학을 새롭게 소망해볼 수 있지 않겠느냐는 작가의 숨은 생각을 짐작케 하는 소설이 바로 「석화촌」이다.[3]

「마기의 죽음」에서는 자유였고, 「석화촌」에서는 사랑이었다. 그러나 자유와 사랑은 이청준에게 있어서 둘이자 하나이고, 하나이자 둘인 어떤 것이다. 훗날 장편 『당신들의 천국』에서 황 장로의 담화를 통해 자유로만 행해서는 안 되고 사랑으로 행해야 한다며

---

[3] 「석화촌」에서 별녜와 거무, 「매잡이」에서 매잡이 곽 서방과 민태준, 「더러운 강」에서 주인공의 친구 등은 죽거나 사라짐으로써 이야기를 형성하는 동인이 된다. 이런 스타일은 훗날에도 「시간의 문」이나 「자유의 문」「인문주의자 무소작 씨의 종생기」 등에서도 반복적으로 나타난다. 삶으로 이야기를 만들고, 이야기로 삶을 만드는 작가 이청준이 가장 심오한 방식으로 자신이 도달한 최종적인 지점을 쓰려 할 때마다 죽음이나 사라짐을 응시한 게 아니었을까 짐작한다.

자유와 사랑의 종합을 강조하는 대목에서, 이청준이 분명하게 제시한 종합에의 의지를 확인하게 된다. 이렇게 종합할 수 있는 이념적, 윤리적 에너지를 이미 초기부터 함축하고 있었다. 그러니까 이청준 초기 소설은 4·19가 5·16에 의해 완결되지 못한 상황에 대한 환멸감과 이와 관련된 상처의 치유 가능성 모색이라는 성격을 지닌다. 이를 위해 상처받기 이전의 풍속의 미학을 탐문하기도 하고, 상처가 덧나 혹독할 때는 어쩔 수 없이 죽음의 세계로 입사하기도 하면서, 도저한 모색의 담론을 심연에서 펼친다. 현실의 변화에 의해 빛바랜 사물이나 상처받은 인물에 깃든 가녀린 꿈을 가까스로 복원하려는 진정한 소망을 이청준은 시종 견지했다. 그러면서 자유와 사랑이 어우러진 진실한 삶을 추구하고, 그것을 위한 인문적 가능성을 소설로 모색했다는 점에서 그는 4·19세대의 대표작가였다. 존재값을 위한 이야기를 현묘하게 궁리하면서, 이야기의 존재값을 제고했다는 점에서 그 소설사적 의의가 뚜렷하다.

[2010]

자료

텍스트의 변모와 상호 관계

이윤옥
(문학평론가)

> ### 「마기의 죽음」
> | **발표** | 『현대문학』 1967년 9월호.
> | **최초의 단행본 수록** | 『별을 보여드립니다』, 일지사, 1971.

1. 텍스트의 변모

1) 『현대문학』(1967년 9월호)에서 『별을 보여드립니다』(일지사, 1971)로

 - 8쪽 3행: 첫번째로 〔삽입〕
 - 8쪽 9행: 지키고 있었다. → 응시하고 있었다.
 - 10쪽 3행: 보기 흉하게 〔삽입〕
 - 17쪽 10행: 많은 사람들은 그 말이 가지는 → 말은 사람들이 가지는
 - 17쪽 18행: 그 사람들은 다른 몇 사람에게 다시 지배당한다. → 그 사람들은 다시 다른 몇 사람을 지배한다.
 - 20쪽 16행: 가치 인정 → 가치의 축적
 - 22쪽 16행: 하지만 나는 그 저주의 정체조차 알지 못하고 있다. → 하지

---

* 텍스트의 변모를 밝힘에 있어 원전의 띄어쓰기 및 맞춤법을 그대로 살렸음을 밝혀둔다.

만 나는 아직 그 저주스런 병마의 비밀을 정체조차 알지 못하고 있는 것이다.

- 30쪽 11행: 모두의 굴레 → 운명의 굴레
- 35쪽 7행: 아무것도 내가 마지막으로 가는 데 일어날 일도 없다. → 그 밖엔 아무것도 일어날 일이 없다.
- 35쪽 12행: 그러나?〔삭제〕

2) 『별을 보여드립니다』(일지사, 1971)에서 『병신과 머저리』(홍성사, 1984)로

- 9쪽 10행: 결국 나는 그 안에서 뱅뱅 맴을 돌고만 있었던 것이다. → 결국 나는 그 안에서 방향을 잃고 일정한 원 속을 맴돌아 온 것이었다.
- 15쪽 2행: 그것은 나에게 운명으로 주어진 것이다. 내가 모든 것을 설명할 수 없는 것, 그것은 이미 운명이 아닌가. 그리고 이제 그것은 나와 함께 사라지려 하고 있다. → 그 책은 차라리 나의 운명이었다. 그리고 나와 함께 그 운명을 끝내야 하였다.
- 17쪽 1행: 그것은 간단하다. → 수수께끼 투성이었다.
- 17쪽 18행: 그것은 간단했다.〔삭제〕
- 19쪽 14행: (그 무슨!)〔삽입〕
- 21쪽 1행: 머리가 아주 작아진 모습을 상상해 보면 가장 좋을 것이다. → 그 우스꽝스러운 모습을 그려보는 것만으로도 족할 것이다.
- 21쪽 9행: 그러한 말들이 지니는 뜻을 어느 만큼은 짐작하고 있어야 했던 것이다. → 그러한 말들이 내게 끼쳐올 위험스런 해독에 대해서도 어느 만큼은 미리 경계를 하고 있어야 했었다….
- 22쪽 10행: 이해하려고 노력한 것은 → 알 수가 없었던 것은
- 22쪽 11행: 그리고 그 점을 이해하려고 노력한 것도 같은 식이었다.〔삽입〕
- 22쪽 21행: 다른 어떠한 사람도 해치지 않는 한 모든 것을 할 수 있는 것. → 타인과 자신을 해롭게 하지 않는 한 모든 일을 제 마음대로 할 수 있음.

- 23쪽 19행: 이미 가족 중 누구에게 〔삽입〕
- 26쪽 15행: 나는 규제의 그릇에 잠겼다. 그리하여 비로소 심신이 편해진 것이었다. → 규제의 그릇에 나의 심신이 잠겨든 때문이었다.
- 28쪽 9행: 하는 것까지. 그리고 그런 모든 명령에 순종치 않을 수 없도록 강력한 조직을 동원한다. → 그리고 당국은 모든 명령을 일사불란하게 이행시켜나갈 강력한 통제와 조직력을 행사한다.
- 29쪽 1행: 시민들은 혁명군에서 내건 모든 규율을 준수하고 그 규율 위에 자기를 얹어놓음으로써만 비로소 안일을 누리게 될 것이라고. → 시민들은 규율을 준수하고 복종해나감으로써만 안일과 번영을 누리게 될 것이라고 설득을 계속한다.
- 34쪽 8행: 그러한 모든 결정을 → 그 슬프고 어려운 결정을
- 34쪽 15행: 그것은 바람과 함께 뒹굴며 빙빙빙 벌판을 돌아다녔다. → 그것은 한동안 바람결에 이리저리 벌판을 뒹굴며 돌아다녔다.
- 35쪽 19행: 한꺼번에 사라졌다. → 사라져가고 있다.

3) 『병신과 머저리』(홍성사, 1984)에서 『예언자』(열림원, 2001)로

- 7쪽 16행: 태양 → 햇덩이
- 9쪽 2행: 게다가 → 정신까지
- 9쪽 11행: 마련이었다. → 마련인 넓이였다.
- 12쪽 16행: 그러나 그 속뜻은 알지 못했다. 〔삽입〕
- 16쪽 13행: 같은 점이 → 같거나 비슷한 점이
- 22쪽 14행: 나는 그 말의 실체를 범하기는커녕 구경조차도 한 일이 없었다. → 나는 아직 그 말의 뜻이나 현상에 올바로 접해본 일이 없었다.
- 22쪽 23행: 자유의 사랑은 〔삭제〕
- 23쪽 8행: 공통성을 → 공통의 뜻과 질서를
- 23쪽 12행: 그래서 그것은 나를 답답하게 했고, 나를 긴장시켰고 드디어는 나를 복수하기 시작했다. → 그래서 그것은 나를 더 답답하게 했고,

불안스럽게 긴장시켰고, 그리고 드디어는 까닭모를 복수를 시작했다.
- 24쪽 2행: 그리고 그곳에서는 모든 것이 이루어진다고 알려지고 있었다. → 누구로부턴지 그곳에선 사람의 모든 일이 '온전히 이루어진다'고 알려져왔을 뿐이었다.
- 25쪽 1행: 에덴은 우리의 낙원이 아니었다. → 에덴은 '모든 일이 온전히 이루어지는 곳'이 아니었다. 낙원이 아니었다.
- 26쪽 8행: 그리하여 그것은 나를 정말로 다시 고쳐 놓았다. → 그것은 그렇게 나를 길들여 고쳐놓았다.
- 26쪽 15행: 규제의 그릇에 나의 심신이 잠겨든 때문이었다. → 그 억압과 규제의 그릇에 나의 심신이 편안히 길들여진 때문이었다.
- 26쪽 20행: 규제 → 억압
- 29쪽 3행: 의지를 → 개인의 생각을
- 30쪽 4행: 억압을 풀지 말라! 〔삽입〕
- 30쪽 13행: 자유에 대한 서적 → 자유에 대한 기록
- 30쪽 16행: 그걸 생각하기는 그리 어려운 일이 아닐 것이다. 〔삽입〕

2. 인물형

1) 마기, 마진: 마기라는 이름은 어디서 온 것일까. '말'과 연관해서 생각하면, 마기는 '말을 기록한다,' 마진은 '말이 다하다'와 통한다.

2) 검은 제복들: 장차 『쓰어지지 않은 자서전』 등에서 심문관으로 나타난다.

3. 소재 및 주제

1) 에덴: 검은 제복들이 마기를 던지고 가버린 콘크리트 벌판인 감옥의 이름은 '에덴'이다. 천국이 곧 감옥이라는 이 역설에서 우리는 『당신들의 천국』을 떠올릴 수밖에 없다. 마기는 '에덴은 우리의 낙원이 아니었다'고

말한다. 에덴, 즉 당신들의 천국은 마기를 가둔 감옥, 즉 우리의 감옥이다.

2) 말, 노래, 책: 「마기의 죽음」에서는 연작 『언어사회학서설』에서 본격적으로 탐구될 언어 문제가, 지배와 해방과 그에 따른 자유와 연결되어 다루어지고 있다. 「목포행」과 「빈방」도 마찬가지로 책, 말, 노래는 모두 자유의 문제와 관련이 있다. 그렇기 때문에 자유에 대한 자각을 이끌어내는 책은 죽음과 연결된다.

① 말: '말'은 의사를 전달하기 위한 사회적인 약속의 하나여서, 사람 사이의 소통이 그 중심기능이라 할 수 있다. 말의 이런 기능은 마기가 처음 하는 말과 이어지는 말을 차례로 뽑아보면 알 수 있다. 우리가 이 글에서 마기의 입을 통해 처음 만나는 말은 '마진'이라는 타인의 이름이며, 이어지는 말은 그를 향한 고백, '사랑해'다.

"마진." → "사랑해!" → "마진, 너를 사랑해."(11쪽)

말이 서로의 소통에 기여하지 못할 때 자기만의 노래로 전락한다. 본래 말은 뜻을 전달하고 명령하고 지배하기 위한 것이다. 글쓰기도 다르지 않다. 단 글쓰기에서 지배는 자유로 행해지기 때문에 지배가 곧 해방에 이르게 된다.

―「지배와 해방」: 왜 쓰느냐는 물음에 대해서는, 어차피 지배하기 위해서 쓴다고 말하지 않을 수 없습니다./작가는 지배하기 위해서 쓴다―

② 노래: 이청준의 작품들에서 언급되는 '노래'와 '말'에 대해서 생각해 보자. 이 작품에서 '노래'는 다른 작품에서 '떠도는 말' '말의 유령'과 같은 개념이다. 반면 다른 작품의 '노래'는 마기들의 '말'과 유사하다. 『제3의 현장』의 다른 제목인 『이교도의 성가』『그 노래 다시 부르지 못하리』에서 '노래'를 여기서의 '노래'와 등가로 생각해서는 안 된다. 「서편제」등에 나오는 남도소리(노래)도 마찬가지다.

③ 책: 마기는 호기심과 의문 때문에 책이라는 금기를 범하고, 금기를 통해 자유를 자각한다. 책은 자유와 불가분의 관계여서 폭압적인 사회에

서는 금기다. 금기를 범했을 때 징벌이 따르는 것은 당연하다. 자유는 마기와 마기의 선조들을 죽음에 이르게 하는 병이다.

  ―「지배와 해방」: 문학이란― 〔……〕 종국에는 우리의 삶의 자유와 관계될 수밖에 없으며, 또 그것을 넓혀가는 일이거나 지키려는 일이거나 결국은 그것 때문에 쓰여지고 있는 것이라고 말할 수가 있을 것입니다.

  3) 책(소설)의 예언적 기능: 「마기의 죽음」 속에는 이 소설의 상황을 정확히 예측한 '책'의 한 대목이 나온다(20쪽 9행부터 21쪽 6행까지). 이청준은 이 작품을 시초로 소설의 예언적 기능과 소설가의 예언자적 속성에 대해 여러 작품에서 언급한다(「매잡이」「소문의 벽」「조율사」「예언자」「얼굴 없는 방문객」「자유의 문」).

  4) 별: 이청준의 작품에서 꿈과 희망을 나타내는 별이 사라지는 것은 곧 한 세계의 파멸을 뜻한다. 그 세계가 부정적이라면 파멸 또한 나쁘지 않으리. 그 세계의 파멸 이후 별은 다시 뜰 테니(35쪽 19행).

「과녁」

| **발표** | 『창작과 비평』 1967년 가을호.
| **최초의 단행본 수록** | 『별을 보여드립니다』, 일지사, 1971.

1. 텍스트의 변모

1) 『창작과비평』(1967년 가을호)에서 『별을 보여드립니다』(일지사, 1971)로
  - 38쪽 16행: 그러나 주의 깊게 귀를 기울이고 기다리는 사람은 금방 그 소리의 정체를 알게 될 것이다. 그리고 그것을 보게 되는 사람은 그와 함께 참으로 보기 드문, 이 읍에서 몇 년을 지내온 사람이라도 대개의 경우 처음 만나게 되는 이상한 광경에 긴장하게 될 것이다. 〔삭제〕
  - 42쪽 7행: 또 하나 화살이 쥐어져 있었다. → 아직도 화살이 하나 남아

있다.
- 47쪽 6행: 새삼스럽게 좋아했다. → 기분이 한층 더 좋아졌다.

2) 『별을 보여드립니다』(일지사, 1971)에서 『겨울 광장』(한겨레, 1987) 으로

- 42쪽 4행: 석 점 → 삼중
- 49쪽 10행: 그러나 그것은 중요하다. 중요하기 때문에 더욱 말하기가 어려운 것이다. → 그러나 그 어머니의 자존심 역시 그의 성장기의 성격형성에 중요한 역할을 담당했을 것은 간단히 부인할 수가 없는 일일 것이다.
- 49쪽 19행: 극복하리라 했다. 그러자 그는 그것을 정말 인간악의 연원으로 생각해 버리려고 했다. → 그 점을 스스로 극복하리라 다짐했다. 그는 잠정적으로 그것을 개연적 인간악의 연원으로 단정했다.
- 50쪽 2행: 당수 → 태권도
- 55쪽 15행: 잘 쏠 수 있을 것 같습니다. → 쏘는 흉내는 내볼 수 있을 것 같습니다.
- 61쪽 12행: 어떤 고통스런 빛이 → 남모르는 수심기가
- 69쪽 10행: 하지만 아주 입을 다물지는 못했다. → 하지만 그것으로 아예 자리를 일어서버리지는 못했다.
- 71쪽 8행: 따님의 솜씨를 보여주시면 도움이 될 텐데요. 〔삽입〕
- 74쪽 7행: 주호 자신은 그 횡포를 지나치게 옳은 것으로만 받아들이고 있었다는 생각도 들었다. → 자신이 그 노인의 횡포에 지나치게 무심해 왔다는 생각도 들었다.
- 76쪽 3행: 그러다가 나중에는 어느 깊은 곳으로 잠겨드는 듯한 얼굴이 되었다. → 그러다 나중에는 그의 영육 전체가 어떤 깊은 곳으로 잠겨들고 있는 듯 고통스런 얼굴이 되어가고 있었다./선생이 쏘시오!/드디어 주호에게 노인의 허락이 떨어졌다. 그러자 주호는 기다렸다는 듯이 새삼 노인에게 정중히 목례를 보냈다.

3) 『겨울 광장』(한겨레, 1987)에서 『시간의 문』(열림원, 2000)으로

- 42쪽 4행: 삼중 → 석 점
- 46쪽 2행: 보물은 알아보는 눈을 가진 사람에게만 보물이지. 〔삭제〕
- 49쪽 10행: 또 하나 주호의 어머니, 특히 그런 아버지를 남편으로 가진 어머니의 강한 자존심마저도 함께 물려받을 수 있었으나, 그것만은 그 자신 완강히 부인하는 터이고, 또 자기에게서 그것을 전혀 인정하지 않으려 하므로 한마디로 쉽게 단정할 수가 없다. 그러나 그 어머니의 자존심 역시 그의 성장기의 성격형성에 중요한 역할을 담당했을 것은 간단히 부인할 수가 없는 일일 것이다. 〔삭제〕
- 50쪽 2행: 태권도 → 권법
- 50쪽 5행: 자신의 경험세계를 부단히 보충시켜 나갔다. → 자기경험을 만들어냈다.
- 55쪽 15행: 쏘는 흉내는 내 볼 수 있을 것 같습니다. 태권도를 해서 팔 힘이 좀 있어요. → 잘 쏠 수 있을 것 같습니다. 권법을 익혀서 팔 힘이 괜찮은 편이니까요.
- 61쪽 12행: 남모르는 수심기가 → 어떤 고통스런 빛이
- 63쪽 21행: 곧 육신의 뜻이오. → 이 육신의 뜻, 말하자면 의지라고 할 수 있는데,
- 67쪽 17행: 그것은 처음 우연한 말놀음 같은 것으로 발단이 된 일이었다. → 그것은 우연한 말로 시작된 일이었지만, 그러나 갑자기 사람들을 긴장시키기에 충분한 사단이었다.
- 69쪽 10행: 하지만 그것으로 아예 자리를 일어서버리지는 못했다. → 하지만 아주 입을 다물지는 못했다.
- 74쪽 7행: 자신이 그 노인의 횡포에 지나치게 무심해 왔다는 생각도 들었다. → 주호 자신은 그 횡포를 지나치게 옳은 것으로만 받아들이고 있었다는 생각도 들었다.

- 75쪽 7행: 다만 가끔씩 언덕 위에 앉아 있는 소년을 쳐다보는 노인의 얼굴에 어떤 해득하기 어려운 불안기와 초조감 같은 것이 희미하게 스쳐가곤 했을 뿐이었다… 그러나 주호는 그 노인의 심상찮은 표정마저 끝내 사연을 읽어내지 못하고 만 셈이었다. → 그러나 노인이 가끔 언덕 위에 앉아 있는 소년을 쳐다보는 얼굴에는 해득하기 어려운 표정이 지나가곤 했다. 그리고 이상하게 초조해하고 자주 불안에 싸여버리는 노인의 얼굴을 주호는 미처 주의하지 못했다.
- 76쪽 3행: 그러다 나중에는 그의 영육 전체가 어떤 깊은 곳으로 잠겨들고 있는 듯 고통스런 얼굴이 되어가고 있었다./선생이 쏘시오!/드디어 주호에게 노인의 허락이 떨어졌다. 그러자 주호는 기다렸다는 듯이 새삼 노인에게 정중히 목례를 보냈다. 그리고는 이내 과녁을 향하여 지체 없이 신중하게 제일시를 보냈다. → 그러다 나중에는 차츰 어떤 불가항력의 힘 앞에 제물에 질린 듯한 절망적인 얼굴이 되어갔다…./그리고 드디어 신음을 토하듯 석주호에게 허락이 내려졌다. 주호는 재빨리 그리고 신중하게 제일시를 보냈다.

2. 인물형

1) 석주호: 「이어도」의 양주호도 같은 이름이다. 이청준은 대개 같은 이름은 같은 속성을 가진 인물에게 부여한다. 하지만 석주호와 양주호는 대척점에 있다. 이런 경우는 매우 드물다. 그 이유가 무엇인지 한번 생각해볼 만하다.

2) 노인: 「줄광대」의 허 노인과 같은 장인(匠人) 계열의 두번째 인물이다.

3. 소재 및 주제

1) 복서종 개: 이청준의 작품에는 두 종류의 개가 나온다. 복서종과 복

서종이 아닌 개. 「복사와 똥개」는 두 종류의 개를 표제로 삼은 작품이다. 복서종은 힘과 권력을 지닌 개다. 복서종이 아닌 개는 당연히 복서종의 그늘에서 억압받는 존재다. 복서종은 '시골 읍에서는 구경하기 힘든' 개다. 개가 그렇듯, 개의 주인도 두 종류로 나뉜다. 복서종의 주인과 복서종이 아닌 개의 주인. 이 작품에서 복서종 개 폴의 주인은 스물아홉 살 젊은 검사 석주호다. 때로 두 종류의 개를 한 주인이 소유하기도 하는데, 그때 역시 개의 속성은 달라지지 않는다.

2) 살의: 사냥과 전투뿐 아니라 심지어 활쏘기에서조차 인간의 의지가 개입할 때 그것은 분명한 목표물을 향한 비정한 살의가 된다. 그 경우 살해되는 대상은 「병신과 머저리」에서처럼 대부분 노루에 비유된다(63쪽 21행, 76쪽 16행).

- 습작 「아벨의 뎃쌍」: i) 지금 그 총소리는 전투에서 무수히 들어 넘긴 그 혼란한 음향과는 거리가 먼 것이었다. 노루를 쏘던, 그 설원의 골자기를 싸늘하게 메아리치던, 비정을 지닌 소리였다./전투에서의 총소리는 아무 의지도 없는 무질서한 소음에 불과했었다. 탄환은 마구 허공을 비산할 뿐 일부러 인간의 가슴을 찾아 두리번거리는 놈은 없었다. ii) 동시에 두 발의 총소리가 어둠을 타고 올랐다. 관모의 짧은 체구가 허공을 한번 크게 끓어앉은 뒤 마치 바지가 흘러내리듯 힘없이 눈 위로 허물어져버렸다.

3) 거인: 거인으로 지칭되는 인물은 장인 계열과 투철한 신념가 계열로 나뉜다. 이청준의 작품에서 투철한 신념가는 장인에 비해 부정적인 인물이다. 몇몇 예를 들겠다. 이밖에도 '거인'은 많다(73쪽 14행).

- 「변사와 연극」: 그는 마치 자신의 대본에 들려 있는 사람 같았다. 그는 갑자기 거인이 되어 있었다.

- 「소문의 벽」: 무엇이나 그렇게 자신만만하기만 한 김 박사는 거인처럼 믿음직스런 데가 있었다.

「더러운 江」

| **발표** | 『대한일보』 1967년 9월 21일 연재 시작. 9회로 종료.
| **최초의 단행본 수록** | 발표 이후 단행본 미수록.

1. 인물형

—녀석, 흰 블라우스 여자, 짙은 눈썹 여자: 화자인 '나'를 비롯해 모든 인물의 이름이 없다. 심지어 여자들은 흰 블라우스처럼 사물로 불리거나 짙은 눈썹처럼 신체의 한 특징적인 부분으로 지칭된다.

2. 소재 및 주제

1) 육체와 정신: 녀석은 정신의 질서를 거부하고 육신의 윤리와 질서에 충실할 필요를 역설하면서, '나'에게는 늘 책을 부지런히 읽으라고 말한다. 녀석은 육체를, 나는 '책'으로 대변되는 정신을 나타낸다. 문제는 처음부터 육체적 인물로 나오는 녀석이 엄청난 독서량을 자랑한다는 점이다.

2) 가명, 어디에도 자신의 소재가 없는 존재: 자기 얼굴이 없는 자기망각증은 이청준의 초기작을 지배하는 정서다. 가짜 얼굴인 가면은 자기망각증과 같은 뜻을 지닌다. 자기 이름이 아닌 가짜 이름, 가명도 마찬가지다. 녀석은 가명이 하나도 아니고 여럿이다. 그에게 진짜 얼굴이 있기는 하는 걸까? 그는 존재 자체가 의심스러운 사람이다. '밝은 햇빛 아래로 당당하게 돌아온 일이 없었'던 녀석은 유령 같다. 짙은 눈썹 여자가 말하듯 '가짜 인간'이다. 그렇기 때문에 녀석은 소설의 끝에서 아예 사라지고, 나는 '도대체 녀석은 무엇이었던가 그리고 누구였던가'고 자문한 뒤, '확실한 것은 아무것도 없었다'고 말할 수밖에 없다.

3) 강: 이청준은 표제에 '강'이 들어가는 소설을 세 편 남겼다. 「더러운 강」「따뜻한 강」(원제는 「따뜻한 겨울」) 「흐르지 않는 강」. 「더러운 강」만

보면 흐르지 않는 강은 더러운 강이다. 물론 마지막에 흐르는 강도 엄청나게 더러운 강이지만, 「흐르지 않는 강」에서 흐르지 않는 강은 인간의 의지가 개입되면서 다른 뜻을 지닌다. 미완성 소설 「6월의 신화」에서도 흐르지 않는 강은 매우 중요한 역할을 한다.

「나무 위에서 잠자기」

| 발표 | 『주간한국』 1968년 1월호.

| 최초의 단행본 수록 | 『별을 보여드립니다』, 일지사, 1971.

1. 텍스트의 변모

1) 『주간한국』(1968년 1월 7일)에서 『별을 보여드립니다』(일지사, 1971)로
 - 112쪽 13행: 그것을 역까지나 좀 들어다 주려는 것이었다. 〔삽입〕
 - 117쪽 3행: 수인광고 → 심인광고
 - 117쪽 21행: 열 권 → 몇 권

2) 『별을 보여드립니다』(일지사, 1971)에서 『병신과 머저리』(홍성사, 1984)로
 - 105쪽 11행: 그러면서 나를 침대로 끌어올렸다. 그러나 결국 나는 다시 침대에서 내려와 버리곤 했다. → 이런저런 설득으로 나를 간신히 침대로 끌어올려 눕혀놓곤 하였다. 그러나 나는 한참도 못 가서 다시 침대에서 내려와 버리곤 했다.
 - 105쪽 21행: 정자나무 → 팽나무
 - 106쪽 12행: 그런 생각을 하면 정말 쳐다보기에도 좀이 쑤셨다. → 쳐다보기만 해도 오금이 저려왔다. 그러나 그것은 아무 부질없는 걱정이었다.
 - 106쪽 17행: 나는 마침내 정자나무를 기어 올라갔다. → 나는 끝내 호기심에 못 이겨 혼자 그 팽나무로 기어 올라갔다.
 - 107쪽 8행: 하지만 그뿐이었다. 〔삽입〕

- 107쪽 11행: 그리고 나는 정말로 침대에서 굴러 떨어졌던 것이다. → 그것은 그저 꿈만이 아니었다. 나는 실제로 외사촌형의 침대에서 방바닥으로 굴러떨어진 것이었다.
- 109쪽 6행: 그러니 내가 거기 누워서도 그런 생각들을 하지 않을 수가 없었다. 〔삭제〕
- 109쪽 23행: 기분 나쁜 환상까지 → 어이없는 환상을
- 110쪽 17행: 그러나 그 방법이 나서지 않아서 걱정이었다. 그러나 오늘은 다르다. 오늘은. → 그러나 오늘은 사정이 달랐다.
- 111쪽 2행: 미상불 다른 방법으로는 어떻게 그 뜻을 전할 것인가. 〔삭제〕
- 117쪽 20행: 아무 것도 가져오지 않았지 않소? 〔삭제〕
- 118쪽 1행: 똑똑히 그렇게 말하며 〔삭제〕

3) 『병신과 머저리』(홍성사, 1984)에서 『병신과 머저리』(열림원, 2001)로
- 103쪽 12행: 1950년 → 195X년
- 103쪽 16행: 영향을 끼치고 있으니 → 안위가 걸린 사항이니
- 106쪽 5행: 가지를 벌리고 있었는데 → 가지들이 수평으로 갈라져 나갔는데
- 107쪽 9행: 대처 중학생이 되어 〔삽입〕
- 110쪽 4행: 때때로 내가 무슨 유령처럼 보여서 무서운 생각이 든다는 것이었다. → 하다 보니 아내는 그런 내가 더러 아랫 몸뚱이가 없는 유령처럼 보여서 음산한 생각이 들곤 한다는 거였다.
- 112쪽 4행: 과거에 대한 가망이 있었다. → 내 지난날에 대한 희망의 이름이 씌어 있었다.

2. 소재 및 주제

1) 집 분실: 1962년 마포 변두리에 살던 이청준은 2월 입대하면서 이웃에게 맡긴 짐을 분실했다. 수필 「나무들도 흐르고 떠나간다」에는 이 소

설을 쓰게 된 과정이 상세히 나온다. 어릴 적 이청준은 '염소새끼'라는 별명을 얻을 정도로 나무 타기를 좋아했다. 이청준은 결국 짐을 찾지 못했다. 그가 잃어버린 짐 중에는 소설에 나오듯 일기장 몇 권이 들어있다. 거기에는 아마 이청준이 보낸 질풍노도의 시기가 고스란히 기록되어 있었을 것이다(112쪽 7행).

– 수필 「나무들도 흐르고 떠나간다」: 그렇게 몇 년이 지나도록 위인의 종적을 못 찾고 지내던 1966년 가을쯤 드디어 한 가지 그럴듯한 방책이 생겼다. 그 무렵 나는 갓 소설활동을 시작한 때였는데, 한번은 당시 유일한 주간지로 장안의 인기를 독점해온 『주간한국』에서 소설 원고를 청탁해왔다. 나는 그 위인과 비슷한 이름의 주인공을 등장시켜 그 입대 전 짐들을 잃어버린 과정을 담아 「나무 위에서 잠자기」라는 소설을 한 편 썼다.

2) 나무 위에서 잠자기: 이 소설의 제목이 무엇을 암시하는지 알 수 있는, 같은 장면이 나오는 수필이 또 있다.

– 수필 「나어린 호기심의 질주」: i) 그런 가운데에도 특히 강렬한 모방, 모험심을 동반한 내 호기심의 시험 사례는 저 '나무 위에서 잠자기' 흉내의 기억이다. ii) 이후로도 나는 한동안 자주 그 팽나무 위에 기어 올라가곤 했지만, 끝내 한 번도 잠이 들지 못한 채 시간 늘리기에나 용을 써대곤 했으니, 그게 어쩌면 내 다함없을 세상 견디기 인내력 다지기의 첫 시험대였다고 할지.

3) 나무에서 떨어지기: 나무에서 떨어지는 것은 비상의 꿈이 좌절되는 것이다. 「날개의 집」 등 다른 작품에서는 꿈의 좌절이 육체적인 불구와 연결된다.

4) 유령, 자신의 소재가 불분명한 존재: '나'는 「퇴원」 이후 초기작에 줄곧 나오는 자기 소재가 없는 인물의 연장선에 있다. 특이한 것은 다른 인물들과 달리 과거가 부재해서 현재의 소재까지 위협받는다는 점이다. 실체가 없는 유령은 가면, 가명과 같은 뜻을 지닌다. 앞의 「더러운 강」 주석 참조.

「침몰선」

| 발표 | 『세대』 1968년 1월호.
| 최초의 단행본 수록 | 『별을 보여드립니다』, 일지사, 1971.

1. 텍스트의 변모
1) 『세대』(1968년 1월호)에서 『별을 보여드립니다』(일지사, 1971)로
- 137쪽 21행: 전쟁의 이야기를 재미있게 하지 않는 사람들이 생기기 시작했다. 〔삭제〕
- 142쪽 7행: 그 포구를 메우는 데에 가장 많은 날이 걸렸지만 → 아주 물길을 끊는 데는 많은 날이 걸렸지만
- 143쪽 15행: 포구 → 절강터
2) 『별을 보여드립니다』(일지사, 1971)에서 『눈길』(홍성사, 1984)로
- 123쪽 22행: 잘 알 수가 없었지만 그 배가 언제고 다시 떠나가리라는 말은 정말일 거라고 생각했다. → 어느 것이 진짜고 가짜인지를 알 수가 없었지만 그 중에서 한 가지 배가 언제고 다시 떠나가리라는 그것만은 그로서도 아마 정말일 거라고 생각했다.
- 126쪽 10행: 놀라 보이는 것이었다. → 치를 떠는 시늉까지 해보였다.
- 127쪽 13행: 쏘아주었다. 소년의 말에 → 생각했다. 원망기어린 소년의 허물에는
- 128쪽 10행: 거기다 때로 그 사람들도 먹는다는 것이었다. → 때론 그 꼬챙이질로 뱀까지 찍어 올렸다. 보지는 못했지만, 그 사람들은 뱀도 잡히는 대로 먹어치운다 하였다.
- 130쪽 8행: 어찌 보면 멀찌감치 그 일판을 구경하고 있는 것 같기도 했다. 진 소년에겐 그 배가 그렇게 무슨 살아있는 것처럼만 여겨졌다. 〔삭제〕
- 130쪽 23행: 그러나 진은 그게 너무 반가와서일 거라고 생각했다. 〔삭제〕

- 131쪽 19행: 그것은 전쟁 이야기였다. → 그토록 자랑스런 청년의 이야기는 다름 아닌 바로 청년 자신이 싸움터에서 직접 겪고 온 전쟁 이야기였다.
- 132쪽 13행: 자세하게 이야기했다. → 전쟁 이야기는 무엇이나 막히는 것이 없었다.
- 133쪽 5행: 그러고 나서 금세 그 배를 무시해버린 채 〔삽입〕
- 135쪽 19행: 말하는 사람이 없을지도 모른다는 것 → 알고 있는 사람이 아무도 없을지 모른다는 것
- 137쪽 14행: 한번 다녀가기도 전에 돌아오지 못하게 되었다는 → 몇 달도 못가서 그런
- 137쪽 21행: 그런 사람이 돌아올 때는 슬픈 소식보다 더 많이 울었다. 〔삭제〕
- 138쪽 1행: 그런 사람들은 대개 나이가 좀 많은 사람들이었다. 그러고 보니 전쟁의 이야기를 신나게 하고 간 사람일수록 다시 돌아오지 못하게 되었다는 소식이 빨리 돌아오는 것 같았다. 그러나 그렇게 말을 하지 않고 마을을 떠나간 사람 중에도 그런 소식만 전해오는 사람이 많았으며 아직도 전쟁이나 배에 관해서 열심히 이야기하는 사람도 있었다. 그리고 그런 사람들 중에서도 그 슬픈 소식이 전해지지 않은 사람이 있었다. → 그리고 그렇게 묵묵히 마을을 떠나간 사람들 중에서도 얼마 뒤엔 그 먼젓번 사람들처럼 슬픈 소식을 전해오는 수는 많았다. 그러나 대개 전쟁이야기를 신나게 지껄이고 돌아간 사람일수록 슬픈 소식은 빠른 것 같았다.
- 138쪽 13행: 그때 그 사람들은 흰 상자를 메고 오는 사람처럼 순하지 않고 훨씬 무서웠다./그러나 그 군인들은 데리러 온 사람을 한 번도 데리고 가지 못했다. 그 사람이 아주 마을에서 숨어버리거나 아랫일터로 가서 거짓말로 먼 곳에서 온 것처럼 꾸미기 때문이었다. 〔삭제〕
- 139쪽 22행: 그러나 그 일본 비행기들이 퍽 귀찮은 것은 틀림없었을 것이라고 했다. → 파리새끼처럼 자꾸 굴뚝으로 날아든 비행기들 때문에 배는

그것을 녹여 삼키느라 기침소리 같은 걸 토하는 체 귀찮았을 뿐이었다고.
- 140쪽 21행: 영영 다시 마을로는 돌아오질 않았던 것이다. → 소식이고 사람이고 그에 대한 것은 아무 것도 영영 마을로 돌아오는 것이 없었다.
- 141쪽 7행: 그가 여태까지 기다려온 것도 그것이 떠나가는 것을 보기 위해서였다.〔삽입〕
- 141쪽 12행: 조금 → 2년씩이나
- 145쪽 4행: 정말로 그들은 마을을 그렇게 불행하게 만든 것이 있다고. 그리고 그것이 도대체 무엇일까를. → 마을엔 아무래도 어떤 몹쓸 액운이 끼어들고 있는 것 같다고. 그리고 그 불행한 일들을 몰고 온 액운의 정체가 무엇인가를 곰곰 생각하기 시작했다.
- 145쪽 16행: 특히 그 여선생은 언젠가 한번 집으로 따라갔다가 너무나 방이 깨끗이 정돈되어 있는 것에 기가 질려서, 거기다 마늘을 물에 얹어서 길게 수염뿌리를 길러 놓은 것을 보고서 영 친해질 수가 없었던 것이다. 여선생의 방에 있는 것들은 모두가 그 마늘의 수염뿌리만큼이나 이상한 것들로 가득 차 있었던 것이다.〔삭제〕
- 145쪽 18행: 그래서 그는 마을 뒤 재 꼭대기까지는 매미도 메뚜기도 잡지 않고 필통을 절거덕거리며 단숨에 뛰어올라오곤 했다. → 그래 학교가 끝나고 돌아올 때는 마을 뒤 재 꼭대기까지 늘 한달음 길이었다.
- 146쪽 2행: 학교의 공부는 아무 것도 어려운 게 없는 것을 선생이 날마다 되풀이했고 그것마저 몰라서 매를 맞는 아이도 있었지만, 진 소년에겐 그게 그리 걱정되는 일이 아니었다./집으로 내려와서는 전처럼 배를 지켰다.〔삭제〕
- 147쪽 21행: 감들이 익고 있었다. → 때는 어느새 감들이 익고 있는 한 가을녘이었다.
- 148쪽 15행: 그는 흰 상자를 파묻어 놓은 자기의 무덤을 보고도 웃질 않더라고 했다. 자기의 무덤을 파헤치다 그는 미쳐버리고 말았는데 그 다음

부터 그는 삭아버리지 않은 관속의 작은 상자를 꺼내다가 언제나 가지고 다녔다. 마을 나들이를 할 때나 집에서 두 발을 뻗고 앉아 있을 때나 그 자기의 몸을 태운 재가 들어있었다는(이젠 그게 거짓말이었다는 게 드러 나고 말았지만) 상자를 들고 다녀서 사람들을 질리게 했다. 사람들은 그 가 못된 놈들에게 끌려가서 누구보다도 많은 매를 맞으며 고생을 했을 것 이라고 했다. → 그는 그 흰 상자를 파묻어 놓은 자기의 무덤을 보고도 화를 내기커녕은 누구보다 그것을 재미있어하면서 큰소리로 한바탕 껄껄 웃어대고 말더라는 것이었다.

- 149쪽 11행: 어쩌다가 마을에는 한 사람이 귀머거리가 되어 돌아온 일이 있었다. 그것은 그의 귓속 고막이 터져버렸기 때문이라고 했다./그는 밥을 두 그릇 먹고 싶어 했기 때문에 그의 상관으로부터 주먹으로 몹시 뺨을 얻어맞았다고 했다. 그래 그런지 그 무렵에 마을로 온 사람들의 이야기에는 밥의 이야기가 많았다. 그러나 다른 일은 거의 없었다. 배가 떠나갈 기색도 보이지 않았다. 배에 관해서 가장 자신 있게 설명했던 한 사람, 그 나이 어린 청년은 마을로 돌아오지 않고 영영 배 위에서만 살게 되었다는 것이었다. 다른 일은 아무 일도 일어나지 않았다. → 마을에선 이제 거의 아무 일도 일어나지 않았다. 배도 여전히 떠나갈 기색이 없었다.
- 149쪽 20행: 마을 사람들은 그렇게 말했다. → 떠난다 떠난다 하면서도 낮부터 술을 먹고 동네를 온통 어지럽히고 다니는 꼴을 보고 마을 사람들은 뒤에서 혀를 차며 나무랐다.
- 150쪽 23행: 마늘을 물컵에 얹어 길다란 수염뿌리를 기르는 일 같은 것은 이제 아무렇지도 않을 만큼 많이 보았지만 그런 것은 三년만 견디면 되는 것이라 생각했다. 三년만 지나면 집에 돌아가게 될 거라 여겼던 것이다. → 모든 것을 그저 3년만 견디면 되는 것이라 생각했다.
- 152쪽 2행: 소녀는 미소를 띠우지도 않고 그 신비스런 눈을 하는 것이었다. → 그녀의 표정은 더 한층 맑고 신비로웠다.

- 152쪽 18행: 수진은 바다의 그림과 진짜 바다를 비교해 가며 열심히 설명을 한다. → 그러는 그녀에게 수진은 그 바다의 모든 것을 빠짐없이 그리고 열심히 설명했다.
- 153쪽 2행: 더욱이 침몰선이 곧 떠나갈 듯이 선수를 반쯤 내밀고 있기 때문에 더 그렇게 보인다는 것을 이야기했다. 그중에서도 침몰선이 가장 많이 이야기가 되는 것은 물론이었다. → 더욱이 그 침몰선이 금방이라도 다시 먼 바다로 떠나갈 듯이 물결에 천천히 흔들리고 있는 모습들을 빠짐없이 모두 이야기해주었다.
- 153쪽 6행: 그리고 수진은 열심히 그 눈을 들여다보는 것이었다. → 그리고 수진은 거기서 거꾸로 그의 바다를 보게 되는 것이었다.
- 153쪽 8행: 바다를 그리고 있는 꿈을 주는 듯한 소녀의 눈은 언제나 안타까웠고 거기서 바다는 한없이 아름답게 승화되고 있었다. 바다를 더 확실히 소녀의 눈에 심어주면서 수진은 거기서 다시 바다를 보는 것이었다. → 아니 그 눈 속의 바다는 현재의 그것보다도 더 아름답고 신비스러워보였다. 소년은 그 소녀의 눈 속에 더욱더 분명한 바다의 모습을 심어주기 위하여 계속 열심히 이야기를 하였다. 그리고 그러면서 그녀의 눈 속에서 하루도 빠짐없이 그의 바다를 보았다.
- 153쪽 19행: 수진의 바다 이야기도 듣기 싫어했다. 수진은 바다의 이야기밖에 할 줄 모르느냐고 핀잔을 주기 시작했다. 〔삭제〕
- 154쪽 7행: 처음에는 망설여지기도 했으나 마을 사람들의 눈치를 보기에는 그의 환상이 너무 즐겁고 오래 기다려왔던 것이었다. 〔삭제〕
- 155쪽 8행: 대학 입시공부 때문에 방학을 당겨 올라간다고 집식구들과 자신에게 다 같이 변명을 하고서였다. 〔삭제〕
- 155쪽 13행: 그런데도 그는 그 해답을 정직하게 받아들이려고 하지 않았던 것이다. 〔삭제〕
- 155쪽 23행: 바다의 이야기를 꺼냈던 것이다. → 어떤 대답을 듣게 되더

라도 묻지 않을 수가 없었기 때문이었다. 그런데 그에 대한 그녀의 대답은 예상보다도 더욱 무참스런 것이었다.
- 156쪽 10행: 오히려 그 웃음까지도 깐깐히 말라있었다. → 웃음기도 오히려 잔인스럽게만 느껴졌다.
- 156쪽 12행: 옛날 국민학교 여선생네 집에서 본 마늘뿌리처럼 〔삭제〕
- 157쪽 17행: 그 꿈이 사실이 아닌 것은 누구의 허물이 될 수도 없었다. 그리고 그 꿈을 깨는 것도 누구의 허물이 될 수가 없었다. 〔삽입〕
- 158쪽 9행: 귀를 기울였다. → 별로 귀를 기울인 일이 없었다.
- 158쪽 16행: 고유명사보다 → 〈수진〉보다
- 160쪽 1행: 그 추한 바다를 아직도 못 잊어 바라보며 이야기를 했는데, 〔삭제〕
- 161쪽 2행: 환상으로부터 발을 내어 미는 금기를 저지르고 있었다. → 자신의 환상으로부터 모처럼의 탈출을 감행하고 나선 격이었다.
- 162쪽 2행: 수진은 그런 현상들을 곰곰이 생각하며 받아들이고 있었다. 〔삭제〕
- 163쪽 14행: 다음날 → 며칠 후에는
- 163쪽 22행: 아직도 어떤 사람은 그곳에 앉아 바다와 침몰선을 내려다보며 무슨 불평 같은 것을 늘어놓은 수가 있었는데 수진은 그 불평도 한 마디 하지 않았다. → 바다와 침몰선이 거기 아직도 그를 기다리고 있었지만, 그 바다와 침몰선에 대해서도 그는 아무런 말이 없었다. 아니 그는 그것들이 아직 거기에 있는 것조차 알아보질 못한 듯 이제 조금씩 돋아오기 시작한 턱수염만 무심스레 만지작거리고 있었다.

3) 『눈길』(홍성사, 1984)에서 『숨은 손가락』(열림원, 2001)으로
- 125쪽 2행: 자기가 조그맣게 되어 → 까마득한 상상의 날개를 타고 혼자
- 129쪽 13행: 그런데 그 제방을 이어 → 그런데 이번에 새로 마을에 들어온 사람들이 그 제방을 잇는 일을 한다는 것이었다.

- 130쪽 10행: 마음을 돌려 → 기운을 차려
- 139쪽 6행: 〈망난이〉 → '바람 든 망나니'
- 143쪽 9행: 빈번하고 끔찍한 사고들에 〔삭제〕
- 149쪽 3행: 그런 이야기 가운데 나오는 어떤 사람은 여자보다 더 순하고 불쌍하게 혼이 나는 이야기도 있었다. 〔삭제〕
- 159쪽 18행: 추한 모습 → 지저분하고 더러운 모습

2. 인물형

- 진: 「별을 보여드립니다」의 여자, 「등산기」의 남자에 이어 세번째 나오는 이름이다.

3. 소재 및 주제

1) **나무 오르기**: 나무에 오르기는 꿈을 향해 비상하기다. 그것은 안에서 밖으로 나가기로 침몰선의 상징성과 이어진다. 진 소년은 이야기 내내 나무에 오른다. 위의 「나무 위에서 잠자기」 주석 참조(141쪽 10행).

2) **초등학교 입학**: 이청준은 3년 늦은 나이에 초등학교에 입학했다(141쪽 12행).

3) **제방 둑이 무너지고 사람이 죽는 일화**: 둑이 무너지고 사람이 여럿 죽는 사고는 이후 『당신들의 천국』에서 보다 중요한 기능을 담당한다.

4) **바다를 간직한 여자의 눈**: 「침몰선」을 시초로 여러 작품에 반복해서 나타난다. 『이제 우리들의 잔을』 「해공의 질주」 『백조의 춤』(152쪽 16행, 153쪽 7행).

5) **이름의 변화**: 진 소년의 이름은 이수진이다. 그는 성장함에 따라 '진'에서 '수진'으로, '수진'에서 '자네' '총각'으로 불린다. 이름이 개체성을 나타내는 고유명사에서 보통명사로 바뀌는 것이다.

「석화촌」

| 발표 | 『월간중앙』 1968년 6월호.
| 최초의 단행본 수록 | 『별을 보여드립니다』, 일지사, 1971.

1. 텍스트의 변모

1) 『월간중앙』(1968년 6월호)에서 『별을 보여드립니다』(일지사, 1971)로

- 195쪽 6행: 다음 날 아침, 물끝에는 하나의 시체가 밀려 있었다./시체는 원래 물에서 죽어 물끝으로 밀린 것인지 그냥 거기서 죽어 물을 뒤집어쓴 것인지 알 수가 없었다. 움막집 강 씨 청년이었다. 그는 움막집에서 조금 떨어진 바닷가 모래밭에 바닷쪽으로 얼굴을 돌린 채 아직 눈을 뜨고 숨어 있었던 것이다. 사람들은 그의 죽음으로 이제 별녜 어머니 정씨의 혼백은 구해졌다고 했다. 신기한 것은 그렇다고 강 씨 청년이 물귀신을 대신해 갔다고 말하는 사람은 정말 아무도 없었던 것이다. 거무와 별녜가 그의 배와 함께 마을에서 보이지 않은 것이 알려진 것은 그로부터 며칠이 지난 뒤였다. 마을에서는 그 두 사람이 아주 먼 곳으로 배를 저어가 버렸으리라 여겼다. 그러자 그들은 그 먼 곳으로부터 다시 돌아왔다. 그리운 게 있었을까. 그들은 아직도 살아서 힘을 주고 있는 듯한 네팔로 꼭 엉킨 채 어느 날 아침 문득 마을 앞 바닷가로 밀려 와 있었다. → 거무와 별녜가 배와 함께 마을에서 보이지 않은 것이 알려진 것은 그로부터 며칠이 지난 뒤였다. 마을에서는 그 두 사람이 아주 먼 곳으로 배를 저어가 버렸으리라고들 생각했다. 하지만 그리운 게 있었을까. 어느 날 아침 그 두 사람은 그 먼 곳으로부터 다시 고향 마을로 돌아왔다. 그러나 이번에는 물론 두 사람이 배를 저어 돌아온 것은 아니었다. 배를 버린 채 이번에는 두 사람이 물끝을 타고 돌아와 있었다. 아직도 살아서 힘을 주고 있는 듯한 네팔로 몸뚱이가 꼭 엉킨 채 어느 날 아침 두 사람은 문득 마을 앞 바닷가로 파도를 타고 밀려와 있었던 것이다.

2) 『별을 보여드립니다』(일지사, 1971)에서 『이어도』(열림원, 1998)로
  - 169쪽 12행: 거기다 → 남의 동네 앞에다
  - 169쪽 19행: 돌은 아직도 많았다. → 뿐만이 아니었다.
  - 170쪽 19행: 즐거움만을 → 행운을
  - 171쪽 12행: 십리 밖 국민학교를 다닐 때도 별녜는 성녀로 불리었다. 〔삭제〕
  - 174쪽 5행: 그러자 그녀의 얼굴은 조금씩 굳어져 갔다. 별녜는 다시 한 번 거무를 스쳐보았으나 그 눈길에는 무엇인가 독한 것이 숨어들고 있었다. 그러나 그것은 금방 무너지고 다시 그 머리는 고통스럽게 내려뜨려졌다. → 그러다 그녀는 이윽고 그것을 확인한 듯 이번에는 또 슬그머니 거무 쪽을 스쳐보았다. 그 눈길에 은밀스런 독기 같은 것이 숨어들고 있었다. 그리고 그 눈길에 다시 서서한 고통기가 떠오르며 그녀는 제풀에 머리를 깊이 떨구었다.
  - 177쪽 20행: 누구보다 일찍 〔삽입〕
  - 177쪽 23행: 그러나 그 배는 보름이나 한 달씩 만에 다시 마을로 되돌아와 버리곤 해서 거무는 언제까지나 아주 먼 곳까지 바다를 샅샅이 가볼 수는 없었다. 그렇다고 거무는 결코 지친 얼굴을 하지는 않았다. → 배는 멀리 바다를 나갔다가 보름이나 한 달씩만큼 지난 다음에 다시 마을로 돌아오곤 했다. 그러나 거무는 결코 지친 얼굴을 하는 일이 없었다.
  - 179쪽 3행: 그것을 오랫동안 기다려 왔노라고. 〔삽입〕
  - 179쪽 7행: 그러나 → 어쨌든 그 기다림은
  - 179쪽 10행: 괴로워하기 시작했던 것이다. → 참담스런 자기 싸움이 시작되고 있었다.
  - 181쪽 15행: 불덩이 → 혼불덩이
  - 188쪽 10행: 거기까지는 → 바다가 너무 깊어
  - 188쪽 17행: 어떤 간섭에서 빠져나가려고 애를 쓰고 있었던 것이다. →

어떤 망설임에 쫓기고 있었다.
- 191쪽 5행: 그리고 점점 더 깊게 가라앉아만 갔다. 물을 내붓는 소리를 단속(斷續)하면서 허둥대듯 어둠속을 나아가고 있었다. → 그리고 그녀가 물을 퍼내는 짧고 급박한 단속음에 내밀리듯 허둥지둥 어둠 속을 뚫어 나가고 있었다.
- 191쪽 14행: 배가 점점 더 깊이 가라앉아 들어가고 있었다. 〔삽입〕
- 193쪽 13행: 별녜도 이내 그걸 알아차렸지만 이미 그 속셈을 물을 엄두를 못 냈다. 〔삽입〕
- 193쪽 15행: 그리고 그것으로 별녜는 모든 것을 알아차렸다. 〔삽입〕
- 195쪽 6행: 거무와 별녜가 배와 함께 마을에서 보이지 않은 것이 알려진 것은 그로부터 며칠이 지난 뒤였다. → 그로부터 며칠 동안 거무와 별녜는 마을에서 모습을 볼 수 없었다. 거무가 늘상 바다를 나다니던 외돛 목선도 눈에 띄지 않았다.

2. 소재 및 주제

1) 집의 묘사(167쪽 1행)
-「자서전들 쓰십시다」: 버섯처럼 옹기종기 모여 앉은 도로변의 초가집들.
-「눈길」: 집이라고 생긴 게 꼭 습지에 돋아오른 여름 버섯 형상을 닮아 있었다.
-「선학동 나그네」: 주막은 마을 초입께에 마른 버섯처럼 낮게 쪼그려 붙어 앉아 있었다.

2) 이름의 변화: 위의「침몰선」에서도 보았지만 이청준은 인물의 이름으로 많은 것을 암시한다. 별녜와 거무에게는 성녀(星女)와 시째〔三男〕라는 본명이 있다. 성녀는 오직 거무만 힘든 이야기를 꺼낼 때 부르는 하나의 신호로 사용한다. 거미를 뜻하는 거무는 물귀신을 면하기 위한 주술적인 이름으로 일종의 부적이라 할 수 있다. 그래서 별녜조차 시째라는

이름은 입에 올리지 않는다. 거무는 '별녜'가 "그 어느 때보다 더 무거운 거무 자신과 별녜 두 사람의 슬픈 운명을 싣고 온" 다음에 별녜를 '성녀'라 부른다. 그들이 별녜와 거무가 아니라 성녀와 시째가 될 때 운명은 달라질 수밖에 없다.

3) 뻐꾸기와 진달래: 이청준은 광주일고 1학년 때 「진달래꽃」으로 문예상 산문부 1등을 차지했다(자료집 참고). 그는 뻐꾸기와 진달래꽃 이야기에 깊은 인상을 받은 것 같다(186쪽 12행).

- 「진달래꽃」: 그리고 뻐꾸기란 놈이 몇백 번을 울어 울다가 피를 한번 토하고는 진달래 꽃잎을 하나 따먹고 뻐꾹뻐꾹 다시 운다는— 그리고 그 때문에 진달래 꽃빛이 그렇게 붉다는 할머니의 이야기를 들은 때문에 더욱 그 꽃을 좋아했다.

4) 바닷가로 귀환: 우리는 바다에 빠져 죽은 뒤 자신이 살던 바닷가로 돌아온 다른 인물을 알고 있다. 「이어도」.

「매잡이」

| **발표** | 『신동아』 1968년 7월호.
| **최초의 단행본 수록** | 『별을 보여드립니다』, 일지사, 1971.

1. 실증적 정보

작가의 육필 초고가 남아 있다. 초고에서는 민형의 이름이 '민태식'에서 '민태준'으로 변한다.

2. 텍스트의 변모

1) 『신동아』(1968년 7월호)에서 『별을 보여드립니다』(일지사, 1971)로
- 204쪽 9행: 주안점 그리고 취재 요령 몇 가지만을 → 취재 요령 따위가

- 205쪽 3행: 그 부채감에서 벗어나고 싶었던 것이다. → 길을 나서는 편이 나을 듯싶었던 것이다.
- 211쪽 19행: 캑 하는 무슨 작은 소리 같은 것이 들린 것 같았던 것이다. → 어디선가 딱 한번 캑하는 기침소리 같은 것이 들려왔던 것이다.
- 214쪽 8행: 열심히 들었다. → 얼굴이 무척도 진지해 보였다.
- 215쪽 13행: 매어놓은 줄을 풀고 〔삭제〕
- 226쪽 18행: 멀리 울려나가지를 못했다. → 자꾸만 목구멍 속으로 기어 들어가고 있었다.
- 229쪽 12행: 몰아세웠던 것이다. → 만나기만 하면 성화가 대단했던 것이다.
- 230쪽 12행: 그래서 오히려 그런 일을 곽 서방이 은근히 기대하는 일로 되어버렸다. → 삭제
- 230쪽 19행: 용서라고 하지만 그게 무슨 〔삭제〕
- 237쪽 1행: 술잔을 쭉 들이키고는 씩 웃었다. → 술잔을 말없이 들이키고 있었다.
- 245쪽 2행: 별로 달아날 기색이 없는 〔삭제〕
- 245쪽 23행: 그러면서도 죽은 사람처럼 숨을 쉬는 기색조차 없이 누워 있었다. → 죽어가고 있는 사람처럼 조용히 누워 있었다.
- 250쪽 18행: 그런 우회방법을 생각할 여유가 없었던 것이다. → 그런 여유마저도 가질 수가 없었던 것이다.
- 252쪽 20행: 민형은 뭐라고 할 것인가. 〔삭제〕
- 253쪽 15행: 당분간 면대를 못할 처지 때문에 〔삭제〕
- 254쪽 14행: 두 죽음을 연결시킬 근거가 나에게선 아무래도 분명해지질 않았다. 모든 것이 그저 느낌뿐이었다. 소설이 무척 애매하고 어려워졌다. 〔삽입〕
- 257쪽 20행: 그래서 나 역시 전번 소설에서나 이번 소설에서는 쭉 그런

뜻으로 써오는 것이다. → 그러니까 이 매잡이라는 말은 물론 나 역시 지금까지도 그런 뜻으로 써오고 있는 터이다.

- 262쪽 10행: 매를 → 매잡이를
- 265쪽 4행: 다만 아직도 단언할 수 없는 한 가지 의문은 그 버러리 소년이 정말 매잡이 노릇을 계속할 것인가 하는 것인데 이 소년에 관해서는 그를 둘러싼 여러 가지 사정들과 묶어서 앞으로도 계속 관심을 가지고 살펴볼 생각이다./하지만 어느 땐가 그 소년과 다시 만나게 될 때 나의 이런 관심이 부질없는 것이 되지 않으리라고 지금 자신 있는 말을 할 수 없는 것이 유감이다. → 다만 한 가지 유감스러운 것은 그 버러리 소년이 앞으로도 정말 매잡이 노릇을 계속할 것인가 하는 의문이 남을 수 있는데, 이 점에 대해서는 나 자신도 별로 확신을 가지고 대답할 말을 가지고 있지 못하다는 점이다./하지만 나의 기분대로 말한다면 소년의 일에 대해서는 이제 더 이상 자세한 사실을 알아낼 필요도 없을 것 같다. 어느 땐가 인연이 닿으면 다시 소년의 소식을 듣게 될 때가 있을는지 모르겠다. 하지만 소년이 다시 매잡이가 되어있다고 한들 이제와선 그게 내게 무슨 뜻을 지닐 수가 있단 말인가. 민형에게라면 그저 아마 틀림없이 중요한 사실이 되고도 남을 것이다. 하지만 그것은 민형의 경우다. 이번에 또 소설을 쓰게 된 나의 관심은 아무래도 민형과 그의 소설에 대한 쪽이며, 곽 서방과 소년을 포함한 매잡이의 풍속 자체에 대한 것은 아니었다. 그리고 그것은 민형에게서처럼 나에게도 절실한 나의 풍속이 될 수는 없었다. 나 자신이 이미 그렇게 될 수가 없게 되어있는 것이다.

2) 『별을 보여드립니다』(일지사, 1971)에서 『시간의 문』(열림원, 2000)으로

- 202쪽 17행: 그러자 민형은 웃었다. → 민형이 비로소 조금 허탈스럽게 웃었다.
- 203쪽 22행: 것이었다. → 지레 장담을 덧붙여 보이기까지 하였다.

- 205쪽 16행: 전라도의 그 산골 마을을 들어서게 되었다. → 바로 이튿날로 그 전라도의 산골 마을을 터덜터덜 혼자 찾아들게 된 것이다….
- 209쪽 9행: 나는 공연히 죄인처럼 → 불의의 틈입자처럼 나는
- 214쪽 11행: 매잡이―그 매잡이가 → 곽 서방이라는 그 쉰 살짜리 홀아비 매잡이가
- 219쪽 11행: 매의 꼬리 부근에는 → 매의 한쪽 발목엔
- 220쪽 22행: 그것은 아마 전에 민형에게도 그랬을 것이다. 〔삭제〕
- 222쪽 1행: 그 혼란한 나의 주의를 완전히 → 혼란스럽고 어정쩡한 나의 주의를 우선 한동안
- 224쪽 5행: 막내아들처럼 〔삭제〕
- 224쪽 7행: 밥을 굶지 않았다. → 밥이나 굶지 않고 지내는 동네 떠돌이.
- 226쪽 16행: 꿍꿍꿍 → 꿩꿩꿩
- 229쪽 17행: 사흘 → 이틀밖에
- 229쪽 19행: 그 → 시치미
- 230쪽 2행: 관례대로라면 〔삽입〕
- 230쪽 19행: 명문의 규범은 아니지만 〔삭제〕
- 231쪽 13행: 영감은 펄쩍 뛰었다. 〔삭제〕
- 232쪽 5행: 글쎄 그건 저쪽 시절 생각이구…. 〔삽입〕
- 234쪽 19행: 자기 말마따나 서 영감도 전에는 자신이 매잡이를 부리고 사냥을 즐겨온 장본인이 아니던가. 그런데 이제는 그러던 그가 그 짓을 누구보다 못 봐 했다. 〔삽입〕
- 235쪽 7행: 더구나 누가 매를 가졌는지도 모르는 터. 〔삭제〕
- 241쪽 21행: 달라졌거나 달라지지 않았거나, 또는 달라졌으면 어떻게 달라졌는가는 아무 것도 말할 수 없다. 〔삭제〕
- 242쪽 7행: 확실하게 변한 것은 그가 말을 잃고 말았다는 것뿐이었다. 〔삽입〕

- 245쪽 8행: 한데 곽 서방의 거동을 엿보고 돌아온 버버리 소년은 곽 서방이 → 한데 그렇게 혼자 사립을 나간 곽 서방은 그 뒷산 솔밭에서
- 246쪽 4행: 대꾸를 하지 않았다. → 살아있는 사람의 기척을 해보이지 않았다.
- 247쪽 23행: 영 돌아올 기미가 없다가도 〔삭제〕
- 248쪽 6행: 또 뭔지 모를 긴장마저 계속되어 왔으므로 오늘은 그 모든 피로가 한꺼번에 풀려나오는 바람에 몸이 축 늘어졌던 것이다. → 이날은 몸을 움직이기가 싫었기 때문이었다.
- 248쪽 10행: 나는 녀석이 방으로 들어설 때부터 정신이 들어있었으므로 대뜸 일어나며 불을 켜댔다. 그러자 소년은 불빛에 잠시 눈을 찡그리더니 또 다시 나를 재촉했다. → 나는 얼떨결에 자리에서 일어나 머리맡에 성냥불을 더듬어 밝혔다.
- 251쪽 20행: 그러나 나는 끝내 소년이 가장 강한 반응을 나타내는 말을 찾아내고 말았다. → 그러나 나는 끝내 소년의 가장 깊은 정곡을 찾아내고 말았다.
- 251쪽 23행: 그런데 그 때 소년의 표정이 참으로 이상한 것이었다. → 그 표정이 참으로 심상치가 않았다.
- 252쪽 8행: 어느 쪽이라고 해야 할지도 구분을 못할 지경이었다. 왜냐하면 소년의 눈은 그때 다시 또 어떤 슬픔과 애소 같은 것을 담기 시작하고 있었기 때문이었다. 〔삭제〕
- 253쪽 14행: 그가 내게 남기고 간 유서의 내용이었다. 〔삽입〕
- 259쪽 9행: 꿩사냥 → 매사냥
- 260쪽 17행: 그 원고지에는 빽빽하게 글자가 들어차 있었던 것이다. → 그 원고지에는 천만 뜻밖에도 눈에 익은 민형의 자필소설 한 편이 나의 개봉을 묵묵히 기다리고 있었다.
- 263쪽 4행: 그러니까 그것은 아름다움이라는 것의 전제를 암시하고 있다

고 할 수도 있지만 → 이야기의 결말은 이를테면 우리 생존의 처절스런 실상과 풍속의 미학과의 표리관계 같은 것이 비극적인 시선 속에 옷을 벗고 있는 식이었다.

- 263쪽 12행: 그러나 어느 편인지는 정확하지 않다. → 하지만 섣불리 그의 작의를 단정하는 것은 삼가자.
- 264쪽 6행: 민형 자신을 위해서나 주위 친구들을 위해서나 〔삽입〕
- 265쪽 12행: 민형에게라면 그건 아마 틀림없이 중요한 사실이 되고도 남을 것이다. 하지만 그것은 민형의 경우다. 이번에 또 소설을 쓰게 된 나의 관심은 아무래도 민형과 그의 소설에 대한 쪽이며, 곽 서방과 소년을 포함한 매잡이의 풍속 자체에 대한 것은 아니었다. 그리고 그것은 민형에게서처럼 나에게도 절실한 나의 풍속이 될 수는 없었다. 나 자신이 이미 그렇게 될 수가 없게 되어있는 것이다. → 풍속이 사라진 시대―사라져간 풍속의 유민으로서의 소년은 내게 더 이상 아무런 의미도 있을 수가 없는 것이다. 그것은 어쩌면 민 형에게도 역시 마찬가지일 것이었다. 그야 민 형은 자신의 소설에서 매잡이 곽 서방을 그의 풍속으로 돌아가게 해준 사람이기는 했다. 그는 곽 서방에게 자신의 풍속으로 돌아가 그의 풍속의 유물이 되게 해주고 있었다. 곽 서방에게 그것은 그의 참담스런 생존의 실상으로부터의 소중한 승리이자 구원일 수 있었다. 하나의 풍속이란 그것 밖의 사람들의 외연적 기명(記名)일 뿐 그것을 직접 살아내는 사람들에겐 그의 삶의 보편적 질서인 것이라면, 적어도 그것을 뒤에서 바라보며 풍속을 말하는 사람들에게는 그렇게 보일 수 있었다. 그러나 그것은 곽 서방에게나 가능할 일이었다. 그것은 매잡이 곽 서방의 풍속일 뿐 민 형 자신의 풍속은 아니었다. 민 형을 포함한 우리들 자신의 풍속은 절대로 될 수 없었다. 아니 그것이 우리들의 풍속이 될 수 없는 것은 고사하고 우리에겐 애초 우리들 자신의 어떤 풍속의 가능성도 용납되지 않는 것이다. 그래 우리는 우리들 자신의 풍속의 의상이 없는 시대에서 그 삭막하고 참

담스런 삶의 현실을 맨몸으로 직접 살아내고 있는 것인지도 모른다. 그보다도 그 참담스런 삶의 현실이 또 다른 풍속으로 부화되는 것을 거부하며, 자기 삶의 새로운 풍속화(風俗化)에 대항하여 그것을 거꾸로 인내하고 있는 것인지도 모른다. 민 형도 어쩌면 그것을 너무나 잘 알고 있었을 것이었다. 자신의 이름으로는 소설마저도 단 한 편밖에 쓸 수 없었던 민 형— 그래서 그는 오히려 곽 서방에게 그토록 매달리고 있었는지 모른다. 그리고 끝내는 절망 속에 스스로 목숨을 끊었는지도 모르는 일이다. 그러나 그 민 형의 종말— 그것은 그 곽 서방의 풍속에 자신을 귀의시킬 수 없었던 비극의 종말이 아니라, 그의 삶의 새로운 풍속화에 대한 마지막 저항과 결단의 몸짓은 아니었을까. 감히 말하자면 그것이 아마도 민 형의 죽음의 진실이어야 할 터이었다./…소년이 다시 매잡이가 되어 있든 아니든 그것은 이제 별다른 뜻이 있을 수 없는 것이다. 그것은 그 매잡이의 시대가 지나가 버린 세상에서의 소년에게도 그렇고, 민 형이나 나에게도 마찬가지인 것이다. 더욱이 이번에 다시 이 이야기를 쓰게 된 나의 관심이 매잡이의 풍속 자체보다도 민 형과 민 형의 죽음, 그리고 그의 소설에 관한 것들 쪽이었고 보면. 그것은 어차피 나의 개인적 과외의 관심거리에나 속해야 마땅한 것이다./나는 그나마 민 형의 경우처럼 자신의 삶에 대한 어떤 치열한 인내와 결단성, 심지어는 그 풍속의 미학에 대한 나름대로의 꿈마저도 깊이 지녀보질 못해온 터이니 말이다.

2. 인물형

1) **민태준**:「줄광대」의 '나' 이후 이청준 소설에 꾸준히 나오는 소설을 쓰지 못한 소설가, 또는 소설가 지망생의 두번째 인물이다. 소재를 수집해 제공하고 그것을 소설로 완성시키는 민태준과 나의 관계는「문턱」에서 구정빈과 반형준의 관계로 반복된다.

2) **곽 서방**(郭도):「줄광대」의 허 노인,「과녁」의 노인에 이어 사라진

시대의 유물로 남은 장인(匠人) 계열의 세번째 인물이다.

3. 소재 및 주제

1) 취재 자료: 이청준은 민태준이 남긴 취재 자료들 중 몇몇을 기초로 잡지 기사와 실제 소설을 썼다. 그런 점에서 'ㅇ준' 계열인 민태준은 어느 정도 이청준이다.

① 서커스 줄광대 이야기 →「줄광대」.

② 남해 고도의 어떤 늙은 나전공(螺鈿工) →「바다의 密語새긴 螺鈿漆器」(『여원』, 1967년 12월호 기사).

③ 전라북도 어떤 정자에 사는 여자 궁사(弓師)들의 이야기 →「과녁」.

2) 격자소설:「매잡이」는 세 편의 동명 소설을 담고 있는 격자가 둘인 소설이다.

3) 집의 묘사: 집을 버섯에 비유한 묘사가 이 작품에는 특히 많다. 위의「석화촌」주석 참조(206쪽 8행, 21행, 211쪽 14행).

4) 단식: 곽 서방의 기이한 단식에 이어『쎠어지지 않은 자서전』『조율사』등의 인물들도 의미심장한 단식을 감행한다.

5) 소설의 예언적 기능: 앞의「마기의 죽음」주석 참조(261쪽 12행, 18행).

「개백정」

| **발표** |『68문학』1969년 제1집.

| **최초의 단행본 수록** |『별을 보여드립니다』, 일지사, 1971.

1. 텍스트의 변모

1) 『68문학』(1969년 제1집)에서 『별을 보여드립니다』(일지사, 1971)로
  - 268쪽 20행: 6, 7개월 전 → 五, 六개월 전
  - 270쪽 7행: 인사를 와서 하루 묵고 간 일이 있었어. → 인사를 다녀간 적이 있었어.
  - 283쪽 10행: 그러던 어느 날 비가 내린 거야. → 한데 그러던 어느 날, 비가 몹시 심하게 내린 날이었어.
  - 285쪽 9행: 꼼짝을 못하고 붙잡혀서 나는 애원을 하고 싶은 심경이었어. → 붙잡혀서 나는 꼼짝을 못하고 있었어.

2) 『별을 보여드립니다』(일지사, 1971)에서 『병신과 머저리』(홍성사, 1984)로
  - 279쪽 12행: 조밭 → 서속밭
  - 279쪽 18행: 사람들의 두런거리는 말소리에 귀를 기울이기도 하는 거야. → 말소리에 긴장한 얼굴로 귀를 쭈볏 세우기도 하는 거야.
  - 279쪽 22행: 내가 어머니를 기다릴 일이 없을 때 다만 복술이와 노랑이를 지키기 위해 소를 내다 매러 나올 때도 언제나 이 여우고개를 택한 것은 그 전에 벌써, 그러니까 복술이가 외삼촌네에게서 되돌아온 다음, 어머니가 그 마을로 가신 뒤로 어머니를 기다리기 위해서 이 고개로 소를 몰고 나다니면서 얼마큼은 익숙해져 있었기 때문이었지. → 그것은 벌써 참변의 소식을 듣고 외삼촌네로 달려간 어머니를 기다리러 이삼일 이곳으로 소를 몰고 올라 다닌 때부터였으니까.
  - 282쪽 3행: 그냥 땅을 비비대기도 하면서 [삭제]
  - 293쪽 7행: 만약 누가 개백정으로 나서지 않았더라면 그들 가운데서 또 다른 누군가가 개백정이 되어야 했을 것이거든. 그러나 어찌 되었든 그 얼굴 검은 사내로 말하면 그는 누구보다도 개백정 노릇을 하기에는 너무나 꼭 알맞은 사람인 듯했고, 그러고 보면 그 사람은 개백정이 되려고 오랫동안 구장네 사랑채를 드나들고 있었는지도 모를 일이긴 했어. [삭제]

- 296쪽 23행: 흙으로 긁어 묻었다는구먼. 그러니까 녀석이 구덩이 속에서 은혜를 갚겠노라며 살려달라고 애원 애원하더라는 거야. → 흙구덩이 속으로 던져 넣고 갔는데 그러니까 위인은 구덩이 속에서까지 살려달라고 애원하다가 죽어갔다는 게야.

3) 『병신과 머저리』(홍성사, 1984)에서 『숨은 손가락』(열림원, 2001)으로
- 271쪽 20행: 그러나 어머니는 마치 그 나쁜 소식을 듣기 위해서인 것처럼 열심히 소식을 기다리지 않으셨겠나. → 하지만 어머니는 그 나쁜 소식이나마 밤낮으로 열심히 기다리지 않으셨겠나.
- 280쪽 16행: 그리고는 기분 나쁘게 껄껄 웃으면서 고개를 내려가 버리겠지. → 게다가 위인은 또 기분이 썩 좋다는 듯 웃음소리까지 껄껄거리며 고갯길을 내려가지 않았겠어.

2. 인물형
- **복술이**: 「바닷가 사람들」의 개도 같은 이름이다.

3. 소재 및 주제
1) 개: 이청준의 소설에는 개가 중요 등장인물의 역할을 하는 경우가 있다(「복사와 뚱개」 「그림자」 「그 가을의 내력」 「사랑의 목걸이」 「떠돌이 개 깽깽이」(동화)).
2) 개 가죽 공출: 개 가죽 공출은 6·25 때가 아니라 일제 식민지시대 말기에 일어난 일이다. 개백정의 함의를 짐작할 수 있는 대목이다.
3) 외가의 비극: 많은 부분이 이청준의 외가가 6·25 때 당한 비극과 일치한다.
4) 복술이와 외종형: 이청준의 소설 속에는 별개의 문제가 매우 긴밀히 연결되어 하나로 기능하는 경우가 있다.
- 「병신과 머저리」: 나의 그림 그리기와 형의 글쓰기.

- 『씌어지지 않은 자서전』: 나의 사표와 왕의 단식.

「보너스」

| 발표 | 『현대문학』 1969년 2월호.
| 최초의 단행본 수록 | 『가면의 꿈』, 일지사, 1975.

1. 실증적 정보

1) 초고: 작가의 육필 초고가 일부분 남아 있다: '나'가 미스 김과 커피를 마신 뒤 다방을 나서는 장면까지.

2) 전기와 연관성: 이청준은 「보너스」가 씌어지던 시기를 전후해서 몇몇 잡지사에 다녔다. 그 경험이 이 작품을 쓰게 했다. 「보너스」에 나오는 잡지사의 보너스 지급 행태는 『씌어지지 않은 자서전』에서 그대로 반복된다.

2. 텍스트의 변모

1) 『현대문학』(1969년 2월)에서 → 『가면의 꿈』(일지사, 1975)으로
 - 307쪽 1행: 뿐만 아니라 그 노름이 〔삭제〕
 - 339쪽 5행: 그바람에 이렇게 말해버렸다. 〔삭제〕

2) 『가면의 꿈』(일지사, 1975)에서 『병신과 머저리』(홍성사, 1984)로
 - 301쪽 3행: 무슨 생각에 싸여 있거나 했다. → 일과는 상관없는 엉뚱한 생각들에 싸여있다.
 - 304쪽 16행: 목구멍 속 웃음을 즐기고 있던 〔삭제〕
 - 312쪽 20행: 이젠 그만 가야겠다고 생각을 하게 되는 것이니까 말이다. → 그것을 후회하고 마음속 다짐을 되풀이해야 했으니까.

- 316쪽 15행: 다만 나는 나 자신도 알 수 없는 어떤 이유 때문에 딱 잘라 말을 하고 싶지가 않아서 다만 행동만으로 시위를 해 왔지만 말이다. 〔삭제〕
- 318쪽 4행: 그래 그 감정에서 빠져나오려고 은근히 노력을 해 보았지만 → 치사스런 감상에 젖어들어선 안 된다고 자신을 타일러 보기도 했지만
- 321쪽 16행: 소동을 피웠다. → 사장과 정면으로 맞서고 나섰다.
- 322쪽 3행: 그만두는 게 확실해져서 찾아보면 → 손을 써서 찾아보면
- 323쪽 4행: 그래서 나는 더욱 당황하여 별 뜻도 없이 재우쳐 물었다./왜 그래요?〔삭제〕
- 324쪽 17행: 나중에 곰곰이 생각해 보니 Y사에서의 경험까지로 보아 〔삭제〕
- 325쪽 22행: 그 의혹풍설은 그럭저럭 꼬리를 감추고 말아 더욱 미심쩍게 생각하고 있던 판인데 사장이 하필 그 사람을 추천했던 것이다. → 그 의혹풍설이 꼬리를 감추기도 전에 사장이 하필 그 사람의 취재를 명령해 온 것이다.
- 326쪽 3행: 다시 보고 싶은 생각조차 없었으나 초교는 기사작성자가 보도록 되어있는 규칙이 있어서 역시 탐탁지 않게 초교를 보아 던져버렸다. 그런 후에는 책이 발행되어 나올 때까지 다시 거들떠보지도 않았다. → 길게 거들떠보고 싶은 생각조차 없어 초교만 대충 보아 넘기고 거기서 그만 손을 털어버리고 말았다.
- 326쪽 22행: 또 나는 경망중이라 원고와 교정지가 어디에 박혀있는지 찾아낼 수가 없었다. 〔삭제〕
- 327쪽 4행: 나는 선선히 그러겠다고 했다. 그렇게 선선히 대답한 것은 아까 말한 대로 나는 이미 결심한 바가 있었기 때문이었다. 〔삭제〕
- 328쪽 23행: 그리고는 더욱 당당하게 내가 모든 책임을 지고 회사를 그만두겠노라고 장담을 했다. 물론 사표를 쓰거나 사과를 하러 나갈 생각은

하지도 않았다. 동료들의 반응은 시원칠 않았지만 그러나 난 기분이 떳떳했다. 그리고 사장이 전말서를 재촉해 오기를 기다렸다. 결국 이날 사장은 두 번이나 나의 전말서를 재촉했지만 나는 그럭저럭 확실한 대답을 않고 S호텔 지하실을 몇 번 드나들다가 그대로 퇴근을 하고 말았다. 그리고 다음날 아침 사장이 다시 독촉을 해 보냈을 때 나는 급히 사직서를 써 들고, 그리고 원고와 교정지를 챙겨들고 사장실로 들어갔다. 나는 결국 사장의 무안해하는 얼굴을 보고 말았고, 그 떳떳한 나의 입장을 구실로 잘못의 진짜 책임자를 더 캐지 못하게 만들어버린 공로까지 세웠다. → 나는 더욱 당당하게 내가 모든 책임을 지겠노라고 장담을 했다. 차제에 사표를 내버리겠다고 별러댔다. 그리고 사장이 다시 전말서 따위를 재촉해 오기를 기다렸다. 사장은 물론 그런 사정을 알 리가 없었다. 퇴근 시각이 가까워 오자 사장이 정말로 나의 전말서를 재촉해 왔다. 그리고 이번에는 나는 나의 다짐대로 진짜 사직서를 써가지고 여유만만하게 사장실로 들어갔다. 이미 짐작하겠지만 그 잘못의 소재가 밝혀질 교정지를 함께 챙겨 들고 갔음은 물론이었다. 나의 사표가 수리되고 안 되고에 상관없이 어쨌거나 나의 결백이 증명되어야 할 필요는 있었으니까 말이다. 하여 나는 그것으로 결국 사장의 무안해 하는 얼굴을 보게 됐고, 그 떳떳한 입장을 방패로 더 이상 잘못의 소재를 캐지 못하게 한 장외의 실력까지 행사한 것이었다.

- 332쪽 21행: D의 눈이 못마땅해서 나는 거의 욕질을 하고 있었다. D는 대꾸를 하고 싶은 모양이었으나 한숨 쉬는 눈을 하고 담배 연기만 뿜었다. → 나는 거의 욕질을 하고 있었다. D는 이제 아무 말이 없이 담배 연기만 뿜고 있었다.
- 338쪽 8행: 난 이럴 필요가 없는데 하면서 진정하려는 노력과는 상관없이 〔삭제〕
- 342쪽 3행: 예감대로였다. 〔삽입〕

3) 『병신과 머저리』(홍성사, 1984)에서 『가면의 꿈』(열림원, 2002)으로
- 301쪽 18행: 그럴 수밖에 없었다. 〔삽입〕
- 304쪽 22행: 것 → 급료항목
- 308쪽 13행: 스스로 맹세를 하며 쑥스럽게 → 맹숭맹숭 싱겁게
- 315쪽 21행: 창피한 생각부터 들었다. 다른 이야기를 생각했다. 〔삭제〕
- 320쪽 18행: 나는 웃었다. 그러나 어딘지 개운찮은 것이 있었다. → 나는 그 미스 김 앞에 웃을 수밖에 없었다. 하지만 마음 한구석이 다시 뜨끔해왔다.
- 324쪽 20행: 그 후회스런 생각만은 → 이곳 일이나 분위기가 그리 살갑잖은 느낌을
- 327쪽 7행: 감불청이언정 고소원이랬던가. 〔삽입〕
- 330쪽 21행: 이 무슨—. 〔삽입〕
- 331쪽 12행: 나는 모처럼 눈앞이 환하게 밝아오는 듯한 가벼운 기분으로 〔삽입〕
- 338쪽 21행: 아침녘 대면은 까맣게 잊은 듯 〔삽입〕
- 339쪽 15행: 계절 수당을 〔삽입〕

2. 인물형
- **미스 김**: 『씌어지지 않은 자서전』의 미스 염과 겹치는 부분이 있다.

〔2010〕